Q씨에게

Q씨에게

산문 박경리

다산
책방

서문

    30년이나 되는지, 옛날 글 조각들을 모아서 다시 묶는다는 것이 어째 쑥스럽고 부끄럽다. 나가야 할 길이 멀고 마주 선 것이 태산만 같아서 일단 글로 써 내보낸 것에 대하여 돌아볼 겨를이 없었고 애착 같은 것도 별로 없었는데 아마 그래서 부끄럽고 쑥스러운 것이 아니었나 싶다. 그러나 이런 산문들은 내 삶의 흔적이며 생각의 항로였던 것만은 틀림이 없다. 현재보다 지난 것은 서툴고 미숙하지만 신선하고 직감이 화살 같은 부분이 있지 않았나 싶고 열정도 치열했을 것이다. 나이 들면서 생각이나 행동이 우회적 경향을 띠는 것은 물론 신중하고 완숙해지는 면이라 할 수 있지만, 또 부둥켜안고 고통을 녹이려는 지혜로움이기도 하지만 삶의 그 뜨거운 불꽃이 쇠해진 것 또한 부인할 수 없으리라. 그러한 뜻에서 이 글들을

                                           Q씨에게

내어놓기로 했다.

긍정과 부정의 사잇길에서 오늘도 나는 멈추며, 걸어가며, 절망과 희망이 엇갈리는 현실 속에서, 그래도 존재해 있다는 것은 아름답고 경이롭다.

1993년 10월

박경리(朴景利)

차
례

Q씨에게

    중국 작가 노신(魯迅)의 작품 『아큐정전(阿Q正傳)』 제1장 서문은 아큐정전이라는 제목과 아큐라는 주인공 이름을 붙이게 된 경위를 설명하는 것으로 충당되어 있었습니다. 그의 설명에 의할 것 같으면, 주인공의 성명이나 그 출신지가 확실치 않을 뿐만 아니라 지난날 그가 무엇을 했으며 어떤 이력을 가졌는가조차 알 수 없었고, 다만 그가 생존 시 사람들은 아Quei라 불렀다는 것이며 그러나 Quei라는 발음의 한자가 무엇이었던지 생각 끝에 결국 약하여 Q라는 서양 문자를 붙여주기로 결정했다는 것이었습니다. 정전(正傳)에 대하여는 보다 더 복잡한 이유가 있었던 것 같았습니다만. 당돌하게도 그 『아큐정전』에서 내가 Q자를 훔쳐내게 된 동기는 노신의 작품을 좋아한, 특히 「공을기(孔乙己)」라든가, 「고향」, 「고독자(孤

獨者)」같은 작품에 취해버린 기억이 있었던 일도 그러려니와 그보다 나 역시 이 기나긴 편지의 수취인 이름을 모른다는 데 이유가 있지 않았나 싶습니다. 사실 Q씨는 사람이 아닐는지도 모릅니다. 저 창밖의 하늘인지도 모르겠고 나를 둘러싸고 있는 사면(四面)의 벽인지도 모르겠고 또는 내가 대상으로 하는 모든 것인지도 모르겠습니다. 그래서 고심 끝에 노신이 고심하여 붙이게 된 Q 자를 훔쳐내기로 마음먹었던 것입니다.

그런데 Q씨.

참으로 쓸쓸하고 막막한 부름이군요. 나는 도무지 당신이 누구인지 알지 못합니다. 내 그림자인지도 모르겠고 나를 둘러싸고 있는 사방의 벽인지도 모르겠고 저 머나먼 곳, 밤하늘에 있는 별인지도 모르겠습니다. 마찬가지로 당신 역시 나를 알 턱이 있나요.

영원한 암흑 속에서 한 줄기 빛을 소망하는 노래를 우리가 부르고 있다는 것을 당신은 알지 못할 것입니다. 그 노래는 그치지 않는 인간들의 울음이라는 것도.

설사 우리 인간들이 함께 으슥한 뒷골목, 낡은 간판이 겨울바람에 덜컥거리는 음식점에 앉아서 저녁을 나누어 먹고 톱밥 불이 모락모락 타는 손님 없는 다방에서 슬픈 음악을 들으며 한잔의 커피를 즐기다가 가등(街燈)이 뿌옇게 번져나는 밤늦은 거리에서 헤어지는 그런 다정함이 있다 하더라도 내 쓸쓸한 의미를 알 리 없거늘, 하물며 Q씨 당신은 내 그림자요? 허공인가요? 아무것도 아니잖습니까.

Q씨.

이 부름에 무슨 메아리를 바라겠습니까. 게다가 나는 진실로 내 마음을 전할 수 있는 선명한 언어를 지니지도 못하였습니다.

나의 어머니는 누구든 사람을 만나기만 하면, 심지어 지나가는 행상까지도 머무르게 하여 이야기하시기를 무척이나 좋아하지요. 기뻤던 일보다 슬펐던 이야기를 더 좋아하는 성싶었습니다. 하기는 기뻤던 일보다 슬픈 일이 더 많았던 생애였으니까 그랬을 테죠.

사람을 만날 수 없었던 날이면 나의 어머니는 강아지나 고양이를 상대로 푸념도 하시고 짜증도 내시고 때론 야단을 치기도 하죠.

얼마나 외로운 풍경입니까.

하지만 나는 어머니의 그 외로운 풍경을 아주 싫어한답니다. 이 세상에서 제일 나를 노엽게 하는 것은 어머니의 눈물, 어머니의 푸념이었으니까요. 왜냐구요? 모르겠어요. 굳이 이유를 찾아본다면 아마도 내 가까운 사람의 설움을 보는 것이 두렵기 때문일 거예요. 하기는 내 딸이 아팠을 때 나는 줄곧 화만 낸 것을 기억하고 있습니다.

그렇지만 만일 나도 소설을 쓰지 않았더라면 어머니처럼 이야기하기를 좋아했을 겁니다. 지나가는 행상의 옷소매를 잡았을 거고 강아지나 고양이를 들볶았을 거고 새벽이면 새벽마다 염주를 매만지며,

"나무 관세음보살! 나무 관세음보살!"

염불을 외웠을 것입니다.

실인즉, 지금 나는 Q씨를 향해 온갖 군소리를 하려고 생각하고 있으니 말이에요. 항상 나는 할 이야기가 많았습니다. 너무 할 말이 많아 나는 내 몸무게를 잃을 지경이었고 내 눈은 별이 가득 들어찬 우주와 그 우주 밖 무궁한 곳을 얼마나 헤매었는지.

당신은 그처럼 많은 소설을 썼으면서도 아직 군소리가 남아 있느냐구요?

천만의 말씀입니다. 나는 오늘 이 순간이 오기까지 할 말을 한마디도 못 했다는 괴로움을 안고 있습니다.

또 뭐라는 겁니까? 그럼 속 시원히 할 말 다 해버리라구요?

봄, 여름, 가을, 겨울, 모두가 다 아름다운 이 지상, 어느 누가 할 말을 다 했겠습니까. 만일 그런 사람이 하나라도 있다고 믿는다면 그것은 엄청난 오해입니다.

인간이 탄생했던 그 시기에서 역사를 살고 간 그 억만의 사람 중에서도 그런 분이 계셨다고 생각한다면 그것도 오해인 성싶습니다.

무슨 그런 독단이 있느냐고 말씀하시겠습니까. 그렇다면 할 말 없죠만.

하지만 Q씨, 당신은 아무것도 아니잖습니까. 그래서 나는 건방지기도 하고 주책없기도 하고 황당무계하기도 하고, 그저 내 심상에 비친 말을 하는 거예요.

혹시 할 말씀을 다 하고 가신 분이 계셨더라면 그분은 틀림없이 신이거나 영원한 생명일 거라고 나는 생각합니다. 석가(釋迦)와 기독(基督)이 일찍이 계셔서 그분들이 오늘에도 살고 있는 것만은 사실입니다. 과연 이분들은 할 말을 다 하고 가셨는지.

진정으로 나는 그런 확신을 열망하고 있습니다. 확신할 수만 있다면 나는 뜨거운 희열로써 그분 발밑에 귀의하여 내 모자라는, 아니 잃은 언어를 위해 구원을 애걸하겠습니다.

지금 어느 송신소인지는 모르지만 외로운 어떤 소녀가 사연을 띄웠군요. 자기를 위해 청해줄 사람도 없고 자기 역시 청해드릴 분도 없으니 나를 위하여 나 혼자 조용히 듣겠노라고 음악 한 곡을 청하였습니다.

「태양은 외로워」─. 나도 본 일이 있는 영화 주제곡이군요. 그 메마른 비애의 음악에서, 외로운 소녀의 사연에서 공통된 언어는 있었다고 Q씨는 그렇게 생각하지 않습니까. 그렇습니다. 그런 성싶어요. 하지만 좀 기다리세요. 아마도 이것은 착각인 것 같단 말입니다.

베토벤은 왜 그리 죽었을까요.

인생은 한갓 연극에 지나지 않는다는 마지막 말을 남기고 죽었다지 않습니까.

풀발이 선 하얀 식탁보가 눈부신 어느 레스토랑에서 눈이 아름다운 H지(誌)의 여성 편집자와, 신혼의 꿈이 서린 그의 동료, 그러나 아직은 소녀만 같은 덧니의 여성, 그 두 분과 마주 앉아 점심을 나눈 일이 있었습니다. 어두컴컴한 홀에 아마 음 악은 없었던 것 같고 보우타이를 단정히 맨 웨이터가 왔다 갔 다 하고 있었습니다. 연한 햄버그스테이크를 썰면서 무슨 이 야기를 그렇게 많이 했는지, 그때 일을 생각하면 나는 언제나 얼굴에 미열을 느끼게 되고 모진 매를 맞는 것 같은 착각에 빠지는 것입니다.

아마 그때 내 눈은 열에 들떠 있었을 거고 볼에는 경련이 일었을지 모르겠습니다. 내게는 아무래도 나그네같이 생소 한 그분들이었는데 세상의 무서움을 그분들에게 이야기하였 습니다. 몰이꾼에게 쫓겨가는 한 마리의 사슴 같은 기분이 되 어⋯⋯. 그러나 지금 내 마음이 부끄러운 것은 그 무서운 이 야기를 했던 탓은 아니지요. 그때 나는 내 언어를 잃었다는 바로 그 점 탓이었습니다. 어째서 언어를 잃었을까? 쓸쓸함 이나 슬픔과는 달리 분노와 공포에는 절규가 있는 법이며, 때 에 따라서 쓸쓸함과 슬픔은 언어를 죽이지만 분노와 공포는 본능적인 언어를 가지고 있는 것 아닙니까. 그 본능을 죽이기 위해 나는 실로 긴 이야기의 여행을 했던 것입니다. 우회 곡 절하면서, 공허한 그 말들이 그렇게 많이 필요했을 까닭이 있 었겠어요? 남은 것은 내가 아니고 내 잔해(殘骸)였습니다. 결 국―. Q씨.

이리하여 나는 사람을 만나는 고통을 또 맛보고 내 집에 돌 아와서 문을 닫아걸려고 결심했습니다. 나는 본시 그런 군소리하는 입을 닫아둘 만큼 절도 있는 여자가 못된 탓이었습니다. 고삐를 잡고 나 자신을 다스리지 못할 때 나는 자신이 무서워지는 때가 많습니다.

아득한 강물입니다, 사람의 마음이 닿는다는 것은. 언어는 그 강물 이편에서 허위적거리며 한 치도 헤어나갈 수 없는 허수아비 아니겠습니까. 그런데도 언어에 사로잡혀 빠져날 수 없는 것은 그것만이 강을 건널 가능성을 지닌 유일한 것이기 때문이겠죠. 언어가 지닌 숙명적인 마성(魔性)이 바로 그것 아니겠습니까. 야수처럼 태곳적에 나무숲을 타고 다니던 인간이 인간을 발견하였을 때 지른 고함, 그것은 무서움이었던지 반가움이던지 오늘날 수천수만의 언어보다 과연 더 못했을까. 그들은 그때도 마음을 가졌던 것이었을까. 길을 거닐다가도 문득 생각해보며 아리송한 산을 바라보곤 하는데―.

나는 사람을 만나는 고통 때문에 내 집 문을 닫아걸지는 않았습니다.

누군가가 서글픈 미소를 지었을지도 모르겠어요. 참으로 느낌에서 억겁(億劫)을 겪은 듯한 시련이건만, 인간이란 도시 서글픈 미물이군요. 나는 다시 거리를 헤매어 다녔으니 말입니다. 거리에는 가을철, 낙엽이 구르고 있었습니다. 널찍한 플라타너스 잎이 을씨년스럽게 너풀거리고 있었습니다.

가을의 마음을 느끼기에는 어쩐지 그 잎이 너무 커서 하마 입을 연상케 되더란 말입니다. 어릿광대의 원색도 잠시 눈앞

에 스쳐 갔고 그러나 이내 친근미를 갖게 하더구먼요. 희극이
비극보다 어려웠던 탓이었는지도 모르죠. 희극이 비극보다
희소했던 탓이었는지도……. 금은방 쇼윈도를 들여다보았습
니다. 현란한 보석들, 루비가 이만오천 원, 오팔이 칠만 원. 문
득 생각이 났습니다. 고양이 눈같이 참 예쁜 오팔 반지를 어
디서 잃었던가? 알이 빠져서 종이에 싸가지고 다니다가 이모
님께 드렸던가? 십여 년 전의 일입니다. 모진 전란 당시 얼마
안 되는 보리쌀을 얻으려고 손에 쥐었던 마지막의 알렉산더
반지를 뽑은 일, 싫어서 끼지 않고 농 밑에 넣어 둔 금팔찌, 여
학생 시절에 어머니가 물려준 스위스 이십사 석의 금시계, 아
주 어렸을 때 오십 전 주고 어머니가 사주신 은반지, 처음 내
가 연재소설을 지방 모 신문에 썼을 때 다이아 한 캐럿이라
쓴 것을 친절한 교정부에서 한 돈쭝이라고 고쳐주신 일도 있
었지요. 희극과 오해 속에 그리고 보니 세월은 참 많이도 흘
러갔습니다.

십여 년 동안 내 손가락은 비어 있었습니다. 그리고 시계도
없이 살아왔었습니다. 어쩌면 나는 시간을 의식하기 싫었는
지도 모르겠어요. 언젠가 선배 G선생께서 제주도를 다녀오
시면서 주신 흑산호반지를 일주일인가 끼곤 그것도 어디다
잃어버렸는지, 그리고 시간을 어디다가 다 잃어버렸는지.

왜 내가 이런 생각을 하고 서 있을까요. 실상은 이 금은방
에 없는 한 캐럿짜리 다이아몬드 반지를 하나 갖고 싶었습니
다. 지금은 말고 능력이 생길 때, 능력이 없을 때는 단념을 한

다기보다 무심해버리는 내 버릇은 아마도 나 자신을 위해 그다지 좋은 것이 아닌 성싶습니다. 사람에게도 나는 언제나 그랬던 것 같으니, 이러한 쉽게 오는 체념은 또 한편 시간을 혹사하지 않고는 못 배기는, 그래서 나는 알맹이 없는 일을 구질구질하게도 많이 해왔나 봅니다.

그런데 우스운 것은 얼마 전에 무슨 상이라는 것을 받았을 적에 어느 출판사에서 기념품으로 보내주신 금반지가 하나 내게 있었는데, 나는 때때로 그것을 꺼내어 손에 끼어보곤 하죠.

"늙었구나!"

나에겐 시간이 지리합니다. 그런데 담뱃갑 속에 나란히 들어 있는 스무 개비의 담배가 한 알 한 알 줄어드는 것 같은 그런 숨 가쁜 시간을 더 많이 의식하죠. 쉰에 죽으면 앞으로 십년, 예순에 죽으면 앞으로 이십 년, 누워서 손을 꼽으며 세어봅니다.

그렇습니다. 나는 아직 할 말을 못 하고 살아왔기 때문에 초조한 것입니다. 약속은 없지만 언어의 마성에 걸린 나는 허우적거려 봐야겠어요. 한 치를 나갈 수 있는가고. 그 가능성에 매달려보는 거죠. 그렇다면 내게 남은 시간은 지극히 촉박한 것 아니겠습니까.

엉성한 수염을 기른 할아버지가 네 마리의 염소를 몰고 나무 밑을 가고 있는구면요. 여남은 개의 작은 발굽이 아스팔트 길을 두드리며 지나가고 있습니다. 어질고 착한 눈에 어리는 계곡, 수풀이 아닌 고층 건물이 가을 하늘을 막고 있었습니다.

저 착한 여덟 개의 눈은 어디로 가는 겁니까. 죽음의 행진! 이런 말까지도 어설픈, 토닥토닥 지나가는 발굽 소리―. 어느 부잣집 마나님이 부인에게 보가 된다는 염소를 흥정하여 출가한 딸을 위해 불 지핀 가마솥에 잡아 앉히겠지.

아아, 소름 끼치는 이야깁니다.

우리는 쇠고기를 먹고 생선을 먹지요. 그런데 하긴 뭐, 그깟 일에 소름이 끼치느냐고 할 만도 하겠습니다.

눈에 보인 탓이에요. 그 염소의 어진 눈이 눈에 보였던 탓이지요.

엉성한 수염의 할아버지는 나무 밑을 가고 있습니다. 그의 차림새도 남루하군요.

전차가 종을 울리고 지나갑니다. 육중한 드리쿼터가 신호에 걸려 멎었습니다. 핸들을 잡은 먼 나라 사람의 상아 같은 얼굴 위에 가을볕이 스며들고 있었습니다.

어디서 낙엽이 소리를 내며 뚝뚝 떨어지고 있는 것만 같은데 회랑과 같은 가로에 노란불이 켜지고 차량들은 매끄러운 곡선을 그으며 십자로를 돌아가는구면요.

이제 얼마 되지 않아 일모(日暮)가 올 것입니다. 그러면 습습한 바람이 불어오고 일제히 켜지는 상가의 불빛은 사십 고개를 넘은 여인들에게 청춘을 덤으로 줄 것입니다. 우리 이웃 산장에서도 밴드 소리가 숨을 죽이며 울려 나올 거고, 사십 고개의 여인들이 주름살을 잊고 도둑처럼 기어드는 산장의 댄스홀……. 아무도 만나지 말고 개울 길을 건너서 나는 내 그림자와 함께 집으로 돌아가야겠습니다.

작가의 가치관

이따금 홀연히 그러나 대개는 내가 용기를 잃었을 적에 생각나는 작품이 하나 있습니다. 도스토옙스키의 「프로할징」입니다. 그 작품을 좋아한다는 것과는 다소 거리가 있는 이야기가 되겠고 한편 문학적인 가치에서보다 사람이 살아가는 방법, 어떤 모양으로—마음과 몸—사람은 이 세상에 있어야 하는가 그것을 생각하게 하는 작품입니다.

인생의 가치 기준을 어디에다 두느냐는 것은 사람에 따라 다를 것이며, 우리는 다만 결과에서 극기, 패배, 타협을 보게 되고 또 겪게 되는데, 이것도 근원적으로는 결국 지엽적인 이야기가 아니겠습니까. 대개의 사람들은 그 빈도의 차이는 있겠지만 자연스럽게 있는 그대로 있고자 하는 충동을 느끼는 일이 있을 것입니다. 매일매일 형식의 무거운 짐을 지고 걸어

Q씨에게

가노라면 그 짐을 내던져버리고 숲속의 동물처럼 자유롭고 고독하게 살고 싶어지는 순간이 있지요.

전쟁이 인간의 집단에서 빚어지는 가장 큰 비극인 것만은 두말할 것도 없는 일입니다. 그러나 그 틈바구니에서 개인이 어떤 쾌감을 느낀다면 그것은 빈말이겠습니까. 오래 쌓여온 형식의 관습을 내던질 수 있는 쾌감, 이를테면 정착성이 마련한 가재도구를 버리는 쾌감, 여러 계층의 표지가 될 수 있는 의상을 벗어던지는 쾌감, 아름다워야 한다는 집념에 사로잡혀 피곤하였던 얼굴을 태양 아래 드러내고 스스로의 속박에서 놓여나는 쾌감, 흉보일 것도 흉볼 것도 없는 절박한 그 시기에는 그 의미가 여하한 것이든 진실이 있었던 것만은 사실일 것입니다.

선악을 넘어선, 어떠한 가치 기준도 서 있지 않았던, 오로지 상황 속에 내던져진 발가벗은 인간들의 참모습이 전장 속에는 있었던 것입니다. 이러고 보면 상투적인 말로 고난 속에 진실이 있었다는 것을 되씹게 되는데, 인간이 집단을 형성하는 이상 진실을 가리고 있는 그 숱한 벽들은 어느 누가 원하든 원치 않든 역시 인간과 인간 사이의 절박한 상황에서만이 무너지는 것이 아닌가 싶습니다.

그러나 상황이 달라질 때 사람들은 다시 형식의 무거운 짐을 짊어지게 되고 이런 상황을 떠나서 그 무거운 짐을 내던지는 사람이 있다면 우리는 그 사람을 초인이라고 부를 수도 있는 것입니다.

서설이 퍽 길어졌는데 각설하고, 나는 도스토옙스키의 많지 않은 단편 중의 하나인「프로할징」을 생각할 때 반드시 발가벗고 싶다는 욕구에 사로잡히게 됩니다. 그러나 내 마지막 의상은—허영이든 의무이든—결코 벗지 못하리라는 조소는 미리부터 도사리고 있지요. 사람의 도리를 저버리는 공포도 여전하니 따라서 문학도 버리지 못하는 게 아닌가고 생각합니다. 문학에서나마 벗고 싶다는, 그것도 궁극의 정직은 아니면서 말입니다.

　「프로할징」은 말하자면 수전노의 이야기지요. 그 작품이 태작(駄作)인지 수작(秀作)인지는 별도로 하고 비로소 천재가 탄생하였다고 평론가 베린스키가 극찬해 마지않던 도스토옙스키의 처녀작『가난한 사람들』과 그 천재의 칭호를 여지없이 땅에 짓밟고 만 제2작『분신』에 이어 발표되었던 작품이 단편「프로할징」인 만큼 아주 초기에 속하는 것으로서 장차 그의 거작에 변신을 거듭하여 나타날 인물들의 어떤 형태를 시사한 프로할징 씨의 성격을 만들어낸 작품이니 도스토옙스키의 세계를 이해하는 데 도움이 되는 면도 있겠습니다.

　젊은 도스토옙스키의 예리한 직감을 운운하는 것은 조금도 새로운 일이 아니긴 하지만「프로할징」에서 초극할 수 없는 인간의 준열한 한계를 지어 보인 것은 작가적 양심에 의한 무자비한 것이었다고 생각했습니다. 상식인들에게는 한갓 희극에 지나지 않게 생각할 수 있는 분위기로써 좀 더 고급 독자에게는 희극적인 색채로 말미암아 도리어 처참하고 연민의 정을 가지지 않을 수 없는 프로할징 씨, 그러나 그 광대 같은 모습 뒤에는 패배의 결말로밖에 갈 수 없는 인간의 한계를 전제하고서도 감히 따를 수 없는 초인적 모습이 숨어 있었던 것입니다.

그 숨은 모습에서 나는 지식의 거추장스러움을 느꼈습니다. 하잘것없는 내 지식까지도 말입니다. 그리고 하잘것없기 때문에 내 지식이 우롱당하고 있는 것 같아 불쾌해지기조차 했습니다. 문둥이를 문둥이라 하면 좋아하겠느냐는 비유가 있듯, 벗고 싶은 본능에 못지않게 가리고 싶은 속성도 실상 인간 심부(深部)에 어김없이 자리 잡고 있는 거니까요.

「프로할징」의 간단한 줄거리를 이야기한다면 하급 관리인 늙은 프로할징 씨는 무지하고 자존심이 없는 인색한(吝嗇漢)으로서 손수건, 양말까지 사용하는 것을 겁내는 초라하고 더러운 인간입니다.

뒷골목의 하숙치고도 가장 허술한 칸막이 방에서 식사도 남의 절반으로 때우고 어느 누구와도 교제하는 일이라곤 없이 수년을 살아왔습니다. 그에게는 천애(天涯)에 의지할 친지도 없는 것 같았고 오로지 하숙과 직장을 내왕하는 그것이 생활의 전부였지만, 외롭다거나 비참하다거나 남에게 멸시를 당하고 있다는 것을 전혀 의식하지 않는 일종의 괴짜였습니다.

그러던 그가 하숙생들의 우연한 말에서 그들이 자기 생활에 대하여 호기심을 갖고 있는 것을 발견하고 불안해지기 시

25

작합니다. 그 혼자만의 세계에 돌팔매질을 당한 듯 그는 분명히 방어 태세를 취하며 경계를 하고 그래도 불안하여 흥분하고 결국 시비까지 걸게 되는 변화를 보이는 것입니다.

그리하여 하숙생들은 그를 조소하고 그를 놀려주기 위해 당신이 다니는 관청이 폐쇄되었다는 농담에 프로할징 씨는 미치고 결국 죽게 되는데, 그가 죽은 후 이천오백 루블이라는 대금이 발견되었다는 것입니다.

도스토옙스키가 단순한 수전노를 그렸을 리는 없습니다. 같은 하숙생인 이바노비치는 다음과 같은 말을 하고 있습니다.

"도대체 넌 누구냐? 너야말로 바보다! 이 거렁뱅이야, 도대체 이 세상엔 너 혼자 사는 거냐? 도대체 너 혼잘 위해 이 세상이 만들어졌다는 거냐? 넌 나폴레옹이나 뭐, 그런 거라고 생각하나? 자아, 넌 누구냐? 누구냐? 나폴레옹이냐? 나폴레옹이냐, 아니냐! 자아, 말해. 나폴레옹이냐, 아니냐?"

그런가 하면 프로할징 씨는

"난 저 그거 아냐……. 아무튼 너 잘 들어. 똑똑히 알란 말이야. 이 바보! 나는 얌전한 인간이다. 오늘도 얌전하고 내일도 얌전할 거다. 그러나 그러다가 얌전하지 않고 난폭한 짓을 할 거다. 그래서 어려울 것 없이 자유주의자가 돼버릴 거다!"

요는 벌레처럼 하찮게 생각하는 노인을 두고 넌 나폴레옹이냐고 한 희극적 표현에 이 작품의 중요한 골자가 있는 것 같습니다. 과연 그 비유의 뜻은 무엇일까요?

Q씨에게

프로할징 씨는 비참하고 고독하게 살았지만 그에게는 좋은 옷을 입으려고 했으면 해 입을 수 있는 돈이 있었습니다. 좋은 음식을 먹을 수도 있었고 깨끗한 곳에 살 수도 있었습니다. 결혼도 가능했을 것이고 친구들과 사귀는 데도 궁색하지 않았을 것입니다.

그러나 그는 가장 밑바닥의 생활을 묵묵히 하면서 아무도 부러워하지 않았고 인간의 애정을 바라지 않았고 온갖 모멸을 두려워하지 않았습니다. 하려고만 하면 얻을 수 있다는 가능을 안고 있었기 때문입니다. 그런 상태는 신앙으로 하여 모든 인간관계에서 생기는 번뇌를 끊을 수 있었던 것처럼 프로할징 씨는 신이 아닌 돈으로써 모든 욕망과 세상을 살아가는 데 필요한 체면까지 버릴 수 있었고 정신적으로 충족된 자기 내면의 완벽한 세계를 만들었을 것으로 생각됩니다.

넝마 부스러기와 함께 감춰둔 궤짝 속의 대금은 그의 자유, 남과 하등의 교류를 가질 필요가 없는 절대자유를 보장해주는 신앙이며, 그 때문에 신성불가침의 것으로서 스스로도 그것을 수호하는, 이를테면 일심동체의, 가장 완전히 결합된 상태라고나 할는지. 어떻습니까, 비렁뱅이 같은 이 노인에게 무한한 권력을 지녔던 영웅 나폴레옹에다 비유할 만한 것이 없었을까요? 그러나 나폴레옹에게도 유한이 있었습니다.

등이 붙은 쌍둥아의 어느 한 편이 병듦으로써 다른 한편도 병들지 않으면 안 되는 것처럼 궤짝 속의 대금이 외부로부터 위협을 당한다는 것은 프로할징 씨의 절대적 자유도 위협을 당하게 된다는 이야깁니다.

대금에의 신성불가침은 수도승과도 같이 모든 인간적인 감각을 초월함으로써 보장되어왔었지만, 그것이 일단 외부로부터 위협을 당한다고 생각될 적에 그는 불안해지고 병적 환상에 사로잡혀 그를 떠받치고 있던 정신적인 바탕이 흔들리는 것입니다. 그것에 연루하여 그가 다니는 관청이 폐쇄될 것이라는 농담이 치명적인 것이 되고, 미쳐버린 그는 죽는데, 물질이 가지는 유한성의 필연이었을 것입니다.

결코 그는 끝까지 초인적 개인주의를 관철하지 못하고 패하는 것입니다. 여기서 『죄와 벌』이 생각나는군요. 훨씬 후일에 쓴 『죄와 벌』의 주인공, 철저한 초인적 개인주의자인 라스콜리니코프―물론 그도 끝까지 초인적 개인주의자일 수는 없었습니다만―와 프로할징 씨 사이에 어떤 상통점이 있다고 생각한다면 다소의 무리가 있을는지도 모르겠습니다. 그만치 그들에게는 일견 상통한 면이 없는 것입니다.

하나는 가난한 지식 청년이요, 하나는 무식한 하급 관리 노인입니다. 상황도 다르고 의식도 다르고 전혀 별개의 세계에 사는 사람들입니다. 그럼에도 불구하고 초인적 개인주의의 요소만은 묘한 공통점을 갖고 있었습니다. 초기 작품인만큼 그의 지나친 입심이 의식되어 대작인 『죄와 벌』에 비교될 만한 것이 못 된다 할지라도 왠지 나에게는 그것이 더 직접적으로 오는 것만 같았습니다.

그것은 관념적인 것이 아니었기 때문에 그랬을는지도 모

Q씨에게

르겠어요. 초인적 개인주의에 물들었던 라스콜리니코프의 비극보다 프로할징의 실패는 그것이 희극적인 것이었기 때문에 더 비참하다는 것은 앞서도 말했습니다만 사실은 그 비참함보다 오히려 어떤 관념의 연유에서 의식화된 것이 아니었기 때문에 내면을 엿볼 수 없고 따라서 그의 행동에서 독자의 자유로운 감도, 즉 내면을 읽는 것이 아니고 상상하기 때문에 프로할징 씨의 인간성이 더 가까이 느껴지는 것인지도 모르겠습니다. 인간성을 사랑한다거나 혐오하는 것과는 다른 이야기지만.

프로할징 씨의 패배는 물질이 외부에서 침해당할 가능성에서 온 것이라면 『죄와 벌』의 라스콜니코프의 경우는 초인적 개인주의가 내부에서 붕괴되는데, 내부와 외부의 개인적 상황은 의식과 무의식의 차이, 즉 관념적인 것과 자연발생적인 차이일 뿐 인간의 의지에는 통하는 바가 있었을 것입니다.

흥미 있는 것은 프로할징 씨가 무서운 인내심으로 자신의 보루로서 물질을 지킨 것뿐이며 타인에게 아무런 피해를 주지 않았음에도 오히려 피해자로서 구원받지 못한 끝장이었고 라스콜니코프는 관념적인 초인적 개인주의가 범죄와 결부되어 악덕한 수전노 노파는 물론 선량한 노파의 동생까지 살해하는 가해자로서 오히려 구원을 받는 결말을 맺은 일입니다.

목적, 위대한 자질을 타고난 인간의 목적을 위해 범속한 인간을 없애는 것은 죄가 아니며 한 마리의 유해한 '이'를 죽이는 것과 다를 바 없다는 라스콜니코프의 합리적인 범죄 구실은 그러나 그는 죄의식에서 도망칠 수 없었고 그 자신 역시 한 마리의 '이'에 불과하였다는 뉘우침은 신앙과 사랑의 구원을 받게 되지만, 물론 프로할징 씨도 죽기 전에 아주 희미하게 그런 징조가 안 보였던 것은 아니었으나 그에게는 끝내 사랑의 기적은 일어나지 않았던 것입니다. 『악령』의 키릴로프나 샤토프에게는 일어났던 자비의 신비는 일어나지 않았던 것입니다.

여기에서 나는 작가의 가치관이라는 것을 생각해보는 것입니다. 특히 「프로할징」에서. 그리고 두 작품 모두 그 후반부보다 전반부를 떼어서 곰곰이 생각해보는 것입니다. 프로할징 씨가 불안을 느끼기 전의 상태는 진정 초인입니다. 넌 나폴레옹이냐고 따지는 말이 주는 복선을 간과한다 하더라도 말입니다. 수전노인 한 노인을 초인에까지 끌어올리고 나폴레옹의 비중, 물론 그것이 희화적으로 표현되었다 할지라도.

우리는 우리 심중에 얼마나 그 상태의 초월을 갈망하고 있습니까? 즉 자유를 갈망하고 있느냐 말입니다. 얼굴에는 기름때가 묻고 누추한 옷을 입고 하루 한 끼 이상의 밥걱정을 하지 않고, 그리고 대로를 마치 무인지경처럼 활보할 수 있다면? 고대의 어떤 초인의 이야기, 대왕이 그의 소망을 물었을 적에 햇빛을 받게끔 가리고 선 자리를 좀 비켜달라던 이야기와 아울러 바로 그 남의 눈을 의식하지 않은 절대적인 자유, 그러나 우리에겐 그 자유 못지않게 고독을 두려워하는 습성,

Q씨에게

남의 눈에 관심하는 습성이 있는 것입니다.

명성을 얻고자 하고 화려한 생활을 하고자 하고 지성으로 세련되기를 바라고 영원한 반려를 원하는 이것을 이른바 허영이라고 합니다. 허영은 엄격한 뜻에서 고독이 두려운 행위인 것입니다. 즉 아무런 연대를 가지지 않는 자유를 두려워하기 때문입니다.

항상 갈망하는 자유, 고독에 대한 공포, 이 똑같은 인력(引力) 속에서 우리는 우왕좌왕하는 것인데 이 중의 하나를 선택하고 완벽하게 그 세계를 구축할 때 비로소 초인이 탄생하는 것입니다. 불안을 느끼지 않은 전반부의 프로할징 씨와 실수하기 이전의 나폴레옹은 분명히 초인임엔 틀림이 없겠습니다.

이들을 동격에 놓을 수 있는 작가의 자유는 작가의 가치관이겠습니다. 도덕이나 법률이라는 불완전한 규제를 걷어 젖히고 보다 깊은 곳으로 내려가 인간을 보고 느끼는 작가의 가치관은 얼마든지 불완전한 규제에서 이탈할 수 있는 것이고, 상황에 던져질 인간을 사회가 기준한 가치를 뒤엎어서 가치짓는 것은, 그러나 그것은 작가의 전횡은 아닐 것이며 모든 습관이나 제도나 법률이 인간 본질에 멀리 미치지 못한다는 어쩔 수 없는 결함 때문이죠.

사회의 이상이란 전체에서 개인으로 내려오는 것, 작가는 개인에서 전체로 올라가는 이 상반된 한계 때문이죠. 우리는 『악의 꽃』의 시인에서 부식된 미가 승화된 것을 봅니다.

그것은 내면의 진실이며 무한성이며 가치이며, 표현됨으로

써 표피가 아닌 내면에서 내면으로 울리어가는 것이 아니겠
습니까.

그렇기 때문에 생산고의 바로미터와는 무관한 예술이 존
재하는 까닭입니다.

순간순간은 새로운 것

언젠가 턱걸이식으로 문단이라는 관문에 기어 올라갔을 적에 나는 과거란 내게 아무 의미도 없다는 말을 한 적이 있었습니다. 지금도 그런 생각에 별다른 변화를 발견하지 못하고 일순간은 역시 새로운 것이며, 전혀 별개의 것이라고 나는 믿고 있습니다.

그러나 우리는 과거에 잠기며 무의미한 회상에 빠지는 일이 얼마나 허다합니까. 우선 문학 행위 그 자체가 그것일 거예요. 과거의 재생, 그러나 재생의 한순간, 순간은 별개의 생명일지라도 동시에 과거로 사라지는 무의미한 작업이나 아닐는지. 어떤 대문호가 남겨놓고 간 작품은 영원히 빛날 것이란 그런 뜻하고는 물론 다르다고 나는 생각하고 있습니다.

옛날에 쓴 수필을 모아 책으로 엮으려고 다시 한번 읽어보면서 나는 얼굴을 붉혔습니다. 그 유치한 넋두리 같은 이야기는 아주 진지했기 때문에 실소할 뻔했고 문학의 의미니 사명이니 하는 그 연설조의 흥분이 거추장스러워 어처구니가 없더군요. 하지만 나는 그것에 손질을 하지 않고 출판사에 넘겼던 것입니다. 그것은 그때의 내 소리였으니까. 그렇다고 의미를 부여한 것은 아니었어요. 지금 나와 그 글의 교류(交流)가 다른 것과 마찬가지로 내일 또 달라진 마음으로 읽을 것입니다.

의미가 있든 없든 저마다 짊어질 수밖에 없는 과거는 그 당시의 의미를 잃은 별개의 것으로서 의미가 있는 것이나 아닐는지, 지금 이 상념조차 다음 순간 그 무수한 과거와 마찬가지로 변신하고 또다시 변신할 것이니, 그리하여 끊임없는 변모를 거듭하면서 마르지 않는 강물과 같이 한 생애에서 다른 생애로 삼라만상은 명멸하여 영원으로 이어지는 것일까.

추억이란 인생이니, 청춘이니, 고독이니 하는 어휘만큼 보편화되어 우리는 그것의 참뜻을 잊는 일이 많은 것 같습니다. 소설이나 시에서도 어렵잖게 찾아내는 말이지만 유행가, 일상 대화에서도 우리는 이 말을 남용하죠. 남용하니만큼 항상 손에 들고 다니는 가방처럼 간편하게 생각할 수도 있겠고 손가방이 긴요하게 필요한 경우처럼 과거가 자기에게 중대한 것처럼 느껴지는 일도 있을 것입니다.

그러나 아무튼, 과거라기보다 추억은 인생이나 고독이라는 어휘가 거창한 데 비하면 소녀들의 귀여운 말장난쯤으로

Q씨에게

미소해버리는 분위기를 지니고 있는 것 같습니다. 지나가 버린 일이기 때문에 그것은 끊임없이 변모해온 것, 그리고 변모될 것이기 때문에 현재의 확증을 갖고 있지 않습니다. 인생이나 고독처럼, 확증이 없는 곳에는 온갖 윤색이 가능하지만 그 윤색은 문학의 형태일까요.

아이들은 미래를 공상하고 어른들은 과거를 공상합니다. 그리고 어른들은 공상한 과거를 통하여 미래를 공상할 것입니다. 이것이 소설일까요?

옛날에 내가 아주 어렸을 적에는 금이란 꽤 귀중한 금속이었지요. 아마 가을이었던가 봐요. 신랑집에서 보내온 예물함에 금패물이 들어 있어 누구네 집 아무개는 부잣집에 시집간다고 소문이 마을에 퍼졌거든요. 그 신부의 얼굴을 지금 나는 아무래도 기억해낼 수 없습니다. 이것도 아마 가을이었던 것 같아요. 운동장에 붉은 흙먼지를 날리며 신나게 북을 치고 행진곡을 울리던 악대, 운동회의 설렘은 지금 먼 아라비아의 꿈 얘기만 같은데, 그때 예쁘장하게 생긴 소학교 교사의 아내 얼굴이 어쩐지 또렷하네요.

그 예쁘장한 젊은 여자는 남편이 근무하는 학교 운동회에 나가기 위해 내 어머니의 금비녀를 빌리러 왔었어요. 날아갈 듯 성장을 하고 어머니의 금비녀를 찌르고 가던 그 뒷모습, 남색 수연에다 진홍의 안을 받친 치마를 입은 기생의 금봉채, 이렇게 또박또박 떠오르는 지나간 일들에서 금이 갖는 환상은 아마도 그때보다는 훨씬 아름다운 것일 거예요. 이 순간의 느낌은 현실에서 가늠하고 있는 금의 가치하고도 관계가 없고 오늘이 가고 난 다음 날에는 다시 어떻게 달라질 것인지…… 마치 기억의 초침이 흔들어준 물결과 같은 이 느낌은 역시 이 순간만의 것이겠습니다.

지금 라디오에서 타이스의 「명상곡」이 흘러나오고 있습니다.

번번이 들은 곡인데 지금은 그 음악이 이상한 매력을 갖고 나를 끌어당기는군요. 이것도 이 순간의 조화겠지요. 그런데 간간이 음악은 멀어지고 음악이 지닌 추억이 다가와서 내 마음에 가지가지의 빛깔을 던지는군요.

육이오 동란 때 피란 간 고향에서 듣던 음악, 절박한 심정에서 쇼팽의 「장송곡」을 들었던 것입니다. 고물 축음기의 태엽을 감아 가면서, 곡목을 고를 만한 여유는 없었고 어찌하여 쇼팽의 「장송곡」이 있었던지, 그것도 남에게서 빌려온 것이었지만. 들창이 높디높았던 단칸셋방의 어둠이 지금 마음에 밀려듭니다.

『시장과 전장』을 쓰기 위해 진주에서 해인사 골짜기로 찾아 들어갔을 때 그 길가에 있던 참나무 껍질로 벽을 꾸민 작은 다방의 기억은 좀 더 생생하군요. 여름이었지만 방학 직전이어서 다방에는 손님들이 없었습니다. 대구에서 여름 한철 벌이하러 왔다던 마담과 옛날 어떤 농장에서 일했었다는 소년티가 남은 쿡은 언제나 나를 환영했습니다. 그 환영의 뜻으로 전축에다 클래식 음반을 갈아 끼우는 것이었고 카네이

션은 없었지만 인스턴트커피를 타서 가져오는 것이었습니다.

창밖에는 경사가 급한 산이 바싹 다가와 있어 답답하였고 그 산에 안개라도 끼는 날이면 이 산속에 영원히 밀폐되어 내 그리운 사람들에게 다시 돌아가지 못하리라는 착각마저 일으키게 했습니다. 그러나 삭막한 여관방에서 일이 뜻대로 되지 않으면 나는 할 수 없이 펜을 던지고 그 다방으로 찾아가는 것이었습니다. 식전에도 가고 밤늦게도 가고 한낮에도 갔었습니다.

아침 안개가 계곡을 덮고 있는 창가에 앉아서 쇼팽의 「이별곡」을 들을 때 그것은 여수의 감미로움은 아니었고 시간이 흐르는 것을 바라는 이외 아무 도리도 없는 처참한 고독이었습니다. 그런 일이 없었던들 쇼팽의 「이별곡」을 들으면 지금도 눈물이 고이는 나를 보는 일은 없었을 것입니다.

역시 『시장과 전장』을 쓸 무렵이었습니다. 거의 작품이 다 되어갈 때, 쇠잔해진 내 몸과 마음을 잠재우기 위하여 들었던 베토벤의 「합창 교향곡」, 그것은 테이프에 녹음한 것으로 잡음이 많았지만, 나는 그것을 들음으로써 인간의 장려함을 뼈저리게 느꼈던 것입니다. 어떠한 설교보다 신을 느끼게 하고 신과의 대화를 내 마음속에서 가능케 한 음악, 그 신은 높이 오르려는 인간에게 손을 뻗쳐주는 것 같았고 내 마음이 남루하다는 것을 스스럼없이 나타나게 하였고, 그러나 나는 그 신이 누구인지 알지 못했습니다.

음악은 아직 내 마음을 적셔주고 있습니다. 타이스의 「명상곡」은 아니구먼요.

언제나 신에게 경건했던 것도 아니었고, 언제나 음악이 좋았던 것도 아니었습니다. 그렇게 부딪치는 순간이 있었을 뿐이지요. 발길을 지나가다가 불빛이 밝은 창문에서 흘러나오는 선율에 눈물이 고이는, 수만 가지의 언어로써 그 정감을 무어라 표시하겠습니까. 그 순간은 오로지 내게만 주어진 것, 고독과 자유가 공동체이면서 등을 돌린 비극을 우리는 깊이 감지하며 밤길을, 선율에 눈물지으며 가는 것입니다.

퍼뜩 생각나는 사람이 있군요.

세르게이 예세닌, 러시아의 젊은 시인이었지요. 가난한 농부의 아들, 전원에서도 도시에서도 몸 둘 곳 없어 하던 영혼의 방랑자, 그 천성의 시인은 여배우 덩컨과의 쓰디쓴 사랑의 종말로 스스로 젊음을 끊고 세상을 떠났죠. 나는 그 사람의 시를 좋아합니다.

손을 부비며

비틀어진 미소일랑 집어치워
나는 지금 다른 여자를
사랑하고 있어
너는 아니다.
너는 너 자신이 알고 있을 거야

잘 알고 있구말구

내가 쳐다보는 것은 네가 아니다

너에게 온 것도 아니다.

너 옆을 그냥 지나쳐도

내 마음은 아무렇지도 않아

다만

창문을 들여다보고 싶었을 뿐이야

일본 말로 된 것을 중역하여 뜻이 퍽 멀어진 것 같습니다만 마음이 떠난 애인 앞에서 떠나지 못하는 사나이의 마음을 읊은 시지요.

에세닌의 시 중에서 특별히 좋아하여 인용한 것은 아닙니다. 이 시를 읽었을 때 그런 상태를 소설로써 그려내려면 실로 많은 언어가 소요되리라는 것과 그러고도 그 맛이 나겠느냐는 것에서 몹시 감탄했습니다.

음악, 시, 소설……. 잠 안 오는 밤에 나는 그런 것을 끝없이 생각하다가 잠이 듭니다. 어떤 분은 음악에서 이겨나려고 무척 애를 썼다고 합니다. 그 몸부림이 이해될 듯해요.

글쎄…… 내 생각이 잘못인지 모르지만 미가 지닌 현혹성 때문에 그러지는 않았을까요.

사실 음악은 아름답고 슬프고 즐겁고 이를테면 가장 순수한 감각을 자극하는 거겠지요. 조소나 야유 같은 그런 뉘앙스를—가극의 경우는 다르겠지만—찾기는 어려운 것 같습니다. 그리고 생각이 잘 나지 않지만 뭐가 더 결핍된 것 같은 느낌, 그렇다고 해서 조소나 야유 따위의 큰 뜻이 있다는 것은 아닙니다만 그것이 비애로 심화되거나 변형되는 치밀성과 현실성을 생각한다면 청각(음악)이나 시각(회화)의 광장이란 좁은 게 아니냐구 생각할 수도 있지 않을까요?

과연 현대가 지니는 불모 상태가 직접적인 음악의 소재가 될 수 있을는지, 하긴 이것도 나의 독단인 것 같기도 해요. 잘 모르긴 해도 음악에서 메마른 도시, 하얀 금속에서 뿜는 빛, 모든 기계문명이 황무지처럼 들려오는 음향, 그 건조한 것 같은 것이 시정(詩情: 고독)으로 느껴지고 뭉크의 「절규」와 같은 그림에서도 시정(詩情: 고독의 공포)이 느껴지고 이것이 현대의 우리라는 생각을 문외한인 나도 갖게 될 경우가 있었습니다.

음악은 시에서 산문으로 가는 것일까? 어디서 들었던 그 '소리 음악'의 무시무시하고 참혹한 대사의 분위기는 지금도 머릿속에 따갑도록 남아 있습니다.

음악은 시에서 추상화로 가는 것일까. 텅 비어버린 한밤의 빌딩을 곡사(曲射)할 수 있는 광선이 몇 바퀴나 휘감아 올리는 듯한 음향을 나는 어떤 음악에서 들은 일이 있습니다.

피아노를 때려 부수는 연주, 악기를 들고 나가서 청중들을 노려보다가 사라지는 음악회, 이런 것은 다만 다다이즘이나 쉬르레알리즘의 재래(再來) 같은 것일까요. 우주 시대가 무르익으면 그런 몸부림은 신경의 자극을 조종하는 기계로써 대치될는지 누가 알겠습니까. 그러니까 예술이 무용으로 가

는 단계인지 혹은 생활 감정에 적합한 예술의 양식을 찾는 건
지…… 모르겠군요.

하지만 언어를 찾기 위한 몸부림같이 나는 생각이 됩니다.
언어는 더욱 적어지고 이웃과의 울타리는 더욱 높아지는 오
늘, 언어는 발광적, 괴이한 몸짓으로 보충되는 것이나 아닌
지. 그래서 더욱 처절한 느낌이 듭니다. 이제는 음악이 멎고
무슨 연속 방송극이 진행되고 있습니다. 거기서도 열심히 언
어를 찾고 있는구먼요. 얼마 전에 나는 P시에 문학 강연차 내
려간 일이 있었습니다.

항구는, 내 눈에 그 항구는 보이지 않았습니다만, 마지막
활기에 찬 듯 부두 노동자들이 짐을 나르고 뿌연 가로등 밑에
손님이 밀려 나오고 장사꾼들이 우왕좌왕하고 지게꾼들은
짐을 얻으려고 혈안이 되는 소리 없는 풍경을 바라보며 실상
나는 플랫폼을 지나 사람들 속에 떠밀리며 개찰구를 나서고
있었습니다.

역두에서 항구를 생각하고 기차에서 내린 손님들을 윤선
(輪船)에서 내린 손님으로 착각하는 것은 아마도 그 세찬 바다
냄새 때문인지 아니면 내 머릿속에 미진한 항구의 추억들이
가득 쌓여 있었기 때문인지 그것은 모르겠습니다.

정거장이나 항구는 이별하는 곳으로서 슬픈 것인데 웬일
인지 나는 어디든 떠나올 때보다 닿았을 때 눈물 같은 것을
느낍니다. 정이 든 곳에 닿았을 때나 낯선 곳에 닿았을 때도
나는 이방인 같은 마음으로 사방을 두리번거리게 되고 울컥

무엇이 솟구칠 것만 같은 충격을 느끼곤 합니다.

하지만 그날 밤에는 일행이 있었고 더군다나 딸 영주가 동행했었고 차를 잡으려고 서성거릴 필요도 없이 P대학에서는 차를 갖고 마중 나와 주셨더군요. 그런데도 그 예의 이방인 같은 느낌은 여전하였습니다. 차가 동래를 향해 달렸을 때 밤 속에 낯선 풍경이 전개되고 내 손이 왜 그리 떨렸던지, 추위의 탓은 아니었습니다. 온천장 호텔에 들어갔을 때 초겨울이건만 몹시 추위에 떨었던 사람처럼 조금 마음이 풀어지더군요.

이튿날 강연을 끝내고 나는 영주와 함께 시장 구경에 나섰습니다. 군밤을 사서 외투 호주머니 속에 넣고 까먹으면서 시장 바닥을 돌아다녔습니다. 정오여서 그랬던지 시장에는 사는 사람보다 파는 사람이 훨씬 많았습니다. 장사꾼끼리 팔고 사고 하는 것일까. 그 쓸쓸한 풍경은 일종의 수수께끼만 같았습니다.

사람들의 어깨가 닿아서 헤치고 나갈 수 없었던 피란 시절의 그 시장 거리, 분홍빛 옷감을 산 곳도 거기였었고 돈 보따리를 들고 양품점을 쏘다니며 배편을 근심했던 불우한 그 시절, 밀리고 부딪치던 그 많은 사람들 속에서 홀로 가듯 먼 전신주만 가슴을 짓누르던 곳이 지금은 오수(午睡)에 빠진 듯 조용하기만 하니 지금 이 순간이 환상인 것만 같고 그 시절이 현실인 것 같은 착각마저 들었습니다.

영주와 나는 이리저리 돌아다니다가 구제품 시장으로 들

Q씨에게

어갔습니다. 서양 사람들의 기름진 피부에 닿았던 낡은 물건이 즐비하게 널려 있었는데 여학생들은 행여 값싸고 멋진 것이 그 속에 묻혀 있지 않나 생각하는지 들치고 다니는데, 그것이 아무렇지 않은 현실이고 실리적인 생각이라지만 처량한 것임에는 틀림이 없겠습니다.

언제부터 우리는 이런 거지꼴이 되었을까 하고 생각해보았댔자 가난이 해결될 까닭도 없겠고 한 조각의 밀떡을 위해 가진 것을 내주었던 동란의 시기를 생각한다면 인간의 결백성이라는 것도 실은 우스꽝스런 사치가 아닌가 싶습니다.

언제였던지 개를 기르는 것은 내가 개를 사랑하기 때문이지만 한편 적은 식구에 밤이 무서운 탓도 있다고 했더니 어느 후배가 말하기를

"선생님 댁에 뭐 가져갈 거나 있어요?"

"쥐 먹을 건 없어도 도둑맞을 건 있다는데…… 그보다 사람이 놀라니까."

하고 나는 대꾸했습니다. 사실 우리 집에는 도둑이 들고 갈만한 값진 물건은 하나도 없습니다. 고물상에서 산 값싼 항아리와 책이 유일한 장식 효과를 나타내고 나로서는 큰돈을 냈다고 생각하는 것은 그림 몇 폭이죠. 그리고 손끝이 닳아지게 가꾼 정원과 다소 쓰기 좋게 개조한 후생주택이 그 화려한 광고로 장식된 내 저서의 소득이었습니다.

돈을 활용할 줄 모르는 내 천성 때문인지 바느질장이처럼 받아들이는 푼돈은 항상 간 곳이 없고 의식(衣食)은 옛날이나

지금이나 다를 것 없이 초라하건만—돈 달라고 손을 내미는 가난한 사람 앞에 저자세가 되는 것은 무슨 까닭인지, 옛날에 내가 가난했기 때문일까요. 아니면 문학 정신에 부정(不淨)이 있어 원고료를 악전(惡錢)으로 생각한 때문일까요.

아무튼 나는 지금 가난하지는 않지만 도둑맞을 만한 값진 물건도 없고 저축된 돈도 없으니 그 후배의 말은 당연했으며 자존심이 상할 하등의 이유가 없었습니다. 한데 그 후배는 말이 지나쳤다고 사과를 하더군요. 좁은 셋방살이, 입을 것조차 여의치 않던 시기, 그 후배는 내게 구제품 옷을 갖다 준 일이 있었습니다.

그 자신도 천진스럽게 입고 다니던 구제품을 내게 나누어 주던 우정을 잊지 않기 때문에 서로 사이에 다소 틀리는 일이 있어도 정이 가시는 일 없이 지내왔는데, 나는 그가 지나쳤다고 사과하는 것이 오히려 서운하고 그의 사고방식이 옛날과는 조금 달라진 것을 아쉽게 여겼습니다.

궁상을 떨 것도 없고 뽐낼 것도 없고 외관이야 있으면 있는 대로 없으면 없는 대로, 결백성이란 마음의 소치이지, 내 나라가 가난하고 구제품의 혜택을 입은들 어디 마음까지 가난해서 쓰겠습니까.

이야기가 마구 빗나가버렸군요.

우리 모녀는 천천히 구제품 시장을 돌아다녔습니다. 쓰일 날도 없겠는데 예쁜 모자를 영주에게 하나 사주고 그곳에서

Q씨에게

나와 다른 가게로 들어갔습니다. 아름다운 젊은 여자가 앉아 있더군요. 어쩌면 살빛이 그리 투명하게 깨끗했던지 항구의 거센 바람도 그 여자의 고운 얼굴에는 심술을 피우지 못했던 것일까.

나는 호기심 많은 남자처럼 그 여자를 살펴보았습니다. 여자는 금반지를 끼고 있었습니다. 국숫집 여자도 담배 가게 여자도 끼는 그 묵직하게 중량이 나가는 금반지는 아니었고 가느다랗게 새끼처럼 꼬아서 만든 반지는 아마 오 푼쭝이나 되었을까? 그렇게 흔해빠져서 서민용으로 떨어진 금패물이 전혀 새로운 가치로서 그 여자의 하얀 손가락을 한층 아름답게 꾸며주고 있었습니다.

여관에 돌아와서 그 흔해빠진 추억이라는 것을 생각해보았습니다. 짙은 것, 엷은 것, 가지가지 색채로 변해서 그 순간 마음에 있었던 것, 그러다가 그 구제품 가게 여자의 금반지가 번뜩 빛을 발하며 너저분한 온갖 금패물에 관한 추억들이 주렁주렁 달려 나오는 것입니다.

사실 그것은 추억이 아닐는지도 모르겠어요. 새끼처럼 꼰 그 금반지는 가난한 소재(素材) 같은 거구 주렁주렁 달려 나오는 추억이 그 소재를 꾸며주는, 이를테면 그 순간의 한 작품이라고나 할까요. 하지만 그 순간이 지나가 버리면 그 작품은 사라지고 행여 금반지에 관한 실마리를 얻었다 하더라도 심상(心像)의 그림은 또 다른 모양과 색채를 지니게 될 것입니다.

의식 속에 세월이란 항상 재생을 거듭하고 의미와 형태도

다 달라지게 마련인데 누구에게나 다 한 가지 공통점은 그것에 미의식이 발동된다는 것입니다. 그리하여 우리의 눈은 현혹될 수 없다는 자제력과 그 진실성의 의미를 의심하고 이미 죽은 것, 그렇습니다. 바로 옆에 있던 사랑하는 사람이 죽었거나 떠났거나 그것은 사람과 더불어 이미 죽어버린 시간입니다.

시시각각 우리는 죽어가는 시간을 보고 과거를 향한 의식은 끊임없이 새로운 의상을 걸치고 등장하다간 사라지지요.

추억(창조)엔 아름다워도 세월(진실)은 가혹한 겁니다. 추억을 따라 찾아간 곳엔 세월에 낡아버린 것이 있었을 뿐입니다. 사람도 장소도……. P시 여행에서 얻은 것은 과거의 의미는 허망하다는 생각을 한층 굳힌 것뿐이었습니다. 옛사람을 만나서는 안 된다는 것, 옛사람을 만난다는 것은 추억을 잃는다는 것. 젊은 시절, 들판에 노는 한 마리의 암사슴처럼 발랄하고 귀여웠던 여학생 시절의 R선생님을 P여고에 강연차 갔을 때 만나뵙고 그 주름진 얼굴에서 나는 그것을 뼈저리게 느꼈습니다.

그리하여 나는 하나의 추억을 잃고 과거에 의미가 없음을 다시금 깨달으며 P시를 떠났던 것이었습니다.

두 여인상

노르웨이의 극작가 입센 하면 누구나 먼저 『인형의 집』을 생각하지 않을까요. 그만큼 『인형의 집』은 널리, 오랫동안 읽혀왔고 그 당시 여성 문제나 사회 문제에 관심이 있었던 사람은 말할 것도 없거니와 일반인들에게도 충격을 주고 사회적 분규를 일으켰다고 하더군요.

나는 여학교 시절에 『인형의 집』을 읽고 어른이 되어 다시 한번 그것을 읽었는데, 물론 어렸을 적에는 유명한 작품이니까 무턱대고 읽었을 것이며 내포하고 있는 문제나 작가가 의도한 바를 이해했을 리가 없어요. 다만 행복한 결말을 항상 바라는 소녀의 마음에 노라가 집을 박차고 나가는 것이 서운하고 불안했으며 비바람이 다 걷힌 평온한 가정에 사랑하는 남편과 자식들과 함께 남아주었으면 좋겠다고 생각했습니다. 하기는 『인형의 집』 이후 약 백 년이 지난 오늘날에도 그때 소녀가 바라던 대로 남성의 이기에 굴복하거나 아니면 관용하게 용서해주며 살아가는 여성이 얼마든지 있지요.

나이 들어서, 슬픔이나 괴로움, 그리고 고통 같은 감정을 얼마간은 절제할 수 있었던 것 같고 한편 작품을 쓰게 됨으로써 다소 객관성을 유지해온 내가 다시 『인형의 집』을 읽었을 때 왠지 별다른 감명을 받지 못했습니다.

그리고 나는 행복한 결말을 바라는 소녀의 마음에서 몸부림치는 그 과정도 이미 지나와버렸구나, 하고 서글픈 감회에 젖었던 것입니다.

항상 권위와 자유를 바라면서 고독한 남성과, 굴종하면서 항상 사랑을 지배하고자 하는 고독한 여성 사이에 놓인 서로 간에 이해될 수 없는 벽은 성(性)이 지닌 본질일 것이며, 그 양성이 영혼의 깊은 곳에서 빚는 오랜 투쟁이, 관습으로 혹은 법률로 묶는 결과를 가져왔고 그리하여 여성은 인고(忍苦)의 역사를 살아온 것은 사실입니다.

그런데 여성인 나는 그런 문제, 노라가 그 여성의 자리를 차고 나가는 이야기에 별다른 감동을 느끼지 못했다는 것은 아마도 『인형의 집』을 한 여성 독자로서 읽었다기보다 자신을 한 작가로 의식하고 읽었기 때문인가 봐요. 확실히 『인형의 집』은 예술의 향기가 부족한 작품이었습니다. 입센의 다른 작품에 비해서도 그렇거니와 체호프의 『벚꽃동산』 같은 경향의 작품을 좋아하는 내 취미에는 별로 싸여오지 않는 작품이더군요. 그러나 내가 무감동했던 것은 다만 그 때문이었을까요.

물론 오늘은 그 당시와는 퍽 달라진 상황에 있는 것도 이유 중의 하나겠지만 곰곰이 생각해보면 여성 문제라는 그 자체에, 이를테면 관습이나 여성의 지위로 말미암아 빚어지는 그런 내용에 매력을 못 느낀 것 같습니다. 전에 쇼펜하우어의 『여성론』을 읽었을 때 나는 화를 낼 수가 없었습니다. 이른바 여성 운동, 또는 여권신장 운동 등에 앞장서 나가는 여성들의 어딘지 메마르고 사무적이며 지엽적인 정열에 호감을 가질 수 없었습니다. 그리고 지금 모(某) 신문에 가끔 실리는 「어글리우먼」에 때론 공감을 느끼는 일도 있는데, 그러는 나는 그럼 뭔지 숙명적으로 예속되지 않으면 안 되는 여자를 시인하고 들어가는 것일까, 아니면 외람된 말이기는 하나 편견 없이 정직하게 보고자 하기 때문일까요.

사회제도라든지 풍습, 어떤 불문율에 의한 여성의 억압된 위치는 물론 시정되어야 할 것이고 그러기 위해 확고한 신념과 진실된 정열의 운동가가 요망되는 것이겠지만, 그러나 그것은 어디까지나 방법이고 여건일 것이며 인간 문제에서 유리되어 여성 단독이라는 확연한 선을 그어서는 안 될 것 같습니다.

미래 공상소설에서 볼 것 같으면 다음엔 여성이 지배하는 시대가 온다더군요. 뭐, 누군가가 또 그런 말을 했다고도 하고 그러나 그 어느 것이 우위건 간에 핏대를 세운다는 것은 부정이든 긍정이든 회화적 요소를 면치 못할 것 같습니다. 즉 웅변대회장의 연사 같은 인상을 준다는 이야깁니다.

얼마 전에 나는 저 유명한 사르트르의 반려 보부아르 여사의 『제2의 성』을 친구한테서 빌려 읽은 일이 있습니다. 그중에 여성 혐오자인 몽테를랑을 가혹하게 내리깐 장(章)이 있었는데, 나는 아무래도 보부아르 여사의 그 거친 호흡을 따라갈 수가 없었습니다. 그 노여움이나 야유를 신나게 느끼지 않은 것은 아니었습니다만 그것은 표현에 한한 것이었으며, 깊은 공감을 갖지 못했습니다. 물론 그렇다고 해서 반여성주의자인 몽테를랑이 옳다는 것은 아닙니다. 불행하게도 몽테를랑의 작품을 읽은 적이 없는 나는 보부아르 여사의 논박 속에서 희미하게 윤곽을 잡아보았을 뿐이니 무슨 자격으로 이러쿵저러쿵하겠습니까.

그러나 원칙상 어떤 편협도 개성의 작업인 예술에 한해서만은 허용이 된다, 그 말이 하고 싶은 것입니다. 설령 몽테를랑 작품에,

'아킬레스의 몸의 단지 한 곳 불사신이 아니었던 부분은 모친의 손이 누르고 있었던 곳'

이라는 편견이 지배하고 있다는 것인데, 그러나 여성에 대한 어떠한 강렬한 거부는 그런대로 개성이며 내부의 싸움 같은 것은 아닐는지. 이럴 경우 다른 작가는 동일한 상황은 아닐지라도 남성의 경우를 여성의 경우로 대치시킬 수 있는 것이 문학의 무한계요, 동시에 작가의 개성일 것입니다. 가령

모친과 딸과의 관계, 부친과 아들의 관계, 전도된 남녀의 관계, 그것은 모두 어느 부분을 잡기는 했지만 개성이 대결해나가는 성의 관계이기보다는 인간의 관계가 아니겠습니까.

창작 행위에서 어떤 객관성을 지녔건 이 세상에 한 생명이 굴러떨어져서 여러 가지를 보고 느끼고 부딪쳐가면서 영글어진 개성은, 그 나름대로 판단하고 가치 기준을 세우고 단죄할 수 있는 자유조차 허용이 되는 것입니다.

물론 그 창작 자체가 또다시 다른 개성에 의해 부정될 수는 있어요. 나는 그런 뜻에서 몽테를랑의 문학에 반여성주의라는 딱지를 붙이는 것으로부터 그를 옹호하고 싶은 약간의 마음과 당당하기조차 한 보부아르 여사의 그 선고에서 그 당당함으로 하여 조금은 반감도 느껴졌던 것입니다.

이런 빛깔의 기분은 결국 인간의 본질적인 문제로 끌고 가고 싶은, 이를테면 성을 넘어서 인간관계에서의, 타인을 뚫고 들어설 수 없는 고독이나 서로 이해되지 못하는 근원적인 것을 생각하고 싶다는 것입니다.

사실 문학에서뿐만 아니라 현실에서도 남녀라는 이질적인 성에서, 보다 압축된 인간관계의 비극을 많이 보게 됩니다. 그것은 근원적인 이질로 말미암은 비극이기보다 이질로 하여 밀착을 갈구하는 숙명에서, 그 갈구가 크면 클수록 타인을 뚫고 들어갈 수 없는 고독과 서로 이해되지 못하는 고통이 심화되어 비극에 이르는 것이 아니겠습니까.

고독이나 몰이해라는 꼭 같은 상황에서 다만 남녀가 그 어느 관계보다 밀접한 관계를 맺지 않으면 안 되는 숙명으로 하여 비극은 두드러지게 형성되는 거라고 나는 생각합니다. 여성 혐오자 몽테를랑도 여성에게는 남성을 이해할 능력이 없다는 것으로 화를 내고 이해 부족인 면으로 하여 여성에게의 인격 부여를 거부한 것이 아니겠습니까. 그러나 반드시 그것은 이성 간에만 빚어지는 문제는 아니지요.

비근하게 우리는 우정 속에서도 그런 절망에 부딪히는 일이 허다하고, 한 피를 나눈 부모 형제의 경우에도 두꺼운 벽을 느끼는 일이 얼마나 많습니까. 몽테를랑의 소설 속에 나온다는 우매하고 이기적인 모친의 상(像)을 부친의 상으로 대치한대도 비극의 농도가 별로 줄어드는 것은 아닐 겁니다. 오늘날의 소설이나 심지어 대중성을 띠고 있는 영화에서까지 남성 문제가 내용의 핵심을 이루지 못하고 있는 것은 얼마든지 있고 전혀 여인이 등장하지 않는 소설도 얼마든지 있는 것입니다.

이야기가 묘하게 흘러버렸습니다만 여성 혐오건 남성 혐오건 그 밖의 어떠한 상황도 인간을 전제로 한 혼돈 속에 각기 대결하거나 순응하거나 지배하거나 예속되는 과정을 밟아가는 것이 아니겠습니까.

창 밑에서 강아지들이 악머구리처럼 울부짖어서 하는 수 없이 펜을 놓고 우유를 끓여 먹인 뒤 방으로 돌아왔습니다. 작년에 낳은 마리는 벌써 성견(成犬)이 되었고 요즈막엔 새로

Q씨에게

낳은 강아지들을 돌보느라고 둔한하게 했더니 여간 심술을 피우지 않아요. 이번에도 여덟 마리를 낳았는데, 개에게도 언청이가 있는 모양입니다. 한 마리가 내내 젖을 빨지 못하고 죽었어요. 그 죽음의 고통이란…… 눈을 뜨지 않은 강아지였는데, 정말 생명이란 참혹한 것이더군요.

밤이 깊었습니다. 가족들은 다 잠들고 배불리 먹은 강아지들도 잠이 들었는지 그 악머구리 같은 울부짖음이 이젠 멎었습니다. 이따금 잠꼬대같이 칭얼거리는 소리가 들리다가는 다시 고요해집니다. 나는 정말 강아지들의 엄마 같은 생각을 하고 있습니다. 나는 애기들아! 하고 불러요.

생명이란 참혹한 것이기도 하지만 참말 신비스럽고 아름다운 것이기도 해요. 그놈들은 한 달이 지났는데, 어미 개의 젖을 먹는 모양이야말로 결사적인 전투란 말예요. 일곱 마리의 도전을 당하는 어미 개는 빼빼 말라서 도망갈 구멍만 찾는답니다. 그도 그럴 것이 젖 가장자리에 난 무수한 상처, 이빨에 물리고 발톱에 할퀴고…… 처참했습니다.

무슨 이야기부터 했던가요? 참, 『인형의 집』의 이야기를 했었는데…….『인형의 집』의 노라를 생각하면 곧 연상되는 것은 『유령』의 알빙 부인입니다. 입센의 연보를 보면 『인형의 집』을 쓴 이 년 후 『유령』을 발표했더구면요. 다 같이 여자가 주인공이며 가정부인으로서 역시 가정이 무대였습니다. 이 두 여성은 여러 가지 면으로 퍽 대조적이었어요.

『인형의 집』 노라가 외향적이라면 『유령』의 알빙 부인은 내향적이라 할 수 있고 노라가 행동적이라면 알빙 부인은 사색적이라고 할 수도 있겠어요. 그러나 노라를 거쳐서 온 여자가 알빙 부인이라고 추측되는데, 역시 읽어보면 그렇게 느껴지는 곳이 있습니다. 알빙 부인이 노라의 후퇴한 모습인지 전진한 모습인지 그것을 천착할 필요는 없겠고 다만 노라가 인생을 응시하는 성숙한 눈을 못 가진 점과 알빙 부인은 인생을 관조하고 있다는 차이점만은 쉽사리 느낄 수 있었습니다. 하긴 알빙 부인은 노라처럼 단순하고 귀여웠던 여인은 아니며 인생의 신산(辛酸)을 맛보아온 중년의 여성이기는 합니다.

그의 고요한 응시는 때로 체념을 나타내기도 하고 견디어나가는가 하면 깊은 회의와 가실 줄 모르는 욕망이 되기도 하는 것 같았습니다. 『유령』에서 나는 사회적인 외향으로부터 인간 본질의 내부로 옮겨지는 작가의 눈을 느꼈습니다.

『유령』은 한 여성을 통하여 사회문제를 제기한 것도 아니었고 불행한 알빙 부인을 등장시켜 슬픈 여인의 역사를 표현할 의도도 아니었음이 명백했습니다. 형식과 진실, 인간과 신, 이 틈바구니에서 고민하는 인간의 모습을 그리고 인간의 필연을 해부한 것이라고 나는 생각했습니다. 이러한 뜻에서 『유령』은 『인형의 집』을 훨씬 능가하는 좋은 작품이 아닐까고 생각했고 그 어둡고 깊은 곳에서 들려오는 인간의 소리가 가슴을 짓누르기도 했던 것입니다.

노라가 낡은 사슬을 끊고 집을 나갔을 때 그에게 약속된 미래가 있었을 리 없고, 그 행동은 지극히 용감한 것이었지만 망망한 벌판과도 같은 외계에서 그는 어떠한 방향을 잡았을까, 그리고 노라는 어떻게 되었을까? 그가 부딪친 외계에서 다시는 인형이 되지 않으려던 그는 무엇을 발견하였을까? 아무도 그것에 대하여 해답을 줄 수는 없을 것입니다.

우리는 노라 이후 숱한 노라를 보아왔습니다. 바로 우리의 주변에서. 그러나 사실은 노라만큼 자각이 없는 여인상들, 그리고 그것은 대개의 경우 패배의 비참한 영상으로 끝나는 것이었지만, 그러나 노라는 무엇을 했을 거예요. 어디서? 무엇을? 차라리 『인형의 집』의 희곡은 그 후일담에 중요한 문제가 있지 않았을까요.

『유령』의 여주인공 알빙 부인에게는 목사 만델스가 있었습니다. 그러나 목사는 인간의 진실을 인간의 규율에 의해 거부합니다. 여기서 알빙 부인은 노라와 달리 자기 자신을 개조해 보는 것입니다. 물론 뚜렷한 가능성이 있었던 것은 아니었고 알빙 부인은 그것을 이미 넘겨짚고 있는 것입니다.

그런 이상 알빙 부인의 내면에서는 끊임없는 갈등과 삶을 긍정하는 마음, 부정하는 마음의 암담한 싸움이 계속되고 이러한 싸움에서 우리는 한 여성으로서보다 인간으로서 짊어지지 않으면 안 되는 숙명을 보게 되는 것입니다.

이 희곡에서 목사 만델스와 알빙 부인의 외동아들 오스왈의 모습은 알빙 부인의 내면세계에 이는 갈등의 두 가지 영상으로 보입니다.

목사의 형식성 내지 인간성의 부정과 경화된 선성(善性)은 상처받은 비둘기처럼 구원을 청하는 알빙 부인을 외면하는 위선과 소심으로써 거의 속화되고 말았으며, 그에게는 커다란 지혜도 자비도 없는 메마른 관념만 있을 뿐입니다. 그리고 그는 마음도 몸도 하나의 조문에 찌든 낡은 문서처럼 극기를 위한 투쟁의 고통조차 엿볼 수 없는 교직자인 것입니다. 이는 알빙 부인의 허무한 인내를 담당하고 있는 분신이라 할 수 있을 것입니다.

한편 알빙 부인의 외아들인 오스왈은 광활하고 자유분방한 미래를 바라보는 젊은 화가, 그에게 있어 인생은 무한한 야망이 넘치는 무지개, 그러나 끝내 육(肉)의 세계에서 벗어나질 못했던 방탕한 부친의 죄의 보과(報果)는 오스왈의 젊은 육체를 좀먹는 것이었습니다. 그 유전은 결정적인 것, 그리하여 절대적인 고독 속에, 모친의 비명마저 생소하기만 한 몸서리쳐지는 발작으로 최후를 맞는 것이었습니다.

그러나 이 오스왈의 비극은 비단 유전된 병만의 얘기는 아니었을 거예요. 그 병 자체의 처참한 상태보다 그것은 인간 운명의 상징이나 아니었을지. 어쩔 수 없이 짊어져야 하는 인간의 공동적인 십자가는 아니었을지요. 너무나 뻔하고 당연한 이야기지만 우리는 누구나가 다 그 마지막의 순간을 의식하고 있으며, 그것을 맞이해야 할 것이며, 어떠한 상태로든 오스왈과 같은 최후를 넘겨야 할 것입니다. 의지, 권리, 지혜, 그 어떤 것으로도 거부할 수 없는.

생명이 있는 곳에는, 그리고 그 생명에 영혼이 깃들어 있는 한 전율 없이 그 외로운 순간을 생각할 수 없을 것입니다. 묘지에 줄지어 서 있는 무수한 십자가, 그것은 오히려 죽은 자에게보다 살아서 걷는 자 어깨 위에 지워진 중량이 아니겠습니까.

부조리라는 말이 있습니다. 잘 모르긴 해도 실존주의가 퍼짐으로써 빈번해진 말인 것 같은데, 인간은 왜 태어났는가? 그 가락과 닮은 이 말을 어렵게 풀이하느니보다 그것은 아무도 모르는 일이다, 그것은 하나의 유령이다, 하고 싶어지는군요. 과거의 인간들이 물려주고 미래의 인간들에게 물려줄 알지 못할 그 유령일 것입니다. 내가 말하고자 하는 것과는 다소 색감이 다르긴 하지만 알빙 부인은 목사 만델스에게 다음과 같은 말을 하고 있습니다.

"……전부 우리들은 유령이라 해도 좋을 거예요. 그것은 단지 우리들의 양친으로부터 유전된 것이 우리들 몸에 들러붙어 있다고 하는 것만은 아닙니다. 그것은 여러 가지 낡고 시들어버린 생각과 이것저것 오래된 미신 같은 것이 따라다니고 있어요. 그것은 우리들 몸속에서 살아 있다는 것은 아니지만 싫어도 핏속에 전해져 있어 떨어지려고 해도 떨어질 수가 없어요. 잠시 신문을 들고 읽어보면은 행과 행 사이에 유령이 숨어 있는 것이 눈에 띕니다. 그것은 아마도 온 나라 안에 가득히 유령이 살고 있기 때문일 거예요. 그것은 바다의 모래처럼 수 없는 것일 겁니다. 그래서 우리는 모두 서로가, 무섭게 양지쪽으로 나가는 것을 싫어하고 있는 것 아니에요?"

알빙 부인은 마치 고형으로 찍어낸 것 같은 도덕과 신앙의 생활을 하면서 또한 일면에서는 인간적인 것과 자유를 갈구하면서 유령에게 쫓겨가는 여자. 육(肉)의 사나이인 남편 알빙 씨와 영(靈)의 사나이인 목사 만델스는 그러나 그들의 범죄에서는 동일 점이었고 알빙 부인의 인간이고자 한 분신인 오스왈은 태양을 달라고 외치며 죽었는데, 이 비극의 절정에서의 알빙 부인에 비하면 노라의 비극은 하나의 겉핥기 같은 것이었습니다. 물론 알빙 부인도 여성으로서의 사슬에 얽매였던 처지이기도 하지만 여자의 위치라든지, 예속되어 남자들 법칙의 지배하에 살아야 하는 불합리가 큰 비중을 차지하고 있지 않습니다.

알빙 부인의 남편은 오히려 능력 상실자로서 여장부 알빙 부인의 비호가 필요했으니까.『유령』은 여자의 비극이기보다 인간의 비극이었습니다.

『인형의 집』이나『유령』의 두 작품 속에서 작가는 아무런 결론도 내리지 않고 있습니다. 노라의 행동의 결과도 알빙 부인의 내면의 갈등에 대한 사색의 결과도 없었습니다.

다만 우리가 느끼는 것은 어둡고 삭막한 미래가 남겨졌다는 것뿐이었습니다. 사실 수신 교사도 이상주의자도 아닌 바에야 무엇을 더 어떻게 갖다 붙일 수 있겠습니까.

우리는 지금 이 시기에 살고 있으면서 결과 없는 행동, 결론 없는 사색을 되풀이하고 있습니다. 질서의 신성함을 믿는 사람이나 전체를 이상으로 삼는 사람 내지 사회는, 계산이 없는 행동은 무모하고 적당한 데서 잘라 결론을 내지 못하는 사색을 건강하지 못한 것이라 합니다.

그러나 우리는 지드가 말한 것처럼 의심하는 과정이 진실이라는 이 영역 밖으로는 도저히 나갈 수 없는 것이 아니겠습니까. 일견 모순된 말 같지만 그 모순 자체가 진실일 것이며 승산이 서지 않는 행동, 결론이 없는 사색, 그것이야말로 인간이 투쟁을 계속하는 이유일 것이며 삶 자체인지도 모르겠습니다.

그 행동이나 사색이 얼마만큼 진지하였는가. 그것은 자학이 될지 모르지만 가식의 안일보다는 훨씬 인생 자체를 절실하게 살고 있다는 것이 될 것입니다. 해결이 없더라도 결론이 나지 않더라도 힘껏 산다는 것은 그만큼 안일한 가식 속의 죽음보다 의의 있는 일이라 한다면, 험한 곳을 덮어두려는 또 하나의 궤변이 되겠습니까?

산다는 것

크리스마스를 전후해서 연말과 연시에 이르기까지 기어이 가야만 하고 가고 싶어지는 곳도 없었지만 평소에 결례했던 어른과 몇몇 선배를 찾아봬야 되겠다는 생각마저 내 머릿속에서 쫓아내 버리고 두문불출했습니다. 그러나 잠자리가 편치 않은 것처럼 가책과 회한에 괴로웠습니다.

연하장, 크리스마스 카드를 해마다 받기만 했는데, 금년에도 주소를 잘못 찾아온 것처럼…… 이런 따스한 정에 보답 못하는 가난한 마음에 축일은 오히려 괴롭기만 한 것인 성싶습니다.

뚜껑을 꼭 닫고 집 속에 움츠린 소라같이, 그러나 내 귀는 바닷소리를 듣는 것처럼 명동의 그 설레는 물결을 듣고 있습니다. 아마 양과점에는 크리스마스 케이크가 동이 났을지도……. 지나가는 사람마다 무엇인가 선물 꾸러미를 들고 불안한 것 같으면서도 행복한, 방향이 있으면서도 방향을 못 찾는 듯한, 그런 얼굴들이 눈앞에 선하게 보입니다.

고요한 밤, 거룩한 밤을 배고픈 밤, 돈 없는 밤 하며 씩 웃고 지나갈 애인 없는 젊은이들의 산뜻한 애수, 자선냄비의 종소리는 또 얼마나 춥고 쓸쓸하게 울리고 있을는지, 예약이 다 된 호텔의 방마다 휘황한 불빛이 새어 나오고 있을 게구요. 즐거우면 즐거운 대로, 서러우면 서러운 대로 저무는 해의 풍경이 수없이 내 눈앞을 지나가고 있습니다.

이렇게 움츠리고 앉아서 가책과 회한이, 기쁨도 서러움도 없이 내 안에 맴돌고 있습니다. 기쁘게 축복을 보내고 기쁘게 찾아가서 인사를 나누고, 그리고 이 밤을 즐겁게 보낼 수 없는 나, 인색한 인간이고 게으른 인간이고 피곤에 지친 인간이고 대열에서 빠져나온 인간이고 하며 나는 나에게 주먹질을 해보지만, 나는 아무래도 풍경 속으로 뛰어들어갈 수가 없습니다. 나는 하나의 허깨비, 풍경 속으로 들어만 가면 나는 허깨비가 되는걸요.

허례허식이라는 말들을 합니다. 소를 잡고 돼지를 잡고 차일을 친 넓은 마당에 사람들이 득실거리고 각설이 떼들이 모여들어 어깨춤을 추면서 쉰 목청을 뽑으면 거적을 깐 위에 음식상이 나오고…… 옛 노인들은 사람 살아가는 게 이거 아니냐고 아주 쉬운 말씀으로 인생을 시사해주시기도 하더구먼요.

사람 사는 게 그런 것, 탄생하고 혼인하고 사망하고, 명절이 있고 제사가 있고, 그리하여 인생의 마디가 하나씩 둘씩 생기겠지요. 그런데 나는 그 맺히는 마디 하나 없이 선(線)으로 지나왔다는 생각이 왜 자꾸만 드는지 모르겠습니다. 이제는 아주 굳어져서 술 한잔을 들면 조금은 즐겁고, 음악을 들으면 역시 조금은 즐겁고, 언제 몸부림치고 울었던가 아득하게만 여겨집니다. 내 혈육이 사라진 것도 사랑을 한 것도—.

"거, 어렵게 살 것 없어요. 사람 죽는 꼴 보시오. 언제 잡아갈지 뉘 알갔소. 우리가 살면 몇백 년을 살고 또 일을 하면 무슨 뾰족한 수가 터지겠다고 맨날 해봐야 바느질품팔이 같은 것, 누가 대단하게 여겨주는 줄 알아요? 가난뱅이들만 모여 사는 땅에서……."

세상이 아니꼽다고 푸념하시던 분이 그 자학의 말을 내뱉었는데, 생각해보면 그 바느질품팔이 같은 잘나지도 못한 내 문학을 위해 외곬으로만 지내온 불행—행복일 수도 있겠고—에서 이제는 도무지 되돌아갈 수 없는, 사슬에 얽매여버린 내 체질을 절감하게 되는 것입니다. 새장에 오래 갇힌 새는 새장 문을 열어주어도 날지 못한다 하지 않습니까.

사람 사는 게 그런 것, 그런데 그런 것을 못 하는 나. 찾아가서 인사를 드리고 안부 편지를 띄우고 명절이면 선물을 사고 결혼식에 참석하고 문상을 가고 제사도 지내고…… 사람이 살아가는 데 얼마나 많은 도리가 있습니까. 그런데 나는 일 년에 몇 번도 말고 매일매일 그 사람이 살아가는 도리를 못 하고 있습니다. 독자들한테서 오는 편지에 답을 못 해주는 거죠.

이번만은 답장을 써야지, 그렇게 벼르며 선의에 대한 강박관념에 쫓기면서 회답이라곤 거의 해본 일이 없는 나. 어디 독자뿐이겠습니까? 용건에 대한 회답조차 다 까먹어버리는, 정말 내 팔은 굽어지지 않는 쇠뭉치 같은 것일까.

미국의 유명한 어느 작가는 독자로부터 온 편지를 쓰레기통에 집어넣고 읽지도 않는다고 합디다만, 나는 읽을 뿐만 아니라 회답을 하겠다는 생각 때문에 어떤 편지든 보관하고 있습니다.

이따금 신경이 몹시 약해질 때 그 숱한 편지들은 한 무더기가 되어 내 얼굴을 내리치곤 합니다.

처음 정릉에 이사 왔을 적에 정릉은 산골이었습니다.

밤이 되면 열려 있는 창문으로 불빛을 따라 나비들이 찾아드는데 참말 신기하고 황홀한 나비들이 많았습니다. 나비 채집을 해보려고 그것들을 잡기 시작했습니다. 무더운 여름밤이었습니다. 잠시 잠이 들었던지 아니면 환상 속에서였었던지 내 방에 수천수만의 나비 떼들이 몰려들지 않겠어요. 막 춤을 추는데 그것은 눈보라 같기도 하고 흰 종이를 찢어서 마구 흩뜨린 것 같기도 하고, 그 무시무시한 나비 떼들은 미친 것처럼 춤을 추며 내 얼굴에다 흰 가루를 뿌리는 것이었습니다.

눈을 뜨고 정신을 차렸을 때 내 손 밑에서 꿈틀거리는 나비들의 생명의 촉감은 나를 몸서리치게 했습니다. 하나의 생명이 갈 때마다 저항하던 내 손 위에 남은 감촉, 그것은 죄를 범한 자국이었습니다. 채집한 것을 다 갖다 버리고 그 후 나는 다시는 나비를 잡지 않았습니다. 그런데 흡사 그 나비 떼들처럼 벽장 속에 쌓여 있는 가지가지 사연의 편지들이 내 얼굴 위에 난무하고 내리치면서,

'너는 뭐냐? 네가 뭐길래 그리 도도하냐! 그래도 너를 아껴서 보내준 편지를 다 떼어먹고 사람의 성의를 무시하는 양심을 갖고 네가 감히 인간의 이야기를 써? 그야 돈을 달라는 구걸 편지도 있었고 협박 편지도 많았을 것이다. 하지만 그런 것과 같이 우표딱지 하나도 어려운 가난한 사람이 너의 회답을 얻고 싶은 마음에서 고이 동봉하여 보낸 편지까지 도매금으로 묵살을 해? 스승도 벗도 없이 가난에 시달리며, 그래도 문학을 해보겠다는 정열을 넌 뭘로 아는 거냐 말이다!'

'나는 죽어도 편지를 못 써요. 그 이유가 어디 있는지 나도 모르겠어요. 뱃멀미를 몹시 하는 사람은 바다만 보아도 어지럽다 하지 않습니까. 매일 그 무수한 파지 속에 묻혀서 사는 내게는 정말 어떤 것이든 쓴다는 게 여간 지겹지가 않아요. 쓴다는 것은 희열보다 언제나 고통이 많은 일이었으니까 그것이 이유의 하나일지도 모르고 몹시나 낯가림을 하여 어릴 적부터 인사성이 없었던 내 천성이 이유의 하나일지도 모르고 그러나 그보다 나는 매일매일 편지만 쓰고 있을 수도 없지 않습니까. 그 대신, 사무적인 인사 편지 한 장 못 띄우는 대신,

Q씨에게

이렇게 나는 양심의 무거운 짐을 지고 가는 약하고 주변머리 없는 인간이 아닙니까. 나의 모든 인간관계는 이런 식이죠. 마음 깊이 후회와 인간의 정을 간직하면서도 흔적을 내보이지 않고 인사치레를 못 하는 내 게으름은 얼마나 많은 내 다정한 벗을 잃는 결과를 가져왔는지. 그래서 외롭지 않다면 그것만으로 나는 내 신념에 사는 자부라도 가지려 했지만 나는 이렇게 작은 봉우리 위에 혼자 앉아 그 숱한 오해와 가버린 시간들과 잘나지도 않은 내 작품을 생각하며 나는 이제 내 그림자조차 없는 외로운 인간이라는 것을 쓰디쓰게 씹어보는 것입니다. 어쩌면 강 이쪽과 저쪽은 그렇게도 먼지요. 자꾸만 자꾸만 넓어져 가는군요. 그래도 나는 아무래도 편지 회답을 쓸 수가 없습니다.'

크리스마스이브 그 밤은 얼마나 추웠던지. 우리 집 뒷산에 높이 솟은 소나무 몇 그루가 통째 얼어버려 봄이 와도 되살아나지 않을 것만 같은, 그런 무섭게 추운 날이었습니다. 그런데 이 정릉 골짜기까지 우편으로 크리스마스 카드를 보내주신 분이 계셨습니다. 너무나 당황하고 황송하여—과연 이러한 고마운 마음 쓰임을 받을 만한 인간이었는지, 상을 내리는 것을 뒷걸음질 치며 피하고 싶은 심정이었습니다.

그리고 사람과 더불어 생명이 있어야 할 것을 나는 이웃을 잃고 내 마음과 더불어 생명이 있고자 한 역리(逆理)에 몸서리쳐졌습니다.

나는 왜 이웃을 잃었는가? 그것은 시간 탓이다! 금쪽같은 시간 탓이다! 나는 왜 이웃을 잃었는가! 대화가 없었기 때문이다. 은종이에 싼 인사치레의 고행을 겪을 수 없었기 때문이다! 아니, 본시가 그런 것 아니겠는가…… 언젠가 어느 분이 악의 승리라는 말을 한 적이 있습니다. 어째서 악이 승리하겠느냐고 부정을 했습니다. 그리고 그것은 최후의 이야기가 아니라고 했었지요. 그러나 가만히 생각해보면 물리적인 면에서 악도 정열이라면 그 정열에 움직여지는 행위의 결과는 움직이지 못하는 편보다 유리하다구요. 그러나 여전히 최후의 이야기는 아니죠. 물리적인 면에서도 말입니다. 그러나 우리는 언제까지 시간을 기다려야 합니까.

크리스마스 캐럴은 고도(孤島)와 같은 내 가난한 성(城)에까지 들려오지는 않았습니다. 그렇지만 유흥의 객들이 사라진 거리에 성가대들은 구주 오심을 기쁘다고 노래하는 것을 나는 상상할 수 있었습니다.

이날 밤 나는 생명의 탄생을 보았습니다. 우리 집의 우직하고 식욕만 왕성한 곰이 출산을 한 거예요. 아무래도 내 예감에 크리스마스쯤 해서 해산하지 않나 했는데, 기독교인도 아닌 주제에 왜 그런 생각을 했는지 예정일이 대개 그쯤 되는 것 같아서 그랬겠죠만. 새벽녘에 여느 때처럼 베개 위에 턱을 고이고 이불을 어깨 위에까지 끌어당기고 엎드려서 일을 하는데 이상한 소리가 광에서 들려왔습니다. 나는 그렇게 빠를

Q씨에게

수 없이 뛰어 일어나 광으로 달려가며

"곰이가 새끼 낳나 보다!"

하고 외쳤습니다. 어머니도 나오시고 아이들도 다 나와서 무슨 제삿날처럼 붐볐는데 짚단을 둘러서 만들어준 개집 속을 조심스럽게 들여다보았을 때, 곰이의 눈이 파아랗게 불을 뿜고 있는 것 같았습니다. 이 추운 밤에 시멘트 바닥에서 저리는 듯한 냉기가 올라오고 내 입에서는 추위와 흥분에서 이빨 부딪치는 소리가 났습니다.

"얼어 죽겠어요, 따뜻한 방으로 옮겨줍시다."

어머니는 난처하고 두려워하는 표정을 지으면서

"네가 꺼내라."

나는 치마폭에 새끼를 꺼내어 담으면서

"곰이가 물까 봐 겁이 나서 그러세요?"

"……"

"내가 물리면 어쩌시겠어요?"

"너, 너야 곰이가 좋아하는데 뭐……."

"어머닌 밤낮 때리니까 그렇죠."

내 손 끝에 싸늘한 것이 만져졌습니다. 죽은 새끼더군요. 두 마리나.

살아 있는 여섯 마리만 싸가지고 방으로 쫓아오는데 곰이는 불안해하면서도 따라왔어요. 내 방 아랫목에다 자리를 마련하고 새끼들에게 젖을 물려주었습니다. 불빛 밑의 곰이의 눈은 젖은 듯 아름다웠습니다. 정말 거룩한 밤이었어요. 생명이란 참으로 신비스럽고 엄숙한 것이며, 죽음을 초월할 수 있는 것도 숭고한 일임이 틀림없겠으나 역시 산다는 것, 열심히 산다는 것이 더 아름다운 것만 같았습니다. 열심히……. 곰이는 지금 아픔을 다 겪고, 그리고 두 마리의 새끼를 잃은 채 하느님처럼 어질고 착하게 누워 있습니다.

프란시스 잠의 시에 「나는 당나귀가 좋다」라는 것이 있습니다. 그 구절에

> ……
>
> 연인은 당나귀를 바보라고 생각한다.
> 아무튼 당나귀는 시인이니까
> 언제나 생각에 잠겨서
> 그의 눈은 빌로도
>
> 마음 착한 나의 소녀여
> 너에게는 당나귀만큼의 착함은 없다
>
> 아무튼 당나귀는 주님 앞에 있으니
> 파아란 하늘이 비친 착한 마음의 당나귀
> ……
> 소녀여 너는 무엇을 먹었느냐?
> ──너는 버찌를 먹었지
> 당나귀는 겉보리도 얻지 못했다.

Q씨에게

아무튼 주인이 가난하기 때문에

당나귀는 벼릿줄(綱)을 핥다가

그늘에 가서 자버렸다.

너의 마음의 벼릿줄에는

이 벼릿줄만큼의 달콤함이 없다.

　나는 이런 밤에 그 시를 생각하고 시튼의 『동물기』 속의 회색곰 이야기랑 불쌍한 이리의 이야기랑, 그 숱한 동물들의 시를 생각하며, 그리고 양양거리는 새끼들을 핥아주는 어미 개를 바라보고 앉아 있는 것이 참 행복하고 구주 오셨다는 밤이 정말 기쁘기만 합니다.

　조금 있으면 겨울 나무숲에 금빛 햇빛이 쏟아지고 눈이 쌓인 언덕은 더욱더 눈부실 거예요. 그리고 나면 고통이 오겠지요. 그리고 또 가겠지요. 다만 산다는 것은 어떤 것이든 생명을 탄생시키는 일이 아니겠어요. 목각 하나에도 생명을 불어넣는다는 것이 사는 것, 그리고 인사치레 아닌 진정한 대화는 그다음에 나누어지는 것이겠지요.

자유 1

자유라는 말은 벌써 오래전에 빛깔이 낡아버린 것 같으면서도 많은 여백을 남겨놓고 있습니다. 여러 가지 신약과 처방이 발견되었다 하면서도 암이라는 병에는 아직 특효약이 없는 것과 마찬가지로 혹은 원자병과 같은 새로운 질환이나 항생물질이 거듭되면서 한층 더 강력한 병균이 생기는 것과 마찬가지로.

우리는 이 자유라는 문제에 부딪히거나 혹은 그것을 생각할 적에, 얼떨떨하고 현기증 나는 미로에라도 빠져들어 가는 듯한 느낌을 허다하게 받습니다. 그리고 양편에 중량을 둔 채그 중심을 찾아 헤매다가 이리 기우뚱, 저리 기우뚱 한없이기우뚱거리다가 지쳐서 나자빠지는 것을 일상생활에서도 얼마나 많이 경험합니까. 자유는 스스로가 떨어져 나오는 상태,

　　　　　　　　　　　　　Q씨에게

고독은 무엇이 주변에 없는 상태, 그러나 두 경우 다 원하든 원치 않든 없는 상태는 마찬가지가 아니겠습니까.

진실로 우리는 자유를 원하고 있는 것일까요.

역사를 거슬러 올라갈 것도 없이 지금 오늘날에서도 자유는 수많은 피로 물들어 있는 것입니다. 집단과 집단이 내세우는 해방이라는 동의어와 함께.

그러나 정치적인 이념을 떠나 개인의 생애나 순간에서도 사랑이 지닌 구심적인 것과 자유가 지니는 원심적인 것이 상극되는 사이를 우왕좌왕하는 것이 인간 대부분의 이야기가 아니겠습니까. 자유에의 갈망과 사랑을 향한 끈질긴 욕구―자유를 하고 싶은 대로 하는 것으로 해석한다면 이야기는 달라질 것이며, 여드름투성이의 방탕한 아들이 부모에게 대드는 것밖에 더 되겠습니까.

하기는 자유의 한계가 많이 논의되는 요즘, 생각해볼 것 같으면 자유는 욕구이거나 그것을 얻기 위해 투쟁한다기보다 차라리 일종의 타협 같은 기분이 들고, 그런 문서상의 타협이나 습관이 지닌 한계가 갖지 않으면 안 되는 맹점에 우리는 다시 말려들어 가게 마련이죠. 그리하여 우리는 새로운 구속 속에서 체질을 개선하지 않으면 안 되는 것이며, 자유의 개념은 변질되어 새로운 규범이 정해지고 자유를 위하여 자유를 저당 잡히는 결과가 되고, 어쩌면 이 끝없는 되풀이는 산골의 작은 물줄기가 길을 찾아 내려가다가 대해로 나가 길을 잃고 파도에 따라 저절로 움직이는 무의지의 상태 같은 것인지도 모르겠습니다. 그리고 다시 증발되고 비가 되어 산골로 떨어지는 그 순환과 같은 것인지도 모르겠습니다. 그러면 말살되는 자유에 대한 불만은 그만두고 자유의 한계라는 것도 그만두고 생각을 뒤집어봅니다. 실현될 수 없는 일이지만 완전한 자유가 성취된다는 가상 아래, 그럼 그 결과는 어떻게 되겠습니까.

그렇게 원하고 바라면서 나는 왠지 등골이 싸늘해지는 것을 느낍니다. 자유, 아무것도 나를 구속하지 않는 자유, 내 마음에 평화가 오기는커녕 미쳐버리지나 않을까 하는 두려움을 느낍니다. 이 지상이 낙원이 되기는커녕 지옥을 연상하게 됩니다.

나는 완전히 자유다. 나를 구속할 사람은 지상에도 천상에도 없다. 이런 경지에 섰을 때 사람은 과연 그 고독에 이겨나갈 수 있겠습니까. 나를 위하여 기뻐할 사람도 슬퍼할 사람도 미워할 사람도 없고 어떠한 의무나 사랑의 유대도 갖지 않았다고 깨달았을 때, 그 넓고 무한한 공간은 어떻게 심상에 작용해오는 것일까요. 사람들은 지치고 괴로우면 차라리 목석이 될 것을 하고 푸념을 합니다. 차라리 죽었으면 하는 것과 마찬가지죠. 그렇습니다. 완전한 자유라는 것은 죽은 시간입니다.

옛날 이른바 암흑시대였다는 중세기에 파문이라는 종교적인 형벌이 있었다고 합니다. 법왕 그레고리우스 7세가 황제 하인리히 4세에게 파문을 선고했을 적에 카노사에 체재 중인

　　　　　　　　　　　　　　　　Q씨에게

법왕의 문전에서 눈보라를 맞으며 사흘 밤, 사흘 낮을 서서 용서를 빌었다는 이야기며, 철학자 스피노자가 유대교로부터 파문당하여 일생을 안경알 닦는 직업으로 호구지책을 삼으며 그의 철학의 체계를 세운 이야기며 그것은 모두 완전한 자유를 준 형벌이 아니었겠습니까. 부모도 형제도 벗도 등을 돌리는, 아무에게도 복종할 의무가 없으며 어떤 일에도 유대를 갖지 않는 오로지 그 혼자 서야만 하는 형벌, 그 형벌이 얼마나 가혹했던가를, 갈망하는 자유가 완전한 자유로 허용되었을 적에 그 순간부터 자유는 형벌로 둔갑한다는 사실, 여기에 자유가 지니는 함정이 있는 것 같습니다.

이런 아주 극단적인 자유의 마지막 단계를 떠나 일상적인 단계의 자유를 생각해보아도 여전히 우리는 자유의 함정을 보지 않으면 안 됩니다. 살아가는 데 우리는 너무나 복잡한 유대에 얽매여 헤일 수 없이 많은 자유를 박탈당하고 있다는 느낌을 어느 순간인들 버리지 못하고 있는 것이 사실입니다. 그러나 벗과 단절되는 상태, 어떤 집단에서 떠밀려난 상태, 가족으로부터 소원된 상태, 또는 사랑하는 사람과의 이별, 그 밖의 여러 가지 인간관계에서 소외되었을 때 그 고통이야말로 근원적인 것이 아니겠습니까.

이렇게 생각할 때 자유란 오히려 고뇌에 가득 찬 영도자의 길이란 생각이 듭니다. 자유에의 갈망은 인간과의 유대를 필요로 하는 소유의 욕망과는 등져 있다는 이율배반, 자유를 희생시킴으로써 인간관계를 유지하며, 결코 같은 자리에 공존

할 수 없는 근본적인 두 가지 욕망은 그 길에서 오히려 자유의 편이 더 처참할 것이며, 위대하다면 또한 그편이 더 위대하지 않겠느냐 그 말입니다. 나의 좁은 소견으론, 외람된 말인지는 모르겠습니다만, 성자의 길은 온갖 유대를 끊는 자유에의 출발로부터 자유를 극기하는 속에서 트여 나가는 것이 아닌가고 생각해보았습니다.

진실로 그 길은 형극의 길이며 몸서리쳐지는 인간 고독의 길이며, 또한 자신을 바로 응시하는 길이 아니겠습니까. 범인이 갈 길은 못 되지요. 그러나 우리 범인도 때때로 소외감을 이겨낼 수 있는 순간은 있는데 어느 누구에게도 의지하지 않는 심정에 도달했을 경우입니다. 그 지속의 상태가 어느 정도 갈 수 있는 것인지 모를 일이긴 하지만, 적어도 그렇게 느끼는 순간 자신이 가장 강하게 자각되는 것만은 틀림이 없죠.

그러나 이런 경지에 빠질 것을 바라는 사람은 아무도 없을 것입니다. 바라지 않았으면서도 인간 소외의 그 시련에서 약자가 되느냐, 강자가 되느냐의 갈림길은 자기 내부의 욕망과의 치열한 투쟁으로써 결정되는 것 같습니다.

사람들은 항상 자유를 갈망합니다. 고독을 공포심 없이 생각할 수 없는 사람들이 자유를 갈망합니다. 여기에 자유의 함정이 있고 인간의 숙명이 있는 듯싶습니다.

자유 2

　문학에서의 자유는 두 가지의 경우로 나누어 생각할 수 있습니다.

　하나는 창작을 하는 작가의 자유, 즉 표현의 자유이며, 다른 하나는 작품 속에서 움직이는 인물의 자유 문제를 들 수 있습니다.

　작가에게서의 표현의 자유에도 외부적인 자유와 내부적인 자유를 생각할 수 있는데, 외부적인 자유란 두말할 것도 없이 어떤 법적, 혹은 관습적인 제재를 받지 않는 창작 행위의 보장을 의미하는 것입니다.

　그렇다면 작가는 이런 자유를 누리고 있는 것일까. 누리고 있지 못하다면 그 장애는 무엇일까. 한마디로 말해서 작가의 자유는 인간의 자유와 통한다는 것입니다. 인간의 자유가 보장되지 못하는 곳에 작가의 자유가 존재할 까닭이 없습니다. 그것은 작품이 항상 인간을 소재로 하고 있다는 이유에서가 아니라, 인간의 자유를 제지하는 힘은 그것을 고발하는 작가의 자유도 제지할 능력을 가졌다는 이야깁니다.

물론 여기서 논의되어야 할 것은 자유의 한계 문제, 자유가 끼치는 타인에의 피해 문제겠습니다만, 그 가치 평가는 매우 어려운 일이며, 작가의 입장으로선 예술의 가치에다 그 기준을 두어야 한다는 것을 요구하게 되긴 합니다만, 그런 뜻에서 예술이란 퍽이나 귀족적인 요소를 지닌 이기적이면서 편협하고 보수적인 의미에서가 아닌 완고함을 지니고 있는 것이나 아닐는지요.

하여간 플로베르의 『보바리 부인』이 비도덕의 서(書)라 하여 재판 소동까지 일으켰고 가까이는 일본에서 로렌스의 『채털리 부인의 사랑』의 번역을 둘러싸고 오랜 법정 문제로 끌어오던 사실 등은 작가가 사회제도의 제재를 받은 하나의 표본이 되겠습니다.

그러나 우리의 경우, 현실적으로 볼 때 사회 풍기문란으로 문제화된 사건이 없지 않으나 그 시비의 골자를 보건대 창작의 자유는 논의되었어도 또 자유라는 것이 중요한 방패가 되기는 했어도 작품이 지니는 예술적 가치에서는 소홀히 한다기보다 문제 밖에서 뒹굴고 있었던 감이 적지 않았습니다. 그러나 관습상 사회 도덕에 위배되는 문제에 대한 제약도 제약이려니와, 지금 야심 있는 작가들 사이의 공통된 고민인 정치

Q씨에게

적인 문제가 작가의 자유와 가장 깊은 연관이 있는 것 같습니다.

오늘날 약간의 작가들의 작품을 두고 정치소설, 정치적 소설, 정치에 관한 소설, 또는 사상적 이념적 소설이라는 명칭을 붙이기도 합니다만 과연 진정한 뜻에서의 정치소설이 있을 수 있느냐는 것입니다. 이유야 반드시 여러 가지 금기 때문이라고만 할 수 없겠지요.

정치소설이라면 얼핏 생각나는 것에 영국의 작가 오웰이 쓴 『1984』, 프랑스의 작가 말로의 『정복자』나 『인간의 조건』 등이 있습니다. 그리고 스탕달까지 거슬러 올라가고 이상적인 사회소설가였던 여류 오스틴에 이른다면 상당히 긴 전통을 가진 그네들이었다고 할 수 있을 겁니다. 그런 만큼 정치적 토양이 비옥했고 민중의 정치의식이 훨씬 발달했었다는 뜻도 될 것입니다. 그렇다면 이 정치소설의 필연성이 문제될 것인가.

앞서 진정한 뜻에서의 정치소설이 있겠느냐는 의문을 제시하였습니다만 그것은 어디까지나 작가 개인이 파고들어가는 소재 분야에 속하는 일이며, 어떤 필연적인 사명일 수는 없는 일일 것입니다. 다만 작가의 창작 활동에서의 자유가 오늘날 현실에서의 정치소설에 가장 많은 제한을 가하고 있다는 뜻에서 거론해본 것입니다.

그러면 정치소설이 아닌 경우 그런 제한은 받지 않게 되느냐, 한다면 문제는 매우 간단해질 것입니다. 그러나 간단해지지 않는 것이 어떤 분야에서 소재를 꺼내어 왔건 그것은 현실의 산물이라는 점입니다. 무대가 오늘 아닌 옛날로 거슬러 올라간다 할지라도 그것이 일개 야담을 벗어난 작품일진데 작품은 오늘의 비판적 태도에서 쓰이는 것이기 때문입니다.

우선 정치적이건 비정치적이건 어떤 측면에서 다루어지건 오늘날의 한국 작가는 거의 육이오라는 비극의 바탕 위에서 국토가 분단되고 민족이 서로 등을 돌리는 아픔을 지니고 있습니다. 그 비극이 컸던 만큼, 어느 한 사람 겪지 않을 수 없었으며 기억하지 않을 수 없고 다소간에 모두가 연루되어 있는 만큼, 외면할 사람은 별로 없을 줄 알며 차지하는 중량의 차이는 있을지라도 남북 분단과 육이오를 삽입하지 않은 작품을 거의 볼 수가 없는 것입니다. 육이오는 두말할 것도 없이, 그 이면의 경위야 어찌 되었든 이념의 전쟁이었던 것만은 부인할 사람이 없을 것입니다.

한 덩어리의 땅에서 한 조상의 민족이 이념의 상반으로 싸우고 갈라진 역사 위에서 그네들은 그네들대로, 이쪽은 이쪽대로 이념의 속박 속에 있는 것만은 사실일 것입니다. 그네들은 전체주의로써 이쪽은 개인주의로써 공방하는 중, 그네들은 전체주의 정치 이념을 위해 개인의 봉사를 강요할 것이요, 이쪽은 이쪽대로 자유주의를 고수하기 위한 무장의 방법으로서 제한된 자유는 필연적인 것으로 될 것입니다.

이 제한된 자유가 일상생활을 얼마만큼 잠식해 들어가고 있는가, 그것은 논의 밖으로 하고, 작가에게서 창작 행위에 얼마만 한 영향을 미치고 있는가, 전체주의 국가나 이북 땅에서 정책이나 정치 관념에 적극 참여하고 공헌하지 않는 이상 예술 행위가 금지되는 극단적인 비자유의 경우하고는 본질적으로 다르긴 합니다만, 그러나 이적 행위라는 것으로 못을 박아 진실에 대한 소극적인 표현을 할 수밖에 없는 것도 자유주의 이념 밑에 사는 작가에게는 크나큰 고통이 아닐 수 없을 것입니다.

우리는 이 정권(李政權)의 부패, 오류를 파헤치고 인간의 비희(悲喜)를 그리는 데 있어서 이 정권이 물러날 시기를 기다리지 않으면 안 되었었습니다. 그 오류에 찬 권력에 협조하지 않고 적극 참여하지 않는 자유를 누릴 수는 있었으나 우리는 그것을 고발하고 그릇된 사회를 여실히 그려낼 자유까지는 향유치 못했던 것입니다. 분명히 침묵할 자유는 있었지만 소리칠 자유는 없었던 것입니다.

이런 근본적인 것에서 잠시 떠나 지엽적인 곳으로 들어가 본다면, 지엽적이라는 것에는 또 다른 의미가 있는 것입니다. 그것은 자유주의 이념의 정치 체제하에서 생존하고 창작 활동을 하는 예술인들이 자유주의자인 한에 있어서 공산주의 이념에 입각한 창작 행위는 있을 수 없고 그러기에 이념 문제에서는 근본적으로 논의될 수 없으니 작가가 창작상 요구하게 되는 자유란 지엽적이라는 뜻이 됩니다.

자유 3

　작가의 창작 행위에서 내적인 자유란 외부에서 가해지는 법적 혹은 관습적인 제재를 받지 않는 것과 마찬가지로 자신의 진실된 내부의 소리를 표현하는 데 작가의 분신인 자연인 혹은 사회의 한 구성인의 제재를 받지 않는 것을 말하는 것입니다. 이와 같은 자유를 쟁취하는 데서의 저항은 경우에 따라서 외부의 그것보다 훨씬 강인하게, 집요하게 되지 않으면 안될 때도 있는 것인데, 외적인 부딪침이 개인에게서 비롯된 것이기는 하지만 사회에의 관심이나 참여 의식은 어디까지나 연대적 성격을 띤 것이요, 내부의 그것은 어디까지나 한 개인의 근원적인 것, 존재의 이유에서 소멸의 필연성까지 파고들어 가고 보면 가장 본질적인 것, 그리고 직접적인 것이기 때문에 문학이나 작가에 있어서 연대성에서보다 훨씬 문제가

　　　　　　　　　　　Q씨에게

심화되는 것만은 확실한 이야기겠습니다.

작가의 자유와 자연인 혹은 사회 구성의 분자로서 옹호되지 않으면 안 되는 기본 권리의 주장, 이것은 한 인간 속에 공존하고 있는 작가(객관체)와 인간(주관체)이 적대하는 지극히 아이러니컬한 풍경인데, 작가가 인간을 딛고 일어서느냐, 인간이 작가를 떠밀고 일어서느냐, 이 내부의 치열한 싸움의 승패야말로 작품을 좌우하는 열쇠가 될 것입니다.

모리악은 작품이 위대할수록 그만큼 작가 개인의 파괴를 가져온다는 의미의 말을 한 것 같은 기억이 납니다만, 나도 한 인간의 희생 위에 쌓이는 것이 작품이라는 생각을 이따금 하게 되는데, 그것은 한 개인의 내부의 소리—비밀—의 고백 같은 것이기 때문일까요. 원죄를 스스로의 손으로 단죄하기 때문일까요.

그러나 문학에의 태도가, 진실한 그 태도가 순교자에 준할 만큼 준엄한 것임에는 틀림이 없겠으나, 문학 자체가 종교일 수 없는 것도 명확한 일입니다. 고해를 한다거나 단죄를 하는 종교적 의식에 자신을 모조리 내맡기는 것보다 깊지는 못할지라도 문학은 훨씬 넓은 범위를 차지하고 있는 것을 부인할 사람은 없을 것입니다. 예술 속에서만은 종교적 견지에서 죄악이 되는 것조차 아름다울 수 있으니 말입니다.

하여간 개인의 심성, 즉 작가의 심성에 어떻게 작용하든 문학의 근본에서 고해적 성격이나 단죄의 고통이 그 전부일 수 없다는 거죠. 그러니까 한 인간의 희생 위에 쌓이는 것이 작품이라 할지라도 그 희생의 상태가 앞서 말한 두 가지 것으로 국한된 것이 아님을, 그것은 지극히 협의의, 그리고 어떤 희생일 뿐이라는 것을 나는 감히 말하는 것입니다.

흔히 고백이니, 자서전이니, 혹은 참회록이니 하는 따위의 표제가 붙은 작품을 읽게 되는데, 플로베르가 "보바리 부인은 나 자신이다"라고 말한 것만큼 진실성이 없는 것을 느끼게 되더군요. 작품에 임하는 태도 그 어느 쪽에 수식이 강했겠습니까. 그런 고백의 표제가 붙은 것에 걸작이 없었던 것만 보아도 자명한 일인 성싶습니다. 작가의 진실이란 고백이 아닙니다.

작품의 리얼리티가 사회의 현실과는 별개의 것인 것과 마찬가지로 말입니다. 극단적인 말일는지 모르지만 작가의 내부적인 자유란 종교적인 입장에서의 선도 악도 아닌, 사회에서 기준된 가치 평가에 의한 것도 아닌, 훨씬 피안의 우뚝 서 있는 한 개 성일는지도 모르겠습니다. 그 상태의 표현에서 가열하고 준엄한 매질을 하며 영원의 궁성을 향해 걸음을 옮긴다는 것은, 작가 아닌 자기 속의 다른 하나의 분신이 인간적인 욕망으로 하여 끊임없이 방해하고 학대하는 것을 작가인 처지의 사람이면 누구나가 경험할 수 있었던 일일 것입니다.

그러나 이 상반된 쌍아가 있음으로 하여 작가는 자유를 주장하게 되고 인간에게서 아낌없이 빼앗은 참혹함을 감행하거나 아니면 굴복하게 되는 것입니다.

앞서 말한 고해적 단죄의식의 피상적인 수행의 결과로 볼 수 있는 고백, 자서전, 참회록 따위가 일견 인간을 짓밟고 작가의 승리를 의미한 듯하면서도 우리는 어쩔 수 없이 작가가 물러서고 인간이 정면에 나온 것을 보지 않으면 안 되는 것입니다. 모조리 토해내지도 못했거니와 모조리 토해낸 것을 재정리하는 비정의 사기성이 부족했던 탓이죠. 설령 작가를 짓밟고 나온 것이 아니었다손 치더라도 적어도 자신 속에서 작가와 자기를 혼동했던 것만은 틀림이 없을 겁니다. 작가의 자주성을 잃었던 거지요. 작가의 자유를 포기했던 거죠.

한 꺼풀, 한 꺼풀 자기를 벗어던진다는 것만으로 작가의 진실은 될 수 없습니다. 용기는 있을지언정. 경험한 것, 기억한 것, 목격한 것, 영혼의 깊은 곳에 있는 그 모든 것이 구애되지 않고 재료로 사용할 수 있는 자유가 작가의 진실일 것입니다.

작가와 자연인의 쌍아가 상반된 갈등 속에 있는 것은 인간이란 본시 습관의 동물이며 정착성에다 모험에 대한 두려움이 있기 때문이겠습니다.

내 손과 내 말

장마에 떠내려온 개울 돌을 주워서 모자이크처럼 뜰에 깔아 나가는 일에 재미를 붙여 나는 한창 더위의 여름 한철을 건강하게 보낼 수 있었습니다.

한 달 넘어 해온 일의 결과를 바라보는 것은 참 즐거운 일이었습니다. 아니, 어쩌면 아쉬운 마음에서 나는 눈이 떨어지기가 바쁘게 이슬에 축축이 젖어 있는 뜰로 나가는지도 모르겠어요. 하긴 아직 일거리가 남아 있긴 합니다만, 돌과 돌 사이에 잔디를 끼우고 자리가 잡히게 물을 뿌리고 솟아오른 조그마한 자갈을 쓸어내고…… 이 일이 아주 끝나버린다면 아무래도 나는 또 다른 일을 찾아야 할 것 같습니다.

참말이지, 나에게 일이 없었더라면 나는 죽어버렸을지도 모른다는 생각을 이따금 합니다. 남에 비해 죽고 싶은 충동은

Q씨에게

별로 느끼지 않는 편이며 술을 마시고 괴로움을 잊고자 하는 일이라든가 신바람 나게 놀아봄으로써, 혹은 화투나 그런 도박적인 것의 묘미에 끌려 현실을 잠깐 잊고자 하는 일이 없는 나는, 어떻게 보면 감정을 막다른 골목에까지 몰고 가지 않는 소심한 혹은 약삭빠른 일면이 있어 뭣으로든 자신을 마비시키지 않고는 견딜 수 없는 고통을 피해왔는지도 모르겠습니다.

나는 내가 자살할지도 모른다는 의문에 부딪혀본 일이 없습니다. 틀림없이 나는 자살하지 못할 것이라는 생각은 하면서도 그러나 만일 내게 일이 없었더라면 나는 자살했을지도 모른다, 그런 가정은 내가 일에 열중할 때나 일이 끝났을 때 늘 해보는 게 버릇입니다.

사실은 일이라 하지만 나는 남들과 좀 다른 생각을 갖고 있습니다. 글을 쓰는 일과 땅을 파는 일의 종류는 분명히 다를 터인데 나는 그것을 별로 구별하여 생각해본 적이 없습니다. 일을 해야 한다, 이것은 글을 쓰는 경우나 땅을 파는 경우에 꼭 같이 쓰는 나의 용어입니다.

나는 땅을 파거나 돌을 나르는 육체노동에서 말할 수 없는 희열을 느낍니다. 만일 그 희열이 없었다면 나는 그 짓을 하지 않고 일 매 백 원의 수입을 올리는 원고를 한 장이라도 더 쓰고 그런 노동은 일꾼들에게 맡겼을 것입니다. 그런가 하면 책상 앞에 앉아 원고지 한 칸, 한 칸을 메워 나갈 적에 나는 내 육체가 한없이 소모되어 가는 중노동을 하고 있다는 느낌에 빠지는 것입니다. 내게는 정신적 작업이건 육체적 작업이건 다 노동임에는 다를 것이 없고 거기 따르는 희열이나 육체가 소모되어가는 고통도 다를 것이 없습니다.

뙤약볕에서 땀을 흘리고 일을 하다가 냉수욕을 하고 책상 앞에 앉으면 펜을 잡는 내 손톱 사이에 붉은 흙이 가득히 끼여 있는 것을 보게 됩니다. 까맣게 그을리고 못까지 박혀버린 손을 바라보면서 이 손이 원상으로 돌아가려면 겨울을 나야 할 거라고 생각하곤 합니다. 그리고 내일부터는 장갑을 끼고 밀짚모자를 쓰고 일을 해야겠다고 결심을 하면서도 아침이 오면 그런 번거로운 절차가 싫어서 그냥 흙 속에 손을 집어넣고 말지요. 글을 쓸 때도 마찬가집니다. 깨끗이 치워놓은 방에서 책상 앞에 단정히 앉아서 글을 써야겠다고 얼마나 많은 결심을 했는지, 그러나 여전히 방바닥에 엎드려 원고지고 책이고 마구 흩트려 놓고……. 단간 셋방살이를 할 적에는, 아마 만져볼 틈이 없어서 그랬던지 나는 다른 것보다 자신을 좀 가지는 내 손을 무척 소중하게 가꾸곤 했었는데 지금은 그 여자 독특한 본능으로써도 흙을 만지고 싶은 유혹을 물리칠 수가 없더군요.

손 이야기를 하다 보니 이 손으로 하여 톡톡히 망신을 당한 생각이 납니다. 지난봄이었습니다. 집수리를 시작했을 때의 일이었는데, 이 집수리라는 자체가 필경은 일을 좀 사보겠다는 저의에서 나온 게 틀림이 없고 결사적으로 말리는 어머니와 투쟁을 하며 공부를 못 하겠다고 짜증을 내는 아이를 달래

Q씨에게

가며, 집 고쳤다고 돈 더 받고 팔지 못한다는 실리에 밝은 친구들의 충고를 물리쳐가며 예금통장이 바닥이 나도록 일을 하고야 마는 것을 보면 참으로 고가의 일을 나는 사고 있었던 것입니다. 아마도 일은, 앞서도 말했습니다만, 나의 생명의 연장을 의미하기 때문이 아닐까요.

아무튼 그때 집을 온통 뜯어 헤쳐놓고 정신을 못 차리는 판인데 전화가 왔습니다. 무슨 좌담회에 나와달라는 부탁이었습니다. 미리 연락이 있었고 나는 못 나가는 것으로 말을 했었는데 다른 분이 안 나오시게 되어 그러니 꼭 나와달라는 말씀이었습니다.

그것도 여러 번 바빠서 서두는 전화가 걸려왔던 것입니다. 이렇게 되면 내가 뭐 잘났다고 하는 생각에서 그만 약속을 하고 마는 결과가 오는데 그날도 그러했습니다. 그러나 막상 나가려고 하니 양회를 만져서 더덕더덕 갈라지고 까맣게 햇볕에 그을린 손등과 먼지를 흠씬 뒤집어쓴 머리며 어떻게 해볼 수 없는 내 꼴에 엄두가 나지 않았습니다. 시간은 촉박해 있었고 머리를 감으려야 감을 수도 없거니와 비누로 문질러보아야 더덕이가 된 손이 깨끗해질 리가 없었습니다.

자꾸 뒷걸음질 쳐지는 것을 에라 모르겠다는 자포의 말을 뇌까리며 나서다가 흉하게 된 손등이나 좀 가려보려고 장갑을 찾는데 마구 쌓아 올려놓은 짐짝에서 나온 것은 누우렇게 빛이 바랜 망사 장갑이었습니다. 다시

"에라, 모르겠다."

하며 시간이 늦어 택시를 잡아탔던 것입니다. 그 장소에 도착했을 때 이미 좌담회는 시작되고 있었습니다. 모두 깔끔한 모습으로 앉아 있는 속을 마치 이방인처럼 들어갔을 때 나는 손이 마음에 걸려 견딜 수가 없었습니다. 그런 것 초월할 만큼 위대하지 못했던 나는 마치 나사못 하나가 빠져버린 기계처럼 신경이 갈라져서 이른바 그 지적 대화를 나누는 자리가 어설프기만 하고 항상 쓰고 있는 용어마저 제대로 생각이 나지 않는 혼란을 느꼈던 것입니다.

마치 강연할 적에 어딘가 마음에 걸리는 동작이 청중 속에서 발견되는 순간 이야기의 주제를 잃어버리고 갈팡질팡하는 그런 경우처럼 말입니다. 장갑을 벗어도 마음이 안 편하고 끼어도 역시 마음이 안 편한 불안한 상태에서 사회 보시는 G선생님의 질문에 당황하게 되고 씨가 안 닿는 대답으로 어물쩍거리게 되었습니다.

그때 어쩌다가 그랬던지 말이 빗나가서 시는 추상적이며 상징적인 것이어서 구체적이며 사실(寫實)에 가까운 소설에 비해 협잡질하기 쉽다는 그런 뜻의 말을 했던 것입니다. 동석하고 계시던 대선배 모 여류작가께서 그 협잡질이라는 말이 몹시 비위에 거슬렸던 모양이에요. 고운 말 쓰기 운동이 벌어지고 있는데, 하신 것은 결국 말조심하라는 충고였던 모양입니다. 딴은 그렇겠다, 협잡질이라는 말이 고운 말이 아닌 것은 틀림이 없으니까요.

그러나 집에 와서 곰곰이 생각하니 어쩐지 마음에 석연치 못한 것이 남더군요. 그놈의 곱지 못한 손 탓으로 신경이 흩어져서 오발이 있었는지 모르겠으나 그릇된 논지에의 반박이라면 수긍할 수 있는 일이로되, 글쎄 고운 말 쓰기 운동이 벌어지고 있다는 나무람은 좀 어떨까요?

고급 부인들이 모인 사교장도 아니겠고 수신제가의 설교장도 아니겠고 중고등학교 학생들을 상대로 한 도의 시간도 아니겠고 명색이 문학 좌담회에서 아름답고 시적인 말을 골라 쓰라는 것은…… 글쎄요, 내 소견으로는 문학 그 자체가 아름다운 말의 유희는 아니라고 생각되며 비록 여성만 모인 장소이긴 하지만 여성의 자격으로 참석한 게 아니고 어디까지나 작가로서 나갔으니 예의 같은 것으로 표현이 봉쇄된다는 것은 참말 우스꽝스런 일이며 협잡질하기 쉽다는 말 외에 달리 적절한 말이 있을 성싶지도 않았습니다.

소설에서 내용이 아름다우냐 귀하냐, 그것은 별문제로 하고 아름다운 어휘를 골라 사용하느냐의 문제와, 진실성 없는 미사(美辭)가 얼마나 구역질 나는 일인가, 그것은 문학 밖의 대인관계에서도 마찬가지가 아니겠습니까.

뭐, 그렇다고 욕설을 해야 진실성이 있다는 이야기는 결코 아니지요. 그러나 우리는 필요하다고만 생각한다면 창작에서 가장 비속한 말을 사용할 용기는 항상 있어야 할 것이고 작품 속의 인물들을 모두 상당한 성품으로 배당하기도 천상이 아닌 지상의 이야기이고 보면 어려운 노릇이 아니겠습니까.

물론 고운 말 쓰기 운동은 좋은 일이며 착한 분은 적극 참여할 만한 가치가 있는 일이라는 것도 깊이 명심하고 있기는 하지만 문학 자체의 목적이 고운 말 쓰기 운동이 아닌 바에야 문학 좌담회에서까지 과민할 필요는 없지 않겠습니까.

하기는 문학 좌담회가 문학 행위에 속하는 것인지 나도 잘은 모르겠습니다만 여성의 발언이나 국민의 한 사람으로서의 발언이 아닌 작가의 발언을 두고 협잡질이라는 말에까지 제한을 받아야 한다면 좀 따분한 이야기일 것 같습니다. 나는 작품이 한 작가의 정신적인 소산이라는 것에는 반대하지 않습니다만 완성된 인격의 소산이라고는 결코 생각해본 일조차 없습니다. 오히려 가장 인간적인 약점이 많은 사람, 어딘지 모자라는 면이 있고 그런 것으로 하여 끊임없이 고통받고 모순에 사로잡히고 어떤 규율에서 벗어나고자 몸부림치는 불완전 상태 속에서 피나는 작품이 이룩되는 것으로 생각하고 있습니다.

그 예를 들어볼 것 같으면 구제문학(救濟文學)의 톨스토이가 팔십 고령에도 제가(齊家)를 못하여 집을 뛰쳐나와 어떤 역두에서 객사한 사실을 생각할 수 있지요. 그 대가도 그러하거늘 하물며 병아리새끼 같은 젊은 사람이 모범생 노릇도 하고 그런 세계의 글을 써야 한다는 것을 명심하기 어려운 노릇입니다.

아무튼 원인을 찾고 보면 손이 유죄인 듯한데 한 여성으로서 흉하게 된 손을 부끄럽게 생각한 것과 협잡질이라는 말에

후회가 없는 작가로서의 자만을 나는 앞으로도 별로 시정해
볼 마음은 없습니다. 즉 허식을 몰아내고 정직하여야 한다는
문학에의 자세로 기어 올라가고자 한다는 이야기며, 또한 이
것은 문학에 한한 이야기이기도 합니다.

여성으로서 혹은 한 인간으로서 세금도 바치고 체면도 지
키고 예의에 벗어나는 일이 없도록 노력하겠지만 문학에서
그런 것 지키다가는 그야말로 권선징악의 소설밖에 더 써먹
겠습니까?

문학의 자리

문학뿐만 아니라 다른 양식의 예술에서도 마찬가지겠습니
다만 어떤 목적을 위해 혹은 수단의 한 방법으로서 창작되었
을 때 목적이나 수단을 위한 노예이거나 봉사, 이 둘 중의 어
느 하나로 표현될 수밖에 없을 것 같습니다. 실은 노예나 봉
사자의 한계 같은 것도 모호하고 노예의 상전이나 봉사의 대
상을 개념에서 벗어나 생각할 적에 그 색채는 다양하고 복잡
하며 가치 평가도 엄청나게 달라지는 것이니 테두리 속에 넣
어서 단정하는 것도 무모한 짓이긴 합니다.

요즘 별나게 문제작이라는 말이 나돌고 있는 것 같습니다.
그것은 현실 고발의 내용이거나 정치적인 빛깔을 띤 작품에
대한 깊은 반응이라 볼 수 있겠고 한편 현실에 밀착한 눈들은
이미, 아니 벌써부터 기정사실─운명이라 해도 좋겠죠─을

Q씨에게

회피하여 적어도 가능성을 전제로 한 운동에 돌려져 있으니 현실 문제나 현실을 거의 지배하고 있는 정치에 민감해지는 것은 당연한 일이겠습니다.

그러나 어쩐지 대결의 무대가 좁아지고 공식화되어간다는 느낌이 자꾸만 듭니다. 일견 세상은 더 넓어지고, 만사가 계획된 도시처럼 규격화된 것 같으면서도 혼란에 빠진 문명은 오히려 황무지만 같은데, 하기는 그런 측면에서의 현실 참여라는 말은 일종의 난센스 같은 것이겠습니다.

보편적으로 말할 것 같으면 최대다수가 편하게 아쉬움 없이 살 수 있는 새로운 체제와 새로운 관습 내지는 도덕률을 요구하거나 선택할 수 있는 자유를 얻고자 하는 행동이 사회 참여가 아니겠습니까. 결국 가능성을 전제로 한 행동의 범위를 말하는 것일 겁니다. 가능성의 범위, 범위의 제한을 생각할 때 왠지 좁아진다는 느낌이 든다는 것입니다.

그러나 역사는 그것을 위해 투쟁하고 되풀이된 기록이라 한다면 그만이겠고 인생 자체가 항상 그 범위 속에서 파동했으며, 행불행도 우선은 그 범위 속에서의 상태에서 측량할 수 있었던 것이니 그런 조건은 세계라는 단위에서 한 가정의 단위로 내려와도 범위의 공간은 역시 한정된 것일 겁니다. 몸과 마음이 편안할 수 있는 살림살이. 그러나 나는 이런 말로밖에 표현할 수 없는, 즉 차원이 다른 무엇이 문학에는 있어야 할 것이라고 생각합니다. 분명히 약출(約出)할 수 없는 즉 차원이 다른 무슨 느낌을 사람들은 다 가지고 있을 테니 말입니다.

여하한 것으로도 인간의 궁극적인 것을 해결할 수 없는 것과 마찬가지로 최대다수의 행복이 체제상으로 보장된다 하더라도 의연히 문제는 남을 것입니다. 그렇기 때문에 오늘에 참가하는 동시 사람들은 미래를 생각하는 것 아니겠습니까.

여기에 이런 말이 해당할지 모르겠습니다만 포크너가 헤밍웨이를 가리켜

"그에게는 용기가 없다. 위험한 장소에 가본 일이 없는 사내니까."

했답니다. 엉뚱한 소리를 한다고 누구나 생각할 것입니다. 끊임없이 죽음과 대결하는 모험이 아로새겨진 화려한 그의 생애를 알고 있는 사람이면. 그러나 포크너는 다시

"독자가 사전을 찾아가 조사하지 않으면 안 되는 단어를 사용할 용기가 없었다."

고 말했답니다. 환상적인 것을 물리치고 냉정하게 한계를 측량하며 확실한 가능성 위에서 일한 작가 헤밍웨이에게 던져진 포크너의 비판이었을 것입니다. 포크너는 다시

"헤밍웨이는 쓰기 시작한 최초부터 자기가 할 수 있는 일과 할 수 없는 일을 뚜렷하게 알고 있었던 작가다. 그리고 자신의 한계를 지킴으로써 그는 항상 성공했었다. 그러나 나와 토마스 울프는 그렇지 않다. 언제나 자기가 할 것 같지도 않은 일을 향해 때론 성공하고 때론 실패했다."

이 말은 사람의 의식이 무한한 것, 문학의 세계도 무한한 것을 가리킨 것이나 아닐는지요. 단순히 기법만 가지고 포크

너가 말했을 리는 없습니다. 확실히 명확함보다 포크너의 장소는 넓었던 것 같습니다. 할 것 같지도 않은 일에 향했다는 것은 격렬한 죽음에 들린 것 같았던 헤밍웨이의 생애나 문학보다 시간과 공간의 길이와 크기의 무제한을 의미하는 것이 아니겠습니까.

언젠가 한국에서 아직은 현실 고발이란 지엽적인 것으로서, 그보다는 작가의 창작 활동의 자유가 봉쇄되는 현실적 여건이 문제라고 했더니 내가 신뢰하는 어느 분이 말씀하시기를

"이런 상태 속에서 오히려 인간 본질을 깊이 파고 내려가는 작품을 쓰면 되지 않습니까. 한눈팔 필요가 없어요."

참 좋은 말씀을 해주셨습니다.

그런가 하면 어느 모임에서 작가들은 잠을 자고 있다, 사명감을 잃고 개인의 울타리 속에서 구름을 먹는 듯한 군소리를 하고 있다, 그래도 춘원은 폭이 넓었고 종말에 가서 반역 행위를 하기 전까지는 적어도 그는 민족을 등에 지고 창작했다, 오늘의 작가들이 춘원의 문학을 계몽주의 운운하지만 민중에게 그만큼이나 강렬히 작용한 작가가 있었는가 하는 논박을 받은 일이 있었습니다.

물론 현실에서 오는 갈등 때문에 그랬을 것이고, 한편 그분들뿐만 아니라 일부 평론가들, 언론계에서도 간간이 불만을 표시하였고 독자층에서도 그런 생각을 가지는 수가 적지 않을 것입니다.

나는 우리가 현실에 뿌리를 박고 있는 이상 현실은 외면할

수 없고 작가도 붐비는 현실 속의 한 성원인 이상 자기 나름대로 현실에 작용하고 있는 것만은 틀림이 없겠지만, 개성대로 창작 행위를 할 때 소재의 선택이나 표현 방법은 원칙적으로 작가 자신의 가치 판단에 의해 이루어지는 것이지, 일률적인 요구는 부당한 것이며, 설혹 모든 사람이 요구하는 작품을 만들었다손 치더라도 그것이 요구에 의해 된 것이 아닌 작가의 내부 소리에 의해 씌어진 것이라야 한다는 얘기를 했습니다. 그리고 문학이 어떤 슬로건의 역할을 한다면 그것은 문학이 아닌 정치 연설이거나 사회 운동의 방편으로밖에 생각할 수 없고 더러 인생주의의 목적을 위해, 또는 자기 철학의 전달 방법으로 정치 노선에 따른 수단으로서 문학의 형식을 빌었던 사람이 없지 않았으나 그것이 위대한 예술로 완성되었다면 의심할 여지도 없이 그러한 목적의식이 예술에 흡수된 결과이지, 결코 예술이 그 목적에 흡수되었을 리는 만무하며, 한편 그와 같은 목적의식 없이 창작된 작품이 현실에 강렬하게 작용했을 경우 그것은 소재로서의 현실이 충분히 활용된 결과일 것이며, 예를 들어서 숄로호프의 『고요한 돈강』 같은 작품을 볼 때 우선 숄로호프 자신이 공산당원으로서 또한 공산주의 체제하의 작가라는 선입감부터 갖게 되는데, 그러나 『고요한 돈강』을 다 읽고 난 후의 느낌은 오히려 우리가 상상하는 공산주의 사회에서 이 작품이 허용된 것이 우습다는 것입니다. 반동분자인 주인공 그리고리에 대하여 작가는 끝까지 따뜻한 눈길로써 지키고 있었고, 혁명 전후의 거대한 러시

　　　　　　　　　　　　　　　Q씨에게

아를 작가의 신념으로 조금의 기울임도 없이 그려나가고 있었습니다.

하기는 한때 『고요한 돈강』을 반동문학이라고 했다니, 그것이 오늘날 고전으로 남게 되고 결국은 숄로호프가 반동으로 몰리지 않았던 것은 러시아의 위대한 전통에서 오는 것이 아닌가 싶습니다. 이와 반대로 콜론타이 여사의 소설 『붉은 사랑』은 도덕의 무시에서 비판을 당했다는 이야기가 있긴 합니다만 그것이 위대한 문학으로 남을 수 없었던 것은, 그 작품의 공산주의 찬양 일변도에서 오는 문학상의 편견 탓도 탓이려니와, 그보다 질에서 이류, 삼류에 떨어진 것이 아니었었는지.

엄격히 작품의 평가는 작품 자체가 지니는 것이겠고 설령 작가가 작품 행위 아닌 현실 참여를 꾀했을 적에도 원칙적으로 한 시민으로서 참가하는 것이 아니겠는가.

대개 이런 말을 했을 적에 그분들은 알만은 하지만 그래도 작가에게 요망하는 미련은 역력했던 것 같았습니다. 그만큼 오늘날의 우리가 처해 있는 현실이 절실한 무엇을 내포하고 있기 때문이겠습니다.

그러나 작가는 영웅이 될 수 없고 지도자가 될 수 없는 것입니다. 능력적으로도 그렇거니와 만일 그런 의식에 사로잡힌다면 그것은 작품 행위에서의 신앙적인 마음가짐을 버릴 수밖에 더 있겠습니까.

목적이니 수단이니 하고 아까 말했습니다만 우리가 넓은

뜻에서 생각해본다면 전반적인 거의 모두가 그것에 해당이 될 것입니다.

물론 예술도 대상을 요구하느니만큼 어느 것에 예속되어 인생을 닮는 것이 아니면 대상을 끌고 가서 인생이 닮아야 하는 둘 중 하나의 요소를 지니고 있는 것만은 부인할 수 없겠지요. 그러나 그것을 아주 좁은 범위로 줄여서 검토해본다면 정치적인 경우와 상품 가치로서의 경우를 생각할 수 있겠습니다.

고대에서 제정(祭政)이 일치하였던 시절, 신을 위하여 무수한 신전이 건립되었고 제왕을 위하여 찬란한 궁성이 세워졌을 때 그곳을 꾸민 벽화나 조각을 상상해봅니다.

그 당시의 예술가들이 예술이라는 것을 어떻게 자각하였으며 신에 대한 경건함이, 제왕에 대한 충성심이 어떠한 영적(靈的) 교류를 가졌었는지 지금은 알 길이 없으나 망막에 떠오르는 그들 예술가의 모습은 노예에 흡사한 형태임을 뿌리칠 수가 없습니다.

훨씬 내려와서 암흑시대를 밟고 간 그들 예술가의 발자취에서 우리는 신의 하인의 그 인고의 숨결을 느낀다면 그것은 허언이겠습니까. 물론 신의 뜻이건 제왕의 뜻이건 이룩된 예술을 모독할 생각은 추호도 없으며, 다만 예술가는—위대한 것을 남겨놓고 간—그 시대를 충분히 살았을 것이라는 상상을 하게 되지요.

지적인 작업, 특히 문학 분야에서 어떤 목적을 위해 이용된 역사의 범위는 극히 좁았던 것 같습니다. 더욱이 산문의 역사는 더 짧았으니까요. 이 소설 분야에서 타의에 의한 것이 아니었다고는 하지만 국가 의식이나 사상의 선전 도구로서 그네들대로의 문학관에 입각하여 정열을 쏟은 작가, 예를 들자면 가까이는 사르트르, 말로 같은 사람을 들 수 있겠고,

"소설이 반드시 인생보다 더 생생한 인간을 철저하게 절대적으로 진실하게 그리는 것은 아니다. 그 이상도 그 이하도 결국 소설일 수 없다."는 말을 한 H.G. 웰스에게는 예술적 양심보다 사회적 양심이 우위였으며, 그는 문학을 사상의 표현 도구로 생각했으며, 키플링은 군국적인 제국주의의 찬양자가 아니었습니까.

그런가 하면 예술의 본질에 굳게 매달려 사회 문제나 심지어 국가 의식에서까지 몸을 사리는 예술가를 우리는 얼마든지 알고 있습니다. 영국의 작가 제임스 조이스는 자기 자신이 믿을 수 없다고 생각하는 것이라면 가정이건 조국이건 교회이건 이 아무것에도 예속될 수 없다고 잘라 말했습니다.

그는 오직 자기가 신념으로 할 수 있는 언어에 의한 예술을 택하여 생애를 걸었으며, 그가 잘라 말한 대로 신앙이 두터운 그의 모친의 임종 시 마지막 애원을 물리치고 어머니를 위한 기도를 하지 않았다고 합니다. 신의 존재를 믿을 수 없었기 때문에.

그러나 그의 사촌이 신의 존재를 믿을 수 없다면 마지막 가는 어머니를 위해 거짓으로라도 기도할 수 있지 않았는가, 어

머니는 아들의 축복을 받지 못하고 갔다, 그런 뜻의 말을 했을 때 조이스는 신이 없다고 믿을 수도 없기 때문에 허위의 기도를 할 수 없었다고 했답니다.

그의 민족의식도 그랬던 모양입니다. 아일랜드 독립운동에는 종시 방관자의 입장을 취함으로써 더블린 시민으로부터 백안시당하는 분위기는 그의 단편 「죽은 사람들」 속에서도 나타나 있습니다. 그는 심지어 아일랜드의 문예부흥 운동마저 군중에 복종하는 행위라 하여 기피함으로써 지력의 자유스런 행사를 보호하려 했다는 것입니다.

그리하여 스스로 현실로부터 자신을 추방하여 문학에 전념하는 것을 그는 현실과 대결하는 방법으로 삼았다는 것입니다. 조이스는 어떠한 것에도 예속되지 않고 복종하지 않았던 대표적인 작가의 한 사람일 것입니다. 그는 문학의 대상, 독자까지 철저히 무시했던 것입니다. 읽고 싶으면 읽고 싫으면 그만두라는 식으로. 이런 면에서는 포크너도 비슷하겠지요.

어쨌든 작가는 그 사명감이 안에 있건 밖에 있건 타의에 의한 선택이라는 것은 그 첫걸음에서의 오류가 아닌가 싶습니다.

Q씨에게

장마 끝의 생각

오래간만에, 참말 오래간만에 회색 블록 담벽에는 지금 백
열과 같이 강렬한 광선이 튀고 있습니다. 앞집 울타리를 넘어
서 축 처진 호박 줄기에 매달려 있는 여리디여린 애기호박 하
나가 없었더라면 얼마나 풍경은 삭막했겠습니까. 그리고 앞
산에 양을 몰고 올라가는 소년의 뒷모습이 없었더라면……
그 잡풀이 우거진 산에는 아마 아카시아 잎들이 조금은 바람
에 흔들리고 있을지도 몰라요.

물가의 갈대 집이라면 엄마야 누나야 강변 살자던 소월(素
月)의 그 시 구절이 생각나서 낭만적인 비극으로 연상이나 되
겠지만 울타리 넘겨 수수떡이나 풋고추 같은 것이 오가던 인
정을 전설로밖에 생각할 수 없는 가난한 사람들이 모여 살거
나 아니면 제각기 뭔가 사연을 안고 흘러들어온 뜨내기들이

며칠 밤을 유하기도 하는 판잣집, 움막집들을 모조리 쓸어가 버린 장마는 이제 개나 봅니다. 일기 예보에 의하면 아직 비는 남아 있다고 하는데…… 또 비가 쏟아진들 설마 '노아의 홍수'야 되겠습니까.

하긴 지난봄에 하동에서 올라온 언니가 그 유별나게 크고 선량하게만 보이는 눈을 끔뻑끔뻑하며 말하기를

"금년에는 물을 조심하래더라. 예사로 들을 말 아니라구. 이봐, 검정콩하고 검정깨하고 준비해두었다가 비가 오면 산으로 도망가야 산다더구나. 너희들도 잊지 말고 준비해두었다가……. 너무 그런 말 안 믿을 것도 아니라고."

고등교육을 받은 언니도 시골에 묻혀 살다 보면 할 수 없나 보다고 슬그머니 혼자 웃었지만,

"아이가, 웃을 게 아니라구……." 산이 바다가 되고 그 물살 속에 모든 것이 떠내려가는 무서운 대홍수를 눈앞에 그려보았습니다.

'세상에는 마지막이 온다. 사람도 문명도 역사도 그 물살 속에 밀리어 흔적이 없어지고 다만 살아남은 한 남자와 한 여자가 다시 창세기를 맞이할 것이다.'

나는 형용할 수 없는 어떤 희열을 느꼈습니다. 그것은 범죄 의식이 따르는 비밀스런 희열인 동시 형벌의 공포가 어둠처럼 깔리는 순간이기도 했습니다.

'인간은 개미 떼에 불과한 거다. 문명은 개미들이 쌓아 올린 개미집과 다를 것이 없다. 개미들의 눈에는 인간이 보이지

않는다. 인간의 발자국은 개미들 마을에 지진 같은 것이다. 한 바께스의 물은 개미들의 왕국을 매몰할 수 있고 거기서 살아남은 한 마리의 수놈과 한 마리의 암놈이 그들의 새로운 창세기를 맞이할 것이다. 인간의 눈에 신은 보이지 않는다. 산이 무너지고 폭풍이 부는 것은 신의 옷자락의 흔들림 때문인지도 모른다. 노아의 홍수는 신의 물장난이었는지도 모른다. 개미는 며칠을 살고 인간은 백 년을 살고 신은 억 년을 사는 것일까. 한두 마리의 개미들이 떠내려가다가 나뭇잎에 겨우 붙어서 살아남았다면 그것은 물장난을 한 인간의 뜻이 아니다. 인간의 경우에도 홍수에 살아남은 남녀는 신의 뜻이 아닐는지도 모른다. 그렇다면 선악은 선택되었는가? 다만 그것은 우연이었을 뿐이다. 그리하여 종자는 하나의 우연으로 하여, 그것에는 악을 배태할 경우도 있을 것이고 선을 배태할 경우도 있을 것이다. 진실로 신의 힘은 인간의 선악에 미치지 못하고 오로지 인간은 인간의 테두리 안에서 우연과 필연에 의하여 탄생하고 소멸하는 끝없는 되풀이 속에서만 존재하는 것일까. 그렇다면 신의 물장난이나 화약 놀이나 부채질 같은 유희가 없는 한 전혀 유기된 상태에서 더러의 변칙은 있되 역학적―정신적인 것과 물질적인 것을 아울러―결과만이 남는 것일까.'

얼마나 엄청나고 어처구니없는 망상입니까. 그러나 망상이 한낱 망상으로 그쳤으면 좋으련만 가슴이 떨려오는 것은 누군가, 신이라 이름 붙여도 좋고 절대자라 하여도 좋고 그 누군가를 모독하고 있다는 두려움에서 벗어날 수 없는 내 가난한 마음, 매 한 마리가 높이, 하늘 높이 떠올라 넓은 세상을 내려다보는 그 호기에 젖어보기에는 참으로 미물인, 그리고 본능적인 타산을 잊을 수 없는 나 자신, 그것을 내려다보는 다른 하나의 나 자신의 조소, 끊임없이 비겁한 선의를 심판하는 것은 차라리 악을 심판하는 것보다 더 준열하고 잔인한 노릇이었습니다.

'나는 독신의 무서운 죄를 범하고 있다.'

'이 비겁자야! 신은 없다. 질서가 있고 인간의 능력이 있을 뿐이다. 너의 그 의식은 더러운 자애일 뿐 살인자가 법률을 겁내듯, 반역자가 군주를 겁내듯, 그것과 조금도 다를 것이 없다.'

아무튼 장마는 가고 모두들 습기에 찬 의복을 내다 말리고 곰팡이 슨 가구를 손질하고 있습니다. 이것은 지역적인 큰 살림살이로부터 한 가정이라는 작은 살림에까지 한동안의 후퇴인 것 같습니다. 시간은 역전하고 이룩해놓은 일도 뒤로 돌아가고—우리 집의 계집아이가 날마다 공을 들여 장롱에 걸레질을 하더니만 그 성실에도 차질이 온 거죠. 곰팡이가 이만저만 슨 게 아닙니다. 전쟁도 그런 거겠죠. 더 크고 파괴도 철저한 거지만 말입니다.

날씨는 말할 수 없이 좋습니다. 지글지글 끓는 듯한 태양이 뜰 안 가득히 쏟아지고 있어요. 그런데 그 광선은 선이 아니고 또렷또렷한 입자처럼, 그 입자 하나하나에 가득히 물이 실린 것같이 보입니다.

아니, 그 입자 자체가 온통 물방울인 듯 번쩍이고 있는데, 아마 공기 속의 습기를 모조리 흡수한 탓인가 봐요. 그래서 상쾌하지 않고 후텁지근한, 있을락 말락 한 바람이 온몸에 습기를 밀어붙이고, 옷이나 피부에서 수증기가 피어오르는 것 같은 느낌이 듭니다. 언젠가 김이 가득 서려 있는 염색공장? 아니, 유리공장이던가, 거기 견학 간 일이 희미하게 환상같이 떠오르는군요.

러닝셔츠 바람의 남자가 땀을 뻘뻘 흘리고 그 땀이 기름처럼 번들거리던 어둠침침한 곳의 얼굴. 연료가 무엇이었던지, 아마 석탄이었겠지요. 그것은 지금 주황색으로 상상이 됩니다.

땀을 뻘뻘 흘리고 습기가 온몸을 적시는 듯한 정오, 쥐어짜듯이 연재 원고를 끝마치고 펜을 놓았을 때 심장이 터질 것만 같은데, 달음박질을 계속하고 난 뒤처럼 현기와 구역을 느꼈습니다. 내가 좋아하는 여류 화가 C여사는 이런 말을 한 적이 있었습니다.

"수면제를 과용한 뒤 모든 게 흐물흐물하고 마치 연체동물처럼 말이오, 죽을지도 모른다는 생각과 나른하고 심하게 달려드는 현기, 그것에 난 이상한 쾌감을 느끼거든요."

C여사는 더 감각적으로 표현했습니다만, 나로서는 도저히 그분의 말을 그대로 옮길 재간이 없고, 내 감각에만 짜릿하게 남아 있을 뿐입니다. 그분은 늘 그랬습니다. 때론 산만하게

때론 단편적으로 설득하려는 투가 조금도 없는 대화 속에서 예리한 칼날같이, 경탄할 만한 표현을 때때로 발견하는 것입니다. 그것은 강렬한 색채, 신경질적이며 신경의 줄을 모조리 울려놓고 마는 음향 같은 것이라고나 할까요.

아무튼 C여사가 말한 것처럼 심한 현기증과 싸움이 끝난 뒤의 기쁨 같은 것이 마음 밑바닥에 보송보송 이는 것을 느끼며 송곳을 찾아 원고지에 구멍을 뚫어 노끈으로 꿰매는데 문득 팥 아이스케이크 생각이 났습니다. 아니 그것 생각을 했다기보다 바로 혀끝에 그 미각이 먼저 왔다는 게 옳을 거예요.

작년에도 금년에도 영주와 함께 H동에 있는 밀크홀에 가서 팥 아이스케이크를 먹었는데, 지금 혀끝에 느껴지는 맛은 분명히 그것은 아니었고 어릴 적에 곰보 아주머니가 시험관 같은 유리관에서 쑥 뽑아주던 것, 하얗게 서리가 피어 있고 팥이 듬성듬성 박혀 있던 그 아이스케이크의 맛이었습니다. 이빨에 닿으면 딱딱하여 힘을 주어 깨물어야 했던 것, 끝은 보드랍게 입속에서 녹았고 손잡이 쪽은 와삭와삭 얼음 소리가 났습니다. 그쪽은 맛이 덜했죠. 그래서 나는 언제나 끝에서 먹어 들어갔습니다. 그러면 손잡이 쪽까지 그 맛이 지속되는 것 같았으니까요.

지금은 어디 가도 그 맛을 찾을 수 없습니다. 내 혀끝에 그것이 되살아났다는 것은 이른바 기적, 우연? 그리고 그것은 이내 사라지고 말았습니다. 살짝 곰보인 그 아이스케이크점의 아주머니는 달같이 얼굴이 둥글었습니다. 항상 국방색 고무 에이프런을 두르고 있었습니다. 그의 남편은 목이 굵고 길었으며 키도 컸습니다. 말도 없고 언제나 성난 얼굴이어서 싫고 무서웠지만 아주머니는 상냥하고 웃으면 눈이 가늘어져 애교가 여간 아니었습니다.

어른들이 말하는데, 그 아주머니는 술집에 있었고 그의 남편은 식당의 요리사였다고 했습니다. 어쩌다가 어머니는 십전짜리 한 닢을 주며 그것을 사 오라 하는데, 신이 나는 것은 말할 것도 없고, 하얀 봉지에다 하나 덤까지 주었을 때 그 아주머니의 얼굴이 어쩌면 그렇게도 예쁘게 보였을까요. 쓸데없는 이야기가 꽤 길어졌군요.

하지만 나는 그렇게 문득 떠오르는 옛날을 참 소중하게 생각합니다. 옛날 일이 소중하다는 뜻은 아니에요. 떠오르는 그 순간은 이미 별개의 것이며, 색채랑 그 속에 담긴 것은 전혀 새로운 창조같이 생각되니까요. 그러나 대부분은 그냥 흘러가 버리지요. 그것은 그 순간의 내 삶이며, 그 순간의 진정한 삶을 문학에 재생하는 것도 어려우려니와 설혹 재생했다 할지라도 그것은 박제해놓은 새 같은 것일 테니까요. 그리고 우리는 그 숱한 기억들을 다 담아둘 그릇도 능력도 갖지 못했습니다.

문학의 소재란 무궁무진한 것, 과거의 기억과 미래에 대한 예상과 무수한 거미줄같이, 수억의 입자같이, 현재의 의식, 그런 것 속에서 인간은, 작가는 어느 만큼 갈 수 있을 것인지……. 노란 빛깔, 파아란 빛깔, 연두색, 오렌지색의 아이스케이크의 빛깔, 그 느낌조차 문자가 지니는 편협한 의미로서는 이르지 못하고 있으니까요.

찬란했던 여름 날씨가 별안간 변하더니 우박 같은 빗방울이 떨어지고 있습니다. 후텁지근한 습기가 전신을 적시는 듯하더니, 결국 행토를 부리는 모양입니다. 지나가는 소나기겠지만. 개들도 집 안으로 쫓아 들어가고 우레 소리가 천지를 뒤흔드는 것 같군요.

창가에 서서 산을 바라봅니다. 양을 몰고 올라가던 소년은 어떻게 됐을까 하고. 설마 노아의 홍수야 되겠습니까. 검정콩과 깨를 들고 산으로 도망가는 광경을 생각하니 막 웃음이 터질 것만 같습니다.

병적(病的)

건전한 신체에 건전한 사상이 깃든다는 말이 약 광고에까지 등장하는 것을 보면 어지간히 보편화된 진리인 것 같습니다.

어떤 화백이 말씀하시기를

"미술사상 좋은 여류 화가가 없었다는 것은 무엇보다 남성에게 당할 수 없는 체력에 원인이 있어요. 그림이란 상당히 힘이 드는 작업이거든요."

이와는 좀 다르겠지만 연전 노벨 문학상을 탄 바 있는『고요한 돈강』의 작가 숄로호프도 문학은 여성이 할 일이 못 된다는 말을 했다더군요. 물론 숄로호프의 경우는 체력뿐만 아니라 지력과 그 밖의 여러 가지를 포함해 그런 말을 했을 것이란 생각이 들긴 듭니다만.

사실 일(창작)을 해보면 체력의 문제란 너무 절실하여 마치 생명과의 대결 같은 환상에 빠져버리는 일도 있습니다. 피를 말리고 뼈를 깎으며 한 작업이었다는 말을 흔히 하는데 확실히 백혈구를 잡아먹는 듯한 의식, 시시각각 자신의 체력이 하강하고 있는 것을 측량할 수 있으리만치 체력의 소모는 확실해지는 것입니다. 이럴 때는 육체노동이 오히려 휴식이 될 지경이니까. 앞서 건전한 육체에 건전한 사상이 어쩌고 하는 것과 어떤 연관이 있는 건지, 아무튼 그런 무진한 소모로 하여 작가들이 문학 이외에서 에고이즘에 빠지는 일면의 원인은 될 성싶습니다.

과연 예술은 반드시 건전한 사상 위에서만이 창조되는 것이겠습니까. 그럼 건전한 사상이란 어떤 가치 기준에서 가려지는지, 그것도 생각해볼 만한 문제겠습니다. 건전한 사상이란 시대적인 소산일 것이며, 그 시대적인 소산은 또한 받아들여지는 집단에 따라 가치 평가가 달라질 수 있는 부동성을 띠고 있을 것이며, 종교나 기성 도덕이나 혹은 습관에 따라서도 거부되고 영합되는 성질이며, 또한 어떤 소수의 이해관계에서도 상반된 반응이 나타날 수 있을 것입니다.

그러니까 건전한 사상이란 대상에 따라 변질될 수 있는 다양성을 띠고 있는 셈이죠. 더구나 약 광고에 나오는 그런 식의 뜻을 액면대로 받아들인다면 그것은 너무도 예술과는 거리가 먼 이야기겠고 어떤 한계를 지은 목적을 위해 행진곡과도 같은 통일의 역할을 하는 이른바 건전한 사상일 경우에도 마찬가지일 것 같습니다. 그것에 대한 개성의 주장으로서 예술은 건전과는 다른 의미를 지니게 되는 것입니다.

내가 생각하기로는 건전하건 혹은 불건전하건 정신력의 강도가 문제겠는데, 다시 말하자면 정신력의 강도란 작가에게서는 창작에의 집착력을 말하는 거겠죠.

예를 들 것 같으면 프랑스의 저 유명한 상징파의 시인, 마음 깊은 곳까지 젖어 드는 「도시의 비」의 시인 베를렌느의 경우죠. 그야말로 음주와 방탕으로 아로새겨진 그의 생애, 랭보와의 불행한 동성애로 벌어진 상해 사건과 어머니 학대의 죄목으로 두 차례나 투옥되었던 그는 칼을 들고 죽이겠다고 아내를 쫓아 거리로 나오는 광태를 부렸으며, 강한 감정과 약한 의지로 하여 영혼의 안식처를 얻지 못하였던 그였지만, 그러나 그는 시인으로서 순교 정신에 투철하였으리라는 생각은 늘 하게 되더구면요. 그는 한 인간으로서 그의 성격으로 하여 불행했으며, 배반과 모멸과 빈곤 그리고 병 속에 일생을 마쳤지만 시인으로서는 영광 속에 있었다고 생각되며, 시를 위한 구도자로서 그의 오욕적인 인생은 한갓 제물에 지나지 않았을 것입니다.

흔히 사람들은 예술가가 사회관습에 위배되는 짓을 한다든가, 어떤 정신적인 균형을 잃고 어느 누구와 시비를 벌인다든가, 항상 사람으로서 저지르기 쉬운 것을 저질렀을 때 그 인간성을 탓하기에 앞서 예술 하는 사람이 그럴 수 있느냐는 말을 먼저 합니다. 그의 작품이 좋고 나쁜 것을 모르면서 행위에 대한 단죄보다 예술이 먼저 단죄되는 것을 우리는 허다하게 보아왔습니다. 선도 악도 약함도 강함도 모두 자아와의 끊임없는 싸움으로 결정된 것이 예술이라는 것을, 죄 없는 사람이 신 앞에 꿇어앉지 않는 것과 같이 인간의 원죄(原罪)를 육체적이건 정신적이건 체험하지 못한 자가 어찌 인간을 다루는 소설을 쓸 수 있을 것인지 나는 의문입니다.

그렇다고 하여 인간으로서 시민으로서 벌 받는 것을 부당하게 생각하는 마음은 추호도 없습니다. 다만 예술가로서 벌 받아야 한다면 그것은 다만 창작 속에 범죄가 있을 때 한한 일이 아니겠습니까. 너무 이상적인 말을 말라고 할지도 모르겠습니다.

그러나 이것은 법조적인 원칙의 이야기는 아니며, 사고의 원칙인 것이니 발언자에게 강요할 하등의 권리가 없다는 것쯤은 나도 알고 있습니다.

그런가 하면 작품을 통해 작가를 동경하는 소녀들은 작가의 생활은 오색 무지개같이 찬란하고 신비스런 것으로 공상하며 작중인물과 혼동하는 일이 흔히 있어서

"사실은 다른 사람보다, 대체적으로 결함이 많고 인간적인 약점 때문에 끊임없는 모순 속에 옹졸하고 용렬하며 허영도 상당히 강하고, 그리고 자존심이 대단하여 하찮은 일에도 남에게 굽히려 하지 않아 남과 잘 융합이 되지 않은 결함을 지니고 있는 것이 작가다. 만일 시적 정신이 투철하면서도 다른 사람보다 수양이 되고 언동이 단정하다면 그것은 예술의 길보다 성현의 길로 가지 않았겠느냐. 성자에게는 모든 고난이

인격으로 완성되지만 위대한 예술가에게는 인생의 모든 것이 작품에서 완성된다. 그 좋은 예로서 구제문학의 대가 톨스토이도 그 노령에 집을 뛰쳐나와 어느 간이역에서 객사하였고 당시 불우하였던 도스토옙스키를 멸시하고 투르게네프에 대하여는 질투한 흔적이 있었다."

언젠가 나를 찾아온 소녀와 이야기를 나누다가 나는 하지 않아도 좋을 그런 말을 늘어놓았던 것입니다.

일전에도 어느 학교 교수실에서 여교수들과 함께 이런저런 이야기를 하던 끝에 자꾸 앓게 된다는 말이 나왔습니다.

"아플 때도 아픔을 통하여 작가는 진리를 느끼지 않겠느냐."

늙수그레한 한 분의 말씀에 그만 나는 무안하고 쑥스러워서 픽 웃고 말았습니다.

"불행하게도 그런 경지까지는 도저히 가지 못했습니다."

하고 얼버무리긴 했습니다만, 이때 진리라는 말은 어릿광대 같은 것이었습니다. 한편 무서운 말이기도 했습니다.

대부분이 시인보다 작가의 경우입니다만 아름다운 환상 속에 탐닉한다거나 어떤 영감에 의해 작품이 쓰인다고 할 수 없을 것 같습니다.

그것을 전적으로 부인할 수 없지만, 현대가 지닌 상황에서 영감 같은 것이 얼마간은 창작에 작용한다손 치더라도 다분히 변질된 것이라고 나는 생각합니다. 환상적인 상태가 탐닉적이거나 소위 계시적인 것보다 오히려 병적인 것으로서 여러 가지 거상(巨象)들이 내리닥치는 듯한 전율과 공포에 가까운 개인의 절규 같은 울림이 끊임없이 엄습해오는 그런 것이 아닌가 생각되는군요.

그러고는 무자비한 표출 작업에 임할 때는 마음과 몸이 다같이 하나의 공인(工人) 상태로 돌아가지 않으면 안 될 것입니다. 작업에의 준엄함이야 예나 지금이나, 작업의 자세에는 별로 변함이 없겠지만 영감이라는 것에는 현저한 변함이 있었던 것 같습니다.

소녀들이 흔히 아름다운 꿈으로만 생각하고 한편 작가는 성인군자처럼 인격적이어야 한다고 생각하는 분들의 의견을 잠시 젖혀놓고 우리가 지금 살고 있는 현실을 한번 두리번거릴 필요가 있는 것 같습니다. 이태백의 시절의 자연과 생활, 선비의 체통이나 윤리관, 그것이 문학에 대한 잠재적인 의식이라면 사실 창작 행위를 작업이라 표현하는 현대는 비문학적이요, 그 가치관에 대한 반역 현상일 것입니다.

우리는 지금 문명의 건조시대에서 살고 있는 것이며, 선비의 체통이나 부모의 원수를 갚으려고 일생을 방랑으로 허비하는 미담, 달이 좋아서 달을 건지려다 익사하였다는 탐미파의 사건 따위는 오늘도 달 세계로 발사한 로켓의 기사가 온통 신문의 일면을 장식하고 있는데 더 말할 나위가 없는 일 아니겠습니까?

하긴 문명이 어떻게 발달하여도 인간의 본질은 의연히 그대로다, 하는 말을 거역할 자신은 조금도 없습니다. 그러나 생활 양식의 변화는 생활 감정을 변질시킨다는 것도 숨길 수 없는 일이겠습니다. 인간의 본질에 부딪혀온 것에 따라 저항 상태도 달라지기 때문입니다.

이야기가 뜻 아닌 곳으로 흘러버리고 말았습니다.

어째서 작가에겐 거의 병적인 환상이 있는 것일까. 그것은 육체적인 경우도 있고 정신적인 경우도 있습니다만 선천적인, 혹은 운명적인 병적 요소 이외에도 우리는 후천적이며 인위적인—다소 명료하지 않은 느낌이 들기는 듭니다만—병, 혹은 매우 불우한 처지 같은 것을 생각할 수 있는데, 그렇다면 예술을 포기했을 때 그러한 불행의 마신(魔神)은 가버리겠습니까. 그렇지는 않을 것입니다. 예술을 위해 액신을 불러들였을 사람은 아무도 없었을 테니 말입니다.

이 세상에는 예술가 아닌 사람 중에도 병고에 시달리는 사람, 가난한 사람, 애정 문제에 몸부림치는 사람, 명예도 영광도 없는 사람은 얼마든지 있다고 말할 분이 계실 것입니다. 그렇습니다. 행복한 사람보다 불행한 사람이 많을 것이며, 죽음을 보지 않고 죽음을 기다리지 않는 사람은 아무도 없을 것입니다. 다만 같은 고통이 개개의 마음에 꼭 같은 깊이로써 작용을 하는가가 문제겠죠.

그러고 보면 예술가들보다 더 깊이 뼈아픔을 느끼는 사람은 얼마든지 있다 할 수도 있을 것입니다. 물론 그렇습니다. 그러나 그들은 뼈아픔을 형상화시킬 수는 없었던 것이며, 그냥 한 개인의 마음속에 사장(死藏)되고 말았던 것이 아니겠습니까. 여기에서 작가의 병적 증상은 이야기되는 것이며, 이야기할 이유도 존재하는 것입니다.

어떤 분이, 어느 나라의 작가였었다고 기억됩니다만, 말하기를 문학 작품은 한 작가의 파괴 위에 구축된 것이라 했습니다. 즉 내가 생각하기론 병적 증상이든 불우한 현실이든 그 자체를 찢어서, 가능한 한 모조리 찢어서 작품의 연료로 썼다, 그것이 아니겠습니까. 위대한 작품일수록 모조리 찢어 넣었을 거고 범용(凡庸)할수록 모조리 찢어 넣을 수는 없었던 것 같습니다.

큰 고통이나 깊은 체험을 가졌음에도 창조의 희열을 맛보지 못한 사람에 비하면 작가는 행복한 존재인지도 모르겠습니다. 그러나 자신의 괴로운 체험을 파괴하여 새로운 차원의 높이로 기어 올라가려는 몸부림은 그것은 절실하면 할수록 이중고의 치열한 투쟁이 아닐 수 없을 것입니다. 그런 뜻으론 문학 작품은 작가의 파괴 위에 서는 것이란 말을 액면대로 받아서 작가를 불행한 구도자라 볼 수 있겠지요.

어떻게 이야기를 하다 보니 다시 옆길로 가버리고 말았습니다.

병자, 병적인 분위기가 가슴 떨리게 충만해 있던 작품의 작가를 들 것 같으면 누구보다 우리는 도스토옙스키를 먼저 생각할 것입니다.

그가 간질병 환자였다는 사실은 너무나 유명한 일이며, 그가 젊었을 적에, 청년작가로서 화려한 각광을 받고 야망에 가득 찼을 무렵, 어떤 서클에 관련을 가졌던 탓으로 체포되어 정부 전복의 음모에 가담하였다는 죄목에 의해 긴 세월을 시베리아의 유형수로 보낸 사실보다, 아마도 그의 생애, 그의 작품에 더 깊은 영향을 끼쳤다고 짐작이 되는 간질병은 『카라마조프가의 형제들』에 나오는 사생아 스메르쟈코프 『백치(白痴)』의 주인공 뮤시킨 공작에게 주어진 병이었고 이 밖에도 그의 작품에는 도처에 어두운 병적 시간, 가령 『죄와 벌』의 라스콜리니코프와 스비들리가이로프나 『악령』의 그 숱한 병적 인물 중에서도 악마적인 스타브로긴의 깊은 병적인 그늘, 우리는 그의 작품 어디서나 병적인 인물을 얼마든지 찾아볼 수 있습니다. 그러나 나는 그 어느 작품에서보다 비참함에 가슴이 떨렸던 것은 요네가와 마사오(米川正夫)의 『작품연구』에서 사랑하는 여자와 결혼한 그 날 도스토옙스키가 간질의 발작을 일으켰다는 것을 읽었을 때의 일이었습니다.

전신을 뒤틀며 단말마의 짐승같이 신음하는 모습, 신부의 놀라움이 눈앞에 선하여 가슴이 메었습니다. 그분의 거대한 문학은 바로 그 절망, 그 절규에서 터져 나온 것이라고 나는 생각했습니다. 천재에게 그 고통이 없었던들, 수난이 없었던들, 가난이 없었던들, 첫 번째 아내로부터 사랑의 보답을 받지 못한 사나이가 아니었던들, 도박에의 유혹을 물리치지 못한 약한 인간이 아니었던들, 죄를 범하고 남을 미워하면서 신에게 무릎을 꿇었고 그러면서도 종교를 위해 작가의 양심을 버리지 않았던 그가 아니었던들, 넘쳐서 흐르는 넓고 넓은 강물과 같은 어두운 러시아 그 도시의 서사시는 이룩되지 못하였을 것으로 나는 믿고 있습니다.

성자와 같은 풍모가 아닌 이지러지고 불안하며, 끊임없이 헤매고 투쟁하고 호소하며, 자신의 불균형을 노출하지 않으면 안 되었던 그의 모습에서 우리는 오히려 인간으로서의 고행하는 영혼의 슬기로움을 보는 것입니다.

이 같은 병자로서 사회로부터 고립되자 그 자신도 세상을 버림으로써 문학에의 순교자가 된 플로베르도 간질병 환자였던 것이 생각나고 『잃어버린 시간을 찾아서』의 작가 프루스트는 두꺼운 사방 벽에 밀폐되어 애처롭게 타올라 가는 촛불 아래서 끊임없는 기치에 쇠잔하게 망가진 몸을 흔들며 천년을 넘어 산 것만 같은 기억을 문학 위에 재생시켰다고 합니다. 그러나 그는 천식 환자. 저 무서운 소설, 소름 끼치지 않고 책을 덮을 수 없는 『1984』의 작가 오웰은 폐환의 몸을 미친 듯 태워서 작품을 완성하였기 때문에 생명을 단축시켰다고 합니다.

이 밖에도 우리는 얼마나 많은 병든 예술가의 책을 손에 들었습니까.

Q씨에게

열등감

　놀러온 친구들과 함께 사과를 깎아 먹으면서 이런저런 세상 돌아가는 이야기를 주고받다가 열등감에 대한 의견으로 대화가 옮겨졌습니다.

　유년기로부터 성숙해가는 과정에서 열등감은 어떻게 성격을 형성해가며 일생을 지배하는가, 열등감 때문에 비뚤어져 버린 성격은 자기 자신의 생활로부터 타인과의 교섭에서 어떤 결과를 가져오기도 하고 자기 자신뿐만 아니라 타인에게까지 불행의 씨를 뿌리고 만다는, 대개 그런 이야기였었습니다.

　그리고 범죄자의 범죄 심리를 분석할 것 같으면 거의가 열등감이 병적으로 강한 데 원인이 있다고도 했습니다. 뭐, 친구들이 정신분석학자도 아니겠고 그들 나름대로의 체험에 의한 이야기였죠. 나는 이야기를 들으면서, 어릴 때 봄비가 부슬부슬 내리는 밤, 귀신 이야기를 들었을 때와 비슷하게 기분이 나빴습니다. 밤새도록 귀신과 씨름을 했는데 아침이 되어 그 자리에 가보았더니 닭 피가 묻은 비 한 자루가 거꾸로 서 있었다든가, 입에 피를 물고 무덤을 판다는 귀녀(鬼女) 이야기라든가, 전율하며 그래도 듣지 않고는 못 배긴 무서운 이야기, 그것은 선악의 판단에 의한 것이 아니고 어떤 불가항력적인 것에의 공포였을 것입니다.

그러나 지금 나이 사십 어느 분이 내 고지식함을 보고 험한 일을 겪지 않았나 보다고 합디다만, 사실 나는 여러 가지 뜻에서 불행을 겪었던 사람이지만 실상 악한 사람에 부딪혀본 일은 별로 없었던 것 같습니다. 그런 뜻에서 험한 일을 겪지 않았다 한다면 그럴는지도 모르겠어요. 그러던 것이 오륙 년 전부터, 그러니까 내 소설이 조금씩 팔리고 잡지나 신문에 사진이 제법 많이 실려 나오게 되자 나도 험한 일을 겪기 시작했던 것입니다.

최초는 육이오 때 미국으로 양자 갔다가 고국에 다니러 왔다는 이른바 내 독자라는 소년의 방문을 받았던 일이었습니다. 선의에 대하여 의심할 여지도 없거니와, 이웃에 사는 P화백이 놀러 와서 동석했습니다만 그분 역시 나처럼 아무런 의심도 하지 않았고, 그 소년은 소유하고 온 무비 카메라로 내 집과 P화백의 집을 찍고 하는 수선을 피웠죠. 그러던 그가 두 번째 방문했을 적에……

"호텔에서 홍콩으로부터 양단을 가져온 분이 있었는데 선생님께 선물하기 위해 살려고 했지만, 마침 한국 돈이 없어서……." 이때 나는 퍼뜩 의심이 났습니다. 나는 여태 양단 치마를 입은 일이 없고 앞으로도 아마 안 입을 것 같으니 필요 없다는 말을 했습니다. 그때 묘한 얼굴이 되기에 나의 의심은 더 굳어졌고 따라서 냉담하게 그를 살펴보았지요. 이삼일이 지난 후 그는 다시 찾아왔습니다.

그의 말이, 한국의 예술인들이 모두 가난한 것 같은데 자기 양아버지의 친구가 미국으로 떠나게 되어 조그마한 집을 좋은 분에게 물려주고 싶다고 하기에 이왕이면 하고 찾아왔으니 선생님이 집 없는 문인을 추천해달라는 것이었습니다. 나는 순간 선의를 의심한 나를 부끄럽게 생각했습니다. 그래 어디로 연락을 할까 몹시 당황하다가 내일 알려주겠다 했더니 오늘 안으로 해야 한다는 것입니다.

"그럼 문인 아닌 사람은 안 되나요?"

"선생님의 친구라면."

나는 아이 일곱을 데리고 좁은 집에서 고생하는 친구 생각이 났습니다. 연락을 하려면 당장 할 수도 있겠고 그래서 소개를 한 것이 그만 동티가 났죠. 수속비라 하여 친구의 남편인 S교수에게 구화 삼만 환인가 얼만가 받아가지고 그만 날아버린 거예요.

"욕심부리다가 하나님이 벌주신 거야, 하하하……." S교수는 웃으며 쇠고기나 사가지고 박 여사한테 가서 위로나 하라고 되려 그러시더랍니다. 친구는 돈 잃고 사람 바보 되고 그것이 다 내 탓이건만 펄펄 뛰며 분해하는 나를 위로하느라고 혼이 났습니다. 하기는 뒤에 들은 소식에 의하면 미국 양자 갔다던 사기꾼 소년이 어느 대학에 가서도 학생들을 장학생으로 어쩌구 하여 외국 생활을 제법 하신 K교수까지 속이고 금품을 우려냈다니 그 수완이야 가히 짐작할 만한 일이겠죠. 직접 내가 당한 것은 아니지만 나를 거쳐서 친구가 당했던 그때 나는 펄펄 뛸 만큼 분해하고 세상에 이런 일도 있나, 그 인간 불신의 감정이란 정말 절망적인 것이었습니다. 그러나 이제 나는 더욱더 험한 꼴을 당함으로써 오히려 조금은 관조의 세계를 찾은 듯합니다. 이제는 어릴 때 듣던 귀신 이야기를 들어도 아무렇지도 않은 것처럼.

"××여사 좀 바꾸어주십시오."

"그런 분 안 계신데요?"

"아니, 박경리 선생님 댁 아니세요?"

"그렇습니다만……."

"어머, ××여사가 박 선생님 댁에 숙소를 정하였다 하던데요? 언니의 친구라 하면서."

"나는 그런 분 모릅니다. 처음 듣는 이름이군요."

이런 식의 전화가 오는가 하면 철없는 나이 탓이기는 하지만 어린아이 때 보고 기억조차 희미한 무슨 친척이 되는 아이로부터 오십만 원이다, 십만 원이다 하는 기절초풍할 금액을 요구하는 협박 편지, 소매치기를 당해 여비가 없다, 형무소에서 나와 갈 데가 없다, 이런 식의 알지 못하는 가짜 행각인들

　　　　　　　　　　　　Q씨에게

의 요구.

유명세라고 친구들은 웃어넘기지만, 삼류 양장점의 바느질 삯보다 못한 원고료에서 오십만, 십만의 돈이 어떻게 산출되는 것인지 정말 어처구니가 없는 일이었습니다. 가족이 적고 과용하지 않고 사철을 책상 앞에 붙어 있는 탓으로 집칸이나 장만하고 사는 처지에, 남의 나라처럼 재벌들의 후원이야 없을망정…… 하기는 다른 문인들도 별별 괴상한 일들을 다 당하는 모양이니 서로 만나서 웃을 수밖에 없죠.

아마 한국의 작가들이 부자가 되는 날에는 협박 편지를 보내던 그러한 사람들도 틀림없이 부자가 될 거예요.

이야기가 궁색스런 곳으로 가버렸군요. 한참 이야기를 나누다가 친구들이 다 돌아간 빈자리에 혼자 남아서 나는 그 쓸쓸한 뒷맛을 씹으며 허황하였던 대화가 차츰 선명해짐을 혼자 느끼고 있었습니다. 친구들은 다 돌아가고 빈자리만 공허하게 남아 있는데 말들은 하나도 어김없이 그대로 남아 있는 것은 무슨 까닭이겠습니까.

이따금 멀리 신작로 쪽에서 자동차가 구릉진 곳을 굴러 내려가는, 그 소리가 질풍처럼 들려오곤 합니다. 밤이 고요해서 그렇기도 하려니와 자동차가 굴러가는 신작로와 우리 집 사이에는 음향을 막아줄 만한 건물이 없고 개울과 벌판만이기 때문에 가까운 거리도 아니건만 그렇게 질풍처럼 소란스럽게 소리가 울려오나 봐요.

질풍 같은 음향은 사실상 사라졌는데 언제까지나 연속적

으로 들려오는 것은 내 착각이죠. 질풍의 착각은 먼 곳에서 가까운 곳으로, 그리고 내 둘레를 압축해가며 달려옵니다. 마치 나 자신이 회오리바람 속에서 몸을 움츠리고 지층에다 두 발을 뻗치고 있는 것만 같은 환각에 사로잡히는 것 같았습니다.

이런 시기가 달려들면 이미 일하기는 다 글러진 것, 환각 속에 내가 떠내려가고 있는 것을 그냥 내버려둘 수밖에 없죠.

탁자 위에는 빈 찻잔들이 아무렇게나 흩어진 채 놓여 있습니다. 찻잔이 친구들 앞에 놓여졌을 때는 다갈색의 액체가 가득 차 있었고 하얀 바탕에 은줄이 둘려진 찻잔의 맵시는 단정하고 우아했으며, 그리고 커피의 그 향그러운 냄새는 행복한 것 같은 느낌을 주었는데, 지금은 그것마저 피곤하고 허탈한 듯, 그리고 먹다 남은 접시 위의 사과 조각의 희끄무레한 빛깔은 짙은 권태 같기도 하여, 그것들이 으스스 추운 형광등의 회색을 받고 가라앉아 있습니다.

그리하여 한층 더 넓고 비어버린 것 같은 공간은 정지하고 있는 것입니다. 얼마 전까지만 해도 맞은편 의자에는 종달새처럼 재잘거리기를 좋아하는 친구가 앉아 있었고 이쪽 소파에는 히죽이 웃기만 하는 얼굴이 있었는데, 그리고 얼마나 활기에 찬 대화였으며, 보랏빛과 푸른빛의 의상들, 그들이 몸을 움직일 때마다 치맛자락이 마루를 쓰는 소리가 아주아주 작게 들려왔었는데.

오만 가지가 다 그럴 테지요. 사라지기 때문에 우리는 살아 있는 것인지도 모르겠어요. 아름답기만 하고 충만되어 일순이 영원인 것 같은 사랑의 밀어도 이 천지에서 오직 단 한 사람의 걸인이 된 것처럼 가슴을 쥐어뜯는 그런 고통도 사라져가는 것이며 그것은 망각이 아닌, 오로지 사라져가 버린 것이 아니겠습니까.

그러나 언어만은 뚜렷하게 어떤 여인의 옷을 짓기 위해 제도한 원형과도 같이 남아 있는 것은 아니지요. 언어가 아닌 대화 말입니다. 순간순간은 지체 없이 달아나는데 대화는 남아서, 아주 정확하게…… 얼마나 무력한 진실입니까. 얼마나 허실한 부음입니까.

프루스트는 상실한 인생을 재생시키는 데 가장 뛰어난 천재라 하더구먼요. 그는 언어를 구사하는 데 있어서의 천재였을까요, 무궁무진하게 흘러가 버린 상황을 재편성하는 데 있어서의 천재였을까요. 그 두 가지에서 다 천재였다 할지라도 그의 재생된 인생에는 다른 생명이 있었을 것입니다.

언어를 뛰놀게 하고 뛰놀게 할 수 있는 광장을 마련하는 것은 현재일 테니까. 그의 소설 『잃어버린 시간을 찾아서』의 종말은 뱀이 꼬리를 문 것처럼 소설의 시작이기도 한 것이니. 지드가 자기 『회상록』 얘기를 프루스트에게 했을 때,

"무엇을 써도 좋을 것입니다. 그러나 결코 나라는 인칭을 쓰지 않아야죠."

그 방대한 회상 작가는 그런 말을 했다고 합니다. 프루스트의 연구가들은 아직도 싸움을 한다던가요? 프루스트가 극명

하게 자신의 회상을 그려나감으로써 구성의 완벽을 기한 것은, 그것은 우연이었다고 하는가 하면, 한편에서는 미리부터 치밀한 계획에 의해 짜인 소설이었다고. 전문가 아닌 나로서는 그 어느 것이었다고 할 만한 자격도 능력도 없을 것입니다. 그러나 재생은 있을 수 없습니다.

좋건 궂건 창조죠. 상황은 어떤 기계적인 의식 속에도 담겨 보존될 수 없는 것, 실재하였던 무형은 시시각각으로 변형되는 의식의 용기 속에 담겨지는 물 같은 것이 아니겠습니까. 허실한 대화만이 녹음이 되고 의미도 따라가고, 그것뿐이죠. 의미는 또한 무엇을 연속적으로 끌고 오는 것일까요? 개념을…… 예술적 진실에는 한 푼어치의 가치도 없는 것이 아니겠습니까. 인간의 수효만큼, 그 수효가 시시각각으로 쪼개어지는 시간의 수효만큼 아름답다는 감각이 달라지는 것을, 아름다움이란 사람의 감정에 쾌감을 주는 것, 그런 개념으론 아득한 이야기 아니겠습니까?

문을 열고 뜰로 내려갔습니다. 지열이 남아서 발바닥이 후끈했지만 오리나무 숲에서 불어오는 저녁 바람은 시원했습니다. 어머니가 산제(山祭)를 지내신다고 나물이랑 떡을 차려놓고 촛불을 켜놓으시던 널따란 바위 위에 가서 앉으니 저 멀리, 건너편의 신작로가 보이더군요. 쉴 새 없이 택시가 올라가고 있었습니다. 아마 더위 때문에 개울에 물맞이하러 가는 손님들인가 봐요. 먼 곳으로 피서갈 수 없는 소시민들이 밤 시간을 이용하여 찾아오는 유원지는 아마 지금쯤 성시를 이

Q씨에게

루고 있을 거예요.

일, 이십 원을 가지고 목에 핏대를 올리며 흥정을 하던 상인들이 이런 밤이면 백 원짜리 지폐를 뿌리고 택시를 달리며 닭 마리나 잡아서 영계백숙을 만들고 독한 소주를 들이켜는 개울가, 벌거벗은 등에 시원한 물수건을 올려놓고

"기를 쓰고 돈을 버는 것도 다 이 재미 때문이지" 하며 너털웃음을 웃고 있을는지도 모르겠어요.

싸늘한 개울물의 촉감, 영계백숙에서 뜨겁게 서려오는 김, 개울물 흐르는 소리, 그러나 얼마 되지 않아 피서객들이 집으로 돌아가서 귀뚜라미가 목이 쉬도록 울어대는 창 밑에 잠자리를 마련할 무렵이면 개울가의 모든 감각은 녹이 슬고 실재는 허공에 흩어져 무엇 하나 잡아보겠습니까.

시간은 시간이 잡아먹고 실재했던 것은 실재하는 것에 밀려나 사라지고 멸망과 신생의 끊임없는 되풀이, 아니, 결코 동일할 수 없는 형태와 상황의 추이, 물질도 생명도 국가, 민족, 존재하고 일어나는 일, 바람결과 꽃 빛깔까지, 하찮은 벌레에 이르기까지, 오늘 아침만 해도 이 널찍한 바위 위를 다람쥐가 기어가곤 했죠. 설령 내일 꼭 같은 이 장소에 꼭 같은 다람쥐가 지나간다손 치더라도 지나간 어제 아침은 오늘일 수 없고, 내일의 그 어느 땐가 그 시각은 오늘일 순 없을 거예요.

신비로워서 이런 뻔한 이야기를 내가 지껄이고 있는 것일까요. 아닙니다. 오히려 신비로움이 없어서 나는 뻔한 이야기

를 지금 지껄이고 있는지도 모르겠어요.

아무래도 열등감 이야기 때문에 동티가 난 모양이에요. 그
것은 정말 걸렛조각 같은 것입니다. 그러나 누구에게나 다 있
는 것이며, 매일 느끼고 극복하며, 그래서 인간은 신을 부르
는지도 모르는 일 아니겠습니까.

번번이 도스토옙스키를 이용하여 좀 안됐기는 합니다만
그분이 톨스토이나 투르게니에프에 대하여 깊은 열등감을
느꼈던 것은 거의 사실인 것 같습니다. 그들보다 원고료를 적
게 받는 데 대하여 푸념하는 서간이 있었고 유럽에 여행했을
때 룰렛에 미쳤던 그는 마침 그곳에서 만난 투르게니에프에
게 얼마간의 돈을 빌렸다는 것인데, 그 일에 대하여 도스토옙
스키는 투르게니에프를 증오했다고 합니다. 그것은 열등감
에서 오는 자기 혐오에 대한 이지러진 표현이었을 것입니다.
『악령』에 나오는 시인 가르마 지노프는 투르게니에프를 희화
화한 것이라고들 하는데, 물론 서구파를 공격할 저의에서 그
랬을 테지만 그 뿌리박힌 열등감이 전혀 작용하지 않았다고
는 볼 수 없을 것 같습니다.

그의 서간집이나 미발표 논문집을 읽어보면 역시 열등감
의 그늘이 배어 있고 적을 치는 데서의 그 잔인하리만큼의 악
의는 정이 떨어질 지경입니다. 그의 서간문은 또 얼마나 호
소와 때로는 비굴감마저 풍기는지……. 그리고『가난한 사람
들』을 쓴 뒤 풍선처럼 올라간 그의 이름이 제2작『분신(分身)』

Q씨에게

으로 여지없이 찌그러졌을 때 드나들던 살롱에서 웃음소리만 나도 자기를 비웃는 것처럼 착각하며 뜰로 나가서 혼자 헤매었다는 이야기며, 그의 자제할 수 없는 인간성의 약함과 어두운 질환을 짊어진 성격적인 것은 그의 작가 연구를 읽음으로써 눈앞에 그려볼 수 있고 아픔이 그대로 전하여지는데, 하기는 사람 사는 곳은 다 마찬가지였던 모양으로 그 당시 도스토옙스키는 상당히 심한 악의와 모멸과 조롱을 받았고 톨스토이조차 문제 된 작품 『죄와 벌』에 대하여 언급하지 않았으면서 『학대받은 사람들』을 고의적으로 재미있다 했다니, 예민하고 상처받기 쉬운 마음이 대인관계에서 감정의 굴곡이 심하고 스스로 견제하지 못했을 것을 능히 짐작할 수 있는 일입니다.

그러나 그는 위대한 작가였고 시련에 약한 심성을 지니면서도 누구보다 강한 시련을 받지 않으면 안 되었던 그의 생애야말로 그 문학적 천재로 하여금 수 없는 대작을 남기게 했던 것이라 생각합니다.

파괴적인 열등감과 창조의 계기가 되는 열등감, 결국 이것의 차이로써 한 인생의 결과가 갈라지는 것이라고 나는 생각합니다. 범죄자의 심리분석을 할 것 같으면 그 대부분이 열등감에서 비롯된 것이라 하지만, 한편 위대하였던 예술가들의 심리 분석을 할 것 같으면 역시 열등의 강하고 단단한 멍울이 있을 줄 압니다.

그런 자기 투쟁 없이 인간에게 깊이 부딪치고 공감할 수 있는 작품이 쓰인다는 것은 매우 희귀한 일이 아니겠습니까. 그것은 아름다울지는 몰라도 맹물같이 맨숭맨숭한 것, 그것은 밝을지는 몰라도 인생 자체가 어두운 혼돈 속에 뒤틀고 있는 괴물인 바에야 에덴동산의 이야기에 불과하겠고 아무리 자신과 자부에 가득 차 있는 것 같지만 그 자신과 자부가 벌써 열등감을 전제로 한 것이 아니겠습니까. 사람은 어떤 것으로든 반드시 열등감이 있게 마련입니다.

누가 압니까. 세계를 정복하려던 알렉산더 대왕도 손이 작아서 되도록 나타내지 않으려고 애를 썼는지 모르는 일이죠.

나폴레옹도 히틀러도 키가 작았다고 하지 않습니까. 바이런은 절름발이였고 베토벤은 추남이 아니었던가요. 슈베르트는 죽고 난 뒤 호주머니에 남은 게 돈 몇 닢이라든가? 그런 가난뱅이였었죠. 그러나 그분들은 무엇인가 창조를 하였습니다. 영웅들이야 파괴를 했을 테지만요.

위선

내가 어린 시절에만 해도

"마네님, 적선 한 푼 하이소, 야?"

하며 커다란 바가지를 문간에서 쑥 디밀던 문둥이가 있었고 삼갈림길, 뱃사람들이 오가는 곳에 해진 돗자리를 펴놓고 앉아서 수없이 머리를 조아리며 행인들에게 적선을 빌던 눈 먼 걸인이 있었습니다.

요즘에는 아마 적선이라는 말은 별로 사용 않는 것 같고 대개 돈 많은 사람이나 목적들이 허다한 사회사업가들은 적선이라는 말 대신 자선이라는 용어를 사용하는 것 같더군요. 걸인들 역시 '적선합쇼' 하던 그 구식은 집어치우고 동정해달라, 혹은 그냥 손을 쑥 내밀며 돈 달라고 요구하지 않습디까.

젊었을 때부터 불교에 귀의하여 사셨으면서도 불경 하나

제대로 외시지 못하는 어머니의 맹목적인 신앙을 보아온 나로서는, 종교에 대하여 무지할 뿐만 아니라 거의 본능적인 죄의식에서 벗어나지 못했으면서 무신론자 비슷한, 종교 밖에서의 생활을 해왔었습니다.

그런데 적선이라는 말이 어디서 유래하였는지, 아마도 불교에서 비롯된 것인 듯싶지만, 아무튼 나는 그 말을 들을 때마다 내가 상상하고 있는 서양 종교, 이를테면 가톨릭의 그 엄숙한 의식에서 빚어지는 어둡고 신비스런 분위기와는 이질적인, 밝고 화창하면서 퍽이나 서민적인 기도 같은 것을 느끼게 됩니다. 내세의 복을 비는 마음, 어물장수도 비린내에 전 주머니를 끌러 동전 한 푼을 시주하던 풍경이 묘하게 평화스럽게 떠오르곤 합니다.

불교만이 별나게 서민적이랄 수는 없겠고 모든 종교가 그 생활 과정이나 영향이 미치는 범위도 엇비슷하리라 생각됩니다다만 시골 서민층에서 자란 내 환경 탓으로 그렇게 보여지는 것인지도 모르겠습니다.

그러나 요즘 "신은 죽었다"고 한 니체의 선언도 선언이려니와 기독교 자체의 내부에서도 신의 존재에 대하여 부정하는 사람들이 있는 모양입니다. 이런 추세에 주목을 하지 않더라도 이미 종교를 갖지 않은 사람은 물론이거니와 종교인에게조차 종교는 하나의 교조(敎條)로 떨어진 듯하고 생활은 실리를 좇아가고 있는 성싶습니다.

이와 같이 확증이 없는 내세를 위해 소비하기보다 오늘이 바쁜 현대인들에게는 주는 사람, 받는 사람을 막론하고 적선이라는 말 자체가 피부에 설고 쑥스러운 것이었는지요.

재미있는 생각을 해보았습니다. 공리적(정신적)이기는 하나, 적선이라는 말이 통용되던 그 시절에는 선행을 하는 사람들에게 그 위선적인 면이 보다 적지 않았나 하구요. 그것은 확률이 미지수인 도박 같은 것이며, 교환이나 매매 같은 요소를 띠었다 할지라도 신에 대하여, 자신에 대하여 자기의 행위를 기억해주기를 소망하는 잠재적 의식이 기원으로 통하는 바에야 위선일 수 없을 것 같습니다.

그러나 내세보다 현재에 있고자 하는 사람, 오늘의 편리를 찾는 사람들은 신의 눈길 대신 어떤 확률을 지니고 있는 인간의 눈을 더 강하게 느낄 것입니다. 때문에 우리는 여러 가지 위선의 모양을 여러 곳에서 보게 되는 것입니다.

거의 모든 일이 다 그렇다고 생각됩니다만, 선행에서도 그것을 의식하는 대상에 따라 액면대로 선의의 행위로 보일 수도 있을 것이고 위선으로 비칠 수도 있겠는데, 그 목적 여하에 따라서 가치 평가도 달라지지 않겠습니까.

그렇다면 어디까지가 위선일까 하는 막연한 생각도 들긴 합니다. 일상생활 하는 데 관습상 내려오는 예의나 허식 같은 것도 그런 것 속에 포함해보면 모든 사람은 다 위선의 성벽에 싸여 그야말로 자연으로 돌아가라는 루소의 구호를 상기하지 않을 수 없겠지요.

앞서 의식하는 대상에 따라, 그런 말을 했습니다만 위선이란 논의하는 층이나 행하는 층이나 모두 자의식이 강한 그런 부류의 사람들이 아닐까요. 자신을 통해서 남을 응시하는 사람이 위선을 논하게 되고 어떤 목적에서이든 자신을 위해 위선을 행동할 적에 본능은 훨씬 세련된 것으로 나타나는데, 그러나 이 두 경우는 모두 자각에서 시작되는 것에 공통점이 있을 것 같습니다. 자기 자신을 냉혹한 눈으로 바라보는 것이 자신의 정신미를 추구하는 것이라면, 남의 눈을 끌려고 하는 것은 자신의 외형미를 구체화하고 현상적이든 물질적이든 형식을 거친 이점을 노리는 것이 아닐까요. 물물교환도 비슷하며 단순하고 소박한 적선과는 엄청나게 다른 복잡함을, 우리는 귀일(歸一)되는 신의 존재를 믿을 수 없는 오늘날의 다원적 인간관계에서 발견하게 되는 것입니다.

옛날의 전쟁은 창 하나, 칼 하나, 더러는 신의 가호를 빌었을 무사도 있었겠지만 오로지 힘 하나에 목숨을 걸고 적진에 뛰어들었을 것이며, 생산의 수단도 오직 사람의 손이 자연물과 자연에 맞서 얻고자 한 것을 얻었을 것입니다.

어부는 나뭇잎 같은 배 한 척에 몸을 싣고 풍랑과 싸웠으며 엽사(獵師)는 활을 들고 숲속을 헤매었을 것이니 그들은 인간보다 자연을 더 많이 상대하였을 것입니다. 자연에 무슨 거짓을, 위선을 행할 수 있겠습니까. 기껏 산제나 풍신제를 베풀어 자연을, 혹은 자연을 관장하고 있다고 생각되는 신을 달래었을 것입니다.

그러나 오늘날 우리는 자연보다 조직된 집단 안에서 생활

　　　　　　　　　　　　　　　　　Q씨에게

하며, 전쟁도 생산도 인간의 성벽 안에서 행해지고 있습니다. 시시각각으로 변모되어가는 사회생활, 복잡해지는 대인관계, 분업으로 말미암은 셀 수 없는 직업의 파생, 거기 따르는 개성의 저항, 이 모든 것이 빚어내는 가치의 변동 앞에 신의 죽음은 물론 영웅까지도 죽었다고 생각하는 오늘날 내세의 보상을 꿈꾸는 사람이 어디 있겠습니까?

오늘의 주인은 자기 자신, 그러나 집단에 소속된 부속품과도 같은 자기 자신이 아니겠습니까. 신도 영웅도 저승길로 보내버리고 어떤 것에도 예속될 수 없다고 선언한 인간들은 본래의 기능을 잃은 채 물질화되어 오늘 이 문명의 광야에서 구원을 청해 불러볼 이름을 잃고 자애(自愛)의 방법은 스스로 정신적 영웅이 되느냐, 외형적인 영웅이 되느냐, 두 가지가 남아 있을 뿐입니다. 그것은 또한 자기 자신에 대한 노예의 뜻도 될 것 같습니다.

아무튼 당장 현실에서 결과를 보아야겠다는 한계의 인식 속에서 그것이 정신적이든 물질적이든 베풀어지는 것의 유형무형의 결과를 계산하게 되고 이른바 위선이 정치적 혹은 사교적 형태와 과히 멀지 않은 이유도 그것에서 시작되었을 것입니다.

그렇지만 현세에다 모든 지표를 두고 현세에서의 목적 달성을 꾀하는 데 신의 눈길을—그것이 미신이건 범신(凡神)이건—등 뒤에 느끼지 않은 자아의 판단에 의한 행동일진데 생활의 방편으로서 또는 생활화된 위선을 다만 타기(唾棄)할 것으로만 생각해서 옳은지. 우리는 일상생활에서 진실이 하나의 악이 되는 결과를 보는 일이 흔히 있습니다. 극단적인 예를 들 것 같으면 상대의 가장 아파하는 곳, 이를테면 신체적인 불구 같은 것을 지적하거나 들추는 것은 진실을 말한 것이었는지는 몰라도 결과는 잔인한 것, 우리는 일상생활의 다반사에서 그런 진실이 저지르는 과오를 얼마든지 목격하며, 또한 허위가 지니는 따스운 미덕도 느껴왔던 것입니다.

이것이 진실도 허위도 본질적으로 지니지 못한, 있는 그 상태뿐인 자연에 비겨 인간이 한없이 약하고 또한 강할 수 있는 차이점이 아니겠습니까. 아픔[精神]은 선악을 넘어선 느낌이며, 신일 수 없는 행복과 고통도 그 느낌 때문이 아니겠어요.

삼라만상이 각기 제 모양을 지니고 있는 것처럼 억만의 사람들 마음도 그리고 순간순간의 마음의 빛깔이, 가치 기준 밖에 있는 셀 수 없는 마음의 빛깔이 인간과 인간 사이에서도 자기 내부에서도 순간순간 달리하는 것을 생각해볼 때 악과 선, 위선과 위악이라는 몇 가지 어휘 속에 가두어버리는, 관습적 율법에 소연함을 느끼게 됩니다. 언어가 저지른 죄악과 언어만이 가질 수 있었던 구원에의 가능성, 이것이 혼돈이나 모순인지 아니면 절대자의 질서인지 모르겠습니다.

아무튼 언어가 지니는 획일성에서 다시 이야기를 끌고 가보겠습니다.

사회제도는 인간의 가치관은 말할 것도 없이 생활 감정마저 변질시켜놓는다는 전체 사회의 구호를 상기하지 않더라도 이 말은 흔한 이야깁니다. 또 사실이 그러했다는 것은 상식에 속할 것입니다. 그렇다면 자아의 판단이란 흘러가는 사회의 한갓 괴뢰에 지나지 못한 것일까요.

이렇게 생각해보면 근본적인 불가항력을, 아무리 가다듬은 눈으로 응시하여 무엇이든 정체를 밝히려 하지만 역사는 오로지 혼돈 속에서만 있었던 것 같아서 애매한 대로 안착을 해버리거나 체념으로 생활의 질서 속에 다만 순간순간의 자기 성실밖에 없다는 지극히 비관적인 결론에 도달할 수밖에 없군요.

왜 이렇게 이야기가 어렵게 되었는지 모르겠습니다. 아마도 내 생각이 어려운 곳을 헤매고 있어 그랬던가 봅니다. 마치 조그마한 입자가 우주의 공간까지 헤매어 돌아다니다가 그 엄청난 크기를 가늠할 수조차 없이 다만 뼈아픈 느낌만으로 지쳐 어느 구석에 떨어져버린 듯 말예요.

그런데다가 사람의 마음이란 또 얼마나 무궁무진하며 무한대한 것이겠습니까.

아무튼 위선이란 사회제도의 진화건 퇴화건 간에 문화와 더불어 발전한 것만은 사실일 게고 적어도 의식인들이 세련시킨 인생 기교임엔 틀림이 없을 것입니다. 이 위선의 각도는 수없이 많아 어떤 개성까지 형성하게도 되는 것이지만 우리는 흔히 세련되지 못한 위선에 부딪혔을 때 말할 수 없는 불쾌감을 느끼게 되는 것입니다. 이런 경우 세련이라는 말이 과연 적절할는지, 말하자면 베푸는 자의 절도라고나 할까요.

베푼다는 느낌을 상대에게 주지 않으려는 행위는 때에 따라서 약자가 되게도 하고 주객이 전도되는 당황함에 빠지게도 하는데, 그것은 말할 것도 없이 베푸는 행위가 완전무구한 상태가 아닌, 자기만족의 어느 부분이 있었다는 자각에서 얻어지는 자기혐오로 하여, 베푸는 상대보다 자신의 위치를 끌어내리게 하는 심리작용 때문일 것입니다. 신의 눈 대신 자신을 지켜보는 마음의 눈 때문일 것입니다.

언제였던가 어느 장소에서 목격한 일이었습니다. 대단히 불우하게 보이는 한 여인을 위로하고 그에게 용기를 주는 그의 다정한 친구가 있었습니다. 아주 보기에 흐뭇한 광경이라고 생각했는데, 그 불우한 여인이 작별하고 사라지기가 바쁘게 수심에 가득 차서 같이 눈물이라도 쏟을 것 같았던 그 여인의 친구는 내게 얼굴을 돌리며 한다는 말이

"불쌍한 여자예요. 저렇게 되면 마지막이죠? 남자에게 버림을 받았는데 그 남자란 게 아무 쓸모 없는 놈팽이란 말예요."

그 친구는 웃고 있었습니다. 눈웃음치는 그 깊숙한 곳에 있는 눈동자의 냉혹함이란 가위 살인적이지요. 다정한 친구의 위로를 받고 바람이 몰아치는 거리로 나간 그 불우한 여인의 얼굴이 눈앞에 삼삼하더군요.

도대체 이러한 위선은 무슨 이해관계에 얽힌 것일까 하고 나는 생각해봤습니다. 아무런 이해관계도 없는 것 같았어요. 이미 땅에 쓰러진 사람인데 무엇에다 쓰려고 그랬겠어요. 다만 세상에는 이런 식의 농락법도 있었는가 하고 새삼스럽게

그 여인의 깊숙한 눈동자 속의 웃음을 쳐다보았지요. 도대체
이 여인은 눈물을 흘려본 일이 있는가. 사람을 사랑해본 일이
있는가. 배고픈 강아지를 보고 마음 아파한 일이 있는가.

　나는 돌아오는 길에서 동정을 받을 사람은 그 불우하다는
여인 아닌 바로 미소 짓던 그 여인일 것이라고 생각했습니다.

　악덕보다 오만함보다 더한 것 그것이야말로 무료한 나머
지 말초적인 신경의 쾌락을 그런 곳에서 찾는 여인의 위선이
라 생각했습니다.

좌절된 영웅들

온종일 강아지들은 뜰에서 놀고 숲속에서는 실로폰을 치는 것 같은 새 울음이 맑게 들려오기에 이제 장마는 그치나 보다 하고 생각했습니다. 그런데 웬걸, 밤이 깊어져서 그 무시무시했던 폭우가 다시 쏟아지지 않겠어요. 지붕에 구멍이라도 뚫을 듯, 그것은 백수(百獸)가 한꺼번에 일어서서 포효하는 것 같았고 무슨 최후의 날이라도 들이닥친 듯, 장관이었습니다.

거기다 순식간에 산물이 개울을 차고 내려가는 모양으로 산울림과도 같은 소리가 쿵쿵 울리는 사이로 아슴푸레하게 마치 나비의 날갯짓과도 같은 합승의 클랙슨이 들려왔습니다. 아마 막차인가 봐요.

산골의 물은 참말 예측할 수 없는 것이어서 순식간에 모든

Q씨에게

것을 쓸고 내려가는데, 그 맹위야말로 인간을 한갓 풀벌레와 같은 미력한 생명으로 만들더구먼요. 얼마 전에 온 비는 우리 집 앞길을 깊은 계곡으로 만들고 말았습니다.

게다가 집 근처 고압선에 벼락이 떨어져서 얼마나 놀랐는지, 어머니 말씀이 벼락 떨어질 때만은 임금님이나 상사람이나 모두 한마음이라나요? 죄의식에 대한 공포는 같다는 뜻도 되겠고 아무리 지존(至尊)인들 필경에는 인간이 아니겠느냐는 뜻도 있는 성싶습니다. 그러나 어떤 분은 요즘 벼락이 흔한 것으로 보아 반드시 저주받은 사람에게만 떨어지는 게 아닌가 보더라고 하셨어요.

그때 고압선에서 무엇이 터지면서 창문이 환하게 되었을 순간 나는 방에서 뛰쳐나갔습니다. 그때 문득 생각한 것은 나 자신이 비루(鄙陋)하다는 것이었습니다. 인간이 인간다운 이유는 바로 그 생명을 보전하고자 하는 본능 탓이겠는데, 비루하다는 느낌이 드는 것 역시 인간이기 때문인 것 같았습니다.

강아지들이 뼈다귀 하나를 가지고 쟁탈전을 벌이는 광경을 우리는 미소 지으며 바라봅니다. 그러나 어느 집단에서 밥 한 덩이로 인하여 육박전을 벌였다는 이야기를 우리는 혐오감 없이 들을 수가 없습니다. 인간이기 때문이죠.

높은 곳으로, 보다 높은 곳으로 향하고자 하는 마음이 항상 지상을 배회하고자 하는 욕망과 끊임없이 싸워야 하는 것은 어쩌면 주어진 영원한 형벌인 동시에 어떤 절대적인 질서자가 인간에게 부여한 크나큰 은총인지도 모르겠습니다.

높은 곳을 향하여 발돋움하며 도약하며, 그러다가 간 사람들, 그 수많은 무덤, 영원히 침묵하는 그 무덤의 의미를 뒤에 가는 사람만이 알 뿐입니다. 저 아라비아의 끝이 없는 사막을 밟고 간 대상들의 생애를 지금 생각해보는 것은 낭만이 아니죠.

아라비아 대상들은 그림이나 노래가 아닌 이야기죠. 사람이 모래를 밟고 지나간 이야깁니다.

억수같이 쏟아지는 빗소리, 산울림만 같이 쿵쿵 울려오는 개울물 소리를 들으며 나는 끝없는 생각, 그러면서도 단절되고 새로이 시작되는 생각 속을 헤매고 있습니다. 시간은 내 귀에 정확한 피리어드를 찍으며 지나가고 있는 것을 의식하면서, 그러면서도 무위하게 이 밤에 머물며 방향을 잃고 있는 나 자신을 또한 강하게, 아프게 의식하는 것입니다.

서글픔이 짙게 쌓이면 슬픔이 됩니다. 서글픔은 소외감, 의지하고자 하고 따라가고자 하는 데서 거역당한 체념 같은 것 아니겠습니까. 방향을 잃었다는 절망은 소외감과는 차라리 먼 거리, 줄기찬 빗소리의 무서움마저 잊게 하는구먼요. 쓰다가 구겨버린 휴지 뭉치 같은 원고지가 저기 굴러 있습니다. 역사의 발소리가 저 빗소리처럼 싸아하게 울려오는데, 저 휴지 뭉치는 도대체 무엇입니까.

어느 분은 벌레 같은 자기를 하나님같이 생각해주는 아내를 위해 최선을 다한다, 그것은 내가 인간 대접을 받는 데 대한 순결한 애정이다, 바깥세상에서 벌레인 나도 집안에서만은 왕이 되는데 내가 왜 봉사하지 않겠는가 말씀하셨습니다.

한 마리의 벌레. 내가 오늘 밤 한 마리의 벌레가 된 것 같은 생각이 자꾸만 듭니다. 저 바깥세상이 아닌 이 방안에서 말입니다. 휴지 뭉치같이 흩어져 있는 원고지가 냉담하게 너는 한 마리의 벌레다, 벌레다 하고 있는 것만 같습니다.

의식의 세계가 무궁무진한 것이라지만 나는 한 마리의 벌레, 심한 소나기에 날개가 젖어 바위틈에서 죽어버리는, 그리고 흔적조차 없어질 버러지입니다. 그 찬란하고 아름다운 꽃동산의 환각이, 그 향기가, 그 빛깔이, 그 살랑이던 몸짓이, 벌레는 잠들어 꿈을 꾸는 게 아니고 다만 없어질 뿐입니다.

지금 개울가에 뿌리를 박은 나무는 광란하는 물결에서 준엄하게 무엇을 묵시하고 있는 것일까요. 번갯불은 저렇게 왔다가 갑니다.

일순간, 인간의 참담한 패배는 눈에 보이는 자연보다 보이지 않는 자연의 소치. 신은 죽었다고 선언한 인간이 절대권력에의 의지를, 전능에의 의지를, 신성(神性)에까지의 의지를 부르짖은 지도 오래이건만 어디서 오고 어디로 가는가. 보이지 않는 공간을 헤매다가 굴욕과 절망과 생명에의 시련에서 최후의 고통을 받아들일 수밖에.

그래서 사람들은 죽음과의 대결, 어떻게 사느냐보다 어떻게 죽느냐를, 차라리 현대의 영웅들은 생명을 겂으로써 인간은 생명의 노예가 되지 않는 것으로 생각하였고 스스로를 지배함으로써 동시에 자유를 얻는 것으로 생각하였고 파괴의

행위인 혁명은 기성 질서를 받아들이는 굴욕을 거부하는 것
으로 생각하였고.

사람은 극한상황 속에서 일순 전능에의 의지를 확립하였
던 것일까. 신성화(神性化)될 수도 있었던 것일까. 그러나 그것
은 절망적 용기이며 절망적 모험이며 단절된 순간 아니겠습
니까.

좌절된 영웅들. 『인간의 조건』의 기요, 『정복자』의 가린,
『누구를 위하여 종은 울리나』의 조던, 이들은 모두 좌절된 영
웅이 아니었습니까? 격렬한 행동의 순간순간을 살아 그들은
진실로 역사를 남겼을까.

Q씨에게

지성과 지식

문학을 지적 작업에 속하는 것이라 한다면 소설가도 마땅히 지성인이어야 할 것입니다.

그러나 아카데미즘을 숭상하는 어느 양반이 소설은 무식한 사람이 쓰는 것이라고 했답니다. 그 무식의 기준을 어디다 두었는지 알 길이 없습니다만, 혹시 양식 먹는데 생선에 쓰는 나이프와 고기에 쓰는 나이프를 구별 못 한다든가, 외국어에 능통치 못하여 외국인 앞에서 벙어리 노릇을 했다든가, 유명한 화가의 이름을 몰랐다든가, 유행하는 새로운 철학에 속빠른 반응을 나타내지 않았다든가 그런 데서…… 설마 그럴 리야 없겠지요.

하여간 그 독선적인 판단에는 한 가닥 진실이 없는 것도 아닌 성싶어 한번 생각해볼 만한 문제겠습니다. 앞서도 말했지만, 해외 물이나 먹고 어느 대학을 졸업하고 무슨 학위를 받고 하는 정도의 구차스런 기준이라면 그것은 논외가 되겠습니다. 다만 개성의 특질을 상실하고 틀에 박혀버린 전통을 새로움 없이 답습하는 예술가들에게 아카데믹하다는 표현을 바칠 경우, 작가는 무식하다는 말을 오히려 달갑게 받아들여야 할 것 같습니다.

소설가에게 지식이란 그다지 필요 없는 것이며, 개념만 알면 된다는 어떤 작가의 말을 들었을 때 나는 좀 어리둥절하였습니다. 그렇다면 그것은 가위질하고 풀칠을 하여 만든 종이 인형이 아니겠냐고 생각했었지요.

무식하다는 것을 달갑게 받아야 하는 것과 개념만 알면 된다는 말에 놀라는, 이것은 분명히 모순 같습니다. 전자를 시인하면서 후자를 부정하는 것은 이 경우 얼핏 보기에 모순임에 틀림이 없겠습니다. 그러나 나는 그 두 경우를 같이 생각할 수가 없습니다.

개념을 안다는 것은 나이프의 사용법을 아는 에티켓보다는 고급인 지식에 속하니 말입니다. 요는 형식이냐 알맹이냐에 그 초점이 있을 것 같기 때문입니다. 바꾸어서 말한다면, 아주 적합한 동의어인지 다소 주저됩니다만, 지식이냐, 지성이냐 할 수 있을 것도 같고, 그것이 한계가 되는 것 같기도 합니다.

학문이 어떤 핵심을 먼저 잡고 그 핵심에다 지식의, 즉 세부적인 분석과 그것의 종합으로 확고한 체계를 세우는 데 반

Q씨에게

하여 예술의 경우는 핵심을 잡되, 지식이라는 의상을 입히지 않고 예술의 방법, 즉 인간의 생태, 인간의 배경을 종합하여 체계가 아닌 단절된, 혹은 독립된 개성을 실증 아닌 공상에 의하여 살을 붙이게 되는 것입니다. 그러니만큼 분석이나 실험의 과정에서 기록적 정확성을 지키거나 체계화시킬 성질이 못 되는 것입니다. 실험도 분석도 공상에 이바지할 뿐, 보편성을 띨 수도 없고 개성의 단절된 무형(無形)의 창조인 것입니다.

나는 여기서 학문과 예술의 비교론(比較論)을 펴려는 그런 무모한 짓을 시도할 마음은 추호도 없습니다. 다만, 과연 작가는 무식하냐는 문제에 논거가 있으므로 부득이 그야말로 개념적인 것을 스쳐 가지 않을 수 없었는데, 결국 학문은 인간의 문제를 직접적인 대상으로 삼는다기보다 인간에 관한 총체적인 것을 간접적인 방법으로 다루어왔다고 생각되며, 혹 전문 분야에서 축소된 경우일지라도 이를테면 자연과학에서 의학 같은 부문에서도 신체적인 것, 정신적인 것으로 직접 인간을 다루지만 그것은 어디까지나 병리적인 한계이지, 인간 그 자체는 아닐 것이며, 창조는 더욱 아닐 것입니다.

그러나 예술, 특히 산문 문학에서는 여하한 경우도 인간 문제는 직접적이었으며, 직접적이면서도 또한 그것에는 인간이 실재해 있지 않은 것입니다. 실제 인물에 의한 실증, 혹은 전반적 인간들에 대한 연구, 즉 인간학에서 상상은 하나의 가설이 될지언정 자유는 허용될 수 없는 것이며, 항상 사실에 밀착하여 사실을 규명하는 것이 아니겠습니까. 그러나 소설 속에선 언제나 상상의 무한한 자유의 가능을 전제로 하여 인간의 육체와 정신이 작가의 사주에 의해 행동하고 사고할 수밖에 없는 것입니다.

여기서 현실적 진실과 작품 속의 진실의 성격 차이, 모든 보편화된 가치관이 개개의 이질적인 것으로 나타나게 되는 것입니다. 그리하여 기준된 도덕에서 벗어난 악덕도 반역도 작품 속에서는 미(美)로 끌어올릴 수 있는 자유가 원칙적으로 용납되는 것이며, 그것의 선택은 작가 개인의 권한에 속할 것입니다.

그런데 소설가는 정말 개념만 알면 되는 것일까요. 내 생각에는 보따리장수의 보따리 속의 그 잡다한 상품과 같은 지식은 별로 쓸모 있는 것이 못 될 것 같습니다. 개념적(槪念的)인 지식보다 본질을 투시하는 눈이야말로 작가에게는 귀한 것으로 개념이 독창적인 것에 이바지하는 것은 지극히 희소한 부분이라고 생각합니다.

개념적인 지식은 오히려 상상력을 견제하며, 분방한 힘을 고루한 것으로 약화시키며, 상식적인 안전은 모험을 주저케 하는 것입니다.

하긴 이론 정연하지 못한 느낌에 어떤 허점이 있는지도 모르겠고 계산이 맞아떨어지는 앞에서 허둥지둥 반증을 낼 수 없는 것도 틀림없는 사실이긴 하겠고 또 언어가 가지는 모호함을 생각할 적에 내 느낌이 표현된 언어와 받아들이는 쪽이

해석한 언어의 차이라는 것도 짐작이 되어 어쩌면 이런 사설이 무용한 것같이 생각되기도 합니다.

아무튼 지성과 지식의 둘을 다 겸비한 진짜의 경우와 지성이 결여된 지식만의 학자가 있을 줄 생각합니다. 엄격히 말하면 지식만의 소유자를 학자라 할 수 있을는지. 그러나 박학한 분은 학자라는 개념으로 그대로 통하고 있지 않습니까.

그러나 반드시 작가는 박식하지 못하고 사물을 분석하되 이론적으로 체계화하지 않더라도 작품은 창작되는 것입니다. 그러니만큼 작가가 지식인이 아니라도 창작은 가능하지만 지성인이 아니어서는 불가능하다는 이야기죠.

물론 지식마저 곁들여 가진다면야 그 이상 더 좋을 것이 없겠습니다만. 여기서 곤란한 일이 생기는 것은 창작에서 그 자유로운 상상력이 이론의 공식에 의하여 위축될 염려가 있는 점, 그리고 현실적 문제로서 유한한 정력을 창작에만 전부 쏟지 못하고 이분해야 하는 난점을 우리는 지적할 수 있는 것입니다.

지금 얼른 생각나는 것은 H.G. 웰스와 사르트르인데, 예술적 양심보다는 사회적 양심에 더 예민하였던 웰스는 사실 소설을 대단한 것으로 생각하지 않았으며, 소설은 그의 사회철학 즉 다분히 낙관적인 사회주의사상 선전의 도구가 아니냐는 비난까지 듣고 있으며, 사르트르의 경우도 그의 실존철학을 소설의 형식을 빌어 표현하고 있으니 이 경우 예술에 앞서는 것은 어디까지나 철학으로, 단순한 예술가의 입장과는 퍽 달라질 것이고 예술가로서의 그들의 박식은 당연한 이야길 것입니다.

그러나 작가적인 개성이 그 어느 것에 비중을 두느냐는 문제는 어디까지나 작가의 자유에 속하는 일이지만, 예술의 본질은 그 어느 것에도 예속되지 않는, 즉 예술이라는 형식 속에 모든 것은 탐욕스럽게 용해되고 예술로서 완성되는 것이 아니겠습니까.

아카데미즘을 숭상하시는 어느 양반께서는 혹 옛날의 그 살롱문학에 향수를 느껴 그런 말씀을 하셨는지 또는 소설을 못 쓰는 자학에서 하신 말씀인지, 아니면 공부 안 하는 한국 작가를 힐책하기 위해 한 말씀인지 그것은 모르겠습니다만 누구에게나 아무것도 만들어낼 수 없는 박식이란 별로 쓸모 있는 것이라 생각하지는 않습니다.

어느 날의 망상

놀러 온 벗들이 내 방, 창문 밖에서 들려오는 산바람 소리를 듣고 파도 소리 같아서 불안하지 않으냐고 묻습디다. 늘 들으니까 불안할 것도 없다고 했습니다만 어젯밤에는 정말 놀랐습니다. 무엇이 투둑, 투둑 하고 떨어지는 소리가 요란하게 울리어 창문을 열고 내다보았더니 글쎄 굵은 나뭇잎들이 마구 떨어지는 소리지 뭡니까. 가랑잎이 그렇게 중량 있는 소리를 내며 떨어지는 것은 처음 안 일이었습니다. 바람이 좀 심하기는 했었지요.

심산유곡이랄 것은 없지만 지대가 좀 묘하게 되어서 당분간은 판잣집이 들어설 염려도 없고 무슨 명함과 결탁하여 불하될 가능성도 없는 산이 내가 사는 집, 뜰 안에 있어 늦은 밤, 등 너머 절에서 들려오는 맑은 목탁 소리라도 듣는 때면 내 몸이 심산유곡에 있는 듯한 착각이 들지 않는 것도 아닙니다. 그래 그런지 계절을 그냥 지나 보내는 내 습관도 조금은 변화한 듯 요즘은 가을이 영 아프게 눈 속으로 묻어오는 것 같습니다.

무슨 나문지 이름은 잘 모르겠습니다만, 매일 그 나무 열매를 따 먹으려고 다람쥐가 찾아오는데, 우리 대장—우리 집에서는 제일 나이배기 개죠. 그래도 아직은 늠름하고 마누라 자식들을 엄하게 거느릴 뿐만 아니라 우리 가족들에게는 진실로 착하고 총명한 충복 노릇을 하고 있습니다—은 애가 달아서 목이 빠지게 나무만 올려다보고 더러는 꿩 부부가 꼬리를 흔들며 내려오다가 개들을 보고 그야말로 꽁지가 빠지게 달아나곤 합니다. 철쭉 잎들은 벌써 다 떨어지고 싸리나무가 선명한 노랑 빛으로 변해 있습니다. 언젠가 해인사에 갔을 때 그곳 산골 사람들이 싸리나무의 껍질을 벗겨 다발다발 만들어 장날에 내가는 것을 보았습니다만, 싸리나무도 한창 우거져 꽃을 피울 때는 여간 예쁘지 않더구먼요.

아득한 옛날 나이 어린 신부 시절, 산에 올라가서 싸리나무 옆에 앉아 울었던 생각이 나는군요. 하찮은 일에, 그땐 참 잘도 울었나 봐요.

아무튼 그것은 그렇고 나는 서울 근교에서 별로 외출하는 일 없이 자연 속에 묻혀 살고 있긴 합니다만, 자연은 무심히 내 옆에 있을 뿐, 가끔 아주 가끔 자연은 내게 강한 몸짓을 보이는 일이 있긴 합니다만 나는 시간에 쫓기는 노예입니다.

그 초침이 마음속에서 거의 멎어본 일이 없는 것 같고 가지
가지 제품인 금속이나 플라스틱의 울림과 촉감이 내 이마에
와서 닿는 그 냉엄한 순간에도 이제 나는 별로 저항을 느끼지
않는 것 같습니다.

참 요즘 생활에는 그 소도구가 너무 숱한 것 같은데 폐쇄된
비밀스러움에서 달려나온 사람들에겐 어쩔 수 없이 필요했
던 것 같습니다.

각박한 처지야 어느 시대인들 있었을 거구, 향락에 겨운 계
급들의 유물도 우리는 보아왔습니다. 그러나 이른바 그 생활
의 소도구 말예요. 합리주의가 기어 올라갈 수 있는 곳까지
기어올라 지금은 우주 로켓의 이야기도 신문 지상에서 요란
스런 것이 되지 못하고 있는데, 예술이니 사랑이니 하는 것은
지극히 지역적인 것, 아니 개인 속에서도 나쁜 뜻에서 관조하
는 습관이 매우 짙어졌다고 생각하지 않습니까.

지성인들은 특히 사랑이니 예술이니 하는 대화를 박람회
에 나타난 촌사람들의 이야기처럼 듣는 것은 시니컬해서가
아니라 시니컬해질 수밖에 없는 데 그 이유가 있었다고 나는
생각합니다. 낡았기 때문이죠. 모든 것은 나는 듯 빨리 지나
가고 새로 등장하는데, 천문학적인 수와 양, 거리와 공간, 시
간과 동력, 이러한 것들의 동태를 전하여주는 뉴스페이퍼의
홍수, 그 활자조차 지탱하기 어려운 속에서 제자리걸음만 하
고 있는 것에는 어지간히 사람들도 미쳤을 거예요.

옛날에는 천재가 한 세대를 먼저 살았다 하기도 하고 다음

세대를 예언했다고도 합니다. 그러나 오늘날 한 세대를 먼저 살고 미래를 예언하는 천재가 과연 있을까요. 현실이라는 말이 오늘날처럼 빈번하게 쓰이는 일은 아마 없었을 것 같고 현실에 적응하는 사람이야말로 오늘의 영웅일 것이며, 현실에 적응할 수 없는 사람일수록 탈락자의 운명을 면치 못할 것입니다.

예술은 그런 뜻에서 한 외로운 섬이었는지도 모르겠고 때문에 현실참여니 사회참여라는 말이 그렇게 시끄럽게 나돌고 있는지도 모르겠습니다. 분명히 지금은 그 숱하게 쏟아져 나오는 홍수의 정리기 같은 것인지 모르겠습니다.

그러나 모든 것은 그칠 줄 모르게 내달리고 있습니다. 현대가 지닌 무궁무진한 질서와 혼란, 이 속에서 예술의 위치를 획해 보기에는…… 어느 시대보다 널리 대중 속으로 뻗어 나간 분야의 어지러운 소음 속에 있으면서도 말입니다. 마치 어느 누옥에서 피골이 상접한 노악사가 바이올린을 혼자서, 단한 사람의 청중도 없이 켜고 있는 느낌이 드는 것입니다.

정신문화와 저 방대한 물질문명─. 만일 신비의 영역을 신이라 생각한다면 여태까지의 우주 어느 곳이 천국일 수 있었겠지요. 그 천국에 이르는 계단은 선남선녀, 오로지 신의 재량에 의한 자만이 밟을 수 있는 길이었을 것입니다. 그러나 그것을 믿지 않게 된 사람들은 스스로 그 길에 오르고자 숱한 사상과 이념과 의지와 권력 그리고 전쟁과 생산, 노예를 낳게 하였고 지금은 물질 산출로 하여 의의가 있겠으나, 황량한 지옥에 지나지 않는 달세계에 갈 수 있는 시간을 눈앞에 두고 있습니다.

그리고 우주 시대가 도래하면 사람들은 천국과 같은 위성에 교량을 걸고 선남선녀가 아니라도 돈만 있으면 입국을 허가하게 되지 않겠습니까. 신과 어깨를 겨눌 수 있으리만큼 인간의 힘이 이룩한 여러 가지 업적의 가치나 이유가 인간 생활에 어떤 영향을 미쳤는가 그것은 잠시 그만두고, 여하튼 신의 낙원을 내세에 꿈꾸느니보다 인간의 낙원을 현세에서 이룩하고자 한 데 목적이 있었던 것만은 사실이겠는데, 그 기본적 단계는 물론 굶주리지 않고 헐벗지 않는 일이겠습니다. 수렵 시대로부터 싸움이나 전쟁이란 생존경쟁이 빚어낸 결과였지만 오늘도 그 기본의 것이 해결되지 않은 데서 육체적으로는 말할 것도 없거니와 정신적으로 또 얼마나 피를 흘리고 있습니까.

에덴의 동산에서는 천사들이 무르익은 과실과 만발한 꽃밭에서 괴롬도 슬픔도 없는 영생을 즐긴다고 생각하지만 인간낙원 건설의 목적은 우선 의식이 해결인 터이니, 그러나 전쟁이 멎고 정상적인 생의 보장을 받는다손 치더라도 그것은 인간에게만이 아닌 동물 전반에서 그랬어야 할 문제겠죠. 배부르게 먹고 헐벗지만 않으면 만족하는 인간이 아니기 때문에 사람은 기도하는 것 아닐까요. 굶주림만으로 사람은 울지 않습니다. 헐벗었기 때문에, 그것만으로 고통을 받는 것은 아닙니다. 행복하지 않기 때문에 우는 겁니다. 행복하기 위해서는 의식 이외 많은 소망이 있습니다.

말하기를 과학이나 정치, 경제, 그런 것들은 운영과 생산을 되풀이함으로써 인간의 생존을 보장해주고 예술—온갖 것을 다 포함해서, 즉 생활을 아름답게 하는 것이라면—과 사랑은 소비의 과정을 되풀이함으로써 인간에게 쾌락을 준다고 합니다. 그래서 그 생산과 소비가 가장 적절한 밸런스를 유지할 적에 인류는 행복해질 것이라 하는데, 그것은 다만 가능성의 이야기겠죠. 이별은 어떡허구요? 세상을 등지고 떠날 때의 그 이별 말입니다. 우스개로 할 수 있고 뻔한 이야기이기도 합니다만, 비극 아닌 죽음이 어디 있겠어요?

가령 앞으로 사람들은 우주를 정복하고 신선과 어울려 놀다 보니 도낏자루가 썩어서 부러졌더라는 옛날 나무꾼의 이야기처럼 우주의 시간 개념이 달라져서 사람이 영생불멸할 경우도 공상해볼 수 있는 일이죠. 어디 그뿐이겠습니까. 수도꼭지만 틀면 물이 쏟아지듯 온갖 필요로 하는 것을 손쉽게 얻을 수 있고 전쟁은 아득한 전설, 전쟁놀이나 하며 겨우 그 옛날을 회상하게 되고 추남과 추녀를 위해서는 고도로 발달된 정형술에 의해, 마치 하나님이 흙으로 아담과 이브를 빚어내듯 자유자재로 미남미녀로 탄생시킬 수 있으며, 늙지 않는 청춘남녀들은 즐거운 인생을 구가할 것이라고.

그래도 여전히 내 생각으론 행복에 도달한 것이 아니고 다만 가능성이 있을 뿐이라구요. 실연자도 있을 것이고 사는 게 지겨워서 스스로 목숨을 끊는 사람도 있을 것이라고 믿어집

Q씨에게

니다. 그 이유는 개성이 말살되지 않는다는 점에서입니다. 개성이란 마음이라고도 볼 수 있는데, 아무리 물질문명이 극에 달한다 하더라도 사람의 마음은 마음일 뿐 어쩌겠습니까.

하기는 생활양식이 달라지고 죽음이나 결핍의 위협이 없어진 곳에서는 사람의 정신도 개조된다 할 수 있을지는 모르겠어요. 사람의 마음이 한 가지 빛깔로 된다? 그럼 그것은 이미 사람이 아니겠죠. 동물이 되거나 아니면 기계가 되거나.

만일 과학의 힘으로 사람의 사고방식마저 계산하고 조절한다면? 그 조절하는 사람 하나가 신이 되고 나머지는 모두 로봇이 된다는 이야기죠. 즉 하나의 물체가 된다는 이야기며 낙원도 지옥도 아닌 물질세계, 혹 모르지요, 벌이나 개미와 비슷해질지.

전지전능하신 희랍 신화 속의 제우스에게도 사랑의 고민이 있었다구요. 신에게도 고독은 있었던가 봐요. 우스갯소리가 아닙니다. 마음 있는 곳에 고독이 있게 마련일 거예요. 쾌락까지도 고독에서 도망치고자 한 무의식의 행동이나 아니었을지. 사랑이나 예술은 외로운 마음의 항거 같은 것이나 아니었을지. 사랑은 나 아닌 또 하나의 나를 구하는 행동, 예술은 나 아닌 또 하나의 나를 구현하고자 하는 작업, 정말 박람회에 나타난 촌사람의 대화입니까.

쑥스럽게 웃을 수밖에 없는 얘기를 지금 나는 하고 있습니까. 여기다가 어떤 순간에 영원을 느낀다는 말을 곁들이면 나는 정말 바보가 되겠지요.

부질없는 말이 꽤나 길어졌습니다. 그렇지만 뭉클하게 가슴을 치는 생각들을 말하지는 못했습니다. 나는 어떤 때 생각하곤 해요. 육이오 전란 말입니다. 다시는 그런 일이 있어서는 안 되겠다고 생각하면서 그 전쟁을 옛날 목마가 등장했던 유명한 트로이의 전쟁같이 하나의 서사시로 여기곤 한답니다.

그리고 언젠가 비가 내리는 밤이었다고 생각됩니다만, 버스가 헤드라이트를 켜고 빗속을 질주할 때 나는 그것을 철재로 만들어진 무생명체로 느낄 수가 없었습니다. 비에 씻기어 번들거리는 차체는 무서운 짐승같이 느껴졌고 그 무서운 짐승이 마구 나에게 달려오는 듯한 착각에 빠졌던 것입니다. 그러나 그 큰 덩치가 빗속으로 사라질 때 울음을 뿜는 짐승같이 슬퍼지더군요. 결국 내 마음의 환상이지요.

그리고 그것도 언제였던지 퍽 오래된 일인데 잊혀지지 않는구먼요. 아마 휴가를 받아서 나온 병사일 거예요. 그가 교통사고로 쓰러진 곳에 황혼이 깃들고 빌딩의 하얀 타일이 분홍빛으로 물들어 있었습니다. 그리고 차량은 끊임없이 지나가구요. 그런데 나는 태곳적 숲속을 헤매어 다니다가 사나운 짐승의 습격을 받아 쓰러진 나무꾼의 비극 같은 착각을 했습니다. 무거운 군화 한 짝―. 철재도 목재도 석재도 사람의 마음이 있는 한 나무숲도 되고 궁성도 되고 새도 되고 그래서 퇴물 같고 생산에는 한 푼어치의 가치도 없는 예술이 명맥을 이어가는 것일 거예요.

Q씨에게

더군다나 아직은 예술의 종말이 온다는 것은 성급한 기우이며, 서울 밤거리에 이 순간에도 찬란한 불빛이 흐르고 있고 색색의 마음이 가랑잎만큼이나 많이 굴러가고 있다고 생각한다면…… 나는 시간을 좀 더 아껴야 할 것 같습니다.

왜 쓰는가

소설은 왜 쓰는가, 혹은 왜 작가가 되었는가, 이런 질문을 받는 일이 더러 있습니다. 중국의 작가 노신(魯迅)은 일본에 와서 의학 공부를 하다가 모국으로 되돌아가 신체의 병을 고치는 의사가 되느니보다 중국인의 병든 정신을 고쳐주는 일이 더 급하기 때문에 소설을 쓴다는 그런 뜻의 말을 했다고들 합니다만.

사실 왜 작가가 되었느냐, 소설을 쓰느냐고 묻는다면 나 역시 노신과 같이 위대한 사명감은 없을지라도 무엇인지 대답을 하기는 했을 것이고 또 지극히 안일하고 상식적인 대답을 여러 번 한 것을 기억하고 있습니다. 가령 문학 강연회 같은 장소에서 만난 독자들의 질문에 응하는 경우.

압축하고 높이와 낮음을 가늠하며 사방을 살피며 강한 인

Q씨에게

상으로 몰아 올리려고 고심하는 문자언어에 비해 성글고 전달력이 약한 내 눌변으로 어쩌고저쩌고, 사실은 장님이 코끼리 만지는 격이지 뭡니까.

어떻든 그런 강연이나 질문의 답변에는 어떤 말을 끌고 오든 의미와 이유가 필요하긴 했을 것입니다. 그러나 그런 일이 있을 때마다 상식이 생판 거짓이라고 생각지는 않습니다만, 왠지 나 자신에게는 물론 경청하는 상대방에게도 묘하게 모멸감 비슷한, 그리고 서글픔을 느끼게 되는 것은 무슨 까닭일까요.

그러면서도 상대방의 눈초리에 내 마음이 마음대로 비치지 않았다는, 억울한 것 같기도 하고 쓰디쓴 외로움을 맛보는 것 같기도 한 기분에 빠지지요.

옛날의 일입니다. 내가 여학교에 다닐 무렵 학생들 간에 유명한 미치광이 청년이 있었습니다. 참말인지 거짓인지 모르겠습니다만, 여학생을 짝사랑하다 미쳤다고 하는데, 이 실성한 청년은 여학생만 지나가면 쫓아와서 한다는 말이

"앞앞이 말 못 하고 내 간장 타는 것을 누가 알꼬?"

하고 주먹을 쥐고 자기 가슴을 친다는 것이었습니다. 그냥 웃고 넘길 수 없는, 비록 정신이 상실된 사람이긴 하지만 인간의 고독이 부각된 그런 모습이나 아니었을지.

소설을 쓴다는 것 역시 마찬가지 아니겠습니까. 앞앞이 말 못 하고…… 나는 왜 소설을 쓰게 되었는가. 솔직히 말할 것 같으면 나는 아무 대답을 갖지 못했던 것입니다. 너무 많이

생각했으면서도 부스러기 같은 대답을 많이 가지고 있으면서도 그것을 반죽할 수 없었고 그 부스러기만 가지고는 무슨 쓸모가 있었겠습니까. 내가 그들에게 들려줄, 그보다는 나 자신에게 들려줄, 진실의 언어는 대체 어디에 있을까?

끝없이 넓고 잡다한 마음을 들여다보는 눈과 끝없이 넓고 잡다한 세상을 바라보는 눈은 어떤 방법으로 대상(문학)에 접근해갈 수 있을까? 그 마술을 체득하지 못하는 이유는 언어의 장벽 때문일까, 아니면 내 능력의 한계 때문일까. 옛적에 노인네들도 '할말 다 못한다', '말로는 다 못 하겠다.' 하며 고요한 체념으로 있었던 것 같은데, 더러의 사람들은 그리고 작가는 그 불투명한 언어의 장막 앞에 기도를 올리기도 하고 몸부림을 치기도 했을 것입니다.

벗을 얻고자 말이라는 전파를 보내는 사람, 가까워지려고 글이라는 교량을 건너는 작가, 오히려 이들은 언어로 말미암아 혼자인 것을 자각하고 멀리서 맴돌고 있다는 것을 깨닫는다면 그것은 이율배반이며, 수수께끼 같은 것입니다. 그러나 사실이 그렇고 그러면서도 그 행위를, 그 길을 멈추지 못하는 것은 언어가 지닌 마성 때문이겠죠.

나는 뙤약볕 아래 신발을 벗어들고 이 마을, 저 마을로 떠돌아다니는 등짐장수같이, 값진 것은 못 되어도 여러 가지 물건이 가득 들앉은 보따리를 지니고 있습니다. 그런데 이 보따리(생각)를 한 번도 활짝 펴본 일이 없고 물론 남의 보따리 속도 구경한 일이 없었습니다.

Q씨에게

문학에는 스승이 없다는 말을 흔히들 하는데 어찌 스승만이 없겠습니까. 나는 언어 위에 투영된 나 자신까지도 본 일이 없는 것 같습니다. 선명한 느낌과 확실한 사실들은 항상 내 안에서 움트고 자랐으며, 그리고 더러는 사라져버리고 대상(문학)에게는 여읜 종자조차 뿌려보지 못했던 것 같은 언어의 모호함—그래서 보다 깊어지는 고독의 바닥에 도전하는 사람들을 작가라 하고 시인이라 하는 것일까요.

　샘 앞에 쭈그리고 앉아서 두 손을 모아 물을 길어 입으로 가져가노라면 입으로 가져가는 동안 손가락 사이에서 물은 다 새어버리고 겨우 타는 듯한 목구멍을 축여줄 뿐인 그런 아쉬움, 안타까움, 노여움, 더 심하게는 미칠 것 같은 발작적인 충동일 것입니다. 안개를 뚫고 남(독자)이 내게 와주지 않았다는 것보다 작가는 또 하나의 자기를 만날 수 없었다는 것을 문자와 대면하면 깨달을 것입니다.

　장난삼아 생각해볼 때가 있습니다. 그 샘물을 시원스럽게 퍼마시기 위해 그릇이나 바가지를 이용하면 될 거 아니냐고. 이를테면 소설의 어떤 장면을 위해 녹음기를 들고 그 장면에 적합한 곳을 찾아가서, 가령 싸움이 벌어진 투전 자리라든가 부두 노동자들이 떠들어대는 곳이라든가, 뒷골목 여인들의 풍경 따위를, 그곳의 언어를 녹음하여 편집을 한다면? 이 장난스런 생각에서 문득 떠오르는 것은 문학이 지닌 사기성과 준열한 객관성이었습니다.

　전반적으로 예술에서의 발상에는 그릇이나 바가지 같은

소도구가 필요치 않은 것은 물론이거니와, 특히 문학에서는 방법에서도 소도구가 소용없는 것은 두말할 나위도 없겠습니다. 다만 그 장난스런 생각에서 연상된 것은 절대로 있을 수 없는 일이지마는 가상으로 언어의 장막을 뚫고 내부 속에 있는 선명한 느낌과 눈으로 받아들여진 외부의 사실들을 남김없이 표현했을 때 과연 창조가 완성되느냐의 문제입니다. 스포트라이트가 안에서 비치고 밖에서 비치는 주관이나 객관의 시비보다 무한이건 유한이건 필연적으로 정리의 과정이 있다는 그 이야깁니다.

예를 들어서 기록 영화의 카메라맨도 모든 것을 모조리 포착하지 않으며 발상과 효과의 이중사고로써 카메라아이를 돌리는 것입니다. 여기서 무한정 흐르려는 갈구로 말미암아 쏟아낸 언어의 순수와 정리를 해야 하는 지극히 비정적인 비순수가 공동 작업을 하게 되는 것이며, 전자가 욕망이면 후자는 비판이요, 전자가 감정이라면 후자는 일종의 금속성인 것입니다. 그리고 전자가 정직이라면 후자는 사기인 것입니다.

그러나 그 양자는 모두 준열한 문학 정신의 쌍생아인 것입니다. 상처받기 쉬운 마음과 무한한 욕망과 희구 그리고 무자비한 과단성—이 두 가지가 크면 클수록 언어는 마음 가까이 갈 수 있을 것 같습니다.

이야기는 돌아가서, 이제는 왜 소설을 썼는가 하는 의문을 감정적으로 처리할 수 없음을 느낍니다. 비록 설익은 습작기의 작품일지언정 혼자 열심이던 그 시절의 작업을, 다만 막다

Q씨에게

른 골목으로 쫓겨 들어간 감정의 소위였다고 단정해버릴 수 없음을 요즘에는 느낍니다.

하나, 다시 되풀이되는 이야기는 어떤 상황 밑에서, 어떤 충동에 의해, 어떤 가치를 고려하여 쓰였던 지금 이 자리에서도 여전히 나는 안개 같은 언어의 장막 앞에 앉아 있고 그 장막을 뚫지 못하는 절망 속에 있다는 것입니다. 물러나지 못하는 것은 그 언어가 지닌 마성 때문일까?

언어로 말미암아 더욱 깊어지는 인간과 인간 사이의 강을 그리고 나와 나 사이의 넓어지는 강을 들여다보면서도 이 언어에 의하지 않고는 강의 폭이 좁아질 수 없다는 이율배반적인 가능성 때문일까?

다만 지금 확실한 것은 이 절망의 길을 빠득빠득 걸어갈 수밖에 없다는 예감입니다.

선택

작가는 어느 것을 반드시 선택하여 그것을 자기 작품 속에 구축하여야 하는 것일까. 물론 여기서는 선택이 지니는 의미에서 문제는 얼마든지 이동할 수 있을 것입니다만, 어느 시대, 어느 곳을 막론하고 이 문제는 매우 중요한 것이었으며, 논란도 많이 되어왔다고 생각됩니다.

특히 한국의 작가들이 처하고 있는 현실에서 작가들은 그런 문제에 여러 번 부딪쳐왔을 것이며, 앞으로도 얼마든지 부딪쳐나가야 할 성질의 것으로 생각됩니다. 그러니만큼 그릇되게 도피하거나 그릇되게 개입한 일도 많았고 신념의 흔들림에서 우리는 얼마나 많은 고통을 받았습니까. 그리고 하루하루 새로운 역사를 밟고 서서 고아 같은 자신을 돌아보는 일이 또 얼마나 많았습니까.

그러나 엄격히 따져본다면 작가는 항상 무엇인가를 선택하고 있는 것에는 틀림이 없겠습니다. 그런데도 새삼스럽게 선택에 대한 의문을 제시하는 이유는 자유로운 선택 여부에 그 문제점이 달려 있기 때문입니다.

사르트르는 그의 자유론에서 선택의 자유를 이야기하고 있는데, 보통 생각하고 있는 외계에 의한 자유의 상실 내지는 제한을 명확한 이원론으로써 구분하고 있습니다.

즉 조건부의 결정론이 지배하는 필연의 세계와 선택에 의한 행동의 구조인 자유의 세계는 각기 다른 차원에서 서로 간섭하지 않는다는 것이며, 인간은 창조주가 아니기 때문에 존재를 창조할 수는 없지만, 그러나 무엇인가가 이미 존재하였다 하더라도 그 존재물은 하등의 의미를 갖지 않는 것으로서 인간의 자유로운 선택에 의해서만이 처음으로 존재물은 인간적인 의미를 갖는다고 했습니다.

그리고 또 그는 말하기를, 체념하느냐 반항하느냐 그 어느 것을 선택하기 이전의 노동자는 존재로서의 노동자이며, 나무나 혹은 길에 굴러 있는 돌과도 다를 바 없는 존재인 대신, 선택에 의해 창조되는 상황에 대응하고 있는 노동자는 자기의 행위, 즉 창조적 자유에 의하여 노동자가 된 동물이며, 이와 같은 자기의 창조적 행위에 의하여 자기가 된 인간이 비로소 자유의 인간이라 했습니다. 아주 명석한 이론이었습니다.

그런데 나는 미련스런 생각을 해봤어요. 어느 것도 선택하지 않는 자유를 말입니다. 선택하지 않는 자유도 선택인가고.

그리고 그런 선택에 행동이 따를 수 없으니까 따라서 상황도 있을 수 없지 않는가 하구요. 얼핏 떠오르는 것은 벌써 여러 해 전, 휴전 무렵에 남쪽도 북쪽도 선택하지 않았던 포로 몇 사람의 경우 말입니다. 최인훈 씨가 『광장』에서 그 비극을 다루었지요.

그리하여 그들 몇 사람은 중립국으로 떠날 것을 선택하였습니다. 이런 경우 개인을 위해서는 분명히 선택이었겠지요. 따라서 그것은 행동이었고 상황이 따랐습니다. 그러나 엄밀한 뜻에서 그것은 선택이었을까? 하는 일말의 의혹이 남지 않을 수 없었던 것입니다. 그렇다면 그들은 스스로 자유를 포기했단 말인가? 그리고 또 한 가지의 경우는 침묵입니다. 침묵이 행동이냐 침묵도 하나의 상황으로 간주할 것이냐, 안 할 것이냐……. 아무래도 그것들은 상황이며, 행동임에 틀림이 없겠습니다. 의식하는 한에서는.

사르트르는 또 다음과 같은 말을 하고 있었습니다.

"마르크스주의자는 말할 것이다. 만일 자네가 인간은 자유라고 가르친다면 자네는 인간을 기만하는 것이 된다. 왜냐하면 자유로운 인간은 벌써 자유롭게 될 필요가 없기 때문에. 나면서부터 자유이면서 그런데도 해방을 요구하는 인간을 생각할 수 있겠는가 하고. 여기에 대하여 나는 대답한다. 만일 인간이 본래 자유가 아니며 절대적으로 결정되어 있다고 한다면 우리들은 자신의 해방이 어떤 것인지 생각조차 할 수 없었을 것이다."

Q씨에게

결국 나면서부터 자유라는 것은 의식의 이야기겠는데, 그렇게 보면 어떤 형태로든지 의식이 있는 한, 사람은 무엇이든지 선택하고 있다는 것이 되겠습니다. 그러나 사르트르는 인간의 자유는 타인의 자유와 연대성이 있는 것이며, 타인의 자유를 빼앗는 자 스스로도 자유일 수 없다는 것과 최고 형태의 자유라는 말로 다시 못을 박고 있었습니다. 그것은 논리적이며 정연하긴 했습니다만 나는 그가 쓴 아직 미완의 소설인 『자유에의 길』을 생각하지 않을 수 없었습니다.

주인공 마튜의 자유는 과연 연대적인 것이었는지, 그리고 그는 최고 형태의 자유를 선택했는지. 하긴 아직도 4부작이 남아 있으니까 속단할 수는 없는 일이지만, 그 소설 속의 딴 인물들도 모두 자유를 어떻게 한정할 것인가를 모르고 있는 것 같았습니다.

그들은 다만 무내용(無內容)한 자유에 대하여 불안을 느끼고 있을 뿐인 것 같았습니다. 그리고 결정적인 선택을 의식적으로 연기하고 그야말로 공중에 표류하듯 추상적 존재로서 부재자, 과연 사르트르는 이 주인공 마튜로 하여금 어떠한 최고 형태의 자유를 선택케 할 것인지 읽는 나 자신이 불안해지기조차 했습니다.

그리고 과연 사르트르는 자기 소설의 인물에게 자기 철학을 어떻게 맞아떨어지게 구현할 것인지, 소설 속의 인물이든 실재의 인물이든, 물론 소설의 경우는 작가가 선택한 인물이긴 합니다만, 반드시 작중인물이 작가의 조종에 순응한다고 생각할 수는 없습니다. 아무리 선택한 인물일지라도 문학적 리얼리티는 그 형식이 문학인 이상 철학에 눌릴 수 없는 것이 아닐까요. 사실 실재에서도 허구에서도 최고 형태의 자유는 그리 흔하게 손쉽게 굴러 있는 것이 아니잖겠습니까.

논리가 성립되고 그곳에 피가 돌아가는 인간을 적용한다면 그 계산이 어김없는 것이라는 보장은 있을 수 없는 일이죠. 타인의 자유와의 연대성과 최고 형태의 자유의 선택이라는, 역시 제한된 자유를 생각할 적에 그것을 구현하는 인물은 아무래도 영웅적—어떤 형태로이든—요소를 띨 수밖에 없는 거고 그것은 작가 자신이 선택한 인물 이상으로 무엇인가에 또 선택받은 인물처럼 생각될 적에 시와 음악을 배격했다고 생각이 되는 사르트르였지만, 거기에는 고조되는 무엇인가의 울림이 없을 수 없을 것 같습니다.

이야기가 애초 생각한 방향 밖으로 나간 것 같습니다. 결국 작가는 어떻게 무엇을 선택할 것인가, 그게 문제였습니다만 인간이 나면서부터 자유라면 작가도 끊임없는 선택 속에 있는 것일 게고 아주 협의의 선택이라면 과연 선택은 자유로웠는가 의문이겠습니다. 그리고 협의의 선택이 또 필요했던가도 문제겠습니다. 그러니까 협의의 선택에 있어선 작가는 방관자일 수도 있고 광의의 선택이라면 작가는 늘 선택하고 행동하고 있었다고 할 수 있을 것입니다. 방관자는 끊임없이 상황을 눈으로 좇아가고 의식은 끊임없이 거부하고 용납하며 그리하여 이룩한 작품은, 그 창작 행위는 즉 행동이라 볼 수 있는 것입니다.

　방관자의 눈이 어떤 상황을 따라갈 때 이미 선택을 전제로
한 것이며 자의식 속에서 취사하는 것은 선택의 결정이며 창
작 행위는 행동일 것이니, 그러나 아까도 말한 것처럼 좁은
뜻에서의 취사선택과 창작 행위에 문자 그대로의 자유가 허
용되었는지, 즉 조건부의 결정론이 지배하는 필연적인 세계
의 간섭을 진실로 받지 않을 수 있었는지 그것은 오늘날 우리
민족적 비극에서 볼 때 크나큰 의문이 아닐 수 없습니다.

　그것은 작가의 경우뿐만 아니라 남북이 차단된 이 땅의 국
민들도 마찬가지겠지요.

성격 문제

아주 젊었을 적에 습습하게 냉기가 스며든 풀밭에 다리를 뻗고 앉아서 문학깨나 안다는 소녀들이 자못 진지한 표정으로 논쟁을 벌이고 있는 것을 옆에 앉아서 들었던 기억이 납니다.

이야긴즉 운명이 인간의 성격을 좌우하느냐, 성격이 자신의 운명을 이끌어 나가느냐, 만일 성격이 자기 운명을 결정짓는 것이라면 그럼 그 성격은 어디서 누가 주었겠느냐, 유전이라면 그 인자는 도대체 어디서 온 것이냐, 그러니 결국은 운명이 아니겠느냐 하며 주거니 받거니 한 얘긴데, 제복에 싸인 소녀들인만큼 뭐, 논리가 정연했던 것은 아니었습니다.

달걀이 먼저냐 닭이 먼저냐, 살기 위해 먹느냐 먹기 위해 사느냐, 이런 따위의 얘기는 농담치고도 싱겁기 짝이 없는 것

Q씨에게

이며 앞서의 논쟁도 치기 어린 소녀들이 했으니 망정이지, 어른들이 웃는 낯으로 소일거리인들 삼겠습니까.

그러나 실상 우리의 일상생활에서 그 싱거운 이야기에 부딪히는 일이 허다하게 있는 것입니다. 아주 심각하게 절실하게, 절실하기 때문에 말로는 장난에 떨어지기 쉽고 결론이 나지 않기 때문에 생각에서는 심각해지는 것인지도 모르겠습니다. 그러나 결론이 나지 않는 그 문제가 실제 생활이 아닌 다른 또 하나의 생활—작업 과정은 작가에게 일상과는 다른 또 하나의 생활임에는 틀림이 없을 것입니다—에서 다시 마주치게 되는데, 여기에서는 그야말로 전능하신 하나님처럼 결론을 내려야 하는 것입니다. 그리고 그 결론도 하나가 아닌, 말하자면 작품에 따라 달라질 수도 있고 작품 속에서도 인물에 따라 달라질 수 있다는 것입니다. 성격이 운명을 지배하는 경우도 있을 수 있고 운명이 성격을 만드는 경우도 있을 수 있으니 작가란 어떻게 보면 위험한 장난질을 하는, 천방지축을 모르는 악동 같은 느낌이 들어 곰곰이 생각하다 보면 웃음이 나오는 일도 있습니다만 그러나 작업에 열중하는 본인으로 말할 것 같으면 심각하기가 이를 데 없으니 달걀이 먼저냐 닭이 먼저냐 하며 진지하게 토론하는 얼빠진 한 패거리를 팔짱 끼고 히죽히죽 웃으며 구경하는 그 사람의 눈길을 작가인들 의식 안 할 수야 있겠습니까.

과히 기분 좋은 일은 아니겠지요. 사실 그런 칠푼이 대접을 받고 기분이 몹시 상하는 일도 많은데 따지고 본다면 켕기는 구석이 없지도 않습니다. 탁상공론, 사상의 누각, 한없는 종이와 잉크를 소비하며 헛힘만 쓰는 형체 없는 작업, 이제 그런 자비(自卑)는 그만두겠습니다.

소설을 구성하고 있는 세 가지의 요소, 즉 배경과 사건과 인물을 설정한 뒤 작가는 가공에다 인생을 구축하는 작업에 착수하게 되는데, 여기서 배경을 운명이라 한다면 그것에 대결을 하든 복종을 하든, 인물의 행위는 성격에서 결정되는 것이겠고 사건은 양자 간을 내왕할 수 있는 융통성을 띠게 되는 것입니다.

이때 작가의 자유라는 것은 인생을 가공에다 설정하기 때문에 무한해지는 것이며 실재하지 않는 의식의 공간이기 때문에 어떤 것에도 예속될 수 없는 구사력을 발휘하게 되는 것입니다. 그렇다면 구태여 무슨 공식이 필요하겠습니다.

그러나 문제는 인생을 닮아야 하는 것과 아니면 실제의 인생이 가공의 인생에서 닮을 수 있는, 적어도 이 두 가지 규약만은 있어야 한다는 것입니다. 그러니까 배경과 사건과 인물을 떠난 작품이 있을 수 없는 거죠. 작가는 그러면 그 세 가지 요소로써 허공의 줄타기 같은 재주를 어떻게 피우는 것일까.

운명에 희롱당하여 성격이 형성된 가엾은 인물이 있습니다. 운명에 끈질긴 도전을 감행함으로써 승리하는 인물이 있습니다. 성격으로 말미암아 운명의 부드러운 손길을 놓치는 인물이 있습니다. 그것들은 단일적으로 꾸며질 수도 있고 복합적으로 혹은 다양하게 누빌 경우도 있을 것입니다. 여기서

Q씨에게

작가들의 각자 다른 계산이 있고 수법이 있고 눈이 있을 것입니다.

지금 얼핏 생각나는 것에 투르게네프의 『처녀지』라는 작품이 있는데, 읽은 지가 오래여서 내 관점이 옳았는지 자신할 수는 없지만 운명과 성격을 각기 역으로 배합한 두 인물이 등장합니다. 한 귀족의 사생아, 사생아라는 운명적인 것에서 기존 사회에 반항하는 이상주의적인 사회주의자와 그 인물의 그늘같이 느껴지는 희미한 존재 소로민은 현실주의자로서 혁명을 냉정히 계산하는 일꾼입니다. 전자는 강렬하면서도 운명적인 데서 출발한 로맨티시스트요, 후자는 그림자 같으면서 운명을 바꾸려는 자신과 의지의 인간입니다.

그리고 전자는 실패를, 후자는 미래를 남겨놓고 있었는데, 작가의 의도가 무엇이었는지 알 수는 없지만 전자는 인생을 혹은 인간을 닮은 인물이었고 후자는 인간이 닮아야 할 인물이 아니었던지요. 아무튼 운명과 성격을, 두 마리의 학이 꼬리와 대가리가 물리는 식으로 배합한 예지만, 그보다 재미나는 것은 작가의 눈이 온통 한 몸에만 쏟아진 듯 화려하게 등장한 주인공—귀족의 사생아—뒤에 슬며시 회색 띤, 아무런 특색도 없이 보이는 인물이 나타나는데, 실상 이 인물을 위한 주인공의 각광 받은 모습을 생각할 적에 속임수도 이쯤이면 흔적도 안 남겠다 싶었습니다.

아마 그 작품을 얼핏 생각한 것은 소로민의 그 회색, 아무런 신비함도 덤 준 것도 없는 성격 탓이었던가 생각되는군요.

아무튼 작가가 운명에 가담하거나, 성격, 즉 인간에 가담하거나 간에 그 자유스런 선택에 대하여 프랑소아 모리악은 그의 소설론에서 다음과 같은 말을 하고 있습니다.

"소설가는 모든 인간 중에서도 가장 신을 닮았다. 그는 신의 모방자요, 그는 생명을 지닌 인간을 창조하고 운명을 연구하고 사건이나 횡액을 알고 있으며 그것들을 교착해가며 종국으로 인도해간다. 그것은 가공의 인물에 지나지 않는 것일까? 아마도 그렇겠지. 하지만 결국『전쟁과 평화』의 로스토프나『카라마조프가의 형제들』은 살아 있는 어떤 인간에게도 뒤지지 않는 실재성을 가지고 있다. 그들의 불멸의 본질은 우리들의 본질과 같으며 형이상적인 신념이 아니다. 현재 우리는 그 증인인 것이다. 그들 인물의 생명은 약동하고 있으며 긴 세월 우리들에게 전해져 내려왔다.

자기 정신의 자식인 작중인물에 무한의 생명을 부여할 것을 원치 않는 소설가가 있을까? 그리고 모든 문학 양식 중에 소설 양식이 독자층에서 가장 신망이 있고 따라서 출판자가 가장 환영하는 것이고 보면 대부분의 문사가 나면서부터 신과 같은 재능을 받았다고 믿으려 하는 것은 조금도 이상할 것이 없다."

소설론의 서두에서 모리악은 그런 말을 했습니다. 소설가 모리악이 선택 의식을 가졌는지 어쨌는지 알 수 없지만 특권을 말했다기보다 특성을 말했을 것입니다.

나 자신도 창작하는 희열과 고통에서 떠나면 선택받았다

Q씨에게

는 의식은커녕 일상인으로서, 특히 여성으로서 도리어 따돌려진 열등감이나 어떤 억압감마저 느끼게 되는데, 한국의 풍토가 작가적인 자유를 허용하지 않았다는 그런 탓도 있을 것이며 조용히 작품에서 손을 떼는 순간부터 개인으로 돌아가고 싶은 마음에는 때에 따라서 작가의 시민 혹은 일개 여성이 공동체가 되어 받아야 하는 여러 가지 심리적인 부담도 사실은 역겨워 그런 억압감을 느끼는 것이겠지만, 모리악의 말을 인용한 것은 다만 창작의 세계와 작가 사이에 교류되는 절실함을 말하고자 했을 뿐입니다.

멍하니 거의 생각 없이 앉아 있다가 이상한 것이 실마리가 되어 멎었던 머리가 몽롱하게 움직이기 시작하여 엉뚱하게 비약하기도 하고 불필요하게 생각을 부스러뜨려보기도 하고 시끄러운 라디오 소리를 들으며 그 음향에 들떠서 다시 소설의 인물, 성격 하며 끝없이 생각은 넘어가는데,

"성격에 중점을 둘 때 표현 방법은 주관적 경향을 띠게 된다. 심리 묘사에 치우쳐 사건은 선명하게 떠오르지 않을지도 모른다."

"운명에다 즉 사건에다…… 표현은 객관적으로 펜은 행동으로 따라간다……."

"심리 묘사는 자의식이 강한 지성인의 성격 표현에 적합하다."

"행동 묘사는 설령 개성이 다소 복잡하더라도 지성이 결여된, 지적으로 사고하지 않는 인물에게 적합하다."

"그러면 지성인에게는 행동성이 결여되고 행동인에게는 지성이 결여되었다는 거냐? 모호한 이야기다."

"헤밍웨이의『누구를 위하여 좋은 울리나』의 조던은 행동인이고 작가는 밖에서 주인공을 따라가고 있지만 그는 지적으로 사고하는 인물이다. 말로의『정복자』의 주인공 가링은 화자의 눈에 비친 상태로 그려낸 행동인이다. 그러나 그도 지적 인물이다. 포크너의『음향과 분노』의 벤지는 백치지만 작가는 그의 의식을 통하여 내면에서 그려 나가고 있다. 그러면 작가의 카메라아이가 안에서도 밖에서도 비춰주는 것은? 얼마든지 있지. 숄로호프의『고요한 돈강』의 그리고리, 토머스 울프의『그대 고향에 다시 못 가리』의 조지……."

이런 생각은 어디까지나 명석한 분류는 아닙니다. 막연하게 대충 선을 그어보다가 다시 그것을 쪼개보고 다시 또 쪼개보는 생각의 이동일 뿐입니다.

사실 그 잘게 쪼개보는 것을 어느 무더기 속에다 넣어야 할지 전혀 불투명한 것이지요.

실제 창작에 종사하면서 등장인물의 성격 형성에 여러 가지 시도를 하는 동안 느끼는 고충은 능력에서 혹은 외적 조건에서 오는 것이겠지만, 수법의 잘못 선택에도 그 큰 원인이 있었던 것 같기도 했습니다.

완전한 객관적 표현 방법을 취함으로써 어부나 밀수꾼, 바람둥이, 돈푼이나 있는 지방민들, 무식한 아낙들의 성격을 용이하게 끌고 간 대신 심리적으로 복잡한 지식 청년이나 내성

Q씨에게

적인 여주인공의 성격 형성에 진땀을 빼었던 『파시(波市)』 같은 작품의 경우는 처음부터 실험이긴 했지만 수법의 선택이 잘못되었다는 것을 깊이 반성하였던 것입니다. 『파시』의 선애나 서영래나 닻줄이 같은 부류의 인물들은 내 나름대로 생명이 있었다고 생각합니다.

그러나 명화나 웅주나 박의사 같은 자의식이 강한 인물들은 죽어 있었다고 생각할 수밖에 없었습니다. 이와 반대로 『신 교수의 부인』의 경우는 처음부터 신 교수 의식에 너무 깊숙이 들어간 잘못으로 그 자의식 강한 인물을 도무지 행동으로 몰아낼 수 없는 난처함에 빠졌던 것인데 결국 모리악의 말대로 작가는 신의 모방자 내지는 전능한 권력으로 하나의 성격만을 만들어야 옳았던 것입니다.

신이 만드신 인간의 용모는 개개가 다 다르고 운명도 성격도 모두 각 개인의 것이니 작가도 결국은 무슨 표현, 무슨 수법 하면서 인색하게 따질 것이 아니며 또 어떤 성격은 어떤 틀에다 넣어야 한다는 것을 따질 것이 못 되며 다양한 속에 개체가 엄연한 것만을 명심해야 되지 않을까요.

잠 안 오는 밤

미친 것처럼 바람이 붑니다. 신작로를 지나가는 택시의 헤드라이트에 비치는 빗줄기가 바람에 따라 굵은 사선을 긋고 있습니다. 아직 시월인데 빗줄기는 한파같이 냉기를 몰고 오는 것 같았습니다.

집에 닿았을 때 언덕 위의 높이 솟은 소나무가 꺾여 우리집 지붕을 무너뜨릴 것만 같은 무서운 바람은 여전히 멈추질 않았습니다.

잠이 오질 않아서 책을 읽다가 바람이 부는 창밖을 내다보곤 했습니다. 그리고 방금 조금 전에 이야기가 났던 이른바 삼성재벌의 밀수사건을 옹호하였다는 몇몇 지식인 생각이 났습니다. 어떻게 된 경위인지 들어앉아 있는 나 자신으로선 잘 모르겠고 또 사람들의 이야기는 팔 할의 와전이 있음을 명

Q씨에게

심하고 있기에 다만 딱하게 되었다는 느낌이 앞섰을 뿐인데 내 노여움은 보다 그들을 동원한 삼성이라는 재벌의 더러운 처사였습니다.

일금 육백 원—평소에도 그런 식으로밖에 생각지 않았던 무지한 장사꾼이 역시 그런 마당에서도 돈 몇 푼을 뿌려주고 동원을 시킨, 그들의 두꺼운 안면 근육을 새삼스럽게 이러쿵 저러쿵한댔자 무슨 소용이 있겠습니까만, 동원된 분들 중에는 얼떨결에 무슨 영문인지도 모르고 나갔다는 분도 계시다는 말을 들었고, 사람이란 아차 하는 순간 저도 모르게 빠지는 함정이 있는 법인데…… 차라리 사전에 거액의 돈으로 유인하였더라면 그분들 중에 더러 한두 사람은 거절했을지도 모르는 일이지요.

물론 그 자리에서 일어나 나오는 용기를 못 가진 것은 유감이며 한편 그러지 않으면 안 되게끔 심약해진 오늘날의 지식인들의 풍토에는 실로 많은 원인과 이유가 있는 것을 모르는 사람은 없을 것입니다. 지금 현재 확실히 누구에게나 그런 처지에서 스튜디오를 박차고 나올 수 없는 가능성은 다소 있을 것이라 생각이 됩니다. 부당한 것을 알면서……. 나는 지성인들 내지 예술인들이 얼마나 천대받고 있는가를 여러 번 목격했습니다. 우선 지식의 온상인 교육계를 생각해보십시오. 아직은 학문의 권리를 유지해나가는 대학이 없는 것은 아니지만 숱한 사학의 신성불가침이요, 절대적인 권한으로 군림하며 제왕 못지않은 위세를 휘두르는 경영주들 앞에 한갓 고용

인으로 떨어질 수밖에 없는 지식인들을 나는 얼마든지 보아
왔습니다.

한번은 상당한 실력과 이름도 알려진 화가 한 분이 그 군
주와 같은 경영주 명령으로 카메라를 들고나와 그들을 따라
다니는 광경을 보았습니다. 그 잔인한 분위기를 나는 지금도
잊을 수가 없습니다. 학자는 학문의 세계를, 예술가는 예술의
세계를 구축하여 그 속에서의 왕인 것을, 눈물방울만 한 월급
에 매달려 곡예사가 되지 않으면 안 되는 오늘날의 처지가 아
니겠습니까. 싫으면 그만두라, 얼마든지 올 사람이 있다. 하
기는 그 명예스럽지도 못한 직위를 위해서는 무료봉사할 사
람도 있긴 있다 하더구먼요.

흔히 세상에서는 가난뱅이 예술인들을 가난함으로 하여
연민의 감정으로 바라보기도 하고 다분히 불균형한 성격을
광대와 같은 우스꽝스런 것으로 바라보기도 하고 생산고에
여념이 없는 분들은 군식구처럼, 이 세상에 없었어도 좋았을
인종처럼 바라보기도 합니다. 딱 한 사람, 사람들을 조금은
웃겨주기도 하고 울려주기도 하는 이외 아무런 능력도 없는
딱한 사람……. 그런가 하면 이편에서는 선택받은 것 같은 망
상에서 예술에 대한 고통도 없이, 자의식은 끊임없는 분석의
성만을 쌓아 올리는가 하면, 하찮은 감정에 몰입함으로써 그
것에의 순수를 소아병적으로 믿으며 예술이라 하는 사람들
도 적지 않을 것입니다. 아무튼 인간이야 여하튼 예술은 오히
려 순수한 것이 못 되며 감정의 무서운 절제에서만이 이룩되

Q씨에게

는 것이 아니겠습니까.

신기루를 좇는 환상의 길을 가든 허무와 나태한 길을 가든 작가의 눈은 따로 있어야 하는 것이며 그런 뜻에서 인간적으로는 불순한 면이 작품 속에 투입되어야 하는 것이 아닐까요. 헤밍웨이가 나쁜 작가의 말을 다음과 같이 한 것을 나는 기억하고 있습니다.

"정치, 명예, 돈, 술, 여자에 빠지지 않는 사람. 정치, 명예, 돈, 술, 여자에 빠지는 사람……." 그런 말이 있었다고 생각합니다만 역설적인 말이지요. 그러나 나는 어떻게 설명을 해야 좋을지 모르겠습니다만 뭔지 절실하게 그 말의 뜻이 왔습니다. 인생은 전부를 살고 작가는 그것을 아낌없이 빼앗으라는 말이 아니겠습니까. 무자비하게 교활하고 무자비하게 사기하고 그리고 무자비하게 악의가 서린 눈, 이것이야말로 작품과 밀접하는 작가의 정신이 아니겠습니까.

생각나는 것은 도스토옙스키의 『악령』입니다. 이 작품처럼 철저하게 악의적인 것이 흔하지도 않을 것 같은데, 그것은 그 많은 작중인물 중에 작가의 야유와 조롱을 받지 않았던 사람은 거의 없는 것으로 생각이 되는데, 그러나 그 밑바닥에 흐르는 굵은 줄기는 인간의 고통과 우리가 대면하지 않을 수 없는 진실이었습니다. 도스토옙스키는 『악령』을 쓰면서

"나는 어느 사상을 표현할 작정이다. 이 소설의 예술적인 면이 모두 실패로 돌아가는 한이 있어도 나는 내 마음속에 있는 것을 말할 것이다."

했다는데, 그는 그 예술적인 면을 누를 수 없었다는 것입니다.

아무튼 예술가를 사랑방 머슴같이 부려먹으려는 장사꾼의 심사도 괘씸하기 짝이 없지만 작가나 지식인들이 그 인간성의 결함이야 인간 본인이 지게 마련이지만 작가나 지식인의 명칭을 유니폼처럼 생각하는 어리석음은 없어야 할 것 같습니다. 그 유니폼의 의식 때문에 남들이 쉽게 부려먹으려 들고 자기 작업에는 크나큰 해독을 끼치는 결과가 되는 것이 아니겠습니까?

누구를 사모하여 글을 쓰고 누굴 미워하여 글을 쓰는 개인 사정이야 다 마찬가지겠으나 그 거추장스런 유니폼 의식에 사로잡힌다면 화려한 옷맵시 때문에 요리가 망가져버리는 거죠. 간이 맞는가 세심한 주의를 하는 요리사, 어떻게 돈을 털어낼 것인가 치밀한 계획을 세우는 도둑놈같이, 소설은 천사가 쓰는 것도 아니며, 귀부인이 쓰는 것도 아니며, 순정의 소유자가 쓰는 것도 아니며, 오로지 작가가 쓰는 것입니다. 그리고 이름이 있는 것이 아니며 다만 작품이 있을 뿐입니다.

묘하게 비약해버렸는데 내 버릇이 항상 이러니까 할 수 없죠. 정말 이제 바람이 자주었으면 좋겠습니다. 잎이 다 떨어지고 아카시아와 산딸기 덩굴에 이상하게 아름다운 빛깔의 잎들이 남아 있었을 뿐인데 밤새 그것마저 다 떨어지려는지요.

Q씨에게

자기의 목소리

여러 가지 사물에는 대개 횡적으로 나눌 수 있고 종적으로 구분할 수 있는 요소가 있는 것으로 생각됩니다. 그러나 그렇게 나누어보는 것이 전혀 무의미할 경우가 있을 게고 나누어 볼 필요가 있는 경우도 있을 것입니다. 문학에서 분석을 한다든지 연결을 지어본다는 것은 사실 무의미한 짓이며 또한 뚜렷하게 무더기로 갈라놓을 성질의 것도 아닐 것입니다. 이렇게 되면 비평 무용론이 됨직도 한데, 그러나 그 일에 대하여 나로서는 나대로의 생각을 하나 가지고 있긴 합니다.

그러니까 피란 간 고향에서의 일이었습니다. 우연히 고서점에서 발견하여 헐값으로 산 것이 메레시콥스키의 『영원의 반려』였습니다. 평론으로서 고골리, 투르게네프, 곤차로프, 톨스토이, 도스토옙스키…… 그런 분들의 작품을 취급하지 않았나 싶고 아마 푸시킨의 운문소설 『예프게니 오네긴』에 대해서도 쓰였던 것 같습니다.

아무튼 시인이며, 평론가이며, 혁명 후 조국을 등지고 프랑스에서 망명 생활을 하지 않으면 안 되었던 메레시콥스키의 『영원의 반려』는 메마르고 암담했던 그 시절 참으로 내게는 영원한 반려 같은 느낌을 주었습니다.

그것은 너무 멀었던 그 시기였으므로 지금 내가 다시 읽어본다면 어떨는지 모르겠고 세부에 대한 기억도 사라졌지만 다만 생생하게 지금도 남아 있는 것은 바람같이 심장을 치고 안개같이 휩싸여온 그 시정이었습니다. 정직하게 고백을 한다면 어려워서 끙끙 앓으며 읽었던 그 기라성 같은 문호들의 작품을 나는 깊이 이해하지 못했을 것입니다. 사실 나는 메레시콥스키의 비평이 훨씬 더 아름답다고 생각했습니다. 물론 원작을 이해하는 데 큰 도움을 받긴 했지만 여기서 나는 메레시콥스키의 비상한 감수성과 창조 능력, 그것은 작품과의 교감에서 이루어진 것이라 하더라도 전혀 그 자신의 예술이라고 생각했습니다.

후일 나는 평론이 예술에 속하는가, 학술에 속하는가 그런 부질 없는 의문에 부딪힐 때마다 메레시콥스키를 생각하곤 했습니다.

그건 그렇고…… 일도 되지 않고 잠도 안 오는 밤에 개가 저렇게 스산스레 짖어대니 겨울 발자국 소리가 아주 가까운 곳에서 들려오는 것만 같은 생각이 드는군요. 이 일, 저 일 생각하다가 앞의 일에 연결을 지우면서, 내 것(작품)의 둘레를 방황하면서 옆으로 퍼지고 새로 줄짓는 부질없는 공상이 아니면 망상.

감정의 문학, 하니까 뭐가 잘못된 것 같은 느낌이 듭니다. 감정 문학? 역시 한자를 써놓고 아무래도 틀린 것 같은 기분이 들어 획수를 바꾸어보는 일이 있는데 흡사 그것 같지만, 모르겠다, 내 편리한 대로 하지, 하구요. 추상적인 어휘치고 뭐 그리 정확한 게 있습디까.

낭만주의, 서정주의 모두 포함이 되겠지만 문학 이전이라는 흠이 없지도 않은 감상도 한몫 끼는 것이 아닐까요. 그럼 낭만은 무엇이며 감상은 무엇일까. 마음속으론 나대로의 색채가 선명하게 다르다는 것을 느끼지만…… 어쩌면 그것은 빛깔이나 분위기 같은 것에만이 그 본질이 숨어 있는 것이나 아닐까 하는 생각 때문에 집어낼 수 있는 방법이 모호해지는지도 모르겠습니다.

하여간 감상이라 할 것 같으면 소녀를 연상하게 되고 낭만이라면 풍경을 느끼게 되는데 물론 작품이 지니는 현실과는 다른 얘기지만, 대체로 감정이 설익어서 승화되지 못한 상태가 감상일 것 같으면 감수성이 맑게 세련되어 인생과 적절한 애정이 교류되었을 때, 그것이 낭만이 아닌가 생각해봅니다.

그러나 이 두 감정의 표현은 몹시 시적이기는 하나 그러나 폐쇄된 자기 자신의 소리에 불과한 것이라고 생각할 수도 있지 않을까요.

문학을 하고자 하는 분들의 대부분이 폐쇄된 자기의 소리를 내보고 싶은 충동에 동기가 있을 것 같고 나 자신을 돌아보아도 역시 이유를 찾는다면 폐쇄된 내 소리를 듣고 싶다는 충동에서일 거예요.

언젠가 어느 장소에서 말한 적이 있습니다만 나는 슬프고 괴로웠기 때문에 문학을 했으며 훌륭한 작가가 되느니보다 차라리 인간으로서 행복하고 싶다고. 지금 생각하면 슬프다 괴롭다는 청승맞은 말을 천진스럽게도 한 것이 계면쩍게 여겨집니다만 그것은 다분히 객관적인 나의 불행을 두고 한 것일 게고 지금도 문학을 버리지 못하는 것은 내 내면에서 스며나는 불행 때문일 것 같습니다. 그러나 그것은 나를 다스리는 것이 아닌 문학을 다스리는 방향으로 가야 옳겠지요.

비단 문학 행위만이 자기 소리를 내는 것은 아닐 겁니다. 외로운 사람은(외롭지 않은 사람이 어디 있겠습니까) 무슨 형식으로든 이야기를 좋아합니다. 원래부터 사람이 외롭지 않았다면, 고통이란 동물들이 받는 그것과 마찬가지로 생명에의 본능만으로 다만 밖에서 보는 눈에 외로웠을 뿐이고 언어나 문자가 발명되었을 리도 없었겠죠.

언젠가 외국에 다녀온 분이, 시간 보낼 곳이 없어서 공원에 나와 앉아 온종일을 소일하는 그곳 외로운 노인들의 참상을 말씀하셨는데, 어쩌다가 여행자들이 그들 옆을 지나갈 때면 사람이 그립고 이야기에 주린 그 절망적인 눈초리가 따라온다는 것입니다. 동행했던 다른 분이 그곳의 사정을 잘 알기

때문에

"쳐다보지 말라!"

하며 여러 번 충고를 하더랍니다. 이야기하고 싶은 집념에 누구든 하나 걸려들기만 하면 놓아주지 않을 것을, 바쁜 여정에는, 무자비할 수밖에 없었겠지요. 나는 그 말을 들으면서 외로움에서 잠시라도 벗어나고자 몸부림치는 모습이 눈앞에 선한 것 같았습니다.

일기를 쓰고 편지를 쓰는 마음, 윤락의 여성일수록 자신의 신상 이야기를 즐겨 한다는 말도 들었습니다.

그만큼 그들의 고독이 더 짙었던 것인지도 모르죠.

그러나 문학에서 넋두리, 하소연이 생짜로 나올 때 그것은 문학 이전이 될 것이며, 납득할 수 있는 전달의 효과를 거둘 때 비로소 이야기가 아닌 문학의 형식을 갖추는 법인데 감상이나 낭만 문학이 분식의 속성을 지니고 있는 것을 부인할 수는 없을 것입니다. 이것은 가공적인 것을 만든다는 창작과는 물론 뜻이 다르죠. 반드시 그렇다는 것은 아니지만, 자유분방한 개성의 주장, 미지에 대한 동경이 다 포함이 되니까 일률적으로 말한 것은 못 되나 넋두리지만, 하소연이 대체로 회고적 요소를 띤 것으로 보이는데, 회고 자체가 소멸되어 가는 것에의 의미와 미화되어가는 의식의 부각으로서 비극이 되는 것이며 한편 회고의 성격상 노년기—반드시 연령적인 뜻으로 말한 것은 아닙니다—에 속해 있을 것이며 따라서 비극의 절정인 죽음과 마주 보게 되는 영혼, 여기에서는 죽음과 황혼까지도 아름답게 되지 않으면 안 되는 비극의 요구가 있는 것입니다.

이것들은 모두 전원시대의 산물로서 그 시대의 풍조와 정신면의 반영인지 혹은 몇몇 천재들의 소행인지, 그러나 미화작용이란 사람들 마음속에 항상 있거나 아니면 반드시 어느 시기 있었던 것 아니겠습니까. 아무튼 어떤 군소리를 해봤댔자 그것이 예술에서 지극히 귀한 것임에는 틀림이 없겠습니다. 거둬들이는 것은 황혼이라 하더라도 미화에 가장 순수한 작용을 하는 이십 세 이전의 체험은 그 어느 때의 것보다 작품에 짙고 선명하게 나타나게 마련이며 작가에 따라서는 작품 전체의 색채가 되는 것도 허다합니다.

펄 벅의 작품에서도 무대가 일단 중국으로 옮겨지면 그의 필치가 생생해지는 것도 아마 그의 생장기를 중국에서 보낸 탓이 아닐까요. 이 미화의 작용이 맑고 깨끗했을 적에 주옥같은 예술이 탄생할 겁니다. 그러나 감성이 얕은 사람이 더군다나 그 유년에서 사춘기에 이르기까지의 순수한 추억을 망실하거나 또는 지속하여 바탕을 삼지 못했을 경우 분식을 하고 나타난 작품의 꼴이란 창부 같은 거죠.

성처녀를 그렸다 하더라도 그 성스러움은 『죄와 벌』의 창부 소냐 앞에 무릎을 꿇게 되는 거죠. 흔히들 말하기를 작품상의 리얼리티라 하는데, 가공의 상태를 진실되게 한다는 것은 연마된 공인과 같은 기술도 기술이려니와 도덕하고는 관계가 없는 작가 자신의 진실성이 결정하는 것일 겁니다.

지성의 문학, 이 말에 다소 저항을 느낍니다. 내가 생각하고 있는 지성의 뜻과는 좀 거리가 있는 것 같아서 지성의 문학보다 주지문학 편이 낫겠군요.

감정의 문학이 주관적 개성주의나 개방적인 서정주의의 성격이라면 주지의 문학은 객관적 사실주의, 혹은 과학적인 형식주의의 요소를 지니고 있을 것입니다. 객관성을 띰으로써 내재적인 개성으로부터 연대적인 사회로 대상이 옮겨지고 따라서 시야가 넓어지는 것도 사실이겠으나 창조적인 리얼리티에서, 즉 공상의 무한한 자유의 비상에서 물론 황당무계한 곳으로 떨어지질 말아야죠. 묘사적인 리얼리티로 혹은 실증적인 논리로 이동해서 오는 예술성이 감소될 위험도 고려해볼 만한 일이겠습니다.

하기야 어떤 분이 현대를 인간성의 불모 시대라고도 하고 인간 부재라고도 합니다만 여하간 자기 내부에 밀착하여 밖을 보는 게 아니고 바깥 사회에 밀착하여 자기를 보는 것이니, 사회라는 파도에 따라 행선지가 달라지는, 나보다 우리의 비극을 추궁하고 있다고도 볼 수 있겠습니다. 저 무서운 『1984』의 작가 오웰이나 『인간의 조건』, 『정복자』의 말로, 이른바 정치소설, 하나는 2차대전 후에 각혈을 하면서 불길한 예언, 아니 그것은 오늘을 압축했을지도 모르는 전체주의의 전율을 그렸고 하나는 역사의 비인격성에 참여한 영웅주의자들의 좌절을 그리고 있었습니다. 그리고 이분들의 지적 작업에는 나를 포함한 우리에 대한 깊은 연민이 따르고 있었다고 생각했습니다.

그러나 준열하고 냉혹한 눈으로 인간을 어떤 사관(史觀) 위에 배열하거나 다 같이 허무를 바라보는 눈이면서도 사람의 죽음이 몇 가지의 원소로 환원된다는 지극히 물리적인 비정, 정직하게 보고 정직하게 파악하며 일체의 미화 작업도 용납하지 않으려는 문학 태도에 감명을 느끼면서도 그 속에 수도자와 같은 희구가 없음을 우리는 때때로 느끼게 되는 것입니다.

사람은 사물이 아니기 때문에 역사적인 동물인 동시 단절된 자아에서도 벗어날 수 없기 때문입니다. 비정이 하나의 순교와도 같은 행위의 결과라면 모르되, 실증주의가 갖는 사무적인 자세로서의 비정은 법조 해석에만 골몰하는 검사와 같이 메카닉한 것 이외 아무것도 아니잖겠습니까.

감정이 베일을 쓰고 비극을 미화하는 것이나 지성이 백주 대로에서 조사관처럼 흉부를 파헤쳐 끄집어내는 것이나 모두 진지한 대결이 못 되는 어느 국면을 지니고 있는 듯한 생각이 듭니다.

투르게네프의 『아버지와 아들』에 나오는 주인공 바자로프 생각이 떠오르는구면요. 과학에 근거한 허무주의자는 그 당시 지식인의 새로운 전형이라 할 수 있겠는데, 그 작품은 사회의 물의를 일으켰을 뿐만 아니라 급진주의자들에게도 외면당하였다는 것입니다. 그 이유는 바자로프가 그 날카로운 분석의 능력과 예민한 비판력을 가졌음에도 불구하고 그의 우수한 지성은 부정으로 시종일관하여 어떤 방향이나 목적을 제시하지 못했다는 점에 있었다는 것입니다.

물론 방향을 제시한다는 것은 저기 떡이 있으니 먹으라는 식으로 간단한 일도 아닐 것이며 완벽한 방향, 목적이 있을 수도 없는 일입니다. 다만 목적이나 방향을 알기 위한, 또는 얻기 위한 싸움의 과정, 이를테면 바자로프는 불필요한 과정을 취하지 않았던, 이른바 조금도 운동이 없었던 니힐리스트였다는 데 원인이 있었던 것 같았습니다. 내 생각이 아주 엉뚱스러운 것인지 모르겠습니다만 그런 뜻에서 니힐리스트 곤차로프의 작품『오블로모프』와 상통한 점이 있는 것 같고 철저하게 아무것도 기대지 않고 무(無)를 방관했다면 그런 뜻에서 의지인이었는지도 모르겠습니다만 나는 도스토옙스키의 그 수전노 프로할징 씨보다 불쌍한 생각이 들고 마지막까지 피투성이가 되어 허무와 싸우며 그리고 스스로 자기에게 교수형을 가하지 않으면 안 되었던『악령』의 주인공 스타브로긴의 그 세찬 맥박 소리도 들을 수 없었던 것 같았습니다.

다만 마지막 바자로프가 죽어가는 장면에서 연정을 느꼈던 여자, 이름이 기억나지 않습니다만 그 여자와의 대면에서 여자가 열병의 감염을 두려워하여 몸을 사리는데 여기서 바자로프는 사상적인 패배자로 크게 내 마음을 친 것입니다.

회귀선에서

짐승이나 사람이나 이 세상에 떨어지면서부터 어미의 젖꼭지를 찾는 본능에는 다를 것이 없고 그 본능은 또한 생명이 있는 한 지속되는 것 역시 다를 것이 없겠습니다. 다만 다르다면 인생을 의식하는 것일 것이며, 잘살아야겠다는 내용의 폭이 무한정 넓고 깊다는 것이 아니겠습니까. 그리하여 행복이라는 추상적인 목적과의 관련 속에서 일이라는 것의 가치가 지어지는 것 같습니다.

이렇게 사람들은 다 공통의 목적을 가지고 기나긴 여정을 더듬고 가지만, 그것은 각기 다른 혼자의 길이라는 것과 그 공통의 목적지에는 끝내 당도할 수 없다는 점에서 이미 가버린 사람들이나 오고 있는 사람들이나 지금 여기 존재해 있는 사람도 이를테면 무한정의 여행자일 것입니다.

이 글을 쓰면서 생각나는 두 이야기가 있는데, 그 하나는 한국에 온 철각의 아베베가 "마라톤 경기 자체가 고독한 경기입니다. 다른 선수들보다 나 자신과의 싸움이지요." 하고 말한 것과 최근 흐루쇼프의 근황을 보도한 신문기사 마지막에 "이제 그를 기다리고 있는 것은 낙엽 지는 황혼과 차가운 술잔"―하나는 좌절된 사람의 이야기며 하나는 지금 뛰고 있는 사람의 말이었습니다. 새삼스러울 것도 없는 일인데, 요즘에 와서 가장 뇌리에 남아서 때때로 생각이 되고 또 그 주변을 내가 맴돌고 있는 것도 깨닫게 되는데, 고독한 싸움, 낙엽 지는 황혼과 차가운 술잔, 그것은 영광에 빛나던 생애였거나 오욕에 물들었던 생애였거나 밟고 가는 길은 아베베의 말처럼 자기 자신과의 싸움이며 길이 끝나는 곳은 그 찬란한 무지갯빛의 목적지가 아닌 해 지는 언덕이나 벌판이 아니겠습니까.

그러나 우리는 현실에, 또는 시간에 밀착하려고 애씀으로써 근본을 잊고 타협된 한계를 감수하며 오늘의 존재를 인식하고자 하는 노력을 포기할 수도 없는 것입니다. 우리에게 응분한 일을, 즉 혼자 가는 길을 가지 않을 수 없다는 이야기죠.

사막에서 신기루를 좇는 것 같은 환상의 길을 가는 사람이 있는가 하면, 허무의 나태한 길을 고통에 차서 가고 환상이 없는 성실한 고행을 마치 그 시시포스의 신화같이 오늘도 내일도 가고 있는 사람, 수만 수억의 마음들이 싸우며 지치며 환희의 일순을 잡아보기도 하며…… 어젯밤 내 다정한 친구로부터 전화를 받았습니다. 남의 말 잘 듣고 어리숙하면서도 이따금 놀랄 만큼 핵심을 잡아보는 감각이 있는가 하면, 소시민적인 이기심에 철저한 것 같으면서 눈이 어려서 곧잘 눈물을 찔끔거리고 샘이 이만저만 아니면서 진심으로 남을 축복하는 어쩌면 모순덩어리 같고 어쩌면 가장 여자다운 그를 나는 미워하다가도 사랑하지 않을 수 없었는데, 그의 마음은 마치 회귀선처럼 착한 곳으로 반드시 돌아오는, 남의 말에 이리저리 쏠리다가 놀랄 만큼 핵심을 잡는 그의 감각과도 같이, 어젯밤도 우리 둘은 회귀선 위에서 이야기를 나누었습니다.

그는 그동안 겪은 끔찍한 일들을 내게 이야기해주었습니다. 그의 남편과 함께 함정에 빠진 이야기죠. 자신들의 양심을 믿고 정직했던 결과가 낳은 함정이죠. 나는 그의 말을 믿은 것은 아니었습니다. 그들 내외의 성격을 너무나 잘 알고 있었기 때문에 나는 그가 하는 말 이상을 상상할 수 있었습니다.

"결국 인력으론 어쩔 수 없는 일이야. 당하면, 당하는 수밖에. 명예를 지키려면 지키려 할수록 이쪽에선 약자가 될 수밖에 없는 거야. 그것 다 버리면 그만 아냐? 타격이야 받겠지. 하지만 시간이 지나면 악과 선은 판별이 될 거야. 일시적으론 그들의 악이 승리하더라도 여태까지 난 너무 조그마한 일에 신경을 써온 것 같다. 큰일을 당하고 느낀 것은 온실 안에서의 불만을 여태 해왔다는 것이었고 이 세상에 얼마나 크고 많은 악이 있다는 것, 그것을 누가 바로잡아 주느냐는 것인

Q씨에게

데, 이상하게도 내 마음엔 억울함이 없고 편해. 그리고 오히려 나 자신이 반성되기도 하고, 너무 우리는 시련을 겪지 않으려고 했었거든. 무풍지대에만 살려고 했단 말이야……."

나도 비슷한 일을 겪었고 비슷한 심정이었기에 그 친구의 목소리는 내 마음속에서 울리고 있는 것만 같았습니다. 그는 이런저런 이야기들 끝에 다른 친구들의 딱한 처지를 내게 전하면서 한다는 말이 나를 웃겼습니다.

"그 애한테 말해주었지. 사람이란 다를 게 뭐 있니? 내가 조금 다르다면 하나님께 기도드리는 순간이 있다는 것, 그것뿐이야. 사람들 심리에는 모두 남의 불행을 고소하게 생각하는 게 있단 말이야, 나도 마찬가지란 말이야, 그러니 제발 나한테 와서 답답한 이야기 고만하고 교회에 나가자, 그리고 하나님께 실컷 이야기해라, 했더니 픽 웃지 않겠어?"

하며 그는 명랑하게 웃어젖히는 것이었습니다.

아마 사십 대는 불행이 찾아오는 시기인 모양입니다. 아니, 인생의 어느 부분을 깊이 느끼는 시기인 모양입니다. 그리고 젊음의 저항이 아닌 의지의 저항을 요구하는 시기이기도 한 모양입니다. 쌓아 올린 유형무형의 재산에 대한 집착이 강하면 강할수록 더욱더 무자비한 단념을 필요로 하는 시기. 이 전환기는 또한 환상을 버리고 얼굴의 잔주름을 명확하게 의식하고 타박타박 걸어가는 길을 찾아야 할 것도 같습니다.

석간신문을 보니 미국의 대통령이 내한한 보도로 신문이 메워져 있었습니다. 그러나 나는 이 밤에 내 다정한 친구와 이야기를 나눈 뒤 일을 하고 있는 순간에 무한한 행복을 느낍니다.

또다시 고통이 오고 귀찮은 일이 생기고 하겠지요. 하지만 나는 이 순간 뛰고 있습니다. 밤이라는 이 새까만 공간 속에서 나는 고독한 싸움을 하고 있는 것입니다.

며칠 전 어디 초대를 받아 갔을 적에, 나를 아끼시는 뜻에서 그런 말씀을 하셨다고 생각이 됩니다만, 어떤 분이 결혼할 것을 권하더군요. 그랬더니 다른 한 분이 그럼 아마 박 선생은 문학을 못 하실 거라고 했습니다.

"문학이 뭐야, 안 하면 어때?"

하며 먼저 말씀하신 분이 분연히 대꾸하셨는데, 나는 내 일신상의 문제를 이렇게 저렇게 말하는 것을 별로 좋아하지는 않습니다만 나 역시 문학을 인생보다 귀중히 여기지 않는 것은 옛날이나 지금이나 다를 것이 없습니다. 그러나 문학은 내 인생과 더불어 있는 것, 그것에 의의가 있는 것입니다.

아무리 그것이 나를 먹어 들어가는 한이 있어도 내가 희열을 느끼는 이상 계속될 것이고 아무리 나 자신에 영광이 온다 하더라도 희열이 없을 적에 나는 그것을 버릴 것입니다. 왜냐하면 나는 나 자신에게 무리를 가할 수가 없기 때문에 따라서 나를 둘러싸고 있는 모든 여건을 허황되고 무리하게 처리할 마음은 조금도 없습니다. 결혼 같은 것도 그런 마음에서 지나와버렸는지도 모르겠고 또 지나가 버릴지도 모르는 일입니다.

Q씨에게

온갖 사물에 베일을 씌워서는 안 될 것입니다. 문학도 인생도 신기루를 좇는 것 같은 환상을 버려야죠. 적어도 우리는 죽음까지의 사정거리에서 순간을 뛰어야 할 것입니다. 무자비하게.

사소설 이의

「불신시대」는 신변에 일어난 사건을 소재로 하여 쓰인 작품이었습니다. 그런 뜻에서 흔히들 말하고 있는 사소설 계열에 속하는 작품인지도 모르겠습니다.

「불신시대」 이전에 「암흑시대」를 썼는데, 「불신시대」는 「암흑시대」의 후신이라 말할 수 있을 것이지만, 그러나 「암흑시대」는 작가의 걷잡을 수 없는 흥분과 슬픔 때문에 거의 객관성을 잃은, 작품으로서는 거의 치명적인 결함이 있어 일단 현대문학사에 넘겼던 원고를 도로 찾아다가 훨씬 훗날, 여러 번의 퇴고를 가한 뒤 발표한 것입니다.

사실 나는 이 두 작품에 대하여 생각한다거나 다시 들추어 본다거나 혹은 거기에 관한 것을 쓰는 일은 견딜 수 없는 고통이었습니다. 신구문화사에서 청탁을 받았을 때 나는 충분

Q씨에게

한 기일이 있었음에도 불구하고 마감 날까지 단 한 줄의 글도 쓰질 못했던 것입니다.

글을 못 쓸 뿐만 아니라 묵은 상처를 들쑤셔놓은 듯 밤에는 꿈에서, 낮에는 환상에서 나는 괴로움을 당해야 했던 것입니다. 결국 거기에 대하여 여하한 글도 쓰지 않으리라는 결심을 하고 나는 겨우 다른 일을 시작했던 것인데, 그만큼 나에게 그 두 작품의 무대는 내 생애에서 가장 처참했던 시기였으며 여성으로서 가혹한 시련의 시기였습니다.

마감 날이 지나가고 그 일을 잊어버리려 했을 때 다시 신구문화사에서 독촉이 왔습니다. 나는 내게 주어진 것을 받을 수밖에 없다고 체념하여 감정을 학대하기로 마음먹었던 것입니다.

「암흑시대」는 아이를 홍제동 화장터에 갖다 버리고 돌아온 날부터 책상에 달라붙어 쓴 것이고, 「불신시대」는 아이를 잃은 후 거미줄처럼 보이지 않게 인간들을 휘감아오는 사회악과 형식화되면서 위선의 탈을 쓴 종교인과 인간 정신이 물체화되어가는 현실을 바라보며 쓴 것입니다.

하나의 어린 생명이 부당하게, 그리고 처참하게 도수장의 망아지처럼 없어졌다는 일은 도처에서 언제나 일어나고 있는 사소한 사건입니다.

이 엄청나게 크고 현기를 느끼게 하는 속도의 세계에서 바라본다면 아이 하나의 부당한 죽음쯤은 물거품이 하나 꺼지는 정도의 사건에 지나지 못한 것인지도 모르겠습니다. 그 물거품이 하나 꺼지는 정도밖에 안 되는 사건을 들고나온 것은 작가로서 허용된 방법을 모성이 강요한 것이었습니다.

그러나 그것은 순수한 눈물과 애통의 기록이었다고 나는 생각지 않습니다. 만일 그것이 순수한 모성의 기록이었다면 내 마음은 얼마만큼의 안식을 얻었을지도 모르겠고 그렇게 심한 자기혐오에 빠지지도 않았을 것입니다.

두 작품의 밑바닥에 흐르는 것은 반항의식이며 고발정신 이었을 겁니다. 그것이 아니면 그 작품은 결코 쓰여지지 못했을 것이며 그것은 악마의 작업이었습니다. 악마의 작업……. 작품은 어떠한 나, 어떠한 주관도 객관을 거치지 않고 쓰일 수는 없으며 자서전이나 일기문이라 할지라도 엄격하게 따지고 본다면 쓴다는 그 자체가 벌써 자기 자신을 객관화하는 행동이 아닐는지요. 하물며 창작의 형식을 거칠 때는 말할 나위 없을 것입니다. 나는 모성의 입장에서 작가라는 그 방법에서 우리는 사기성을 잊을 수는 없겠죠. 한 작품이 가지는 목적이 무엇이든, 또 구체적인 사실의 뒷받침이 있건 혹은 전혀 가공의 것이든 목적한 바의 효과를 거두는 것은 철저한 사기에 있는 것이 아니겠습니까.

나락과도 같은 바닥 없는 절망 속에서 나는 또 하나의 나를 구경하지 않을 수 없었던 것입니다. 슬픔이나 고통을 처리해야 한다는 생각은 조금도 없었고 오직 싸움에 이기는 것은 내가 내 고통을 지근지근 밟아 문댈 수 있는 잔인성을 가져야 한다는 것이었습니다. 남을 웃기는 희극 배우는 결코 자기 자신이 웃어서는 안 된다는 것입니다.

어느 유명한 배우가 광인역에 항상 자신을 갖지 못했는데 그 배우는 죽기 전에 마침 정신착란을 일으켰다고 했습니다. 그때 그는 벌떡 일어나 거울을 들고 자기의 얼굴을 들여다보면서

"바로 이 얼굴이다!"라고 외치며 죽었다는 것입니다.

그 악마적인 소위는 자기 자신에 대한 무서운 객관화가 아니겠습니까. 나는 자식의 죽음을 객관화하려고 했습니다. 그것은 더 잔인한 일이었으며 해부실에 들어간 아이의 시체에다 칼질을 다시 하는 행위였던 것입니다.

나는 작품의 효과를 노려 쓸데없는 부분을 잘라버리고 필요한 부분을 만들어 넣었습니다. 이러한 반복되는 작업 속에서 나는 고통이 목을 졸라매면 졸라맬수록 노래를 부르겠다고 발버둥 쳤던 것입니다. 나는 할 수 없이 외쳤습니다.

과정이 문제가 될 수 없다. 나는 인간이 아니고 동물이라도 좋고 물체라도 좋다. 내 심장이 난도질이 되어도 좋고 곪아 터져도 좋다. 단 한 사람의 독자에게라도 울분과 슬픔을 준다면 한 작은 생명이 받은 고통이 무마되려니…… 앞서 나는 두 작품이 사소설에 속할지 모른다고 말했습니다. 그러나 나는 번복하여 그것은 사소설이 아니었다고 말하고 싶습니다. 내 의도는 적어도 그러했던 것입니다. 극명하게 사실을 그려 나간 것이 아니기 때문에 소재를 어디서 가져오건 그것은 작가의 자유이며 다만 그 소재를 어떻게 소화하여 다루었느냐

가 문제일 것입니다.

만일 순수한 눈물의 기록이라면 나는 나를 혐오하지 않았을 것이며 동시에 사소설이라 인정했을 것입니다. 나는 구토를 느낄 지경으로 시험대 위에 나를 올려놓고 보았습니다.

불필요한 것은 도려내고 필요한 것은 다른 사람의 것을 가지고 왔습니다. 그것은 나도 아니며 남도 아닌 또 하나의 새로운 것, 보잘것없고 주인공의 반항의 절규가 한갓 개소리에 지나지 못하였다 하더라도.

그러나 그 소재가 완전히 객관화되어 있지 못하다고 나무라면 나는 달게 받아야 할 것입니다. 내가 아무리 안간힘을 쓰고 마지막의 피 한 방울까지 뿌리는 심정으로 일을 하였다 할지라도 내 역량에는 한계가 있었을 것이며 참으로 자신이 없었습니다. 그러나 소재가 신변에서 왔다고 하여 아주 협소한 뜻의 사소설이라 한다면 나는 저항을 느낍니다.

자기의 체험을 바탕으로 하지 않았던 작가는 없을 것입니다. 단적으로 말해서 모방이 아닌 바에야 작가는 어떤 형식이나 방법으로든 끊임없이 작품 속에 투영되는 거니까.

"마담 보바리는 나 자신이다."

이것은 플로베르의 유명한 말입니다. 플로베르는 보바리 부인을 통하여 자기의 모든 요소를 객관화했을 것입니다. 이 비슷한 예로 나는 「불신시대」보다 십 년 가까이 후일에 쓴 『신 교수의 부인』을 들 수 있는데 "신 교수는 나다." 했을 적에 모두 어리둥절하더구먼요.

신 교수를 여자로 하고 그의 부인과의 관계를 어머니와의 관계로 대치시킨다 하더라도 조금도 무리가 가지는 않았을 것입니다. 그만큼 내 체험이 직접적으로 많이 들어간 작품이죠. 그래도 어느 누구 한 사람 사소설이라 하는 사람이 없었고 오히려 모델의 남성이 있다더라는 말을 하기에, 속으로 얼마나 웃었는지 모르겠습니다. 아무리 가공의 사건을 빌려온다 하더라도 그것에 밀착하지 못한 주관 혹은 객관화되지 못한 주관과 사상으로 반죽을 한다면 그것은 소위 협소한 뜻에서의 사소설이라 할 수도 있을 것입니다.

따지고 보면 정말 모호하지요. 상장이나 받았다고 「불신시대」가 여기저기 문제작이다, 대표작이다 하고 수록이 되기도 합니다만 나는 그 피투성이의 싸움같이 작품과 대결한 그 당시를 처참하게 회상할 뿐 역시 작품으로는 썩 글렀던 것이라고 생각합니다.

적어도 그 작품을 쓰기 위해서는 십 년의 세월이 흘러야 했을 것입니다. 그리고 다만 전쟁미망인만 나올 것 같으면 작품이 여하하게 윤색되었건 사소설이라는 딱지를 붙이는 편견이 딱하더구면요. 실전을 경험하고 전쟁 이야기만 늘 쓰는 남성 작가에게는 왜 사소설이라는 딱지를 붙이지 않는가, 여자가 겪는 전쟁은 심리적으로도 다르고 상황적으로도 다를 테지만…… 사회악과의 대결만 하더라도 그렇지요. 사실과 다르다는 것과 사소설이라는 딱지를 붙이는 소위 가십적 불성실은 아마도 가셔야만 마땅하지 않을까 생각하며 작품을 통

하여 작가의 생활에 호기심 내지는 천착을 가하는 것은 이를
테면 문학 소녀적 취미일 것입니다.

Q씨에게

시계 없는 시간

날씨가 아주 쌀쌀해져서 모두들 김장 걱정을 하는 모양입니다.

지금은 아침인지 점심때인지, 늦잠을 잤기 때문에 잘 모르겠어요. 시계 없는 집에서 창문에 들어오는 햇빛을 가늠하여 시간을 대강 짐작해왔었는데 오늘은 날씨가 흐려서.

길 켠에서 철컹거리는 가위 소리가 들려옵니다. 아주 성급하게 놀리는 가위 소리는 한밤중의 호루라기 부는 소리만큼 썩 기분이 좋지 않고 어디서 무서운 일이라도 일어난 것처럼 불안해집니다. 엿장수의 가위질이라면 저렇지는 않을 텐데, 하긴 요즘 서울에 엿장수가 어디 그리 흔합니까.

「역마」(김동리 작)의 성기는 옥양목 고의적삼에 명주 수건을 머리에 매고 엿판을 짊어졌으며 얼마 전에 돌아가신 효봉 스님도 세상을 버릴 적에 엿판을 짊어지고 방랑하였습니다. 하지만 시골에 가면 더러 있는지.

간밤에는 개가 하도 기승스레 짖는 바람에 잠을 못 자고 어떻게나 두통이 심하든지 죽을 것만 같아 무서웠습니다.

며칠 전에 위암을 수술한 환자에게 다녀와서 그러지 않아도 우울했는데 나는 몇 번이나 창밖을 내다보며 무서운 망상에서 벗어나려고 애를 썼습니다.

위암인 줄도 모르고 자기의 생명이 몇 달이라는 기한부인 줄도 모르고 환자는 수술한 자리가 아프다고 호소하는 것이었습니다.

"언니, 이제 괜찮을 거예요. 아프겠지만 이제는 회복되어 가는 아픔인걸요."

태연스럽게 말했지만 내 손끝이 떨리는 것 같았습니다. 병실에는 석양이 비쳐들고 어쩌면 저렇게 바쁘고 할 일이 많은지 병원 밖 가로에는 쉴 새 없이 차량이 달리고 있었습니다.

회복되어 가는 아픔! 죽음을 바라보는 안식—사람은 아무리 괴로워도 회복되는 아픔을 얼마나 절실하게 원하는 것입니까.

모두가 다 잘 살려고 발버둥 치며 견디어 나가는데 자신에게 내려진 선고를 모르는 환자 역시 이제부터 살아보겠다고 하는데…… 아무 일도 못 하고 일할 준비만 하다 가는 거죠.

미워하고 슬퍼하고 괴로워하고 그러질 말아야겠는데, 사람들에게는 사랑하는 일보다 미움이 많고 기쁜 일보다 슬픔이 많고 편안한 일보다 고통이 많습니다. 그래서 꿈을 꾸는지도 모르겠어요.

죽음이 임박한 순간까지 꿈을 꾸는 사람, 이번에 병이 나으면 설악산에 단풍 구경을 가자고 다짐하는 슬픈 풍경, 사지(死地)에 몰린 병사는 그 언젠가 애인이 들고 있던 향내 풍기는 손수건 같은 것을 생각하기도 하고……. 어이, 어이, 산을 넘어가는 꽃상여는 없는가, 시체실에서 소리도 없이 사라지는 수많은 도시인들의 죽음의 길……. 작가는 이제 노래를 부르지 않고 암실에 앉은 사진사처럼 현상을 지켜보고 있습니다. 역시 노래를 불러서는 안 될 거예요.

뜨거운 커피를 마시면서 나는 생각했습니다. 작가는 마음속으로 노래를 불러야 한다고.

집필

생각이 막힐 때는 신이 오르지 않는 무당처럼 육체적인 고통에 전신이 틀어지는 것 같습니다. 이럴 때 나는 머릿속의 핏줄이 터질 것 같은 무서운 예감에 떨게 됩니다.

목욕탕으로 뛰어들어가서 물을 뒤집어쓰면 생각이 풀어질 때도 있습니다. 이런 고통을 왜 받는가 스스로 반문하고 울분을 느끼기도 하지만, 매사에 단념이 빠르면서 이 일만은 단념 못 하는 까닭을 실은 알 수가 없습니다.

어쩌다가 신기스럽게도 막혔던 길이 탁 트이는 일이 있습니다. 그럴 때는 원고지에 한두 줄 써놓고 일어섭니다. 그러고는 밖으로 나와 다른 일을 하는데 그것은 머릿속에서 정리해도 그보다는 즐기는 기분이죠.

마치 먼 여행길을 떠났다가 그리운 내 집 앞으로 되돌아

와서,

"이제 왔구나, 여기에 내가" 하면서도 얼른 문을 두드릴 수 없는 그런 기분과 같은 것이라고나 할까요.

일본의 여류작가 하야시 후미코(林芙美子)는 그의 『방랑기』에서 주림에 눈물을 흘려보지 않은 사람은 인생을 모른다고 했습니다.

마지막 몇 푼을 들고 나가서 싸구려 과자를 사가지고 이불 속에서 바싹바싹 씹어 먹으며 눈물을 뚝뚝 떨어뜨렸다는 그의 일기였습니다.

그리고 지금 내게 그 책이 없어서 작가 이름을 쓸 수 없습니다만 아마 노르웨이의 문호였었다고 기억됩니다. 그『굶주림』이라는 소설을 옛날에 읽었는데 시정에 가득 찬 그 슬픔을 잊을 수 없습니다.

탐미파의 작가들은 마지막 한 꺼풀을 벗겨서 들여다보려 하지 않는 애정 결핍증, 마치 유방이 아름다운 여인이 그것을 사장(死藏)하기 아까워 결혼하는 것 같은 것과 흡사하지나 않을까요.

소녀는 얼굴에 주름 잡힐 날을 모릅니다.

중년의 여인은 주름살을 근심하여 거울 앞에 앉지요.

소녀는 주름 잡힐 날을 알아야 하고 중년의 여인은 주름 잡힌 것을 알아야 하고 그래서 활짝 웃는다면 아름다울 거예요. 작가의 경우에도.

표현의 방법

　어떤 것에 열중하거나 집착하는 일이 별로 없는 영주를 나는 늘 걱정스럽게 생각해왔습니다. 그러던 아이가 요즘 웬일인지 라디오에 달라붙어서 팝송을 녹음하는데 여간 열심이 아니에요. 은근히 마음을 놓으면서도 기왕이면 클래식을 녹음하는 게 어떠냐고 했더니 영주는 요다음에, 하고는 여전히 팝송만을 고르고 있었습니다.

　그런데 녹음하는 것까지는 좋았지만 녹음된 테이프를 번갈아가며 무작정 음악을 틀어놓고 있는 데는 그만 나도 질리지 않을 수 없었습니다. 내 딴에는 그 시끄러운 울부짖음 같은 음악을 충분히 감각한다고 생각했고「캘리포니아 드림」이나「인 더 하우스 라이징 선」같은 것은 정말 좋아하기도 했습니다만 일이 안 되어 신경이 마구 흔들릴 때면 그야말로 그

　　　　　　　　　　　　　　　　　Q씨에게

음악은 소음 이외 아무것도 아닌 것 같아 제발 이젠 그만두어 달라고 부탁하기도 하고 화를 내기도 했습니다.

그러나 영주는 소음같이 내가 느꼈을 적에도 그 속에 파묻혀 논문도 쓰고 시험공부도 하고 있으니……. 하긴 나도 옛날 무척이나 가난했던 시절, 셋방살이 신세에 조용한 집필 시간을 갖는다는 것은 정말 어려운 일이었습니다. 주인댁의 어린애 우는 소리, 마을 아낙네들이 모여서 지껄여대는 소리, 바로 옆이 부엌이어서 그릇 부딪는 소리, 더러는 가족들의 감정 있는 소리들을 막기 위해 온종일 라디오를 켜놓고 여러 가지 소리를 차단하며 원고를 쓴 적이 있었지요.

그러나 지금은 이 조용한 곳에서 더러 어머니가 일하는 애들을 상대로 풍파를 일으키는 일이 있긴 합니다만, 어느 날 밥상을 받고 앉아서

"이 애, 클래식을 녹음해. 마음이 가라앉고 공부하는 데도 그편이 나을 거 아냐?"

하고 다시 말했을 때, 영주는

"클래식은 답답해요. 때론 좋지만요. 재즈는 시끄러워서 오히려 좋아요. 그 속에 푹 가라앉는 것 같거든요."

하고 대답하는 것이었습니다.

예술 양식의 변화, 그것은 과연 대상의 요구에 의한 것인가 아니면 한 천재가 창조하고 그것에 대상이 추종하는 것인가, 하고 생각해보았습니다.

어느 분이 말씀하시기를 현대소설은 결국 수법의 문제라

고 소설뿐만 아니라 모든 예술에서 그런 것 아니겠느냐고 반문하기도 했습니다. 물론 그 말씀에 이의가 있을 수 없습니다. 넓은 뜻에서 어디 현대에서만이 그것이 중요한 일이겠습니까. 세월은 항상 새로운 것이었으니까요.

독창적인 예술가는 언제나 독창적인 표현을 했던 것은 예나 지금이나 다를 바가 없었을 것이며, 문학의 천재들은 언제나 새로운 수법을 고안해냈던 것입니다. 그리고 그것은 또 시대적인 산물이 아니겠습니까. 좋은 예술가는 그가 산 시대감각에 예민하여 투철한 직감 그리고 그곳에서 미래를 예견했을 것입니다.

방법이 문제다, 한다면 얼핏 생각나는 것은 의식의 흐름의 작가 제임스 조이스와 그리고 마르셀 프루스트와 포크너입니다. 그리고 헤밍웨이도. 그분들의 수법이나 문체는 많이 논의되기도 하고 많은 영향을 끼치기도 했습니다. 그러나 그분들의 독특한 수법이나 문체에만 의의가 있다면, 하기는 현대소설은 결국 수법이 문제라고 하신 분의 의도는 어떠한 신축성을 가졌는지 그것은 모르겠습니다만, 흔히 새로 나오신 분들의 작품에서 이른바 헤밍웨이의 문체 같은 것을 발견할 적에 느끼는 딱한 마음에서 본다면 과연 현대소설은 수법만이 문제겠느냐는 의심을 갖지 않을 수 없습니다.

이렇게 말하면 퍽 추상적으로 들릴는지 모르겠습니다만 가령 옛날의 공인들이 하나의 탑이나 종이나 혹은 칼 한 자루를 만들 적에 물론 그 기법이 좌우할 것은 말할 여지가 없겠지만 그 기법에 이르는 마음을 우리는 결코 외면할 수는 없을 것입니다.

하물며 소설이란 하나의 형상이 아닌 다만 언어의 전달 방법일진대 그 개성이 지닌 무궁무진한 생각이라는 바탕이 없이 수법을 어떻게 거쳐서 나가겠습니까. 수법도 그 자체는 결코 생각이 아니며 생각에 구사당하는 것이 수법이 아니겠습니까. 한 개성이 이러한 방법으로밖에 생각을 전달할 수 없다는 결론하에 생기는 수법이니 천재의 특이한 생각은 또한 어쩔 수 없이 특이한 것을 표현하는 방법을 강구할 수밖에 없는 거고 그래서 새로운 스타일이 탄생하는 것 아니겠습니까.

비단 소설뿐만 아니라 형상화되는 그림이나 조각이나 건물에서도 그것이 실용이라는 목적을 가졌건 혹은 미를 추구한 것이건 또는 고독의 공포를 지녔건 여하튼 생각하는 바의 목적을 위해 기교는 하나의 형상으로 이끌어가는 것일 겁니다.

변한 게 뭐 있어? 항상 소설의 주제란 그렇고 그런 거지, 하며 간단히 말해버리기도 합니다만 그것은 무모한 짓입니다. 그리고 또 말하기를 소재 빈곤을 어쩌구 합니다. 그러나 사실은 소재가 빈곤한 것도 아니고 주제가 그렇고 그런 것도 아니라고 나는 생각합니다. 왜냐하면 나는 하나의 개성을 다 신비롭게 생각하니까요. 간단히 생각하려면 애정의 문제 그것에도 얼핏 삼각관계가 떠오르고 배반과 외적 장애로 이루지 못하는 그런 공식으로 생각하지 않을 수도 없을 것입니다.

간추려본다면 비극의 요소란 몇 가지 전형으로 그칠는지도 모르겠어요. 그리고 애정이 아닌 다른 것의 경우도 비슷할 것입니다.

그럼에도 불구하고 희랍의 비극에서 멎질 않고 끊임없이 새로운 문학이 있어왔다는 것은 수법의 변화에 그 존재 이유가 있었겠습니까, 아니면 새로운 모랄, 새로운 제도, 새로운 생활감정에 의해 문학의 내용이 변한 데에 그 원인이 있었겠습니까?

물론 전자보다 후자의 경우에는 존재 이유의 하나로서 큰 비중을 가지게 되는 것은 부인할 수가 없겠지요. 그러나 그보다 나는 연대적인 것보다 개성에 더 강한 이유가 있었다고 생각합니다. 시대가 새로워지는 것 이상으로 개성은 이질적인 것이 아니겠습니까. 시대나 개성에도 보편성이야 있겠죠.

그렇기 때문에 우리는 인간 문제에서 비극의 전형을 몇 가지로 나눌 수밖에 없는 거죠. 그것은 시대나 인간이 지닌 본질이며 그 본질에 도전하여 가는 것은 그 상황이 여하하였건 개인이 아니겠습니까. 그렇죠, 개인은 이질입니다. 기계로 찍어낸 과자는 모두 하나하나 다 같은 모양, 같은 크기겠지만 사람들이 빚은 송편은 같을 수 없죠. 송편은 송편이로되 그리고 한 사람이 빚은 송편 역시 기계에서 찍어낸 것처럼 같을 수도 없는 것입니다.

옛날에는 장인바치들이 떠내려가는 하늘의 구름을 보고 그릇을 굽고 돌을 쪼고 했기 때문에 오늘날 남아 있는 그들의 유물이 아름답고 여유 있는 선을 지녔다고들 합니다.

그러나 오늘날 철재의 밀림 같은 외부의 감각을 한 몸에 집중시키며 추상화를 그리는 화가, 그만큼 배경은 달라져 있습니다.

그러나 그 시대나 오늘에서도 여전히 개성이란 깊이 모를 비밀에 싸여 있는 것 아니겠습니까. 그것을 캐내기 위한 것이 즉 수법이 아니겠습니까. 따라서 수법의 모방에도 자신 속에 묻힌 온갖 것—동시에 그것은 총체적일 수도 있는 것—을 캐내는 방법으로 끌어다 놓고 거기에 맞추어 사기를 하는 것은 그야말로 수법 위주의 생명 없는 꼭두각시에 불과한 것일 겁니다.

잘은 모르겠습니다만 포크너는 조이스의 영향을 받았다고 합니다, 이른바 의식의 흐름을. 그러나 포크너의 세계와 조이스의 세계가 같다고 할 사람은 아무도 없을 줄 생각합니다.

어떤 순간에

신문사 마감 시간에 뒤지지 않게 매일매일 원고를 써야 한다는 것은 정말 지겨운 일입니다.

그나마도 마술 할머니의 지팡이가 닿아서 머리가 돌로 변하여 버릴 듯 아무리 쥐어짜도 글 한 줄이 나오지 않을 때 그 미쳐버릴 것 같은 심정을 무엇에다 비교해야 할지. 하기는 저마다 사람들은 무엇인가 하고 때때로 좌절하며 절망하며 회의하며 살아가는데, 고통이란 어느 한정된 사람만의 것이겠습니까.

가끔 이런 생각을 한답니다. 나는 소설을 쓰기 위해 살아가는 것일까 아니면 살기 위한 방편으로 소설을 쓰고 있는 것일까. 살기 위해 밥을 먹느냐 먹기 위해 사는 것이냐, 그따위 말과 별반 차이가 있는 의문은 아닌 것 같습니다.

Q씨에게

하여간 오늘의 일은 끝났습니다. 아마 마감 시간까지 원고
는 도착할 거예요. 그리고 한 달이 지나면 신문사의 기자 월
급만큼의 고료를 받게 되겠지요. 후원자를 바랄 수 없는, 모
두가 가난한 이 나라에서 글을 써가지고 생활을 꾸려나간다
는 것은 정말 내 깐에도 대견한 일이라고 생각하지요. 그러나
그 대견함이 지나쳐서 쓰디쓴 웃음이 절로 나오는 일은 그야
말로 재벌과 같은 대우를 받을 때입니다.

없어도 있는 척해야 하는 지난날의 미덕을 생각한다면 그
야 있는 척하는 시늉마저 절약이 되어 매우 간편한 것 같지만
자질구레한 것은 그만두고 엄청난 이유에다 금전을 요구하
는 그런 편지를 받을 때 그저 어리둥절해질 수밖에 없더군요.
팔자에 없는 부자가 되었으니 영광으로 여기자고 자위를 하
다가도 인세 부스러기로 집칸이나 고치고 보면 벼르다 벼르
다 못 사고 마는 전축, 유폐된 채 미장원을 모르고 사는 나의
생활이 생각되어 조금은 유명한 이름 석 자에 분노를 느끼곤
합니다.

그리고 천하를 뒤흔들 만한 걸작이 나오진 못했을망정 연
재가 끝나는 날 손을 씻어야 하는 대부분의 작가, 그 피나는
고역이나마 다시 돌이 되어버린 듯한 머리를 짜내지 않으면
안 되는 작가, 이들의 몸부림을 봄바람같이 흘려버리는 대기
업주들에게 분노를 느끼곤 합니다.

"선비는 돈을 몰라야 하느니라."

우주 시대가 와도 이 말만은 박물관에 가지 못하고 문필가

들에게만 강요되고 있는 듯싶습니다. 뇌물 받을 곳도 없고 부정할 직책도 없는 문필가의 초라한 꼬락서니를 본다면 아마도

"선비는 돈을 몰라야 하느니라."

엄숙히 말하던 분이 제일 먼저 눈살을 찌푸리지 않겠습니까.

각설하고—

이제 나는 휴식을 해야겠습니다.

Q씨에게

사실과 사상

　소재를 얻기 위하여 여행을 한다거나 작품에 나오는 장소 혹은 작품과 관련이 있는 곳을 찾아서 답사를 하는 것은 아주 중요한 일이겠습니다.

　그런 목적을 위해 멀리 외국을 찾아오는 작가들도 더러 계시는 것 같고, 어느 분은 5·16혁명을 쓰기 위해 한국에 들렀다는 이야기도 신문 지상에서 본 일이 있습니다.

　우선 창작을 위해 정신적·물질적인 것을 거의 투자할 수 있는 그분들의 여유에 부러움을 느꼈으며 언제까지나 책상 앞에 뭉개고 앉아서 상상력에 맡길 수밖에 없는 이곳 작가들의 처지를 서글프게 생각하기도 했습니다.

　하기는 할 수 있는 일도 불성실하여 그냥 뛰어넘는 경우도 있고 고증을 무시하였기 때문에 잘못되는 경우도 있긴 있지

만, 궁색한 이야기를 한다면, 어떤 분은 돈이 생기면 식량에
앞서 담배와 커피를 먼저 장만하고 집필실의 보온 준비부터
한다고 하는데, 그것을 아주 이기적인 것으로 또 사치스런 것
으로 보는 일이 허다하지 않습니까. 물론 작가도 생활인인 바
에야 예산에서 생활비부터 쪼개내고 다음 기호품에 할애하
는 것이 응당한 일이겠지요. 그러나 먹는 것이 기계적인 것으
로 느껴지고 기호품이 집필에서 아주 절실해지는 일이 많습
니다. 이럴 때 낭비는 과연 작가에게 사치스런 것이며 이기적
인 것인가.

그렇다고 해서 밥을 굶고 기호품만 애용하는 작가야 없겠
지요. 이것은 와전되어온 말인지는 모르겠습니다만, 이미 작
고하신 분인데 그분이 살아 계실 적에 글을 쓰지 못해 괴로워
하는 것을 본부인 역시 안타까워했다는 것인데, 그 작가께서
말씀하시기를 연못 하나만 파주면 글을 쓰겠노라, 그래서 부
인이 빚을 내어 뜰에다 연못을 팠다는 것입니다.

"세상에 빚을 내어 연못을 파?"

한국의 실정이란 이런 것이 아니겠습니까. 그만큼 가난하
다는 이야기가 되겠지요.

언젠가 진주에 내려갔을 때의 일이었습니다. 말하자면 일
종의 답사 같은 여행이기도 했고 한편 작품은 작품대로 여관
에서 진행시키고 있었는데, 어쩌다가 꽉 막혀버리는 때면 안
절부절, 밖으로 나오게 되는 것입니다. 그날도 합승—택시
는 없고 택시의 구실까지 하는—을 대절하여 사천까지 갔다

온 일이 있었습니다.

털거덕거리는 합승에 혼자 앉아 시골 풍경을 메모하기도 하고 약 두 시간가량 소비하고 돌아왔는데 그곳에 있는 문학 애호가인 내 친구가 남편에게 아마 그 얘기를 했던 모양입니다.

"그 양반 한량이군."

그의 남편이 그러더랍니다. 나는 쓰디쓰게 웃고 말았지만 이런 경우는 가난한 때문이기보다 한국이 지닌 풍토적인 저항일 거예요.

그러나 뱁새가 황새를 따라가려면 가랑이가 찢어진다는 옛말이 있듯 창작할 때 가장 최상의 분위기를 얻고자 별장을 전전하는 남의 나라 작가를 생각한다는 것은 어리석은 짓이며, 공통된 고난 속에서 우리는 우리네 것을 만들면 된다는 마음이 때론 열정적인 의욕을 끓어 일게 하는 것도 사실입니다.

오르지 못할 산 바라보지도 말라는 체념과는 아무런 관계도 없는 것이지요. 부러움을 느낀다는 것은 아마도 말초적인 순간의 기분이며 작가의 입장이기보다 다분히 허영 섞인 개인으로서의 느낌일 것입니다. 호화롭고 편리한 곳에서만이 가장 집필에 능률을 올릴 수 있는 분위기가 있는 것은 아니니까요.

그런데 이야기는 돌아가서 창작에 있어서 사실이 어떻게 활용이 되느냐는 문제입니다. 작가가 자신이 겪은 일을 바탕으로 하여 창작을 하는 것은 누구나가 다 매한가지겠는데, 그러나 그 체험에는 어느 정도 시일의 경과가 필요하다는 것입니다. 그것은 객관적인 자세에 필요로 하는 시간이기도 하겠지만 한편 골자만 남겨두고 되도록이면 세부적인 것은 잊어버려야 하기 때문이기도 합니다.

왜냐하면 창작이 회상기나 자서전이 아닌 바에야 그 세부적인 것에 구애되어 작가의 상상이 장해를 받아서는 안 되기 때문입니다. 그와 마찬가지로 정확한 고증이나 실제로 답사하여 얻은 것이 왕왕 이 자유로운 상상력(창조력)을 구속하는 일은 얼마든지 있습니다. 실제 있었던 것을 단시일 내에 작품 속에다 활용하려고 할 때 그것이 자연스런 가락으로 넘어가지 못하고 단절되거나 음계가 갑자기 떨어지는 느낌을 일을 하면서 받는 일이 얼마든지 있습니다. 그것은 다분히 초보적인 학도가 여기저기 문헌을 찾아 논문을 작성할 때 요리조리 가위질을 하다 보면 영 색채가 고르지 못하고 자기 것이 어디로 방향을 감추었는지 모르는 경우와 같이.

이렇게 생각하면 할수록 여행이란 사실상 답사에 목적이 있었다 할지라도 이를테면 먼 훗날에 그 값어치를 찾아야 하는 것이 아닌가 싶어집니다. 저절로 마음에 배어들게 하고 그것이 자기 속에서 아주 혼합이 되어버린 시기를 기다려야 하지 않을까 하는 생각입니다. 내가 「시장과 전장」을 쓸 무렵 진주에서 해인사를 들렀는데, 해인사에서 많은 산(山)사람 이야기를 얻어들을 수 있었습니다. 그러나 그 이야기들이 꼭 들어가긴 해야겠는데 후반에 가서 상상력과 얻어들은 이야기는 평행선으로만 나가는 데 애를 먹었던 것입니다.

Q씨에게

동일한 상황의 이질적인 작품

작품의 표절 문제가 한때 화제에 오른 일도 있었고 우연한 일로 나 자신 원본과 표절 작품을 대조해볼 기회가 있어서 그대로 베껴낸 작가 양심에 아연했던 것인데, 이따금 그렇게 염치없는 정도까지는 아니라도 어디서 본 것 같은 장면이 연상되는 작품을 대하곤 합니다. 여기서 매우 중요한 것은 상황이 같다는 것보다 분위기가 같다는 것이 아닐까 생각이 됩니다. 이를테면 어느 한 장면을 가위질하여 살짝 집어넣는 일입니다.

동일한 상황으로서 전혀 이질적인 작품으로 제일 먼저 생각나는 것은 두 개가 다 희곡입니다만 메테를링크의 「페레아스와 매리잔드」라는 작품과 단눈치오의 「푸란체스카 다 리미니」라는 작품입니다. 메테를링크는 벨기에에서 태어났고 단눈치오는 이탈리아 사람으로서 그들은 동시대의 시인이자 극작가입니다.

어느 작품이 먼저 발표되었는지 그것은 잘 모르겠습니다만, 또 그런 것을 천착할 필요도 없겠기에 조사해보지도 않았습니다만, 그 두 작품을 두고 옹졸하게 모작이다, 표절이다, 한 사람도 없는 것 같으니…… 아무튼 그 두 희곡의 줄거리가 거의 꼭 같다 하여도 과히 어긋난 말은 아닐 것입니다. 다만 하나는 피비린내 나는 싸움터를 배경으로 하여 진행되는 비극이요, 하나는 망각의 지대와도 같은 고요한 성이 그 무대인 것입니다. 등장인물에서도 방계만이 다소 변동이 있을 뿐 형과 아내와 그리고 동생이 주축이 되어 사건이 전개되는 것도 흡사하고 형수와 시동생이 운명적인 사랑에 빠져 그 형에게 또 남편에게 살해되는 처음과 끝도 같은 것이었습니다. 아마 이만큼 유사한 것을 본다면 여기서는 표절이라는 말이 나올 성싶습니다만…… 이 작품에 한해서뿐만 아니라 다른 작품에도 더러 그러한 유사점이 있는 것으로 생각되는데, 사실 우리는 참으로 많은 사람들이 어슷비슷한 상황 속에서 비극을 겪고 있다는 것을 알고 있습니다. 어느 개인에 한한 기상천외의 사건이란 그리 흔한 것도 아니며 설령 그와 같은 기상천외의 일이 작품화된다 하더라도 그것이 위대한 예술가를 거쳐서 만들어진 것이 아닐 때는 한갓 괴담에 지나지 않을 겁니다.

비극이란 몇 가지의 전형이 있습니다. 그리고 어슷비슷한 상황의 되풀이가 문학의 소재라면 문학이 존재해가는(창작되어가는) 의미는 무엇이냐 할 수도 있겠지요. 그러나 동일한 상황이 열 사람 앞에서 일어났다고 생각해봅시다. 꼭 같은 반응이 일어난다고 생각할 수 있겠습니까? 표면의 상황과 내면의 감도가 다르다는 거죠. 비극을 받아들이는 개성은 슬프다든가 고통스럽다는 공통된 감정이 나타나기는 하겠지만 그것이 결코 질적으로 같은 것이라곤 볼 수가 없습니다. 앞서 상황이 같다는 것보다 분위기가 같다는 것이 더 중요하다고 했는데 상황이란 외부에 굴러 있는 것, 누구나 같이 주워볼 수 있는 것이지만 분위기가 같을 경우 남의 것을 가위질하여 빌어온 것만은 틀림이 없는 일 아니겠습니까.

단눈치오의 「프란체스카 다 리미니」는 그의 강렬한 감성이 그대로 투영이 되어 핏빛 같은 작열하는 정열이 싸움터를 배경하여 풍만 화려하게 전개되는 데 비해 메테를링크의 「페레아스와 매리잔드」는 잠긴 호수와도 같이 흐르는 피조차 수정알같이 맑고 신비스럽게 그 빛깔조차 무슨 빛깔인지 찾아볼 수 없는 유원한 희곡이었습니다. 어느 구석 어느 찰나에서도 작가의 이질적인 눈이 아프도록 배어 있는 이 작품을 두고 이러쿵저러쿵한다면 사실 그 작품을 읽을 자격조차 없는 거겠죠.

대량 인쇄의 결과

  이런 경우 대량 생산이라는 말이 적합한지 모르겠습니다만 문학에서뿐만 아니라 기타 예술에서도 독자나 청중 혹은 관중의 수효가 증가함으로써 거기 따르는 현상을 의미하는 건데, 이따금 그 결과에 대하여 생각해보는 일이 있습니다.

  우선 양이 불어나는 데 따라 형식이 다양해진 것을 들 수 있겠고 다양성의 결과는 기교가 발전했다는 말도 되겠습니다. 이렇게 양적으로 불어나고 다양한 형식과 기교가 발전한 원인은 대상이 광범해진 데 있겠으며, 여기서 이른바 대중 예술과 순수 예술 사이의 거리라는 것도 생기게 되었던 것 같습니다. 하기는 옛날에도 머슴방이나 아녀자들 방에서 읽는 이야기책이라는 것이 있었을 것이고 선비들이 사랑에서 읊던 시가도 있었을 터이니 뭐, 오늘에 비롯된 것이겠느냐 할 만도 하겠습니다만, 그러나 옛날의 예술이란 제한된 지역에서 제한된 사람들 앞에서 그 모습이 존속되어왔었고 지금과 같이 자유롭게 교류된 상태는 아니었다고 생각합니다.

그것은 제도상, 관습상 인위적인 제한에 원인이 다소는 있겠지만 그보다 시간적으로 단축시킬 수 없었던 비문명에 절대적인 원인이 있었을 것입니다. 각자가 폐쇄된 속에서 소수의 대상을 위해 전통이 이어지고 우선 생각할 수 있는 전달의 방법도 길을 걷기 아니면 말을 달리는 것, 그리고 대부분은 구전이 아니었습니까.

그러나 오늘 라디오나 텔레비전을 생각해보면 엄청난 공간과 시간의 단축을 더 이상 설명할 필요도 없겠지요. 아무튼 현대의 예술이 많든 적든 과학 문명의 조력을 받고 있는 것만은 틀림이 없겠고 때론 과학 문명의 궁극적인 발전은 예술 자체를 소멸시킬지도 모른다는 비관론도 나오는 판이니……. 지금 우리가 생각할 수 있는 것은 산문 문학의 역사입니다. 가장 짧았다고 한다면 영화 예술을 생각하게 되지만 영화는 기계 기능이 도입된 것으로서 그의 전신은 연극이라 할 수 있고 연극의 역사는 깁니다. 이렇게 짧은 역사를 지닌 산문 문학이 가장 많은 대상—시간적인 지속성과 퍼져나가는 범위를 본다면—을 차지하는 이유는 각계각층의 사람에게 침투할 수 있는 자유스런 양식에 있다 하겠습니다.

시점의 이동이 불편하고 공간이 좁으며 내면 표현이 동작 이외는 거의 불능한 연극이나, 상징적이며 추상적인 시에 비해서 많은 신축성과 자유로운 이동과 필요로 하는 공간을 다 집어넣을 수 있는 가능성, 심리 표출의 방법 등 산문에서는 그런 것들이, 물론 연극이나 시나 혹은 영화적인 요소가 없는 것은 아니지만, 시에 비하여 사실적인 면에서 직접적이요 연극이나 영화에 비해서 시각 밖에 있는 간접적인 면에서도 독자층의 유동을 가질 수 있다는 것, 또 한 가지는 관객이라는, 즉 받아들이는 측의 현실적인 입장, 어느 고정된 장소로 가야만 접할 수 있는 문제 등도 있겠습니다. 그러나 그것은 어디까지나 산문이로되 한 작품이 구비한 우수성이나 혹은 보급될 수 있는 요소에 한한 것이지요. 그리고 어느 유형의 우열을 말하는 것도 물론 아닙니다.

대상이 많은 이유로서 산문의 양식 문제를 말했습니다만 다른 또 하나의 이유는 창작 과정에서 이른바 소도구가 필요 없이 오직 문자를 나열해나가는 작업이 일단 끝나면 전달 방법에서 기계의 가장 큰 혜택을 받는 것이 문학이라는 점입니다. 인쇄술의 발달은 그것들을 삽시간에 각처에 산포할 수 있는 위력을 지닌 그것입니다.

여기서 염가 판매, 대량 소비의 상품이 되는데 소비자 측으로 볼 것 같으면 귀족들의 혹은 지식층의 독점물이던 것이 봉건사회가 무너짐으로써 개방된 것으로 생각할 수 있고 그것에는 기계문명의 발달과 지식 보급의 결과라고 볼 수 있는데, 작가 측으로 볼 것 같으면 많은 영향력으로 하여 어떤 사명감 내지 대중에 봉사하는 기운을 탈 수도 있는 일입니다.

이렇게 본다면 대량 생산의 의의라는 것은 큰 것일 겁니다. 그러나 아무리 지식이 보급되었다 하더라도 일률적인 것이 될 리는 없고 여전히 낮은 층이 생기는데, 그것은 배경적인 것일 수도 있고 개성인 경우일 수도 있겠습니다. 그러니까 결국 예술이 그네들 높고 낮은 층이 지는 대상을 상대로 다양성을 띠게 되는 것이며 높고 낮은 층에서 다수를 차지하는 선에 따라서 그 나라의 지적 수준을 가늠할 수 있게 되는데, 그네들, 그러니까 다수를 차지하는 층의 경우, 여기서 작가의 영합 현상이 나타나는 것입니다. 자학적인 표현을 빈다면 예술가들의 상전은 소수의 특권층으로부터 다수의 민중으로 대치된 셈이죠.

옛날 예술가는 제왕의 혹은 귀족들의 비호 아래 생활의 근심을 잊고 창작을 해왔지만, 지금의 작가는 대중이 사들이는 책의 부수에 따라 들어오는 인세와 고료로 인해 생활하게 되어 있습니다. 책의 판매량이 많으면 많을수록 작가의 생활은 윤택해지는 것이며 판매량이 적어지면 질수록 작가의 생활은 가난해질 수밖에 없는 거죠. 여기에 작가적 양심이 흔들리는 함정이 있는 것입니다. 위대한 작가의 생명이 길어지는 것과 아울러 일시의 불꽃처럼 타오르다 마는 유행작가가 있게 되는 거죠.

나는 번번이 예술은 귀족적인 것이라는 말을 합니다. 그것이 상대적인 것보다 스스로의 한계를 말한 거지만 전혀 상대적인 것을 무시하고 하는 말은 아닙니다. 일반론적으로 예술을 미학적인 선에서 두고 본다면 여기 부딪는 감성의 높이로 생각하지 않을 수 없지요.

이 감성이 선천적인 경우와 후천적인, 즉 세련을 거듭함으로써 훈련된 느낌이 있는데, 이런 경우 상대적인 면에서 귀족적인 것을 말할 수 있을 것입니다. 여기에 옛날 특권층이 예술을 독점한 이유가 있었을 것입니다. 물론 그들 아래서 오늘날 국보적인 그림을 남긴 사람도 있겠으나 춘화도 화가나 사진사의 대용인 초상화 작가도 있었겠지요. 그리고 또 하나는 예술이 지닌 소비성인데, 오늘날 그 숱한 유물들이 제왕이나 특권층의 소비성의 산물이라는 것을 부인할 사람은 없을 것입니다.

결국 예술가 내면에 있는 독특한 것, 미의식이나 가치관이 외부 대상의 압력에 흔들림 없이 제작할 수 있는 것이 이상적이며 또한 그것이 본연의 자세겠지만, 그 비타협의 고난은 예나 지금이나 근본에서 같은 것이며 다만 껍질을 바르는 데 일반적으로 그때 옛날이 높지나 않았나 하는 생각이 드는 것입니다.

구구한 소리 할 것도 없이 천재는 그것을 다 초월할 수 있었겠지요. 그러나 우리네 주변에는 역시 그런 문제가 쓰레기같이 쌓여 있는 것만은 사실일 것입니다.

Q씨에게

휴일

　거진 십여 일 동안 내게는 아무 변화도 없고 십 년이 하루
같이 연장된 것 같은 그 날이 그날, 그런데 공연히 휴일이나
된 듯 일을 잡을 수가 없었습니다.

　『악령』하권을 꺼내어 함께 수록된 『도박사』를 띄엄띄엄
읽다가 재미가 없어서 스타브로긴이 찌폰 승정을 찾아가서
고백서를 읽게 하는 장면을 다시 읽기 시작했습니다.

　사실 나는 여태까지 작품 속에서 종교 문제에 관한 것을 정
독한 일이 없습니다. 그 유명한 스타브로긴의 고백은 옛날에
도 몇 번이나 읽었지만, 그들이 만나서 주고받는 장면에 큰
관심을 갖지 않았습니다. 그러나 이상하게도 이번에는 선명
하게 그것이 머리에 들어왔습니다.

　그 까닭을 나 자신 조금은 짐작하지요.

나는 일을 태산같이 밀어놓고 휴일만 같이 지내오는 며칠 동안 인간과의 관계, 종교 문제, 내 성격 같은 것을 많이 생각했던 것입니다.

특히 내 성격에 관한 일을 이모저모 생각해보았어요. 그러나 아무 소용이 없더군요. 여전히 싫은 것은 싫고, 좋은 것은 좋고, 그렇게밖에 생각이 안 돌아가는 나, 나 자신이 끝내는 슬퍼지더군요.

살아가는 방법상 융통성이 있어야 하고 뾰족한 신경을 잠재우며 하루라도 더 살려거든 하는 따위의 교활한 계산을 해보아도 생각은 원점으로 돌아가고 종교적인 마음에서 너는 너그러워야 한다고 타일러보아도 역시 마찬가지였습니다. 이렇게 외로운 섬 위에 성벽처럼 쌓아 올려가는 나를 나는 도시 어떻게 해야 할지 모르겠습니다.

내게는 문학이 단절된 나 자신을 바깥과 이어보는 유일한 방법일까? 그래서 그것은 내 생명을 이어가는 심장 같은 것일까?

그런데 이렇게 일 못 하는 낮과 밤이 좀 더 계속된다면 나는 아마도 질식해버릴지도 모르겠습니다. 과로하여 몸이 좀 먹어 들어 생명이 다해지는 시간보다 무위하게 내 마음이 허공에 떴을 적에 나를 쓰러뜨릴 그 시간은 훨씬 빨리 올 것이기 때문입니다.

어떤 사람은 문학을 허영에서 출발하였다 하고 어떤 사람은 인간에 대한 애정에서 시작했다 하고 그 동기도 구구합니

Q씨에게

다만, 내 경우는 분명히 나를 지탱하기 위해 시작하였고 또한 계속하고 있는 성싶습니다.

일을 끝낸 뒤에 오는 영광? 그야 싫은 것은 아니죠. 허나 얼마나 불안한 기쁨이었는지. 그것은 차라리 기쁨이 아니었는지도 모르겠어요. 「김약국의 딸들」이 영화에 팔리던 그 날, 나는 얼마나 허황하였던지 찾아온 친구를 붙잡고 미친 듯 마구 지껄이지 않았겠습니까. 그리고 나면 나는 혼자 방에서 나를 바라보며 언제까지나 앉아 있는 것이었습니다.

『시장과 전장』의 광고가 난 신문을 들고 나는 또 얼마나 오랫동안 나 아닌 것 같은 내 사진을 들여다보았는지. 도시 이것은 무엇인가.

그 책이 나왔을 때 나는 친구 한 사람을 울렸습니다. 내용이 슬퍼서 울렸다고 오해하면 안 되죠. 그 친구는 나를 아끼고 언제나 격려해주던 사람이었습니다. 서로 도와주며 오랜 세월 우정이 지속된 사이였는데, 나는 그 책을 그에게 주는 것을 거절했단 말입니다. 사서 보라고. 냉정한 내 말에 친구는 집에 돌아가서 울었답니다. 생각해보세요. 불과 삼백오십 원짜리 책 한 권이 아니에요? 몇만 원도 오고 가는 사이에서 왜 그랬을까요? 피를 말리듯 써온 그 작품의 완성을 나는 내 혼자만이 기뻐하고 슬퍼할 수밖에 없었던 외로움 탓이었습니다. 그 친구에게 응석을 부려보고 싶었던 것입니다. 하지만 토라진 그에게 나는 내 기분을 설명하지 않은 채 인색한 인간으로 욕을 먹었겠지요. 어쩌면 그것을 설명하느니보다 욕을

먹는 편이 마음 편했기 때문인지도 모르겠어요. 아니면 세상
일이 번거로워서 흘러가는 대로 내버려두자는 심산에서였는
지도 모르겠어요.

휴일이 벅차고 바위에 눌리는 듯한 휴일은 정말 내게는 필
요가 없는, 아니 고통스럽기만 하고 질식해버릴 것만 같은 이
시기가 어서 지나가기를 나는 바라고 있습니다. 지금 나는 섬
위에 쌓아 올려진 성벽 같은 것, 내가 살려면 바깥과 이어보
는 유일한 방법, 문학이라는 심장에 피가 돌아가야 합니다.

Q씨에게

소설을 쓰는 마음

소설을 쓰는 요즘의 내 심정은 한마디로 말해 의심과 불신으로 가득 찬 것이라 하겠습니다. 어떻게 살아야 하는가를 모르듯 어떻게 써야 하는가를 모를 그런 혼돈 속에 놓여 있는 것입니다.

문학이 허영의 소산이 아니라면 작가는 언제까지나 그러한 의문과 불신으로, 때문에 괴로운 싸움을 계속하지 않으면 안 되는 것이 아닐까? 마치 불합리한 세상과 유쾌할 수 없는 생명의 신비와 싸우듯이……. 나는 현재 지쳐 있습니다. 누구나 지쳐 있을 것입니다. 아예 승산이 없는 싸움을 포기하고 싶은 유혹은 강하고 그러면 내 앞에는 시간이 표백된 것처럼 지키고 있어 나는 숨이 가빠집니다.

강원도 산골에 가서 감자나 심어 먹고 살자는 생각을 해봄니다. 그것이 실현되지 못할 것을 뻔히 알면서 그런 계획은 쉽사리 내 머리맡에서 떠나지를 않습니다. 의심과 불신은 버려질 수 없는 것, 새로운 땅에 가서도 의연히 불신은 따르게 마련인데 눈 가리고 자신이 숨었다고 생각하는 것과 마찬가지의 그야말로 공상이죠.

세상에는 사랑보다 예술을 택하겠느니 혹은 예술보다 사랑을 택하겠느니 하고 시비하는 사람들이 있는 것을 보았습니다. 나는 왜 그런지 사람들이 부럽고 무척이나 한가한 느낌이 들었습니다. 너무나 동떨어진 곳의 전설이기도 한 것 같고, 사랑이냐 예술이냐, 소녀 때 읽은 순정소설 같아 우습기도 하더군요.

문학에서 도시 변한 것이 있을까? 인생에서도 마찬가지입니다. 변한 것은 아무것도 없습니다. 변하였다면 그것은 방법이지요. 생활 양식이 변했을 뿐이죠. 그것을 변했다고 할 것인가.

무엇인지 모두가 답보 속에 있는 것 같고 우리는 다만 그 잡다한 양식의 변천과 현존하는 무수한 양식 속에 부침하면서 헛물만 켜고 있는 것이나 아닐까?

흔히들 쓰이는 절대라는 말, 영원이라는 말이 있지만 생각해보면 우스워요.

우리는 과거의 거미줄에 얽혀 있고 거미 알처럼 매일 매일 쏟아져 나오는 그 무진하게 많은 것 속에서 어느 것을 골라잡아야 하는지를 모르고 있습니다. 오늘은 이것을 신념으로 한

Q씨에게

다. 그러나 내일은 실로 어처구니없이 그것은 허물어지고 맙니다. 인간 형태에서, 감정의 빛깔에서, 우리네 주택에서, 몸에 휘감은 의복에서, 역사에서, 철학에서, 과학에서, 오늘의 신문에서, 그 눈부신 새롭고 낡은 것들에 현기증을 느낍니다. 목마르게 인간성을 울부짖으면서도 차라리 분업의 한 과정을 되풀이하는 기계적 두뇌를 원할 만큼 피곤한 사고의 인간들이 있습니다.

문학 작업을 버리고 강원도 산골에서 감자를 심어 먹는다든가 어느 미지의 곳으로 이민을 한다는 그런 원시에의 욕망과 더불어 담배를 포장하고 나사를 만들고 하는 기계적 작업으로 향하는 그런 마음들. 단순해지고 싶은 것입니다. 단순하게 벅찬 현실에서 등지고 싶은 이러한 심사는 역시 일종의 현실 도피, 약자였을 것입니다.

내가 현실에서 싸움을 계속한다면 그것은 강요된 야심의 소치로밖에 생각할 수가 없어요. 나는 달래어봅니다. 산다는 것은 어쩔 수 없는 일이라고. 화폐와 교환되는 모든 일에 대하여 필요 이상의 사명감이나 신성시하는 얼뜬 수작은 말라고 인생과 문학을 경멸해봐도 좋지 않으냐고……. 쌩! 하고 지나가는 밤의 소리, 무한한 공간입니다. 나는 어릴 때 이 공간의 소리를 무서워했습니다. 지금도 무서워합니다. 이 공간, 그곳에는 문학이 있고 정치가 있고 사랑이 있고 과학이 있고 모든 것이 있고 그 모든 것에는 무한하여 끝이 없습니다. 모래알보다도 별보다도 무한한 것이 있습니다. 나는 어느 것을

휘어잡을 것인가. 주체성을 찾을 것인가. 목숨이 있는 한 나
는 걸어야 합니다. 찾지 못하더라도 걸어야죠. 그러나 나는
성지를 향하는 사도는 아닙니다.

Q씨에게

사람

외출하리라 작정을 하고 나면 항상 불안하여 내 마음에는 바람이 이는 것 같습니다.

더욱이 사람을, 사람 중에서도 생소한 분과 사무적인 이야기를 나눌 생각을 하면 고된 의식에 참석하는 날처럼 그냥 어디론지 달아나고만 싶어집니다. 그런 기분에 사로잡히면 약속을 묵살하고 주저앉아버리는 무례를 끝내 저지르고 말지요.

우선 집에서 나가면 갈림길에서 합승을 기다려야 합니다. 그 갈림길에 있는 가게 하나, 선량한 경상도 사람 내외가 장사를 하며 우리 집을 찾아오는 손님들에게 친절히 길을 가리켜주시기도 하는데, 합승을 기다리는 동안 그분들께 인사를 해야 합니다.

나는 이 길목이 부담이 되어 밭을 질러서 그 가게를 피해 가는 일이 많아요. 한마디

"안녕하세요? 뭐가 좀 팔리나요?"

하면 그만일 것을 그 순박한 아주머니를 미워하기라도 하듯 피하는 나를 암띠다는 말로써 성격적 결함으로 돌리면 그만이죠.

"이 애, 너 아무개 아니니!"

길거리에서 우연히 만나는 어린 시절의 친구.

"참 오래간만이구나."

하면 그만일 것을 당황하여 허둥지둥 웃는 얼굴이 우는 것 같은 나.

어른들로부터 전화를 받으면 어려움에서 횡설수설 예의가 무너지는 나. 그러면서 화가 나면 전신이 불덩어리가 되어 가눌 줄 모르는.

그래서 나는 사람을 만나는 것이 무섭고 외출이 싫은가 봐요. 나는 내게도 타인이 되는데—타인들끼리 마주 앉아서, 그 심연과 같은 거리, 두꺼운 벽, 나의 언어는 겉돌기만 하고 어째서 순한 양처럼 우리가 다가앉을 수 없을까. 마음 탓이겠지요.

소재

언제인가 모 소설가께서 소재가 없어 통 소설을 쓰지 못한다는 말씀을 한 일이 있었습니다.

그때 나는 일생 동안 못다 쓸 만큼 소재는 많이 있지만 내 능력이 그것을 감당하지 못한다고 말했었지요. 지금도 나는 그런 생각을 갖고 있습니다. 어떤 예술가가 그런 말을 했었다고 기억되는데, 길가에 굴러 있는 돌 하나하나는 결코 같은 모양이 아니라고…… 그것은 사실주의 예술관의 요약이었을 것입니다.

가만히 눈을 돌리면 우리 주변에는 참으로 많은 소재가 굴러 있고 돌 하나하나의 모양이 같지 않은 것과 마찬가지로 사람들에게도 제각기 내용을 담고 있는 것 같습니다. 가난한 나무꾼으로부터 고대광실에서 보석에 묻혀 사는 인종에 이르기까지 그들은 모두 남과 다른 자기의 인생(소설거리)을 지니고 있는 것인 성싶어요.

그러나 어째서 소설가는 그런 인생을 하나하나 들추어 그려내야 하는가? 그 목적을 생각할 때 나는 막연해집니다. 하기는 소설을 쓰는 일에만 한한 것은 아닐 것이며 어떤 일에 종사하건 끝까지의 목적을 캐내려 할 때 누구나 막연해지리라 생각합니다만 손쉽게 갖다 붙인다면 두말할 것도 없이 인간의 행복을 위하여, 따위의 구호가 나오겠죠.

얼마만 한 시간과 폭의 역사가 흘러갔는지 알 길이 없으나 역사에서 도시 변한 것은 무엇일까? 생활의 양식이 변하였고 전쟁의 방법이 변하였고 따라서 소설의 수법도 변하였다, 고 속도로 복잡 다양으로 변하였다, 할 수도 있을 것입니다. 하지만 인간의 행복이나 죽음의 문제에서 변한 것은 아무것도 없습니다.

"소설의 소재가 많다."

"변한 것은 아무것도 없다."

모순도 이만저만이 아니지요. 전자가 긍정과 의욕의 표시라면 후자는 부정과 포기를 뜻하겠지요.

이와 같은 상반된 두 가지 생각을 지니고서 문학도 하고 살아도 가는 것이니 고통이 아닐 수 없습니다.

그러나 그것은 내 개인의 고통만이 아닐 것이며, 문학에서도 끝 닿는 곳이 없는 이상 끝없는 과정이 있을 수밖에 없겠고 모순과 의문의 연속일 수밖에 없겠지요. 만일 결론이 있다

면 역사는 끝날 것이요, 동시에 문학도 모든 일도 휴업하게
되지 않을까. 나는 언제나 인생을 예술보다 더 존경하고 싶고
경건하려 합니다.

　그러나 아무래도 인생은 나에게서 더 먼 것 같고 이의가 있
든 없든 문학의 작업장은 언제나 내 곁에 있으니 나는 목적보
다도 상황에 충실하기 위하여 끊임없는 의심 속에서 이것을
하고 있는지도 모르겠습니다.

창작의 주변

행방도 모르고 대상도 없는 편지, 혼자서 군소리를 끝내면서 나는 수필집에 넣지 않았던 「창작의 주변」을 읽어보았습니다. 오륙 년 전 어느 잡지사의 청탁을 받고 쓴 글이었습니다만 이것을 읽으면서 나는 그때의 내가 타인같이 느껴졌습니다.

낯선 여인, 그런데 그 낯선 여인의 글을 Q씨, 당신에게 소개하고 싶어졌습니다.

그것은 내가 아니고 그 당시에 있었던 여자의 이야기였습니다.

일정하지는 않지만 대개 글을 쓰는 시간은 두 시간 내지 세 시간쯤 된다. 그러나 어떤 때는 종일 놀아버리는 일도 있고 그런가 하면 밤을 새워야 하는 경우도 있다.

그것은 어찌 되었든 간에 글을 쓰지 않는 시간이라 해도 내 생각은 이 소설이라는 것에서 놓여나지 못하는 것이다. 사람을 만나 즐겁게 이야기할 때도, 합승 속에서 메마른 가로의 풍경을 바라볼 때도, 지나간 일이 한 토막 생생하게 마음 바닥을 가로질러 지나갈 때도 나는 그것―소설―을 위한 노예의 위치에서 벗어나지 못하는 것이다. 간혹 그것과 관계 없는 일을 공상할 때도 있다.

그러나 외양간에 얽매인 소가 건너편 들판을 바라보며 우는 격이다. 이런 상태를 러시아의 문호 체호프가 그의 희곡 「갈매기」의 등장인물인 소설가 도리고오린의 입을 통하여 여실히 묘사하고 있는데, 써야 한다, 쓰지 않으면 안 된다는 관념은 참으로 집요한 것이다. 이러한 구속이 다행인지 불행인지 나는 알 수가 없다. 예술에다 모든 삶을 거는 사람에게는 다행한 일인 것이나, 그보다 인생에다 모든 삶을 걸려는 사람에겐 불행한 일일 것이다.

그렇다면 나는 그 어느 것에다가 내 생명을 거는 것일까? 애매한 이야기가 될지는 몰라도 일면 그러한 의문은 좀 호들갑스런 짓인 것 같다.

대개 나는 절박해졌을 때 일을 많이 한다. 정신적인 면에서도 그렇지만 보다 경제적인 면에서 더 그런 것 같다. 절박하다는 것, 결핍되었다는 것, 그런 응어리 같은 것이 무엇을 만들게끔 채찍질한 것 같다. 그렇다고 해서 경제적인 해결책으로 무조건 원고지의 빈칸을 메워나간 것이라 생각지는 않는다. 오히려 그런 절박은 나를 겸허하게 하고 내부에 있는 어떤 긴장감이 나를 꽤 성실하게 만들어준다. 발 붙일 곳 없이 나동그라진다는 것은 어떤 의미에서는 자기 해방인지도 모를 일이다. 작업―창작―이것은 두려움과 오만, 정직과 기만을 냉정한 눈으로 바라보는, 그리고 결코 뛰어들지 않는 성실로써 이룩되는 것일 것이다. 그렇다. 자기 내부 속의 그것에도 결코 뛰어들지 않는 다른 하나의 성실이다.

처음 소설을 쓰기 시작할 무렵 나는 아주 어려운 처지에 있었다. 마음도 생활도 온통 가난했었다. 그것은 외적인 상황보다 성격이 빚어낸 슬픔이 한층 깊었을 것이다. 하기는 그 성격이 어떤 문학적 바탕을 마련해준 것은 사실이지만.

육이오에서 나는 강인한 생활력을 찾았다면, 그 후의 인간 문제에 있어서 나는 문학을 찾았는지도 모르겠다. 그러나 그 여러 가지 느낌과 체험은 조금도 작품화되지 못한 채 문단에 이름을 걸었는데, 하여간 모든 가난함이, 설익은 것이기도 했지만, 문학 작업에 밀어 넣은 힘이 되어주었고 그 세계에 들어서게 했던 것이다.

다음 내 생애에 가장 쓰라렸던 사건이며 「불신시대」를 쓰게 한 아이의 사망 그것이다. 「불신시대」로써 나는 신인문학상을 현대문학사에서 받았지만, 그것에 대한 것은 오직 눈물뿐이었다. 자식을 잃은 어머니의 마음은 세계를 준다 하여도 달가워하지 않는다 했다. 그런 나에게 수상은 서글픈 행사였다.

일순의 유예도 없이 끊어져버린 인간 혈연의 유대, 그러나 나는 잃은 것 앞에서 잃은 모성을 찾았다. 아이의 죽음은 문학에서보다 내 인생에서 인고를 스스로 강요하는 결과를 가져왔다. 가족에 대한 의무감, 아니, 살아남은 아이에 대한 사랑에 겹쳐진 준열한 의무감을 나는 느끼지 않을 수 없었던 것이다. 흔히들 나를 보고 매력이 없다, 수도승이냐, 연애를 하지 않느냐는 등 말들도 많지만 아이의 죽음을 통하여 모성을 각성시킨 동시에 나는 여성을 상실하고 만 것인지도 모르겠다.

이제는 스스로 인고를 강요하는 것이 아니고 어떤 질서랄까, 습관이랄까, 표현하기 좀 어렵지만 그런 무미 속에 빠져버린 것 같다. 나는 가족을 사랑한다. 미워하면서 한없는 연민을 갖고 있다. 그것이 이제는 감정이 아닌 의지의 곳으로 온 것만 같다. 그것은 비약이 없는 정체의 상태인지도 모르겠다. 발전이 아닌 답보인지도 모르겠다.

친구들은 나를 보고 서양 거지 같다고 놀려주고 어떤 선배께서는 아무렇게나 면도날로 짜르고 다니는 머리를 거지 머리 같다고 흉을 보았는데, 물론 여성이 여성답지 못하다는 핀잔이다.

이렇게 자기 생활에 무관심하면서 죽음의 두려움, 내일이라도 죽을는지 모른다는 생각을 하는데, 그 생각이 지나치면 가족들을 위해 내가 죽고 나면 얼마 정도의 유산이 남을 것이며 인세는 제대로 가족들 손에 들어올 것인지를 계산하고 염려하다가 스스로 놀라는 일이 많다.

이런 심경의 변화가 문학에서 얼마만 한 그늘을 주었는지 알 수는 없다. 그러나 부지런히 지속적으로 해나갈 수 있었던 것만은 그 점의 힘이었을 성싶다.

내 딴에는 초기의 작품에는 다소의 낭만도 있었다고 생각되며, 표현 부족이었을지라도 그것을 바탕으로 내딛는 길이 문학이다. 내 체내에는 너무나 그런 것을 많이 지니고 있었다. 그 무서운 전쟁도 내게서 낭만을 앗아가지는 못하였다. 그러나 「불신시대」 이후의 작품에는 그런 것이 별로 없는 줄 안다. 물론 나 자신 속에서도 물기 마른 식물과 같은 것을 보고 있는 것이다.

수상한 다음다음 날, 나는 또다시 화재라는 액운을 만나 사과 궤짝의 살림살이나마 다 날려버렸다. 그때 마침 딸아이는 중학교 입시의 시기였으므로 울었던 일이 지금도 눈앞에 선하다. 친구들의 도움으로 세를 얻어 나가기는 했으나 생계는 막연했다.

밤을 새워가면서 쓴 원고를 들고 그때는 화신 뒤편에 있던 삼중당으로 가서 잡지사의 호의로 일만 오천 환의 원고료를 선불 받았는데, 그때의 기쁨과 충족이야말로 이루 다 형용할 수가 없다. 돈이 든 핸드백을 들고 광화문으로 나섰을 때 어쩌면 하늘은 그리 높으며 눈앞에 펼쳐진 가로는 그렇게도 넓었는지, 살 수 있다는 신념은 가난의 궁상을 다 흩날려버리고 봄볕은 한없이 다사롭기만 하였다.

그 후 나는 영화 원작료다, 인세다, 원고료다 하며 적잖은 돈을 받았지만 그때 단칸 셋방에서 밤을 새워 써간 소설 고료 일만 오천 환만큼의 기쁨을 느낀 일이 없고 그 감격을 되살릴 수도 없었다.

그러구러 하는 동안 나는 다니던 신문사를 그만두게 되었다. 어디다 쓴 일도 있지만 소설가란 내게 천직이었던 모양으로 나는 어떤 직장이든 붙어 있질 못했다. 육 개월만 지나면 날카로울 대로 날카로워진 끝이 부러지고 말 듯이 가엾은 신경은 병을 청하고 마는 것이다. 무슨 목표가 있어 그만두는 것도 아니고 생활의 대책이 있어 그랬던 것도 아니다.

지금은 돌아가시고 안 계시지만 김말봉 선생님께서도 신문사를 그만둔 일을 꾸중하셨고 나 자신도 어쩔 참인지 다만 막막하기만 했다. 그러나 팽팽하게 뻗은 줄이 뚝 끊어지면 그만인 것처럼 누가 무슨 말을 해도 소용없고 설령 길거리에 앉아서 빵장수를 하는 한이 있어도 나는 직장에 나가질 못 하는 것이다. 이 무렵 아주 불안한 속에 쓰인 것이 『표류도』였다.

어떤 독자는 『표류도』의 여주인공 현회를 다부지고 악착스럽다고 했다. 또 작가 자신이 아니냐는 말도 많이 했다. 그러나 모든 사건은 소설을 위한 허구에 지나지 않았다. 형무소에 들어가 본 일도 없고 다방을 경영해본 일도 없고 아내 있는 사람과 사건을 일으킨 일도 없는데 그런 일이 없느냐고 질문을 받을 때는 여간 딱하지가 않다. 지금 생각 같아서는 소설을 쓰되 자서전 쓸 마음은 없고 모든 체험은 물론 나뭇잎 하나 흔들리는 느낌도 오직 소설을 위해 윤색될 것이다.

이 소설이 예상외로 반향을 일으켰다. 친구의 호의로 단행본이 되어 나간 것도 나에게 용기를 주었고 여러 분들로부터 격려도 많이 받았다. 아무튼 『표류도』가 세상에 나간 후 나는 차츰 매스컴을 타기 시작했다. 조선일보사에서 연재 교섭이 있어 『내 마음은 호수』를 쓰게 되었고 여원사의 요청으로 「성녀와 마녀」를 연재하게 되었다. 이러한 결과는 과연 나에게 무엇을 주었을까? 자기혐오가 따르는 계적지근한 안도였을 것이다. 다만 가족들 얼굴에 떠도는 불안의 그림자를 볼 수 없다는 것만으로 자위를 삼았던 것이다. 이러한 세속적인 성공이 나하고 무슨 상관이겠는가. 내 문학하고 무슨 상관이겠는가, 내 인생하고 무슨 상관이겠는가, 하는 의심과 자문자답은 나를 허황하게 흩뜨려놓고 보다 깊은 고독과 사람을 만나기 꺼려하는 경향을 짙게 했을 뿐이다.

무대는 화려하나 무대 뒤의 쓸쓸하고 착잡한 바람을 받고서 있는 나, 다 뿌리치고 어디론지 도망치고 싶은 충격, 이 상태에서 터지지 않았던 것, 파괴하지 못했던 것, 그것은 가족이라는 너무나 강한 지주가 있었기 때문이다.

가끔 생각해본다. 옛날에는 그 가족이라는 굴레에서 벗어나려고 얼마나 몸부림쳤던가를 아득히 먼 곳에서 내 영혼의 자유를 위해 무엇인가 손짓하고 그곳으로 가려고 울타리를 흔들며 발광하던 일을. 그러나 지금은 고요하다. 겨울밤 구름 없는 하늘의 달처럼. 그리고 스스로 그 굴레에 얽매이기를, 그리고 그렇게 하고 있다. 내 세계는 온통 그들 속에 있다. 아니 시초에 내가 없었는지도 모른다는 생각마저 든다.

내 작품 속에는 윤색된 내 가족들이 충만해 있다. 『표류도』가 그렇고 「불신시대」가 그렇고 「영주와 고양이」가 그렇다. 언제까지나 내 작품은 그들과 더불어 있을 것인가. 구심적이건 원심적이건 할 수 없는 일이겠지. 이 운명적인 것에서 나는 내 가족을 위하여 희생당하고 있다는 생각을 별로 한 일이 없다. 저항을 느꼈다면 그것은 나 자신으로부터 느낀 것이요, 인고를 강요했다면 그것은 나 자신이 나에게 명령했을 것이다. 그렇다면 내가 가족 속에 있는 게 아니고 내 속에 내 가족이 있는지도 모르겠다.

가족으로부터 떨어져 나오지 못하는 것이 아니고, 내 속의 그들을 떠밀어내지 못하는 것인지도 모르겠다. 이러한 것은 풍습으로 해석할 수 없고 관례적인 것으로 말해버릴 수도 없다. 이것은 모두 내 영혼 속에 깊이 드리운 그늘, 문신, 알 수 없는 것들이다.

효자니 불효니, 혹은 현모니 악모니 하는 그런 말로써는 풀이할 수 없고 기준을 세울 수 없는 인간의 비밀, 옛말로는 인과라고들 하지만 이 신비스런 인간관계를 나는 죽음만큼 많이 생각해본다.

이야기가 엇길로 빠진 것 같지만 나의 문학에서 그것의 비중은 너무나 컸고 역시 나의 삶에서도 그것은 거의 전부를 차지하고 있기 때문이다.

정릉 골짜기에 한 칸을 장만하여 들어앉은 지도 어느덧 삼

년, 세 번째의 봄을 맞이했고 5·16 전후, 나는 휴업으로 들어가고 또다시 궁색한 생활을 꾸려나갔다.

이 무렵, 을유문화사에서 전작 소설의 집필을 의뢰받았다. 그러나 그때 내가 구상 중이던 『김약국의 딸들』은 삼사천 매로 생각하고 있었기 때문에 천 매 내지 천오백 매로 제한이 되어 있는 출판사의 청탁을 포기하고 말았다.

그러다가 승낙의 기한이 훨씬 지난 뒤 이천 매로 할 수 있겠는가 했더니 그러라는 것이었다. 사실 그때 나는 휴업 상태였으므로 그것을 쓰게 되었지만 쓰는 동안 생활을 보장할 수 없는 그 일이었던 만큼 다른 곳에서 연재 교섭이라도 있었더라면 아마 『김약국의 딸들』은 쓰이지 못하였을 것이다. 절반가량 일이 되어갔을 때 출판사에서는 이천 매로서는 안 되겠다는 말이었다. 나는 이러한 차질 속에서 일을 그만 중단할까 싶은 마음을 몇 번이나 가졌지만 시월 말에 이럭저럭 천오백 매 정도로 일단 붓을 놓았던 것이다.

나로서는 앞으로 개작하리라는 결심을 하고 있었다. 그러나 이 작품이 성공하리라는 확신도 없을뿐더러, 극도로 쇠약해진 몸을 채찍질하며 『경향신문』에 연재를, 『김약국의 딸들』이 떨어지는 것과 동시에 시작했던 것이다.

작품을 넘긴 후 일 년이 공전했다. 출판사의 사정으로 그렇게 된 일이지만 나는 생활에 바빠서 그 원고를 잊고 살았다. 또 잊어버리는 일이 편하니까. 간혹

"그렇게 늦게 나올 줄 알았음 한 번 더 손질할걸."

하고 푸념을 했지만 개작한다는 구실로 그런 아쉬움을 물리치곤 했다.

책이 나오기까지 나는 내 손으로 썼으면서도 소설 속에 나오는 인물들의 성격이 뚜렷하게 내 앞에 떠오르지 않았다.

그리고 내 마음을 불안하게 한 것은 교정을 보아주신 시인 P씨께서

"너무 딸들이 많아서 누가 누군지 모르겠습니다."

하고 답답한 표정을 지었을 때 나는 심한 의구심을 가지지 않을 수 없었다. 그러나 책이 나와서 읽어보았을 때 생각한 것보다 비교적 정리가 된 것에 우선은 안심했으나 여전히 아쉽게 여겨진 것은 매수의 제한으로 작품의 호흡이 빨라 다이제스트한 것 같은 점이다.

제목이 말하듯 그 소설은 김약국의 딸들에 관한 얘기다. 그리고 독자들도 물론 그렇게 생각할 것이다. 그러나 나의 시초의 의도는 김약국 그 사람의 얘기를 하려 했던 것이다. 어느 신문에도 슬픈 여인상의 묘사라 했었지만 목적은 거기에 있지 않았다. 이미 나가버린 것, 개작 이외 돌이킬 수도 없는 일이나마 그간의 매수 사정으로 작가가 타협으로 낙착한 것은 결코 옳은 일은 아니었을 것이다.

사실 김약국 한 사람을 파고 내려간다 하여도 그것이 부정이든 긍정이든 창작 영역에서의 자유로 되어 있는 일이니 족히 삼사천 매는 될 수 있고 기타는 파생적 인물로 다루어져야 할 것을 김 약국의 일생은 다만 점, 점으로 끝나고 만 셈이

된다.

독자들의 견해도 대강 그러한 것 같지만, 이 작품 중에서 내가 사랑한 인물은 용란이었고 아끼고 힘을 들인 사람은 딸 중에서도 용빈이었다. 그러나 김약국의 경우와 마찬가지로 용빈에게는 더 많은 지면이 할애됐어야 했을 것이다.

내가 이 작품을 써놓고 생각한 것은 어떤 지방이건 파보면 그런 한국적인 그리고 토속적인 소재가 얼마든지 있으리라는 것이다.

하기는 작가의 눈과 작가의 생각, 해석에 따라 작품은 어떤 각도로도 변할 수 있겠으나, 그리고 이것은 오만스런 이야긴지 모르지만 나로서는 이 작품에서 심각하게 문제를 다루지 않았고 비교적 남의 일을 구경하며 그것을 써 내려간 기분이다. 그런 객관적인 자세가 도리어 독자들을 수월하게 이끌게 했는지 모르겠다. 남의 평가는 어떻든 내 전부를 건 괴로운 작업은 아니었다. 확실히 그곳에 내가 있는 것 같지 않고 그곳에 내가 숨 쉬는 것 같지 않고 나를 떠난 여기였던 느낌마저 든다.

작가에게는 어떠한 체험이든 그것은 탐욕스러울 만큼 작품 속에 집어넣게 마련인데, 또 어떻게 변형이 되어 나와도 작가의 생각 밖에 속하는 생각을 작중 인물에게 줄 수 없다는 것에 미친다면 이른바 그 사소설이라는 한계처럼 애매한 것은 없게 된다. 내가 알기로는 일본에서 실명으로 쓰이는 신변잡기나 고백 소설 따위에 그런 이름을 붙인 것으로 기억된다.

그런데도 불구하고 몇몇 평론가께서 전쟁 미망인만 나오면 사소설로 몰아 때리는 일률적인 딱지, 아무 쓸모 없는 선입감은 불쾌하기 짝이 없는 것이다. 그런 쓸모없는 선입관과 일률적인 딱지를 붙인다면 아마도 이 세상에 사소설 아닌 것이 거의 없게 될 성싶다.

그런 점에서 착한 짓은 아니겠지만 『김약국의 딸들』을 쓰면서 은근히 마음속으로 비웃어보기도 했다. 아닌 게 아니라 연대도 환경도 지금에서 쑥 빠져 올라가 보니 사소설이라든가 사소설 작가라는 말이 쑥 들어가고 물론 존경하는 평론가께서는 그런 말 하지 않았지만 기분이 후련했던 느낌도 들기도 하고 서글퍼지기도 했다.

이제부터 나는 써야 할 작품이 있다. 그것을 위해 지금까지의 것을 모두 습작이라 한다. 그것을 쓰기 위해 아마도 나는 이삼 년을 더 기다려야 할까 보다.

병상에서 나는 지금까지 무슨 말을 지껄였을까? 연기에 연기를 거듭하다가 궁지에 몰린 쥐처럼 이 글을 썼다. 정릉 골짜기에 와서 사는 것도 죄가 되나 보다. 이 먼 곳까지 몇 번이고 기자께서 찾아주시면 정말 마음 약한, 그래서는 안 된다고 늘 단단히 결심을 하면서도 나로서는 도리가 없다.

마루에 놓아둔 화초를 모조리 밖으로 내가고 이제 정말 봄인가 싶은데 봄보다 병이 먼저 찾아오나 보다.

그럼, Q씨 안녕히, 안녕히 계세요. 앞으로 오 년 아니 삼 년

이 지나면 또다시 변모한 여인이 당신에게 긴 사연을 올릴는
지…… 약속은 할 수 없어요.

Q씨에게

12년 만에

조반을 지어놓고 커피 한 잔 끓여 먹고 마당의 풀을 뽑은 후 라디오 뉴스에 잠시 귀를 기울이다가, 한 달 가까이 고통이 더해가기만 하는 내 병을 치료해야겠다는 생각에서 먼지 묻은 펜과 원고지를 챙겨 들었습니다. 『토지』 2부를 탈고한 지 꼭 7개월 만에 처음으로 마주 대하는 원고지군요.

Q씨, 지극히 일상적인 사실에서 시작해보는 당신에게의 편지는, 그러나 십이 년 아마 그쯤의 세월이 흐른 후 처음 띄워보려는 것이겠습니다. 『Q씨에게』의 단행본이 지금 수중에 없어서 확인하지 못하겠습니다만, 내 기억으론 Q씨에게 마지막 띄운 편지에 십 년 후 어떻게 변모된 내 모습을 드러낼 것인가 그런 구절이 있었던 것 같습니다.

네, 과연 나는 어떻게 변하여 있는 것일까요. 나는 변했을까요? 흰 머리칼이 더러 눈에 띄고 잔주름이 진 얼굴, 부자유한 몸, 우리 나이로 오십일 세 초로의 여인, 내 모습에서 변하지 않는 것이 있다면 오직 하나, 내 눈의 빛뿐입니다. 나는 내 눈이 영원히, 이 세상을 하직하는 그날까지 타고 있을 것을 기원합니다. 그렇다면 나는 변하지 않았다. 그렇게 생각하지 않으세요? Q씨, 곰곰이 생각해보아도 역시 나는 변하지 않았다는 결론입니다.

내 외모와 더불어 변한 것은 세상입니다.

창밖을 내다보니 색 바랜 기와지붕이 있고 회색 블록 담벼락 너머 마치 병사와 같이 해바라기꽃이 도열해 있군요. 그리고 앞집에선 겨울을 위한 난방의 수리인 듯 금속의 날카로운 소리가 공기를 흔들고 있습니다. 그 소리는 연쇄적으로 다른 소리까지 내 청각을 깨어나게 하는군요. 매미가 숲에서 울고 골목에선 트럭의 엔진 소리, 사람들의 고함, 아이들의 웃음소리, 알을 낳는 암탉 특유의 반복하는 울음 그리고 해바라기꽃이 있는 그쪽에서는 방공호 공사가 아직 진행 중인 듯 바위를 쪼는 정 소리, 그 뭇소리들에 나는 견딜 만합니다. 사방은 소리에 가득 차 있지만 나 홀로 있는 집만은 침묵의 바닷속으로 깊이 침잠된 듯—용광로와도 같은 분노와 그렇게 깊이 잠식해오던 불안과 고통, 그런 것들이 마치 덫에 걸린 맹수가 발광 끝에 기진한 상태처럼 기진해졌는가, 내 집은 지금 그러한 상태인 것 같습니다. 항상 내 생애에서 반복되어온 시기지요. 이러고 나면 어쩔 수 없이 『토지』 3부를 쓰게 되겠지요. 네, 쓰게 될 거예요. 내 육신과 현실과의 싸움의 결판장이 작품일까요. 피할 수 있다면 피하고 싶은 작업, 분노하지 않고 불안해하지 않고 고통스럽지 않은 사람이 세상에 있을 까닭이 없겠으나 Q씨, 문제는 내게서 그런 것들이 창작의 활력소였다는 것, 그것은 인간적으로 지극히 불행한 것인 동시, 내가 생존해 있을 수 있는 힘이었다 한다면 모순이겠습니까.

내게 어린 시절의 분노란 대개의 경우 비애였습니다. 어린 아이에게는 사랑이 양식입니다. 굶주림의 비애보다 사랑의 굶주림의 비애는 분노를 동반하는 것인가 봐요. 국민학교 때 수업료 때문에 몇 번씩 집에 쫓겨가야 했던 일은 오랫동안 잊히지 않는 부끄러움이겠습니다만 우연히 장롱 속에서 수업료의 천 배가 넘는 백 원짜리 지폐들을 접어서 넣은 전대를 발견했을 때의 슬픔, 돈을 보았노라 했을 때 나를 보던 어머니의 험악한 눈은 타인의 눈이었습니다. 가난의 비애보다 사랑의 가난의 비애는 분노로 변하는가 봅니다. 이백십 일이라는 유명한 태풍이 있었습니다. 부모와 형제가 태풍을 뚫고 자식을 혹은 형제를 데리러 학교에 모여들었습니다. 우산도 날려버린 채 바닷가를 따라 바닷속으로 날려 떨어질 것만 같은 공포, 그 무시무시한 바람을 헤치고 내가 집에 돌아갔을 때, 어머니는 돈을 받으러 갔다가 사람을 기다리느라 학교에 못 갔었다고 우는 나에게 우산 날려버린 것만 탓하였습니다. 아무래도 나를 낳아준 어머니가 아닌가 보다고 어린 나는 때때로 의심을 하곤 했어요. 바닷가에서 수평선을 넘어가는 돛단

배를 바라보며 울었습니다. 보리밭에서 꽈리 같은 열매를 따 먹으면서 울었습니다. 그 외로움의 밀도는 변함이 없이 그 후 오늘까지 반복되어왔어요.

왜 지난 얘기를 하는고 하니 그것은 모두 내 문학의 싹이기 때문입니다. 그리고 비교적 금전에는 무관심한 편이며 때론 일종의 혐오감이랄까 그런 저항의식을 가지게 된 것도 돈을 위하여 부끄러운 짓을 하는 사람에게 격정적인 미움을 느끼는 내 편협한 성향도 그때에 비롯된 것임을, 그러니까 어린 날은 숙명적으로 청탁(淸濁)이 공존하는 인생에 끊임없이 절망하며 그 절망의 낙수(落穗)를 주워 문학의 양식을 삼을 근원이 되었던 것 같습니다.

Q씨, 나는 가끔 내가 변하기를 원하곤 합니다. 적당히 피상적으로 스쳐 가면서 외견상의 안주를 공상할 때가 있습니다. 그러나 그 원함이야말로 내 사고의 피상일 뿐 내가 변하지 않으리라는 것을 잘 알고 있으며, 변하지 않을 나를 지키기 위해 모든 것을 버릴 것도 나는 잘 알고 있습니다. 편협하고 너그러이 감싸주질 못하며 감정의 노예가 되고 지혜롭게 처신할 줄 모르는, 하여 고립할 수밖에 없는 나. Q씨, 내 사랑의 한계는 그것입니다. 다만 내 못난 인생, 다소는 성과가 있었던 문학, 그것들 위에 군림하는 것은 신(神)이며 내 혈육들입니다. 타인들의 세계에서 찾다가 헤매다가 못 찾은 것들이 결국 내 작품 속의 고뇌가 된 거지요. 찾다가 못 찾은 사람들, 진실이 작품 속에서 나와 같이 있어 주는 거지요. Q씨, 그러나 이

제는 고독의 문제가 아닙니다. 따라서 언어의 마성(魔性)에 깊이 매달릴 수도 없는 것입니다. 원죄(原罪)를 생각할 시기까지 온 것 같군요. 욥의 하나님과 욥의 악마를 더 깊이 생각해야 할 시기까지 온 것입니다. 그러나 그 길은 내게서 너무나 아득합니다.

서문(序文)이라는 것

Q씨, 조그마한 창문에서 세상이 다 내다보인다는 것은 참
이상한 일이에요. 시각에 비치는 것은 숲이며, 소나무 한 그
루가 외롭게 서 있는 언덕이며 그 밑을 짐을 지고 가는 사람
이며 차량이며, 혹은 실개천, 징검다리 같은 것일 테지만요.
기실 온종일 글을 쓰며 보내는 내 방 동남쪽 창에선 산밖에
보이질 않고 남서쪽 창에선 빛바랜 붉은 기와지붕, 블록담 그
리고 능선 같은 언덕이 보일 뿐입니다만, 세상일들은 바람에
실리어 내 창문 앞까지 오는가 봐요. 바람에 실려 온 세상일
은 내 마음속에서 마치 거미줄처럼 혹은 그물처럼 사방에 줄
이 쳐지고 사방에 그물코가 만들어지고 그리하여 간혹 변신
술에 자신이 있는 어리석은 사람을 나는 간악하게 바라보게
도 되는데 Q씨, 이 공기와도 같이 내 피부에 스며드는 세상일

　　　　　　　　　　　　　Q씨에게

들은 거듭 말하거니와 나를 간악하게 합니다. 지혜롭게 하는
가 하면 눈물 흘리게 하고 혐오하게 하고.

작년인가요. 세상을 내다보는 눈에 실개천 같은 흙탕물이
비쳐서 그것이 역겨워 쓰던 소설을 중단하고 만 일이 있었습
니다. 이삼 개월을 소설 같은 것 까맣게 잊어버리고 세상의
바람도 잊어버리고 살았습니다. 샛별 같은 손자의 눈을 쳐다
보면서 놀이터를 넓혀주기 위하여 산더미처럼 쌓인 채 있던
벽돌짝을 치우고 연말을 맞이했던 것입니다. 1975년의 크리
스마스는 내 생애에서 처음으로 크리스마스트리를 장식한
날이었습니다. 다음날 시가로 떠나는 딸과 손자를 전송하고
돌아온 나는 출판사와의 계약을 이행하기 위해 필생(筆生)과
함께 일에 착수했던 거예요. 며칠 밤을 지새우는 동안 충치,
풍치는 어김없이 발광을 시작했고 신체의 허한 구석은 모조
리 들고 일어나 반란을 일으킨 것입니다. 부은 얼굴을 찜질로
달래어보았으나 별무소득이었습니다. 1976년 최초의 날은
치통의 절정이었습니다. 비로소 병원을 찾을 생각을 했지만,
그러나 병원마다 휴업이었습니다. 며칠 후 병원에 갔을 때 의
사는 영양을 취하고 휴식을 하라는 충고였으며 그것이 처방
이었습니다.

"결국 참는 이외 방법이 없겠군요." 나는 혼잣말을 뇌었습
니다.

Q씨, 싸움은 무자비한 것입니다. 자신과의 싸움은 더욱더
무자비한 것입니다. 그러나 Q씨, 당신은 싸움의 무자비함에

아름다움의 쾌감이 있었다 할 것 같으면 얼굴을 찌푸리시렵니까? 적당히 무풍지대에서, 목욕탕 속의 온도 같은 곳에서 사는 사람들은 이상하게 그것을 사갈시하더군요. 이방인을 보듯 청승궂다고 혀를 차며, 아이구, 딱하기도 하지, 귀부인의 속성을 지닌 지식인들 말입니다. 하긴 비단옷 입은 사람은 누더기 입은 사람을 꺼리는 것은 너무나 당연하지만요.

아무튼 음력 섣달 그믐날 저녁 늦게까지 그러니까 한 달 남짓 일천사백 매의 원고를 정리하고 필생을 집에 보낸 날 밤, 거의 삼천에 가까운 원고지를 메워야 했던 작업량이 끝난 밤, 나는 바보가 되어 벽을 쳐다보고 있었습니다. 그 후 몇 달 동안 나는 펜을 손에 들기만 하면 구토를 느끼곤 했어요. 한 자라도 쓰기만 하면 내장이 목구멍에서 넘어올 것만 같았어요. 그래서 나는 서문을 쓸 수가 없었습니다. 4월에 접어들면서 내 사고력은 차츰 회복이 되는 성싶었고 격정이 내 속에서 꿈틀거렸습니다. 서문을 쓰자, 뭔가 내뱉어야 하겠다는 생각이었던 것입니다.

Q씨, 내 할 말이 무엇이었을까요. 그냥 벙어리가 외쳐대듯이 언어의 무력함을 그때처럼 절감한 일은 없었던 것 같았습니다.

지금 생각해보면 Q씨, 불가사의입니다. 내가 한 달 남짓 일을 하는 동안 시골에 가 있는 손자가 오기 전에 일을 해치우고 그 애가 올 적에는 그 애만을 위한 시간을 준비해두자는 일념뿐이었습니다. 사실 작품의 성공에 집념하였더라면 그

Q씨에게

일을 해낼 수도 없었거니와 그것에 생명을 불어넣을 수도 없었을 거란 생각이 들어요. 방법이나 작업 과정에서 단련된 기량의 석수(石手)를 이상(理想)했던 종전의 창작 태도에서, 그러면 나는 후퇴했을까요. 그런 것은 아무래도 좋은 것이지만 말예요. 사실 창작을 하나의 고행으로 간주했던 저변에는 성공에 대한 기대가 도사리고 있었다는 칼날 같은 비판이 바람같이 지나가도 그것은 또 대수로운 일이 아니지 않을까요. 다만 지금은 배수의 진 따위는 치지 않았다는 것이 확실합니다. 네, Q씨, 머리칼처럼 파들파들 떨던 신경은 굵은 철삿줄 모양으로 변하였습니다. 사랑하는 내 분신들을 생각할 때, 나는 내가 거인이 되는 착각에 빠지곤 한답니다. 수천 년을 파도가 부서지는 섬 바위 같다는 생각도 들구요. 따라서 나는 간악해지고 조금은 지혜로워지고 또 눈물을 흘리고……. Q씨, 언어의 마성을 생각했던 시절이 예술에의 끝없는 행로였다면 지금은 인간의 마성, 원죄를 생각하는 그것은 더한 불행인지 모르겠고 또 내 고립의 청산인지 모르겠고 Q씨, 그것은 두고 보아야 알 일일 것 같군요. 인간의 마성, 불행을 쪼아먹고 포만한 보살 얼굴을 해야 하는 인간 본질의 악의 요소, 내 시야에는 또 지나갑니다. 그 보살의 얼굴들 말고 도시를 향해 달리는 트럭 속에 쌓인 돼지의 사체들, 푸른 도장이 찍혀져 있던 돼지의 사체들, 도살장으로 끌려가는 농우(農牛)들의 커다란 눈망울, 그 눈망울들이 트럭 위에 고정되어 있습니다. 그 풍경이 인간 자신들 운명과는 아무 상관도 유사점도 없었더란 말입니까. 과연 인간 자신의 생명이 처한 모습이 아니라고 할 수 있을까요. 지성(知性)들은 애매하게 사유하고 적당한 선에서 문제를 절단하고 있다는 생각이 들지는 않아요? Q씨, 애매하고 적당하게 하는, 그 애매함에 인간 마성이 숨 쉬고 있는 것이나 아닐는지요. 애매함이 정당(正當)으로 둔갑하고 질서로 둔갑하고 누구를 쳐부수고 매장하는 무기로 둔갑하고 보이지 않는 법률로 둔갑하고 강자가 약자를 짓밟는 방편, 정신적인 살해, 무엇이든 어떠한 악(惡)도 합리화할 수 있는 그 애매모호한 유령 말입니다.

언제인가 언어가 지닌 마성의 영원한 도전자, 승리 없는 싸움이야말로 예술 하는 사람의 숙명이라 말한 일이 있습니다. 기억나실 거예요. 그리고 그것은 인간의 근원적 고독이라 했었지요. 그러나 원죄에 이마빡을 부딪치고 피 흘리는 영원한 되풀이를 우리는 먼저 생각해보아야 할 것 같아요.

Q씨, 『토지』 2부를 쓴 사 년간은 1부 서문에서 예감한 대로 무겁고 칠흑 같은 어둠의 연속 속에서 생명의 불꽃이 가장 치열하게 튀는 그런 세월이었습니다. 나의 고통에서 우리의 고통으로 결코 체념할 수도 단애(斷涯)에서 몸을 던질 수도 없었던 세월이었습니다.

또 다음 서신 띄우겠습니다. 손자가 와서 지금 내 곁에 잠들어 있습니다. 그애 얼굴을 쳐다보고 나는 세상일들을 며칠 동안 잊어야겠습니다.

Q씨에게

일상의 행위

　원고지가 난무하는 방과 내 머릿속은 형편이 비슷했습니다. 그 어지러운 머릿속을 급행열차가 달려간 것 같군요. 차바퀴 자국을 수없이 남겨놓고 말입니다. 나는 자꾸만 중얼거렸습니다. 자신이 없다, 이제는 완전히 자신이 없다고. 정말 자신이 없었습니다. 생각은 점점 더 상실되어 가고 있었습니다. 고갈되어가는 상태를 뚜렷하게 자각할 수 있었습니다. 가동이 잘 안 되는 낡은 기계를 생각하시면 아마 틀림이 없을 거예요. 마루에서 방으로 방에서 마루로 들락거리면서 그것만으로도 지쳐 빠질 것만 같았습니다. 내객(來客)들에게는 동문서답이 아니면 주책바가지 늙은이처럼 지껄여대고 도시 내가 어떤 몰골을 하고 있는지 까맣게 잊었습니다.

　Q씨, 이제 겨우 마지막 물구나무를 선 것 같은 기분입니다.

난롯가에 앉아서 일을 도와주러 온 권 양에게 내 머리에는 안테나가 여러 개 달려 있다, 그따위 실없는 소리를 하며 쓰게 웃었습니다. 두뇌가 낡은 것도 사실이겠지만 안테나가 여러 개 달려 있어서 혼란이 일고 가동이 중지되곤 하는 모양이에요. 나는 얼마 전에 머릿속을 스치고 지나간 일을 반추하기 시작했습니다. 작품을 시작하면서 일단 털어버린 생각이지요. 지극히 일상적인 행위에 관한 것인데 대단히 간단하면서, 대단히 복잡한 사고를 강요하는 것도 아마도 내가 작가이기 때문이 아닌가 싶습니다.

좀 거창한 얘기 같습니다만 일상의 사소한 행위에서 창작의 중요한 문제에 접근할 수 있는 실마리를 얻는 경우가 있습니다. 우리는 이따금 사소한 행위에서 혹은 우연한 풍경에서 감동을 받는 일이 있습니다. 그것은 순간적인 것이며 열기를 띤 것이겠습니다. 그러나 어떤 것에서 실마리를 찾는다거나 찾았다는 것은 미로 같은 사고의 과정을 거쳐야 하는 것이고 따라서 감동보다는 냉정한 추적이라 할 수 있을 거예요.

일상의 행위란 다양하고 무궁무진한 것이겠습니다만 그것을 한 생애 속에 가두어놓고 어떤 바위의 크기로 본다면 행위의 하나하나는 바위를 세분한 입자 같은 것이라 할 수 있을 것도 같아요. 그리고 또 아무리 미세하게 쪼개어진 것이라 할지라도 하나하나에 뚜렷한 성질이 존재하는 것은 물질의 경우와 마찬가지 원리인 것 같기도 하구요. 행위가 현상적 (現象的)인 것이며 정신의 반영으로 보아 우선 정신의 범주에

Q씨에게

넣어두고 이렇게 말하니까 심리분석, 혹 정신분석 따위의 과
학적 용어를 연상하게 됩니다만, 사실은 컴퓨터식의 정확함
은 내가 말하고자 하는 생각과는 인연이 없는 것이며, 유현한
영혼의 갈대밭을 헤매다 방향을 잃고 미치거나 바보가 되거
나 죽거나, 그런 신비의 탐구와도 인연이 없는 것입니다. 뭐
가 그리 복잡하고 꼬여드느냐 하면서, Q씨에겐 처음부터 하
려는 얘기를 외면하실지 모르겠습니다. 글쎄요, 하다 보니까
나도 머릿골이 아파지네요. 방금까지 생각이 미로의 출구를
비추는가 했었는데……. 예를 하나 들자면, 별로 예쁘지도 않
고 특징도 없는 시골의 소녀가 있었습니다. 평소 내왕이 없던
먼 친척뻘 아주머니가 찾아왔지요. 아주머니는 선물로 스웨
터 하나를 소녀에게 주었습니다. 순간 소녀의 얼굴은 홍당무
가 되었고, 저어, 저어 하다 말고 그만 도망치다시피 밖으로
나가고 말았어요. 얼마 후 소녀는 장다리밭을 춤추듯 걷고 있
는 거였어요. 행복하게 웃으면서 말입니다. 이 소녀와 비슷한
처지의 좀 예쁘장하게 생긴 소녀에게도 꼭 같은 스웨터를 선
물로 주었습니다. 그 소녀는 세상에 없는 보물이라도 받은 듯
눈물까지 글썽이며 얼마나 감사한가를 많은 말로써 되풀이
하며 설명을 했는데, 그의 눈은 아주머니 가슴에서 빛나는 보
석 목걸이를 겨냥하고 있었습니다.

　이와 같은 두 종류의 행위는 우리 일상에서 흔히 목격하는
일이지요. 이러한 풍경을 눈으로 스케치할 때는 미(美)와 추
(醜)의 개념으로 갈라놓게 되고 마음으로 스케치할 적에는 판

단에 의하여, 대단히 행복하고 감사했지만 말로 표현할 수 없었던 소녀와, 별로 행복하지도 않았고 감사하지도 않았으나 마음과는 달리 과잉 표현을 한 소녀를 진실과 허위, 극단적으로론 선과 악의 단편으로 파악하게 될 것입니다. 눈으로 마음으로 포착한 것을 작가는 작품 속으로 끌어들인다, 하면은 창작의 중요한 문제는 별반 없는 거지요. 작품 전체의 혹은 성격형성의 한 부분일 뿐이니까요. 그러나 작품을 작가로 대치시켜본다면 문제가 생기는 것입니다.

첫째 소녀의 벙어리 놀음과 둘째 소녀의 다변. Q씨, 작가는 위대하건 치졸하건 피상적으로 허언자(虛言者)입니다. 이 세상에 있지도 않았던 사람들을, 일어나지도 않았던 사건들을 작가는 꾸며내어 독자들에게 있었던 일같이 기만하는 것입니다. 다시 머릿골이 쑤셔오네요. 내가 왜 이런 편지를 쓰기 시작하였는지 후회스럽습니다. 갑자기 감당할 수 없다는 생각이 앞서고 생각이 사방에서 총구같이 겨누어져 옴짝할 수 없는 것 같고 그런가 하면 은어 꼬리처럼 빠져나가 버리는 것 같고…… 작가는 허언자, 다변자, 둘째 소녀로 정의를 내려봅니다. 그렇게 정의를 내리고 보면은 작가란 지극히 안이하고 고행이다, 뼈를 깎는 작업이다 하는 따위의 말이 우스꽝스럽기만 하군요. 기상천외의 사건, 황당무계한 인물도 척척 식은 죽 먹듯 만들어낼 수 있는 일 아니겠어요? 그래서 어떤 사람은 말하기를 어렵게 쓸 것 없다, 그렇게 고통스럽게 쓸 필요가 있느냐? 엄살 부리는 거다. 네, 쉽게 쓰고 쉽게 읽고 어

Q씨에게

차피 예술이란 인생의 잉여물이니까, 행복하게 살다가 행복하게 죽는 거지요.

각설하고 Q씨, 행복하게 살다가 행복하게 죽는다, 편하게 살다가 편하게 죽는다, 참 멋진 얘기군요. 과연 가능한 일일까요? 이 세상에 한숨과 눈물과 한이 없다면, 소설 쓸 사람도 읽어줄 사람도 없을 성싶은데 말입니다. 그렇게 고통스러우면 때려치우는 거지, 때려치우면 될 것 아니겠는가. 인생도 때려치울 수 있는 겁니까? 때려치울 수 있지요. 하지만 행복하기 위해, 편하기 위해 인생을 때려치우는 사람은 단 한 사람도 없을 겁니다. 문학은 문학 하는 사람에게 있어 인생 그자체입니다. 인생의 한 부분일 수도 있고요. 그러면 작가는 어째서 허언자란 말입니까. 눈물과 한숨과 깊은 한은 물질이 아닙니다. 실재하는 것이 아니지요. 눈물방울을 손바닥에 놓으면 눈에 보이기야 하지만 수분과 얼마간의 염분이 눈물의 의미는 아닙니다. 작가는 눈물에서 수분과 염분을 분석하는 사람도 아니고 유현한 영혼과 불가사의한 우주의 신비를 추적하는 사람도 아닙니다. 일상의 행위나 일상의 상황은 지나가는 것이며 분명히 찾아오는 것이기는 하지만 공기만큼의 존재도 허용되지 못하는 것입니다. 지나가고 지나오는 형체 없는 유령들, 그런 것들을 잡아 앉힌 작품이 허구일 수밖에 없는 것은 당연한 일이겠지요. 행위와 상황을 무의식 속에서도 어느 물체처럼 착각을 한다면, 가령 허영의 목걸이 귀걸이같이 생각을 한다면 작가는 고통 안 받을 수도 있는 일일 거예요. 그러니까 문학이 허언, 다변의 소산으로 귀착되는 거겠지요.

　작가는 저어, 저어 하는 벙어리 놀음의 소녀로부터 출발해야 하는 거로 생각합니다. 표현 못 하는 어려움에서부터 출발하는 것이라고 생각합니다. 저어, 저어하다 만 것은 어떤 말로도 기쁨이나 감사의 마음을 표현할 수 없었기 때문이며 표현할 수 없는 만큼, 그만큼 기쁨이나 감사의 마음이 컸던 거지요. 진실이란 물체가 가지는 실재처럼, 손바닥 위에 올려놓은 물 한 방울처럼 정확하게 드러내는 것이 아닌 유령이기 때문이며, 버선목같이 뒤집어 보일 수도 없는 것이며, 마음의 자리란 성냥 꼭지에서부터 무한대한 공간인 것을……. 더러는 성냥 꼭지만 한 자리에서 바위만 한 언어를 쏘아대며 성냥 꼭지만 한 자리를 엄폐해버리는, 눈물과 한숨과 한의 인생보다 더 불행한 둘째 소녀의 경우도 있지만 말입니다. 공간이 크면 클수록 언어란 보잘것없는 것이며 맥 출 수 없는 것이며 초라해지는 것입니다. 작가란 무한 무변한 마음자리에서 모래알을 돌로 키우고 돌을 바위로, 바위를 산으로 땀 흘리며 키워가는 작업에 종사하는 장인이며, 그것은 곧 그 길을 택한 자의 인생 자체이기도 하구요. 어리석은 자여, 뭣 때문에 모래알도 바위도 더더군다나 공간 따위 눈에 보이지도 않는데 허공에 주먹질이냐, 세사에 능통한 사람들이 비웃기도 하겠지만 또 그와 같은 리얼리스트에게는 네, 그렇지요. 신(神)은 내 눈앞에 없으니 없는 거다, 하는 확실한 결정을 할 수도 있을 테니 당당한 그런 절단을 두고 반론은 한갓 장난감에 지나지 않는 건지도 모르겠네요. 장난감 얘기가 났으니 말입니다만 장난감을 사주는 할머니의 사랑은 보이지 않지만 장난감은 보이는 것, 장난감을 가지고 노는 아이의 기쁨도 장난감만큼은 확실치 않습니다. 그러나 Q씨, 장난감은 아무 의미가 없는 것입니다.

이쯤 얘기하면 Q씨에게는 사소한 일상의 행위에서 창작의 중요한 문제에 접근한다는 말을 조금은 이해해주실 듯도 합니다만, 그러나 실상 누구에게 이해를 바란다기보다 나는 나 자신에 대한 반성으로서 문제를 들어 올렸고 또 처음 부딪친 문제도 아니었습니다. 그리고 부딪칠 때마다 현기가 나고 괴롭고 처참했습니다. 그것은 또 문학인 동시에 나 자신의 삶이었기 때문입니다. 작가는 어떻게 해야 한다는 것보다 인간은 어떻게 해야 한다는 일이었기 때문입니다. 신비나 죽음이란 저 멀리 피안에 우리 살아 있는 인간에겐 너무나 멀고 멀며 무관한 일이겠습니다.

화원을 꿈꾸며

얼마 전에 K양을 보고 나는 일 년에 열두 번 죽었다가 열두 번 살아난다는 얘기를 하고 웃은 일이 있었습니다. 걸핏하면 사람들은 죽어버리겠다, 죽고 싶다는 말을 합니다. 그러나 죽음을 그렇게 무심히 말할 수 없는 경우를, Q씨 그런 경우를 생각해보십시오. 전율을 느끼지 않으십니까? 반석같이 막아서서 죽음이 냉혹하게 나를 내려다볼 경우, 언제인가 반드시 찾아올 죽음과의 대면 말입니다. 몸이 쇠약해졌을 때 신경의 혹사가 한계를 넘었을 때, 혹은 잠 안 오는 밤이나 서로 아는 처지의 사람이 돌아가신 소식을 들었을 때, 죽음의 현장은 마치 박쥐처럼 내 머릿속에서 깃을 펴는 것입니다. 어떤 때는 그것을 뇌리에서 지워버리고 뜰로 나가거나 책을 펼쳐 들기도 합니다만 어떤 때는 그것을 골똘히 지켜보며 언제까지 앉

Q씨에게

아 있는 일이 있습니다.

몇 달의 시한(時限), 사형이나 다름없는 선고를 받은 환자가 그 사실을 믿지 않으려고 오진을 주장하면서 이렇게 멀쩡하지 않으냐고 소리소리 지르며 병을 부인하는 광경을 생각해보십시오. 죽음이 일각일각 다가오고 있는데 마치 회복기에 든 것처럼 병이 나으면 어디 어디를 여행해야겠고 무슨 무슨 일을 해야겠다는 등 자못 희망에 부풀어 있다가도 남을 훔쳐보듯 심약한 미소를 머금는 환자를 생각해보십시오. 미소이든 분노이든 그것은 눈물보다 따갑고 아프고 칠흑 같은 공포의 덩어리, 칼끝에 놓인 목숨의 그 참상은 죽음의 공포에서 도망치려는 자기기만으로 하여 가일층 죽음이 끝없는 나락인 것을 인식하게 되는 것입니다. 일본의 아리시마 타케오[有島武郞]의 작품으로 기억됩니다만, 결핵 환자로서 다량의 각혈이 직접 원인이 되어 사망한 아내를, 보다 확실한 사인을 규명하기 위한 학술적 목적에서 해부를 시작한 의사의 얘기를 읽은 적이 있습니다. 남편은 시체의 내장을 하나하나 들어내고 두개골에까지 톱질을 하여 뇌막(腦膜)에 확산된 결핵성 결절(結節)을 관찰하는데, 마지막 위에다 가위질을 했을 때 위벽에 부착된 다량의 혈액을 보게 됩니다. 그 순간 냉철했던 생리학자의 이성은 흔들리고 충격을 받습니다. 죽기 직전 미친 것처럼 컵에 받은 자기 자신의 각혈을 마셔버린 아내 모습이 되살아났던 것입니다. 삶을 갈망하던 참담한 모습, 죽음에 쫓긴 단말마의 얼굴, 죽기 싫다던 비명이 생생하게 들려왔던 것입니다.

삶에 대한 이토록 무서운 집념은 세상에 생명을 받은 것이라면 어느 것에나 다 있는 본능이겠습니다. 그러나 인간의 경우 본능이라고 밀어붙여 버릴 수만도 없는 것이 있을 성도 싶고……. Q씨, 사실은 죽음이란 항상 곁에 있는 것 아니겠어요? 어느 날 갑자기, 혹은 서서히 명암같이, 그림자같이 함께 있던 죽음과도 결별하는 것, 사라지는 것. 네, 죽음이란 항상 내 곁에 있었습니다. 죽음은 나에게 용기를 주었고 인내심을 주었고 허욕(虛慾)과 허명(虛名)을 탐하는 내게 언제나 제동을 걸어준 것도 죽음이었습니다. 그것은 나 같은 약자에겐 배수의 진이었으니까요. 누구나 가끔은 살아온 자취를 뒤돌아보며 실낱같은 목숨이 참으로 끈질기게 지금 여기까지 왔구나 하고 감회에 젖는 일이 있겠습니다. 나 역시 그런 감회에 젖을 때 내 육신이 한없이 신비롭게 느껴지곤 합니다. 의술에 의해 암이라는 병소(病巢)를 들어낸 체험을 지니고서도 나는 여전히 의술보다 신비에 내 목숨을 의지하는 기분인데, 필사적인 내 삶도 결국은 신(神)이 허용한 자리 안에서, 그 한계를 깊이 의식하는 때문일까요. 사람은 누구든 언제든 한 번은 사라져야 하는 것이기 때문에. 그러나 또 한편 심약한 미소 혹은 광적인 분노로 자신을 호도(糊塗)하면서 끝내 무릎을 꿇고 마는, 하루살이 같은 인간 존재를 확인하기가 싫은 또 하나의 자기기만 때문에 병원의 문전을 굳이 외면하는지도 모르겠네요. 아무튼, 그렇습니다. 나는 내 죽음을 남이 아는 것

Q씨에게

이 싫습니다. 죽음은 상대적인 것이 아니니까요. 절대고독이니까요. 내 사랑하는 것들이 고통받는 것도 무섭구요. 실낱같이 살아온 길을 돌아보면은 병고도 가난도 다 잊을 수 있으나 사랑하는 것들, 내 핏줄에 연관되어 딸려 나오는 기억만은 목이 메지 않고는 회상할 수가 없습니다. 육이오 전화 속에서 개미처럼 살아서 빠져나온 내 어린것들, 꿈과 젊음이 빚은 사랑 때문에 잠시 소홀했었던 내 자식들, 삼십 년 전 여름에 죽은 아이는 날궂이처럼 나를 앓게 하고 삼십 대에는 죽음의 늪과 같은 한밤에 문득 일어나 앉아서 내가 죽고 나면 얼마간의 돈이 남을 것인가 계산하다가 울었던 일이며, 결핵성 임파선을 앓던 무덥고 긴 여름은 아이를 위해 계산해두어야 할 돈도 내게는 없었습니다. 칠 년 전에는 내 딸이 나를 속이고, 내가 그 애를 속이고 하면서 입원을 했습니다. 마취에서 깨어나는 순간 며칠 사이에 기미가 지도같이 퍼져버린 내 딸의 얼굴을 보았지요. 가슴 저리게 하는 내 사랑하는 것들······. 내 힘은 왜 이렇게 부족할까요. 바위로 태산을 깰 수 있는 힘, 불가사의한 사랑의 힘은 어디 있는 것이기에 내 가엾은 것들을 안식하게 못 하는 것일까요. 이렇게 사랑은 끊임없이 아파야 하는 것일까요.

　육신적인 고통, 정신적인 고통 어느 것이든 견디기 어려운 고통이 올 때 침묵해버리는 것은 내 오랜 습성이었습니다. 가파른 고개를 아무도 모르게 기어 올라가는 것처럼, 그것은 고통의 내 치유법이며, 함께 견디는 것보다는 혼자인 편이 덜 고통스러웠으니까요. 고개를 넘어서 내리막길에 접어들면은 비로소 침묵에서 풀려나는 것입니다. 딸에게 어리광부리듯 이러저러해서 어디가 어떻게 아팠으며, 그러저러한 일이 좀 있었노라 하며 다변을 늘어놓게 되는데 심지어 만 세 살짜리 손자에게까지 할머니 아야 해서 죽을 뻔했다 하며 어리광을 부립니다. 그러면 내 손자는 보호자라도 된 것처럼 의젓한 표정으로 내 팔을 주물러주는 시늉을 한답니다. 그러나 이 어리광스러움이 남한테 향해질 때 진심에서 위로하는 듯하지만 언동 뒷면에 숨은 냉랭한 무관심을 보는 일이 가끔 있어요. 그럴 때도 나는 섭섭해하지 않아요. 고비를 넘긴 여유 때문이지요. 상당히 깍쟁이 악질이라구요? 네, 상당히 깍쟁이고 악질이지요. 이른바 문화인이라는 그 세계에 진출한 지 이 십여 년 동안 나는 구경꾼들을 많이 보아왔습니다. 족제비같이 이 구석, 저 구석을 핼끔핼끔 구경하고 다니면서 이해(利害) 상반을 가늠하면서 박수도 치고 응원도 하는 구경꾼들 말입니다. 그러나 이해라는 굴레를 생각할 때 일말의 이해(理解)도 없지 않았습니다만, 비유하건대 죄 없는 사람이 죄인이 되어 교수당하는 형장에서 죄를 씌운 당사자가 아니라는 그 이유 하나로 지극히 홀가분한 마음이 되어 죄 없는 죄인이 단죄되는 광경을 느긋이 즐기며 구경하는 사람들, 나는 그러한 얼굴들 표정을 몇 개 기억하고 있습니다. 남의 육신을 살해한 자는 살인자라는 각인과 함께 그 자신이 목숨으로 혹은 형기(刑期)로 죗값을 상환합니다. 그러나 Q씨, 정신의 살해자는 무엇으로 상환하지요? 어떤 법의 조문에도 저촉이 아니 되는 검은 그림자 같은 범죄자를 누가 단죄하지요? 생각이 거기 미치면 나는 하나님 앞에서 목이 타는 것을 느낍니다. 그럴 때마다 욥은 분노의 불길을 꺼주고 나로 하여금 부끄러운 마음을 품게 하지요. 하여간 상환의 필요가 없는 그 같은 범죄는 물론 두뇌 높은 족속이 애용하는 방법이어서 보다 가공하고 증오스러운 인간악의 극치로 여겨지기도 합니다. 홀가분한 마음의 구경꾼이라고 이보다 못할 것은 없습니다. 카인의 훌륭한 후예들이니까요.

문학에서 절대고독, 운명이라 해도 좋겠지요. 그것을 응시하는 비정의 이성과 인간에 대한 애정 그리고 생물 전반에 대한 애정과 악에 대한 뜨거운 증오의 정열이 없다면 인간을, 인간의 배경을, 인간과 연관되는 사건을 포괄하는 소설이 진정한 뜻에서 가능한가를 생각해봅니다. 한 작품이 소재에 따라서 혹은 초점에 따라서 확대의 한계가 정해지기도 하겠습니다만 그러나 그것은 어디까지나 창작을 구성해보는 기술에 속하는 것, 문학적 생명을 탄생시키지만 이 생명의 문제는 기술만 가지고는 어쩔 수 없는 것 아닐까요. 한 인간과 동반하는 작가는 때때로 그 인간을 밟아 뭉개고 작품 위에 군림할 수도 있으나, 그러나 기본 정신은 한 젖줄인 것을 부인할 수도 없겠고 그 인간의 가치관은 그대로 작가의 가치관이 될 수밖에 없다고 나는 생각합니다. 글쎄요, 표현이 합당치 않다는 느낌이 들긴 합니다만 소설도 분업화 안 되란 법이 없고 기업화 안 되란 법도 없고 이른바 소설공장이라는 말도 있으니까요. 하기는 자신의 체험과 무관하며 자신을 토대로 한 사고(思考)와도 무관하며 상상으로만 문학적 리얼리티를 구사하는 천재가 있었는지, 있었던 것 같기도 하구요. 쓰기 좋은 연장처럼 소설이 돈벌이도 될 거구요. 화단 가꾸듯 즐기면서 하는 여기(餘技)일 수도 있을 것이며, 그리고 또 순수라는 명제를 걸어놓고 문학을 위한 문학의 성벽 높은 곳에 깃발을 꽂아놓고 사실 솔직히 말해서 나는 순수라는 개념을 아직 정확하게 파악하질 못했는데,『아버지와 아들』의 바자로프가 죽어가는데 세르게에브나가 장갑도 벗지 않고 겁을 내며 물을 먹여준다든가, 밖에서 무슨 일이 일어나건 감기를 두려워하여 옷깃을 여미는 그런 식의 순수가 아니었으면 싶고 문제작이라는 유행 말도 한계가 애매하여 납득이 어렵습니다. 얼마 전에 흘려들은 얘긴데요, 남의 나라 어떤 작가는 바다 얘기를 쓰기 위해 집을 배같이 꾸미고 살았다나요? 문학을 위해서 인생을, 일상을 체험하는 그와 비슷한 얘기는 더러 있었지만……. 휙휙 달아나는 생각의 단편인데 그것을 그물에 잡아넣고 보면 어지간히들 복잡하고 난해하고 본말이 어느 것인지 모르게 돼요. 인성(人性)이 점점 더 천시되는 세상을 살아가니까 별의별 도구가 나올 만도 하지요. 잠시 동안 어지럽다 말았습니다. 나 나름대로 칼질을 해서 이것은 여기, 저것은 저기 하고 정리를 해보려면 시간도 지면도 무척 필요할 것 같습니다. 저의 얘기로 돌아가지요.

치졸하지만 나에게 문학은 내 인생의 일부이며 내 인생에서의 행동이기 때문에 죽음의 나락도 애정의 뼈저림도 증오의 불길도 함께 할 수밖에 없는 것이며 행동의 필요를 느끼는 한 나는 죽는 날까지 글을 쓸 것입니다. 문학을 위한 문학이라면 일 년에 열두 번 죽었다가 열두 번 살아나는 것 같은 고역을 나는 도저히 치를 수가 없을 것입니다. 뭐, 이런 말을 한다고 해서 내 쓰는 글이 괜찮았다는 얘기가 아닙니다. 충실했다는 말도 결코 할 수 없습니다. 다만 체력에 과중한 작업량이며 늘 앓기 때문에 죽었다 살아나는 기분이라는 얘기지요. 그러나 이 육신의 고역은 피할 수는 없습니다. 카인의 후예들의 얼굴은 보다 선명하게 내 눈앞에 떠오르고 불을 지르는데 증오의 정열을 태울 밖엔 없습니다. 끊임없이 공급해주는 기름은 글을 쓰는 활력소입니다. 내 사랑하는 것들의 조그마한 안식의 밑돌이 된다면 할 때 나는 원고료를 계산하며 인내하고 글을 씁니다. 그리고 절대고독(絕對孤獨)은 내 작가 정신이 되는 거지요. 이 세 가지가 설령 글 쓰는 데 충실히 기술적으로 안배되지 못한다손 치더라도 죽는 날까지 버려질 수 있는 것은 아닐 테니 말입니다. 한 인간의 분신인 작가는 죽음으로써 사라지는 것이며 고난에는 살아남을 것입니다.

며칠 동안 내 마음을 갉아먹던 독충을 뱉어낸 기분입니다. 이 글을 쓰고 나니까. 아무도 없는 빈집, 방에 혼자 누워서 창밖에 비를 맞고 있는 산의 꽃들을 바라보는 것이 참 좋습니다. 십 년 동안 이곳저곳 옮겨지다가 이제 산에 자리를 잡은 하얀 라일락과 보랏빛 라일락의 꽃이 안개처럼 보이는군요. 황매도 별같이 여기저기 노란 꽃만을 보이기 시작했고 철쭉은 짙은 빛깔로 햇빛 나는 것을 기하여 만개할 차비를 차리고 있는 것 같습니다. 지난달에는 부증(浮症)과 풍치로 고생을 하다가 원고와 함께 병에서도 탈출하여 소강(小康)을 유지한 며칠을 진달래, 개나리가 호사스럽게 나를 위로하더니, 이번에는 저 산의 라일락들이 지친 나를 새롭게 해주는군요. Q씨, 사실 이번에는 말예요, 잠든 증오심을 나 스스로 불러일으켜 맘속으로 한 소동 벌였지요. 했더니 당장 내장이 모조리 경직해버리는 것같이 먹질 못했어요. 게다가 흐린 날이 겹쳐서 상처는 통증을 일으키고요. 그러나 Q씨, 이것이 바로 나의 여유였습니다. 손자를 업고 마른 명태를 뜯어 먹던 그때는 없었던 병이거든요. 해서 마당에 나가 열심히 돌을 깔았습니다. 신경에서 온 병은 신경을 다스릴 밖에 없고 노동은 가장 좋은 처방이더군요. 참 여유라 하니 우습기도 합니다만 태산 고개를 넘고 불안과 초조, 속 상하는 일이 부지기수이지만 작년 이맘때 일을 생각하면 칼끝 위라 하더라도 잠시 쉴 수 있는 여유는 준 셈이니까요.

교회의 찬송가 소리가 한순간이겠지만 마음을 평화롭게 합니다. Q씨, 나는 결코 불행한 사람은 아닙니다. 제발 동정 어린 눈길일랑 거두십시오. 나는 지금 내 사랑하는 것들이 안식할 수 있는 화원을 꿈꾸며 걷고 있으니까요.

하루가 또 지났습니다. 부치지 못한 편지의 추신입니다. 세

시쯤 일어나서 책도 읽고 원고지도 오려 붙이고 하는데 까치 소리가 나길래 얼굴을 번쩍 쳐들었더니 글쎄 창문이 희뿌옇습니다. 얼른 문을 열고 내다보니 건너편 산등성에서는 전등불이 아직도 빨간데 만개한 철쭉꽃이 구름바다 같지 않겠어요? 라일락의 흰빛, 연보랏빛 그리고 철쭉빛이 안개같이 뿌옇고 신록은 또 뭐라 했으면 좋을까요. 커피 한 잔을 끓여오다가 창밖을 내다보았더니 그새 안개가 걷힌 듯이 꽃들의 윤곽이 확실해져 있고 참새들이 야단이었어요. Q씨, 시간은 계속해서 죽어가고 계속해서 살아나는구나 하고 나는 풀냄새 꽃향기 실은 바람에 얼굴을 내맡기며 서 있었습니다. 아이들이 오기 전에 돌을 다 깔아야겠고 요즘엔 나비 따라서 정신없이 뜰을 쏘다닌다는 손자를 위해 화단에 꽃을 사다 심어 놔야겠어요.

신기루 같은 것일까

　근원적으로 인생이 부정적이라는 것과 관련이 있겠습니다
만 근원적으론 문학 자체도 부정적이며 또 부정될 것이란 생
각이 그동안 내 주변에서 머뭇머뭇하더니 요즘엔 꽤 끈덕지
게 접근해오고 있습니다. 더운 날씨에 뭐 그리 복잡한 생각을
하느냐, Q씨께선 그러실 것만 같아요. 선풍기를 틀어놓고 다
리 하나가 부러진 돋보기나마 쓰고, 먼지가 뿌옇게 앉은 책장
에서 아무거나 한 권 뽑아 읽어보는 게 어떻겠냐, 홍수가 쓸
고 지나간 바닥처럼 상처투성이의 돌멩이와 하얀 모래만 깔
려 있는 것 같은 그렇게 척박해진 요즘 세상, 마음에 시비(施
肥)하는 뜻으로. 사람이 몇백 년을 사는 것도 아닌데 가파롭게
생각할 것도 가파롭게 살 것도 없다. 그렇게 말씀하실 것도
같구요.

Q씨에게

흔히 사람들은 관조의 상태를 이상적으로 말하곤 합니다. 인격의 완성으로도 보고 예술에서는 지극히 지적인 객관성을 의미하기도 합니다. 그러나 나는 때때로 관조를 중용과 마찬가지로 형식적 혹은 인위적인 것, 더욱 깊이로는 이기적이다 하는 생각을 할 때가 있습니다. 더욱 깊이로는, 이 말에 오해가 없으시기를 관조의 세계가 지닌 깊이 그 자체의 이야긴 아닌 거예요. 인간에게 보다는 개개인에게 관조가 어떻게 받아들여지고 있는지, 극언한다면 어떻게 이용되고 있는지, 그 받아들여짐에서의 애매함을 찔러보는 기분의 말이었다 할 수 있을 것 같습니다. 소수점을 찍어나가다가 끝이 없을 때 사사오입(四捨五入)으로 처리해버리는 식의 관조, 그것은 어떤 뜻에선 명경지수와도 같이 안명(安命)에의 지혜일 수도 있겠으나 편리주의일 수도 있는 것 같아요. 이렇게 말하니까 있음직한 충고를, 그 온당함을 곡해하여 공연히 트집을 부리는 것 같기도 합니다만 그렇지는 않아요. 진실의 입장에서 인생을 부정적으로 본다면, 또 부정적 그 자체를 의문으로 본다면 신성불가침이란 없는 것이 아니겠어요? 적어도 사람의 일에 한해서는. 사실 지혜로움이란 비단 사람에게뿐만 아니라 모든 생물의 삶을 비춰주는 등불인 것은 말할 나위가 없고 따라서 편리주의도 지혜의 산물인 이상 부인할 이유가 없는 거지요. 다만 초목이나 금수하고는 달라서 사람들은 그런 것에 의미를 부여하고 정의를 내리기 때문에 이른바 사사오입의 처리, 교활한 안명, 거룩한 관조에의 도피, 혹은 위장도 있을 수 있다는 얘기겠습니다.

문제 하나를 내동댕이쳐 놓고 한눈을 팔았습니다. 그러면 근원적으론 문학 자체는 부정적이며 또 부정될 것이라는 생각이 무엇에서 연유되었는지, 하지만 보다 그 생각을 추적해 보면은 상당히 오랜 옛날부터 내 머릿속을 맴돌고 있었던 일이 아니었던가 싶습니다. 그러나 지금은 그 생각이 숙제로 의식되거나 고통스러운 벽으로 느껴지지는 않아요. 수수방관하여 부침(浮沈)하는 사고(思考)를 바라보고 있는 그런 기분이라고나 할까요.

사고라는 얘기가 나왔으니 말입니다만 대개의 경우 사고란 불쑥 찾아온 손님같이 개의함이 없고 자의(恣意)의 방자함이 있는 것 같아요. 찾아와주어서 기쁜 손님, 찾아와주어서 괴로운 손님, 찾아오게 된 필연은 물론 있을 테지요만 주인의 의도와는 상관없이, 여하튼 마주하게 되는 것인데, 이밖에도 만나고 싶어 초대하는 손님이 있을 것이요, 찾아오겠다는 것을 거절하는 손님이 있는가 하면, 거절을 했는데 기어이 찾아오는 경우와 초대를 했는데 아니 오는 경우도 있을 것입니다. 그리고 보니 세사(世事)처럼 사고라는 것도 꽤나 귀거래(歸去來)가 번잡하네요. 그리고 한편 영혼의 공간은 무한대한 우주 같기도 하고 사고는 무수한 별 같기도 하구요. 한데도 말입니다. 개의치 않고 방자하다 했는데 사고란 참말이지 변화무쌍하여 임자에게 순명 아니 하는 경우가 더 많은가 봐요. 아무것도 아닌 것을 가지고 왜 그리 집요하게 뒷받침을 해나가는가, 지겨운 생각도 드시겠습니다만, Q씨, 실은 생각이 둑에 걸린 물줄기처럼 맴돌고 있는 데는 그럴 만한 이유가 있었습니다. 일 년 전이었던지 모 신문에 실렸던 잡문 속에서 발견한 사고의 강요라는 말 때문인데 그 말이 늘 불쾌하게 상기되곤 해서 말입니다. 글 쓴 분은 우정 있는 해명 같은 것을 의도했을 듯 생각되고 사고의 강요라는 말도 어떤 서슬엔가 불쑥 나와버린 과잉 표현이었을 것이란 생각을 안 해본 것은 아닙니다만 상대가 문학 평론하는 분인 만큼 무언지 간과할 수 없는 것을 느꼈습니다. 우정 있는 해명이라는 말에도 설명이 있어야겠지만 기어 필요한 것도 아니고 글의 내용인즉, 작가에게 글을 쓰게 하는 채찍질의 선의를 설명하려 한 것인데 한 작가에게 사고를 강요한다, 사고하게 한다는 말에까지 발전했던 것입니다. 과연 어느 누가 타인의 사고를 강요할 수 있을 것인가.

일찍이 저 유명한 이집트 사막의 피라미드, 중국 변방의 만리장성을 두고 사람들은 인류문화의 측면에서 자주 거론했으며 인간의 무한한 가능성을 얘기할 적에도 그것들을 끌어내곤 합니다. 당시 공사장에 개미 떼 같았을 노예나 역군들은 그야말로 개미 떼처럼 사라지고 없지만 거대한 군주들의 묘혈과 성벽은 태산같이 존재해 있으니, 찬연한 그 위용 앞에서 개미들의 사고, 사고의 강요 따위가 무어 그리 대수겠습니까. 역학적 에너지가 지닌 비정(非情) 앞에선 그야말로 한 마리의 개미인 것을. 불교문화의 신라 유물과 비잔티움 또는 로마네

스크의 장엄한 사원들에서 개성을 필요로 하는 창조의 특성을 보게 되는데 그런 것들을 종교가 지배적이던 당시 권력에 의하여 공인(工人)들이 사고를 강요당함으로써 이룩할 수 있었던 역사의 유물로 Q씨는 생각하시나요? 고려의 청자, 조선백자의 절묘한 공예품을 만든 분원의 도공들 역시, 그 도공들은 왕가와 반가의 생활을 꾸미기 위한 분부를 받자옵고 맹목적으로 복종할밖에 없던 노예근성이 그처럼 청아하고 기품 있는 자기를 만들었다 할 수는 없지 않을까요. 칼로써 백성을 다스렸던 일본의 전국시대와 도쿠가와 막부시대(德川幕府時代), 악명 높은 침략전 임진왜란을 그네들 풍류인들은 말하여 다완전쟁(茶碗戰爭)이라나요? 그런 만큼 수요가 많았다 할 수 있겠고 명품에 대하여는 미친 듯이 집착했던 그네들 나라에선 지엄한 분부가 별무효력이던지 아름다움의 비밀을 알지 못한 것 같았습니다. 해서 다완전쟁이라는 말도 생기게 됐을 것이며 우리 도공들을 도망 길에도 끌고 갔으니까 말이에요. 자기 얘기가 나오니까 또 생각나는 일이 있습니다. 이제는 진력이 아니라 화가 나세요? 빌어먹을, 게걸음이라면 옆걸음으로나 따라가지, 곡마단의 공중그네도 아니겠고 무슨 놈의 의식의 흐름의 소설인가? 하시겠어요. 아닌 게 아니라 그렇군요. 나비를 잡으려고 잠자리채를 든 아이가 들판으로 나갔는데 여치가 있어서 여치 한 마리 잡고 도랑물이 맑아서 퍼질러 앉은 채 올챙이 헤엄질 구경하고 하늘의 구름 가는 곳 올려다보고 꽃을 꺾고 뻐꾸기 울음 따라 숲속에도 가보고 산앵

두도 따먹고 글쎄요, 나비를 잡을 수 있을는지 모르겠네요. 하여간 생각이 가는 곳으로 한번 따라가 봅시다. 각설하고 여러 해 전의 일입니다만 K대학에 강연차 내려가는 기차 속에서 동행인 S선생하고 잡담 끝에 도자기에 관한 얘기가 나왔어요. 도공(陶工)이란 본래 세습하는 처지여서 타고난 재능에는 상관없이 업으로 종사하게 되고 봉건사회에선 천업이던 만큼 무식할밖에 없는데, 그런 치졸한 사고력으로 격조 높은 자기를 어떻게 만들 수 있었는지, 과연 그들은 미의식(美意識)에 의하여 그릇을 만들었는지 이해하기 어렵다는 대화의 내용이었어요. 재능이란 선택하는 것이며 무식해서는 창조에 필요로 하는 감성의 훈련, 섬세한 감각 같은 것을 바라기 어려운 것이 사실입니다. 그때 나는 이런 생각을 했어요. 수많은 도공들이 가마와 더불어 생애를 보냈다 하여 모두가 다 기막힌 자기를 구워냈던 것은 아니지 않으냐고. 옹기장이로밖에 더는 능력이 없었던 장인바치가 대부분이었을 것 같아요. 그러나 할아버지로부터 아버지로, 아들에서 손자 그렇게 면면히 이어 내려오는 동안 더러는 변종(變種)도 생겼으리라는 상상은 할 수 있습니다. 풍부한 감성과 예민한 감수성, 의지적인 균형과, 그런 개성이 강한 인물이 세습되어온 기량을 익히게 되면은 기술을 뛰어넘는 독창적인 것을 만들게 되는 것이다, 하고 생각했지요. 다 같은 기술로 항아리를 빚어 구워내어도 항아리는 다 같지 아니하며 빚는 사람의 마음도 같지 않을 것이니 말입니다. 이른바 천재라 할 수 있는 인자(因子)는 어느 부류에서든 소수는 있게 마련 아니겠어요? 마음과 기량 그러나 그것만으론 안 될 것 같아요. 미(美)의 비밀은 대상 속에 있는 것이기 때문에. 이들의 대상은 무엇이었을까. 자연이었을 거예요. 네, 자연 말입니다. 그들이야말로 창조의 순수한 원형, 가장 하나님을 가까이 닮으려는 사람들이 아니었던가 싶네요. 이기(利己)와 교활과 합리화와 한계와 그리고 모호한 결론, 그런 속성을 지닌 지식에 오염되지 않았고 인가(人家) 먼 분원에서 떠내려가는 구름 보며 산을 보며 자연의 이치를 생각하며 그래서 어느 순간 문득문득 마음에 잡히는 가장 완벽한 선이며 편안한 공간이며 그런 것을 흙으로 빚어보는 거지요. 네, 이들은 하나님이 만든 자연 속에서 미의 비밀을 찾았을 거예요. 직감적인 선과 조형을 주저 없이 청량하게 이루어나갔을 거예요. 다음은 일본의 도예 전문지에서 읽은 임옥청삼(林屋晴三)이라는 사람의 글 내용입니다. 그는 첫째로 정호(井戶), 둘째로 낙(樂)이라 했습니다. 정호가 조선 자기인 다완(茶碗)이며 낙이란 일본 도공이 만든 다완이니까 이 순위는 정당한 것이겠습니다. 그러나 그 일본인은 이른바 그들 문화의 특질인 와비[侘]와 사비[寂]라는 미의식을 갖지 않은 조선의 무명 도공이 만든 다완을 일본의 와비와 사비의 미의식을 가진 다인(茶人)이 선택한 데서 그 그릇의 본질이 빛날 수 있었다는 그런 뜻의 말을 했는데, 그것까지는 괜찮지만 조선의 자기를 두고 무의식 속에 만들어진 아름다움이며 일본의 낙다완(樂茶碗)은 의식 속에서 자라난 아름다움의 표현이라 했

Q씨에게

습니다. 듣기에 따라서 칭찬 같기도 하고 헐뜯는다고도 할 수 있으나 전적으로 그것은 틀린 말입니다. 무의식의 소산이라면 우연의 소산이라 할 수도 있으니까요. 창조에서 무의식이란 있을 수 없습니다. 임옥(林屋) 씨는 무의식의 소산이란 자신의 말을 뒤에서는 뒤집어버리고 말았는데 정호다완의 형태 설명에서 그랬지요. 그의 설명에 의하면 천천히 넓혀져가는 그릇의 그 넓이는 안으로 향하려는 힘과 밖으로 뻗어나가려는 힘이 끊임없이 균형과 한계를 유지하고 있다 했고 파탄은 없으나 다 기술적인 범위 내에서 섬세하고 부드럽게 만들어진 일본의 낙다완은 자연스럽고 힘차고 양감(量感)이 충일된 정호다완을 따르지 못한다 했습니다. 이 설명에서도 우리는 조선 자기가 무의식에서 만들어진 것이 아닌 것을 확인할 수 있지요. 칼로써 백성을 다스리던 그 시대의 성급한 일본의 세태를 생각한다면, 인가(人家) 먼 분원에서 자연을 스승 삼은 조선 도공을 생각한다면 양쪽 자기의 차이점 설명은 다 된 거 아니겠습니까.

자, 그러면 Q씨, 이들은 왕가(王家)나 귀족들의 분부 받자옵고 사고를 강요당하면서 그릇을 빚었을 리 없지 않습니까. 몸은 비록 세습적 업(業)에 얽매였고 천한 신분이었다 할지라도 오늘날 우리가 접하게 되는 문화적 유산 속에서 옛날 공인들의 영혼의 자유를 보게 되는 것입니다.

인류의 거대한 유물인 만리장성과 피라미드를 이룩해놓은 숱한 노예나 역군들이 무서운 채찍 밑에서 피를 흘렸고 육신이 무거운 석재에 깔리면서도 보행(步行)하지 않으면 안 되었던 강요는 그 잔인함으로 하여 역사(役事)를 끝낼 수 있었고 오늘날에 이르도록 인간 능력의 무한함을 찬양하는 금자탑이 되었을지언정 또 무수한 생명이 개미처럼 파리처럼 죽어갔을지언정 결코 사고만은 강요하거나 강요당하지는 않았을 것입니다. 강요당하였다 한다면 그 이상의 잔학은 없을 것입니다. 많은 예술가들이 걸어간 발자취를 보건대 영혼의 자유를 지키기 위한 핏자국을 느낄 수 있고 자신에게 때때로 순명을 거부하는 사고에 대한 고통을 엿볼 수 있었습니다. 그것은 참으로 예술가의 고뇌이기도 하려니와 인간적인 고뇌이기도 했을 것입니다. 우리의 슬기로웠던 도공들이 그가 설 수 있었던 자리에서, 그 좁은 자리에서 강요당하지 않는 사고의 영역이 얼마나 무한대하였는가. 좁은 자리와 무한대한 공간과 그 불균형의 슬픔은 또한 예술에의 자양이 되었을 것이며 사원(寺院)의 높은 도움과 도움을 향해 괴로운 육신의 고통을 감내하면서 어느 누구에게도 침범당하지 않고 명령을 아니 받는 창조의 엄숙한 순간순간을 살았던 미켈란젤로며 가난과 불우와 세인의 몰이해, 냉대 그리고 갈 곳조차 없었던 고흐가 가난과 냉대와 갈 곳조차 없는 상황보다 두려워한 것은 자기 영혼의 침입자들 아니었을까요. 서구파들의 집요하고 잔인한 공격 속에서 스스로 소외되어 슬라브주의의 보루가 되었으며 그 무궁무진한 사고의 난무 속에서 작가의 승리를 거둔 도스토옙스키, 사랑하는 여인과도 결별하고 영혼의 자유,

즉 창작 행위를 택하여 떠나고 끝없는 방랑 끝에 요절하였던 토머스 울프, 궁극적으로 어딘지를 떠나가야 하는 자신이나 대상도 신기루 같은 것이겠지만 대상을 향해 기약도 끝도 없이 걸어갔던 사람들, 결코 사사오입의 인생을 살지 않았을뿐더러 내부에서 가장 치열한 사고의 반란을 겪었던 사람들. 이 무더운 여름밤에 거듭 참회하는 심정이군요.

사고의 강요라는 것은 실상 말로 그치는 것이며 가능치도 않은 일이겠습니다만 말만으로도 횡포라 느끼게 되는 것은 오늘 우리 주변에 그런 오해가 있기 때문인 것 같습니다. 비인간(非人間)을 향해, 절망적이며 위험한 미래를 향해 진군하는 나팔 소리를 듣는 것 같은 기분 때문인 것 같습니다. 끔찍스런 기분, 그 끔찍스러움조차 깨닫지 못하는 그야말로 사고의 고갈 상태는 어처구니없는 역설입니다. 오늘에 떠받쳐지고 있는 사회와 호사의 물질생활 또 감정생활이 잉여의 행복을 대변해주고 인생은 긍정적인 것임을 입증해준다 하더라도 먼지가 아닌 플라스틱의 때가 곳곳에 끼어 있는 두뇌의 조직이 숫자와 기계로 정밀화되어 간다는 생각을 하면은 긍정 자체에서 나는 일종의 종말감을 느끼게 됩니다. 문학이 부정적이며 부정될 것이라는 작금의 내 생각에는 두 가지 측면이 있습니다. 하나는 인생 자체와 더불어 대상이 신기루라는 데 걸려 있고 또 하나는 미래에 있을 것으로 예상들 하고 있는 인간의 기계화, 즉 기계에 의하여 인간의 두뇌 개조의 가능성, 기계 조정에 따라 인간의 사고도 조정할 수 있다는 이야기들, 가공할 만한 소설 『1984』의 주인공, 이런 일련의 예상이 문학의 존재 가치의 부정을 더불어 예견할 수 있게 하기 때문입니다. 네, 사고의 강요는 강요당할 때, 강요당할 순간 이미 비인간 로봇도 떨어질 것이요, 사고의 시비 자체가 무의미해지는 것이 아니겠습니까. 인간이 인간인 이상, 비인간이 아닌 이상 어떠한 독재자도 결코 사람의 사고까지는 강요하지를 못했습니다. 물론 행동의 강요, 행동의 획일성의 가능 속에서 스스로 옳다는 신념의 행동이 있을 수 있을 것이며 행동이 동일하다 하여 신념도 사고도 동일하게 복종하지 못하는 고통이 대부분 아니었을까요.

궁극적으로 부정이며 내던져지고 거두어지는 우리의 삶이, 그렇더라도 혼신의 힘으로 긍정을 향해 제자리걸음이라도 해야 하는 것은 그 과정이 희열이며 고통이며 삶 자체이기 때문에, 고뇌가 크면 클수록 우리는 비인간이 아닌 인간을 실감하게 되는 것이 아니겠습니까. 사고가 강요당하는 순간부터 우리는 인간이 아니게 될 것입니다. 모든 창조는 부정될 것입니다. 영구불멸의 기적을 이룩하였다 한들 사고가 조종되는 곳에선 생명은 존재치 않을 것입니다. 내던져지지도 않고 거두어들이지도 않는 그곳에는 죽음이 혹은 암석의 비정이 남아 있을 뿐입니다. 궁극적인 면에서 부정적인 편을 원한다 한다면 너무 극단적이라고 속단하실지 모르지만, 그러나 Q씨, 미래를 예상하여 문학이 부정되리라는 것만은 진실로 기우에 그칠 것을 바랍니다.

Q씨에게

이삼 년 동안 나는 우리 뒷동산에 계단을 하나씩 하나씩 쌓아 올리는 일을 계속하여 육십오 계단이라는 꼬불꼬불 계단이 만들어졌습니다. 비록 만리장성은 아닐지라도 내 손자가 오르내리는 기쁨의 자리가 되었고, 오른다는 것, 무한히 오른다는 것, 무한히 간다는 것……. 나는 그 계단을 끝내고서 생각했습니다. 마지막 계단 위에 산이 계속되고 또 울타리가 없다면 계단은 계속하여 쌓아 올려졌을 거라고. 그리고 시시포스의 바위를 생각했지요. 부정적, 근원적으로 부정적인 인생과 문학 행위. 아마도 긍정적이었다면 갈 길은 없었을 것이요, 배불리 먹고 눈물이 없고 죽음도 없고 사랑도 없고 존재뿐인 삶은 비인간 로봇이 아니겠습니까.

소리

안녕하세요, Q씨. 날씨가 설렁해졌지요? 겨울이 닥쳐들 것을 생각하니 더럭 겁부터 나네요. 봄여름 가을, 땀 흘려 일하고 겨울 한 철이 한가한 농부들과는 반대로 도시 변두리의 하루살이 같은 생활인들에게는 예나 지금이나 겨울은 무서운 계절이겠지요만, 내 경우는…… 글쎄요. 농부도 근로자도 아닌 이른바 정신노동자라고나 할까요? 아니, 아닙니다. 역시 육체노동이라고 나는 말하고 싶네요. 돌을 깔고 계단을 만들고 밥을 짓고 소제를 하고 때론 목수 노릇까지. 내 손은 막일꾼같이 거칠지만 체력의 소모는 그편이 덜하니까 글 쓰는 일이란 육체노동치고도 지독한 노동임에 틀림이 없어요. 그렇다고 해서 의식주 그 어느 하나와 관련이 있는 것도 아니겠고 나사못 한 개를 생산하지 못하는 작업에 종사하면서 때때로 나는 사명감을 의심하기도 하고 심한 열등감에 빠지기도 하고 아예 싹 사명감 같은 것 무시하고도 싶은 심정이 되곤 한답니다. 또 열심히 날장구만 치고 있는 광대 같은 나 자신이 우스꽝스럽고 측은해질 때도 있습니다. 배고픈 슬픔, 이별의 슬픔, 주린 배를 채워줄 리도 없고 이별을 막아줄 리 없는 눈물 같은 것인지, 무용지물인 눈물 말입니다. 아니면 웃기기 위한 장난감 같은 것인지, 그러나 무용지물이긴 마찬가지, 그렇게 따지자면은 인생 자체도 아마 무용지물이 될 거예요. 사람은 울지 말라 해도 눈물을 흘리고 웃지 말라 해도 웃는 동물이니까 말입니다. 어느 편에 속하든, 그런 것은 아무렴 어떻습니까. 하여튼 누에가 실을 뽑고 다 뽑고 나면 재생을 위해 스스로 죽어야 하듯이 생각이란 생각은 모조리 뽑아서 늘어놓고 조각지 실오라기까지 모아 일을 끝낸 빈자리는 마치 척박한 땅에 갈퀴질한 듯 피가 흐르는 것 같았는데, 시간의 도움 없이는 살아날 수 없었을 것만 같은 문필생활 이십여 년, 그 세월을 돌아보건대 봄여름은 소진(消盡)의 계절이요, 가을 겨울, 특히 겨울은 사고가 비옥해지는 그런 계절이 아니었나 싶어요. 죽음 그 자체인 것만 같은 헐벗은 나무들, 하얀 눈이 날아내리는 도시의 지붕, 대지가 함몰된 듯이 냉엄하게 번들거리는 빙판, 우중충한 잿빛에 갇혀버린 동천(冬天), 모두가 비애의 빛깔이요, 폐쇄인데 영혼만은 치열하게 타는 그런 계절이 겨울 아닌가 싶어요. 따뜻한 모닥불 따뜻한 온돌 따뜻한 인간의 살갗을 그리며, 나무야 너도 헐벗었구나, 새야 너의 깃털은 추위를 견딜 만하니? 우리는 가장 고독했을 때 자비로워지고 사랑을 갈구하지요. 배고플 적에 음식이 신성한 것처럼 대상은 신성해지는 것 아닐까요? 개방된 봄여름은 온기를 거부하며 거리를 재며 너와 나, 타인들이 인사하는 것만 같고 병을 치유한 환자가 의사에게 무관심해지는, 그와 흡사한 계절 같은 생각이 들어요. 왜 그런지 모르지만요. Q씨, 나는 바다도 겨울바다가 좋았어요. 그것도 다 옛날얘기, 가난했었지만 옛날에는 요즘같이 겨울을 생활의 괴물로는 맞이하지 않았다, 그 얘길 하고 싶었던 거예요. 바람을 막기 위해 굽지를 바르고 틈새를 솜으로 메우며 내 손자가 춥지 않게 감기 들지 않게 겨울을 보낼 것을 바라며 집 손질하는 마음이야, 사랑 때문에 나 자신이 행복해지는 한 순간이겠습니다만은…… 그 순간 뒤통수를 난타당하는 것 같은 충격은 무덤에 나타나는 갈가마귀처럼 현실 자체에 대한 실감입니다. 무디어라, 무디어지는 게다. 그러나 한결같이 아픔은 새롭고 핏줄이 부푸는 것 같은 분노는 어김없이 내게 돌아와 눈을 부릅뜨는 것이었습니다. 네, 그래요. 이런 얘기는 쓰지 말기로 합시다.

근 삼사 년 동안 소음에 시달려온 터이기는 하지만 Q씨, 금년 한 해처럼 소음 한복판에서 지새어보기는 처음인 것 같아요. 도처가 다 그런 것은 주지의 사실이지만, 또 수요에 따라서 어쩔 수 없는 일인지는 모르겠습니다마는 고층 건물이 들어앉기엔 고양이 낯짝만 한 개천가 땅인데 십이 층 아파트가 청전(靑田) 화백의 그림 같았던 산을 가리고 준공되면서 밤낮을 가리지 않는 소음에 묻혀버린 거예요. 게다가 공사 운행상 불가피한 일이겠으나 마이크까지 함께 왕왕대지 않겠어요? 덕분에 새마을운동을 위해 설치된 동네 마이크는 무색해지고 말았지요. 동네 방송의 얘기가 났으니 말입니다만 밤을 새워 일을 하다가 새벽잠이 들었을 때, 혹은 새벽에 일어나 일을 할 때 돌연히 터져 나오는 노랫소리는 바로 근처에서 방송을 하기 때문인지 귀청이 떨어질 지경이라 처음엔 얼마나 놀랐는지 몰라요. 필요한 데야 아파트 안 세울 수 있습니까? 새마을운동도 안 할 수 있습니까? 글 쓰는 사람만 사는 동네도 아니겠고 내 손으로 내 이마빡을 치면서 화를 낸들 별수 없는 노릇이지요. 다수 앞에 소수는 침묵하는 게 법인데 하물며 다수 앞에 나 혼자인데야. 무거운 절 떠나겠어요? 가벼운 중 떠나지. 뭐라 불평을 하겠습니까. 어느 나라에서는 정부가 어떤 글 쓰는 이를 위해서 그 집 앞을 지나가는 차량엔 음향관제를 했다나요? 그런 얘기를 어디서 읽었든지 들었든지, 신화 같고 거짓말 같은 얘기를 철없이 생각하기도 하고, 물론 그 글 쓰는 분은 위대하고도 위대했을 것이며, 수준 이하라고 꾸지람을 많이 듣는—엄밀하게 따지면 물질이나 물량으로 볼 수 없고 개성의 소산으로서 동일한 것은 존재할 수 없는 것이기 때문에 창작물을 두고 수준 운운하는 것은 좀 모호한 것 같아요. 걸작이냐 졸작이냐—그러니까 황새를 따라가자면 가랑이가 찢어질 뱁새 꼴인 대한민국의 문인으로서는 화가 난다 해서 그런 경우를 생각한다는 것조차 외람되고 건방진 일인지 모르지요. 하기는 설사 그런 대접을 받는다손 치더라도 무척 거북하고 민망스러워 달아나고 싶을 것 같아요. 질적으로 다르긴 합니다만 국가에서 얼마간의 고료를 보조받는 일만 해도 그렇습니다. 작가의 입장에선 혹 자유를 저당 잡히는 것이나 아닐까? 까닭 없이 불안해질 때가 있지요. 떳떳하게 받을 곳에서 충분히 받고 은덕이란 부담 없이 자유롭게 집필하는 것이 가장 이상적이지만 작가의 자유는 국민의 자유와 상통하기 때문에요. 얘기가 옆길로 빠졌는데, 하여간 아침 안개를 헤치고 우렁차게 들려오는 새마을 노래로 하여 잠꾸러기 아이들이 학교에는 지각을 아니 하고 직장을 가진 아빠들이 지각을 아니 하고 날품팔이 아저씨도 일찍부터 일자리를 찾아가고 한다면야 나사못 하나 생산해내지 못하는, 그것도 뱁새 꼴인 이 나라의 작가 하나쯤 글을 못 쓴들 뭐 대수겠습니까. 직장을 가지든 거리에 나 앉아서 떡장수를 하든 삶의 의지만 있다면 입에 거미줄은 치지 않을 테니 말입니다. 그러나 과연 아침을 찢어발기는 동네방송이 글 안 쓰는 다른 사람들한테는 환영받을 만한 것인가 하는 데 문제는 있을 성싶어요. 속담에 듣기 좋은 꽃노래도 한두 번이라 했습니다. 또 하루의 계획은 아침에 세우고 일 년의 계획은 정월 초하루에 세운다고 했습니다. 계획을 짜는 데는 두말할 것도 없이 심사숙고가 필요하지요. 우렁찬 음악은 활동하게 하는 충동은 될지언정 사람으로 하여금 생각하게 하는 것은 아닐 겁니다. 그것

Q씨에게

도 매일매일 한결같은 노래 곡조, 노래 구절, 감동은 낡아질 것이며 달갑잖은 습관이 되고 습관은 결국 굳어져서 기계적으로만 반응하게 될 거예요. 단추만 하나 누르면 홀딱 뛰어나가는 기계 말입니다. 사람들은 기상나팔에 의해 자리를 차고 일어나는 것을 원할까요? 몇 년 동안을 기상나팔에 의해 단잠을 걷어차고 일어나는 우리 젊은이들의 가열(苛烈)한 훈련의 목적은 조국을 지키는 것과 아울러 국민들의 평화스러운 생활의 영위를 보장하는 데 있을 것입니다. 무릇 벽돌 한 장 한 장을 쌓아 올리는 미장이, 정밀기를 다루는 기능공, 회사나 관청에서 사무처리를 하는 샐러리맨, 삽자루를 휘두르는 막노동꾼, 심지어 등교하는 학생에 이르기까지 그들의 일체의 행위는 마음으로 하는 것이지, 정확하고 신속하다 하여 기계로 간주할 수는 없는 것이며, 만일 그들 모두가 습관의 노예가 돼버린다면, 네, Q씨, 그때는 인간에게서 희망의 상실을 우리는 보아야 할 것입니다. 창조적 정열은 인간의 근본이며, 동물이 아닌, 더더구나 기계가 아닌 이유이기도 한 것입니다. 조용한 아침, 속박되지 않은 얼마간의 시간을 혼자서 향유하는 자유는 창조적 정열에 기름을 치는 것과 같은 일이기 때문에, 그 황금 같은 시간에 왕왕거리는 마이크 소리에 잠이 깨고 그 소리에 쫓기듯 허둥지둥 서둘다가 집을 나서는 가장들, 먹여 살리기 위해서 먹고 살기 위해서…… 좀 더 잘살기 위해서 네, 보다 잘살기 위해서 구두선(口頭禪)같이 뇌어야 하고 의식 밑바닥에 눌은밥같이 붙어 있는 잘살아야 한다는 부채감, 고작 월부인생인데 말입니다. 급히 걸어가려고 발보다 목이 앞으로 더 빠지는 세월인데 말입니다. 너무 비참한 것 같아요. 비참하다는 감각조차 없어진 사고의 결핍시대, 몇 사람은 깨어 있어야 할 것 같아요. 요즘엔 무허가집에도 텔레비전이나 냉장고 같은 것은 흔히 있어서 텔레비전, 냉장고, 피아노를 두고 3종의 신기(神器)라는 말이 나돌았는데, 이제는 한국도 그 말이 옛날얘기가 되었고, 생활은 아주 편리해진 것이 사실입니다. 그러나 십 년 동안 그 곱절도 인간성이 황폐된 것은 부인 못 할 것입니다. 체온계의 수은주가 내려가듯 우리는 날로 인간적인 수은주가 강하하고 있는 것을 뚜렷하게 느낄 수 있습니다. 일찍이 아나키스트 바쿠닌은 북소리에 잠이 깨어 일터로 가고 북소리에 돌아와 잠자리에 드는 인간기계란 말을 한 적이 있지요.

Q씨, 나는 가끔 학교 다닐 그때의 종소리를 생각하곤 합니다. 특히 사 년간을 보냈던 기숙사의 종소리는 삼십 년이 훨씬 넘은 묵은 기억인데 그때 종소리를 생각하면 지금도 가슴이 두근거린답니다. 규율이라는 강박 관념 때문이지요. 종소리에 따라 생활의 하나하나를 구분 짓고, 말하자면 하루의 행위를 행위에서 행위로 이어져 넘어가는 멜로디 같은 것이라 생각할 때, 그것을 단박 단박 짤라 여러 개 상자에다 분납하는 것 같은 숨 가쁨, 답답함, 얼마나 그것이 내게 괴로운 것이었던지 요즘도 꿈을 꿉니다. 학교를 졸업 못 한 꿈 말이에요. 그러나 다 같은 종소리지만 한적한 시골길에서 멀리 울

려오는 교회 종소리를 듣는 것은 기분 좋지 않아요? 스산스런 머리가 개운해지는 느낌이지요. 한 십 년 전의 일인가요? 『토지』의 무대인 하동을 찾은 일이 있었어요. 마침 조선 불화(佛畫)의 논문을 준비하던 딸애가 불화 조사차 동행했기 때문에 돌아오는 길엔 각 사찰을 들르게 됐는데 그러니까 낙엽이 쿠션처럼 푹신하게 깔렸던 이른 봄이었어요. 사람이라곤 좀체 눈에 띄지 않는 선암사(仙巖寺) 산골은 무서울 만큼 조용했습니다. 게다가 막차로 간 우리는 절 옆에 하나 있다는 여관을 찾느라고 어둠 속을 헤매며 무척 애를 먹었어요. 여관에도 손님은 없고 젊었을 때는 상당히 미인이었겠다 싶은 늙은 여주인도 괜히 섬뜩하여 잠도 드는 둥 마는 둥 하다가 새벽 종소리를 들었는데 그 종소리를 아마 영원히 잊지 못할 거예요. 장엄하게 울려오는 종소리에 내 영혼은 땅바닥에 깔리어 일어나지 못할 것만 같았습니다. 소리에 귀의한 희열은 거의 공포에 가까운 것이었습니다. 그것은 참으로 크나큰 현혹이 아니었는지 모르겠네요. 소리가 준 감동을 생각하다 보니 되살아나는 일이 또 있습니다. 음(音)이 남겨놓은 상흔 같은 것이라고나 할까요? 피란 시절에 우연한 기회가 있어서 쇼팽 장송곡과 차이콥스키의 「이탈리아 기상곡」을 되풀이하여 들었던 일, 그때의 심정 같은 것, 암담하고 절망적이던 그 시절의 빛깔이 지금도 선명하군요. 다음은 『시장과 전장』을 썼을 무렵의 일인데 녹음한 것이었지만 베토벤의 「합창 교향곡」과 슈베르트의 「미완성 교향곡」을 계속 틀어놓고 살았어요. 견디기 어려운 고독한 싸움을 하는 내게는 그 두 곡이 다정한 친구였습니다. 음악을 들으면서 울기도 많이 울었고 무너지려는 결의를 거듭 굳히기도 했습니다. 네, 네 개의 곡은 지금도 내 마음속에서 지워지지 않는 상흔 같은 것입니다. 그러나 음악에는 운명과 비극이 지니는 감미로움이 있지요. 해서 음악을 극복하려 했었다는 사르트르의 심정 같은 것을 생각할 때가 있고 그 점 때문에 사르트르를 존경도 하게 되더군요.

　다 같은 종소리를 두고 물론 음량이 다르고 음질이 다르기는 합니다만 소리가 지니는 목적과 의미에 따라서 각기 다르게 감수(感受)하는 것은 모든 생물의 보호 본능이겠지요. 그러나 소리에는 목적과 의미뿐만 아니라 결과가 있고 예고가 있고 미래도 있는 것 같아서…… 종소리, 음악, 인간, 어디로 비상하려고 이다지도 애달픈지 알 수 없네요. 소리의 물결, 소리의 난무, 소리의 칼날, 썩는 소리, 움트는 소리, 파괴하는 소리, 건설하는 소리, 무궁무진한 소리들, 광대무변한 공간을 질러서 억겁을 달리는 소리의 엄청난 무리. Q씨, 바람 소리, 빗소리, 시냇물 소리, 뭇새들의 지저귐, 풀잎 흔들리는 소리, 가랑잎 떨어지는 소리, 자유의 소리들을 한번 생각해보십시오. 이따금 노(怒)하는 자연은 홍수로 하여 포효하게 하고 태풍으로 하여 울부짖게 하고 천둥 치게 하고 지진으로 무너지는 굉음, 경이와 공포와 아비규환의 지옥을 연출하기도 합니다마는 자연의 소리엔 벌(罰)함과 사(赦)함이 있습니다. 신선하게 자연도태에 참여하고 질서정연하게 더함도 덜함도 없이

　　　　　　　　　　　　　　Q씨에게

인간들이 공존해왔으며 인간성 자체와 깊이 결탁해왔을 것 같아요.

Q씨, 밥 끓는 소리, 쇳물 끓는 소리, 폐수에서 유독 가스가 부글부글 끓는 소리를 생각해보신 적이 있나요? 우리는 밥 끓는 소리에서 쇳물 끓는 소리에서 유독 가스가 부글부글 끓고 있는 지점에까지 온 것 같아요. 부성(父性)같이 준열하지만 모성같이 따스하고 생명체와 더불어 생명 자체이기도 한 자연의 소리는 날로 멀어져 가고 하늘나라에의 염원도 없이 하늘로 하늘로 치솟고 있는 시멘트의 무지무지한 그 물량과 비례하여 두들기고 깎고 갈아 젖히는 소리, 가로등의 구차스러운 정서나마 옛일이 될 만큼 안개에 덮여버린 서울 거리의 차량들, 오염 가스를 뿜어내며 아스팔트를 구르는 무지무지하게 많은 차량의 소리들, 대지의 숨통을 틀어막고야 말 것 같은 비닐종이와 플라스틱의 제품, 구겨지는 소리, 부딪는 소리, 우리는 머잖아 바람과 나뭇잎이 희롱하는 소리를 서울서는 듣지 못하게 될 것만 같은 생각이 드네요.

작년까지만 해도 우리 집 뒷산에서 꾀꼬리 울음을 들을 수 있었고 눈부시게 선명한 노란빛의 모습을 볼 수 있었는데 금년에는 자취를 감추고 말았군요. 가뭄이 계속되는 날이면 비를 청하듯 울어쌌던 뻐꾹새는 어디로 갔는지, 극성스러웠던 까치마저 어쩌다가 볼 수 있을 정도니까요. 개울물 흐르는 소리도 지금은 없어졌고 비 오신 뒤 더러 흐르는 소리가 들려오지만 시궁창 흐르는 소리지요. 그러면 Q씨, 사람의 소리는 어떨까요? 숱한 어휘는 금박무늬처럼 찬란합니다. 찬란하고 현란한 어휘를 구사하는 음성을 생각해보십시오. 허위에 가득 찬 음성, 신경을 물어뜯는 음성, 페르시아의 융단보다 호화스런 변설, 자기 합리화를 위해서는 천재적으로 어휘를 골라 쓸 줄 아는 사람의 음성, 장소에 따라 카멜레온처럼 변색하는 음성, 웃음소리는 또 얼마나 다양하고 복잡해졌습니까. 배신자의 웃음소리, 모함하는 자의 웃음소리, 칼을 품은 자의 웃음소리, 약자를 밟아 뭉개는 자의 웃음소리, 어느 시대에도 인간의 선악은 병립해온 터이기는 하지만 기계처럼 치밀해져서 선악이 자리바꿈을 하지 않았습니까? 옛날에는 부끄러웠던 일이 오늘날엔 정당한 소리가 됐으니까요. 다음은 들리지 않는 소리가 있지요. 지구가 자전하는 소리는, 그 소리가 너무 엄청나기 때문에 우리에겐 들리지 않는다 하더군요. 지구가 자전하는 소리뿐만 아니라 이밖에도 너무 엄청나게 크기 때문에 들리지 않는 소리는 또 있을 거예요. 환청이라는 말이 있는데 그것은 실제 있지 않은 소리를 듣는 것으로, 병적인 증상이지만 결과를 예상하는 증상일 수도 있지요. 우리는 때때로 미래의 발소리를 듣습니다. 기계가 된 미래의 인간들이 움직이는 소리를 듣습니다. 공해에 가득 찬 도시를 빠져나가는 인간의 아우성을 듣습니다. 유령 도시를 지나가는 바람 소리를 듣습니다. 쇠붙이, 시멘트만 남은 도시를 적시는 빗소리도 듣습니다. 풀잎 하나 살아남지 못한 지구에 타다 남은 불씨에게 불꽃 튀는 소리, 그러고 보니 들리지 않는 소리가 가장 무서운 것임을 깨닫게 되네요.

소리를 생각하며 떠난 길이 너무 아득하여 출발점으로 돌아가야겠습니다. Q씨, 나는 일상으로 돌아왔습니다. 일상에 밀착된 소음으로 말입니다. 소음이 인간에게 끼치는 해악을 생각해봅니다. 세 가지 중의 하나는 감성을 마멸합니다. 둘째는 감성을 절단합니다. 셋째는 감성을 마비시킵니다. 감성의 마멸이란, 인간이 기계화되면서 소음에 적응하는 것으로 사역하기에 편리한 집단 형성을 용이하게 할 것이며, 감성의 절단이란, 타의이건 자의이건 감성의 공간이 될 수 있는 한 좁혀서 감방과 같은 의식의 공간에다 무기질을 쌓아놓고 그 무기질의 소유를 행복이라 착각하거나 혹은 편리의 노예로서 체념하는, 그렇기 때문에 잘살기 위해서, 그 구호가 가장 잘 먹혀들어 가는 것이며, 저질의 가치관이 정신문화를 말라 죽게 할 것이며, 감성의 마비란, 영혼의 질서가 파괴되어 정신질환, 그러니까 미치는 거지요. 어느 인간이 기계 되기를 원하겠습니까. 어느 인간이 감옥에 유폐되기를 원하겠습니까. 어느 인간이 미치기를 원하겠습니까. 그러나 적든 많든 현대의 우리는 소음의 독아(毒牙)에 할퀴이고 있는 것을 부인할 수는 없을 것이며 또 보이지 않는 소리와 맞서서 싸우기를 결의하고 칼을 뽑는 돈키호테가 없는 것도 사실입니다.

겨울을 생각하니 겁부터 더럭 난다고 했습니다. 전에는 겨울이 영혼을 살찌게 했지만 신경을 갉아먹고 혼란에 빠뜨리고 기진맥진, 언제 폭발할지 모를 요즘의 겨울은 무섭습니다.

그것은 소리 때문입니다. 바로 그 소리 말입니다. 몇 해 전만 해도 기계에 대한 혐오, 전기나 가스에서 오는 묘하게 메스꺼운 연상 때문에 흔해 빠진 전기다리미조차 집에 두지 않았고 초인종이 없어서 찾아오는 손님은 대문을 두드려야 했습니다. 나를 집에까지 바래다준 모 여기자가

"선생님, 벨이라도 다세요" 했을 때 농담으로 한 말은 벨을 안다는 내가 더 앞서고 있는지 모르지 않느냐고 그런 대답을 한 기억이 나는데, 아무튼 그만큼 불편한 생활을 별 불편 없이 했던 것입니다. 세계가 전부 비행기로 날아다니는데 우리만 마차를 타고 다닐 수 없는 노릇이지만 또 응당 합리적인 생활이 바람직하고 비합리적인 생활은 청산되어야 할 테지만 그러나 뭔가 끊임없이 생각해야 하는 사람들에게는 합리적인 것에 생각을 가두는 것보다 비합리적인 자연을 따르는 편이 낫다는 것이 내 지론입니다. 다 된 원고를 기계로 쾅 찍어서 철하는 것보다 송곳으로 뚫는 편이 작품을 더 생각하게 하니까요. 종지부를 찍듯 쾅 찍히는 소리는 생각을 단절하는 것만 같아서요. 지금 생각해보면 무던히도 불편한 생활을 한 것 같아요. 해마다 고치는데도 해마다 연탄가스가 새서 늘 창문을 열어 놓고 추운 겨울을 보내야 했고 그다음엔 제재소에서 못 쓰게 된 나무를 사다가 아침저녁 불을 때는 일이며, 그런 생활을 작년부터, 이른바 생활혁명이라고나 할까요? 네, 내게는 큰 혁명이라 할 수 있을 거예요. 첫째는 손자 때문이고 둘째는 가정부를 안 두는 방침에서, 다음은 시간을 벌자는

것이었습니다. 그래서 집안에는 내가 듣기 싫은 소리로 가득 차게 된 거예요. 가스와 전기의 그 메스꺼운 연상도 지금 나는 극복되기를 바라고 있는 것입니다. 그러나 건망증이 심한 탓으로 가스는 잠겼는가, 전기 스위치는 뽑았는가 확인을 하고도 잊어버리곤 다시 자다 일어나 나가보곤 하는 것입니다. 순환 펌프에서 소리가 안 난다. 너무 계속해 소리가 난다. 보일러실로 들락날락해야 하고 냉장고의 저놈의 소리! 환풍기 도는 소리, 가습기 도는 소리, 손자와 딸이 내 곁에 있을 때는 들리지 않던 소리가 혼자 밤을 지새워야 할 때는 저놈의 소리! 저놈의 소리! 다 버리고 시골로 달아나버리고 싶은 충동을 어떻게 할 수도 없는 거예요. 내 자식들이 외롭지 않을 때까지만 참는 거다, 타이르며……. 지금 창밖에는 노오란 아카시아잎들이 눈송이같이 날아내리고 있습니다. 아름답습니다.

의상

역이라 하기보다는 정거장이라 해야 그곳 특유의 애환을 느낄 수 있을 것 같아요. 우리들 연대에는 말입니다. 떠나는 사람을 전송하거나 돌아오는 사람을 맞이한 기억은 별로 없고 내가 떠나거나 돌아오는 일조차 그리 흔하지는 않았습니다마는, 설레임 속의 뭔가 처절한 고독, 겨울바람 같은 밤 기차, 심장에 그어진 것 같은 두 개의 레일, 태양에 희번덕이던 검은 석탄, 정거장을 생각할 때 그런 기억이 선뜻선뜻 지나가곤 합니다. 떠나보내고 맞이한 기억이 별로 없는 정거장 생각을 하다 보니 송편을 빚어본 일이 없었다는 것이 떠오르는군요. 명절이 없었다는 얘기도 되겠네요. 십 대에서 이십 대에 걸쳐 전쟁 말기의 사막 같았던 일제시대를 보냈고 해방의 혼란과 육이오의 동란, 그 격동기는 내 젊은 날이었지요. 그래

Q씨에게

서 그 숱한 후유증 때문에 명절을 잃게 됐는지 모르지요. 또 그 격동기는 내가 인간이라는 것을 자각하게 했겠지만 여자라는 것을 상실하게 했는지 모르지요. 오래된 일입니다만 스승께서 아드님에게 설이 어디 있노, 돈 들어오는 날이 설이지, 하고 말씀하신 것을 들은 적이 있었지요. 그때는 참 실감 나는 말씀이었습니다. 그러나 그 후 이십여 년 돈이 들어와도 내게는 명절이 없었습니다. 삼 년 전부터 손자를 위해 크리스마스트리를 장식하게 되었고 친정을 오가는 딸, 외가를 오가는 손자 때문에 고속버스 터미널 혹은 정거장에서 가슴 조이며 오는 차를 바라보기도 했고 떠나보낸 뒤면 가슴속이 텅 빈 것 같은 허전한 마음으로 발길을 돌려놓기도 했습니다마는, 명절은 여전히 나하고는 인연이 없는가 봐요. 혼자 맞는 명절, 송편은 빚어 뭣 하겠습니까.

낮에는 청량리역에서 아이들을 보내고 돌아왔습니다. 자아, 이제 밤을 새워 일을 해야지, 밤을 꼬박 새워도 끝맺을 수 있을지 모를 일을 양어깨에 짊어지고서 나는 난롯가에 앉아 커피만 마시고 있었습니다. 뜨개질이 하고 싶었습니다. 밖에 나가 일거리를 찾고 싶었습니다. 난로 소제를 할까 하고 생각해보기도 했습니다. 그러면서도 커피잔을 들면서 생각했지요. 사, 오십 매는 내일까지. 내일모레가 25일 『토지』 마감날인데 17일까지 연기하여 이백 매를 써야 하고……. 이 양어깨를 짓누르는 짐의 무게는 구원이라구요. 그것은 참으로 현기증 나는 생각이었습니다. 여기저기 흩어진 아이의 웃음이 감도는 장난감을 우두커니 바라보는데 생각은 다시 다른 곳으로 빠져 달아나고 있었습니다. 지금은 십 층이 넘는 높은 아파트가 들어서고 말았지만 전엔 그곳을 공원이라고들 불렀습니다. 수목이 많아 여름엔 그늘이 짙었습니다. 나는 아이를 업고 곧잘 그곳에 가곤 했지요. 벚나무에 버찌가 익었을 무렵이에요. 동네 조무래기들이 작대기를 들고 벚나무를 치고 있었습니다. 그러나 작대기가 닿는 부분엔 거의 열매가 없었지요. 날이면 날마다 조무래기들이 몰려와서 작대기를 휘둘렀을 테니 남아났겠어요? 한데 아이들이 작대기를 버리고 우루루 몰려가는 거예요. 중학생 또래의 소년이 큰 벚나무를 타고 올라가는 것을 본 때문이지요. 옳다구나 싶어 아이를 업은 나도 조무래기들 뒤를 쫓아 뛰어갔어요. 고무신이 벗겨지는 것을 다시 발에 꿰어신고 말입니다. 짧은 치마에 아이를 댕강하니 업었으니 내 꼴은 아마 메뚜기 같았을 거예요. 벚나무에 기어올라간 소년은 나뭇가지를 마구 흔들어댔어요. 아이들은 일제히 엎드려 열매를 줍는 것입니다. 나도 구부렸지요. 풀밭인 데다 자갈이 깔려 있어서 내 눈에는 버찌가 통 보이질 않았습니다. 눈에 띄는 거라곤 익지 않은 푸릇푸릇한 것뿐, 겨우 새까만 것을 하나 주웠을 때 재빠른 조무래기들이 다 차지하고 더 이상 주울 것이 없었어요. 새까맣게 잘 익은 열매를 손바닥에 굴려보다가 샘가에 와서 씻어가지고 등 넘어 손자에게 주었어요.

"맛있니?"

"응, 맛있어."

행복했습니다. 노인네의 말씀이 아이 업으면 마을간다는 것이요, 의복이 변변치 못하면 아이를 업고 간다는 것입니다. 언젠가 아이를 업고 시장을 갔는데 동행한 G양에게

"우리 강이를 업고 가니까 내가 왕이 된 것 같다" 하고 웃은 일이 있었습니다. 꼬질꼬질한 블라우스 차림, 점포 유리창에 비치는 모습은 내 눈에도 생활에 지쳐버린 가난뱅이 초로의 아낙이었어요. 하지만 조금도 서글프거나 한심하지는 않았습니다. 이 세상 아무것도 거리낄 것이 없는 편안함이야말로 네, 그렇습니다, 왕이 된 기분이었지요. 등에 전해지는 아이의 체온 이상의 보배로운 것은 없었으니까요. 지금은 아이가 컸고 가정부도 있어서 참 안됐다 하며 동정을 살 만한 차림으로 나다니지는 않습니다만 안됐다는 동정 뒤에 숨은 악의에 대하여 내가 왕이 된 것 같은 기분을 맛보았다는 것이 어째 미안한 것 같기도 하네요.

전에, 내 주변에 걸핏하면 아이, 가엾어라 하며 혀를 차던 사람이 있었어요. 그것은 욕이나 험구의 위장이었습니다. 우월감과 자기만족이기도 했구요. 진실과 상관없이 남과 자기를 저울에 올려놓고 일희일비(一喜一悲) 하는 사람에겐 의상이란 대단히 중요한 의미를 지니게 되는 것 아니겠습니까? 이 세상에는 또 하나의 자기 자신은 없는 것이라 여긴다면 저울이란 전혀 무의미한 것인데 말입니다. 의상이란 최소한도의 예의라는 약속을 지키면서 자신을 위해 자유자재해야 하는

것이 아닐까요? 일하는 사람 손톱 사이에 시멘트가 묻었다 하여, 옷에 흙이 묻었다 하여 손톱을 갈고 닦고 에나멜칠을 한 사람이, 값진 옷을 입은 사람이 혐오감을 느낄 이유가 없고 가엾다고 동정할 이유도 없는 거지요. 행복이란 저울질할 수도 없는 것이거니와 동정하는 사람 편이 더 행복하다고 단언하기도 어려운 일 아니겠습니까?

의상이란 여름엔 시원하게 겨울엔 따뜻하게 보이는 것이 아름답다는 얘기를 옛날에도 어딘가 쓴 적이 있습니다만 첫째 의상이란 입어서 마음이 편해야 하는 것이 첫째일 것 같습니다. 항상 남과 비교하는 심정이면, 남의 눈을 의식하는 심정이면 마음이 안 편할 것은 당연하고 심리적인 촌뜨기를 벗어날 수 없을 것 같아요. 육이오 동란 전이었지요. 재색 플란넬로 더블버튼의 투피스를 지어 입은 일이 있었어요. 그때만 해도 대개 하얀 포플린 블라우스에 갈색 스커트 아니면 감색 투피스를 많이 입었어요. 한데 나는 좀 색다른 그 옷이 불편해지기 시작한 거예요. 남의 시선을 느낄 때마다 촌뜨기가 되는 것을 깨달았던 겁니다. 말하자면 멋쟁이 옷을 정복하지 못했던 거지요. 결국 하얀 블라우스에 감색 스커트로 갈아입었던 기억이 나는군요. 흔히 분수를 알라고들 말을 하는데, 의상을 두고 본다면 가난한 사람이 값진 옷을 입는 것과 잘 사는 사람이 거지꼴을 하고 다니는 것을 두고 얼핏 생각할 수 있는데 실상은 그런 종적(縱的)인 문제보다 훨씬 복잡한 횡적 문제가 있을 것 같군요. 아이들을 추위에 떨게 하고 식탁에는

Q씨에게

김치찌개만 올려놓으면서 값진 옷을 입어야 하는 엄마라면 우리는 인생 자체를 황무지로 느낄 것입니다. 마찬가지로 넉넉한 살림인데 남 보기 딱한 차림으로 다니는 사람이 돈이 아까워서 그랬다면 돈이 아까운 그에게서 인간적인 향기를 우리는 느낄 수 없을 것입니다. 뜰에 한 포기 꽃을 심는 것을 본 사람이 꽃 심으면 돈 나오느냐? 하고 물었다면 그보다 메마른 것은 없을 것입니다. 한 떨기 꽃을 심어 즐기듯이 의상도 그런 심정적으로 입을 것이지, 경매하는 심리, 그것은 자신의 존엄을 내동댕이치고만, 창부화(娼婦化)해가는 과정일 뿐이겠습니다. 그런 사람일수록 외형이나 상황이 저보다 못하다고 판단될 적에 모멸의 몸짓이 거창한 법이지요. 창부의 말이 나왔으니 생각나는 일이 있습니다. 도둑촌 얘기가 한창일 때 선량한 한 친구가 자신의 가난은 잘 견디면서 잘사는 친척을 자랑삼아 그들의 집이 어떻게 어마어마한지, 백 평 넘는 집에 난방이 온통 전기라는 것이었습니다.

"그 사람들 말이야, 목욕탕에서 갓 나온 얼굴을 하고서 자가용 타고 종삼(鍾三)을 지나간다면 말이야, 틀림없이 손님을 끄는 창부도 외면할 거야. 창부는 자신의 살덩이를 팔아 끼니를 이었겠지만 어디서 돈이 나서 수억의 집을 지어? 부모 유산도 아니겠고 사업한 것도 아니겠고 누가 누굴 모멸하누."

하고 무안을 준 일이 있었습니다. 그런가 하면 내게는 또 사랑하는 언니가 한 분 계십니다. 예민하면서도 듬직하고 감성이 풍부하면서도 매우 현명한 사람인데, 이 언니가 어떻게

나 고운 옷 입기를 좋아하던지 언니에게 옷을 해드리는 것이 내 즐거움이기도 했습니다.

"동생, 이 옷이 너무 야해서 흉 안 보겠나?"

"괜찮아요. 입으세요, 입어요."

나는 서둘 듯 말을 합니다. 굵은 손마디, 팔 남매를 훌륭하게 키워냈고 남편과 더불어 고달프게 가업을 이끌어온 언니에게, 보상의 뜻으로 고운 옷 입으라 권했던 것은 아니었습니다. 고운 옷을 좋아하는, 메마르지 않은 감성이야말로 팔 남매가 뒹굴었을 어지러운 집안의 향기 같고 꽃 같은 것이었을 것이란 내 생각 때문이었습니다. 그래서 자식들은 모두 성실하고 때 안 묻고 늘 마음의 여유를 가지면서 제각기 자신들의 생활을 구축하고 있는 것을 볼 때 진심으로

"언니같이 복 많은 사람은 없어요"라고 말하곤 한답니다. 항상 넉넉하고 비천함이 없는 그런 사람이 고운 옷을 좋아하고 즐기는 것은 감성이 보석같이 귀한 것 아닐까요? 내게도 언니와 같이 고운 옷을 좋아하는 시절이 오기를 바라고 있습니다.

"엄마, 날마다 그렇게 해."

모처럼 고운 한복을 입은 어미를 보고 손자는 그런 말을 했어요. 어린것 마음에 꽃을 심어주기 위해 어미도 할미도 앞으론 옷차림에 신경을 써야 할까 봐요.

사랑하는 지아비를 위해 몸단장을 하는 젊은 댁네, 아름다운 풍경일 뿐만 아니라 가장 행복한 순간이기도 했을 것입니

Q씨에게

다. 사랑은 모든 것을 순화합니다. 아무리 아름답고 값진 것이라도 그것이 지분(脂粉)의 두께로밖에 느낄 수 없는 것은 사랑이 없는 마음, 황무지 같은 마음 때문이지요. 어떤 디자이너가 '옷은 몸으로 입는 것이 아니며 마음으로 입어야 한다.' 하고 말한 것이 생각나는군요.

밤은 자꾸 흘러갑니다. 시간이 가고 있습니다. 사랑도 미움도 절실한 밤의 시간, 아무리 사소한 것이라도 심장을 던지고 살고 싶네요. 사랑하는 내 자식들을 위해서 나를 위해서 사랑을 태우고 악을, 위선을, 교활을, 폭력을 위해선 분노의 불길을 태우고 그리하여 내가 받은 목숨을, 육체를, 영혼을 남김없이 태워버리고 한 줌의 재가 되고 싶네요.

Q씨, 올해는 춥지 않은 겨울이어서 얼마나 다행인지 모르겠습니다. 보온을 의복에만 의지해야 하는 사람들을 위해서도 말입니다. 그러나 농작물의 피해를 우려하고들 있으니, 더 준 것은 찾아간다고나 할까, 자연같이 에누리 없는 것도 드물 것 같네요. 죽음을 약속하고 탄생하는 천리를 생각할 것 같으면 그것은 너무 당연한 일일지도 모르겠군요. 하기는 자연만이 에누리가 없겠습니까. 인위적인 만상이 모두 상대적이요, 상대적인 이상 에누리는 없다, 한다면 핍박과 불우와 고통에 우는 사람들에겐 위안이 될 것이며 남을 밟고서 안락한 삶을 누리는 사람들은 경각심을 가져야 하지 않을까요? 살면서, 살아가면서 때때로 실감하게 되는 것, 그것은 인생이 숫자만큼이나 정확하다는 것입니다. 결산은 나오게 돼 있다는 것입

니다. 보상과 상환의 피상적 얘기는 결코 아닙니다. 교조적인 강변(强辯)을 농하려는 의도는 더더구나 없습니다. 씨앗이 없는 풍요함은 단절일 것이며 씨앗이 있는 가난함은 번영한다는 간단한 이치를 우리는 깊이 생각해야 할 것 같습니다. 그 씨앗은 무엇인가. 그것은 진실일 것입니다. 그렇다고 해서 다이아몬드를 박은 의상만이 껍데기라는 얘기는 아닙니다. 무엇이든 무명이든 인조든 의상은 어차피 껍데기 아니겠습니까. 무엇을 입건 그 속에 들어가는 것이 문제일 것 같습니다. 그 속에 들어가는 것만이 정확한 것이며 에누리가 허용되지 않는 실재일 것입니다.

자아, 그러면 나는 일을 시작해야겠지요. 연말에서 연초는 우울하고 괴로운 시기였습니다. 분노와 고통과 절망과 원망과, 그 양식을 먹고 나는 다시 나 자신이 불사조가 된 듯한 기분을 가지게 되었습니다. 매질을 하면 강해지는, 추운 겨울에 봄을 생각하는 절망 속에 이어지는 희망, 오직 한 분 하느님의 은총을 더욱 가까이 느낄 수 있는 이 밤을 감사하며 일을 시작해야겠지요.

Q씨에게

일

안녕하십니까, Q씨.

Q씨께서는 먼지바람이 휩쓰는 시커먼 도시의 봄을 어떻게
보내셨는지요. 나는 정말 정신이 없었습니다. 봄을 잊은 채,
시간을 헛물 켜듯 살았습니다. 일꾼들이 아무렇게나 내던진
벽돌짝 목재 틈새로 비집고 꽃을 피운 애처로운 앉은뱅이꽃
은 보았지만요, 항상 친척같이 마음으론 다정하게 생각하던
분들과 딸, 손자랑 함께 용인의 자연농원에도 한 번 갔었지만
요, 봄이 없었던 것 같아요. 측은하고 가슴 아픈 내 딸과 손자
얼굴에도 봄은 없었습니다.

어젯밤에는 시멘트 가루 때문에, 가뜩이나 가문 날씨, 손끝
이 벌어지고 코끼리 가죽이 된 손을 더운물로 씻었습니다. 더
께 같은 것을 다 벗겨내고 크림을 바르고 잤더니 오늘 아침엔

펜 잡는 손이 한결 가벼워 기분이 괜찮습니다. 이 괜찮은 기분으로 글을 내리썼으면 좋으련만 글쎄요, 고통스러우면 고통을 잊기 위해, 답답하면 풀기 위해, 혼란이 일면 생각을 정리하기 위해, 궂은 날씨처럼 몸이 찌뿌드드하니 무거우면, 어딘가 신체에 이상이 있는 것 같은 느낌이 들면 그 기우를 털어버리기 위해, 일과 무슨 원수라도 졌는지, 신들린 것처럼 일을 하게 마련이지요. 따뜻한 마음도 없이 남의 슬픔 남의 고통을 밑질 것 없는 몇 마디 말로 위로하며 만족하는 얼굴들보다 일은 항상 내가 나를 위로해주는 길로 인도하게 마련이니까요. 일이란 내게 있어선 정화작업입니다. 습관이라는 생각도 해요. 언제부터의 습관인지 작품을 할 때는 더욱더 많은 노동을 하게 됩니다. 답답하기 때문일 거예요. 그리고 밖에서의 일거리는 그렇게 유혹적일 수가 없어요. 달콤한 요정의 손짓처럼 햇빛은 나를 불러내고 말아요. 펜을 던지고 밖으로 쫓아나가면 뜰엔 언제나 푸짐한 가을걷이를 기다리는 들판처럼 일거리가 무진장이거든요.

어떤 사람이 말하기를 우리 집을 두고 항상 미완성이라 했습니다. 연장은 항상 마당에 굴러 있고 땀을 한 차례 흘리고 나면 대강 손을 씻고서 책상 앞에 앉아 몇 장을 씁니다. 원고가 바쁠 때는 흙만 털어버리고 펜을 잡는데 하루에도 몇 차례 들락날락, 마음도 몸도 지쳐 빠지는 상태에서 작품이 윤곽을 드러내는 것입니다. 그리고 보니 시인 베를렌느가 만년에 술집과 집을 하루에도 몇 차례 왔다 갔다 했었다는 얘기가 생각

Q씨에게

나네요. 그 술만큼 어쩔 수 없는 유혹이었다 한다면 지나칠지 모르지만 글을 쓰면서 몸에 밴 습관은 알코올중독과 같은 것인 성도 싶고 그러나 곰곰이 생각해보면 그런 것만도 아닌 것 같습니다. 십여 년 전에 어느 잡지에서 다시 태어나면 무엇을 하겠는가 그런 설문에 나는 서슴없이 건축가가 되겠다 했습니다. 눈에 보이게 조형(造形)을 이루어나가는 상태는 나 자신을 아주 확실하게 해주는 거니까요. 설사 마당에 굴러 있는 시멘트 조각을 모아서 한 무덤을 쌓아올리는 작업일지라도 말입니다.

며칠 전에는 무서웠던 옛날의 어느 날 밤을 생각했습니다. 집을 수리하기 때문에 그 무서웠던 기억이 되살아났나 보지요? 집수리만은 끔찍한데, Q씨, 집수리를 할 때마다 뼈끝이 아리는 것 같은 외로움을 느끼는데 말입니다. 남자같이 뻗치다가 산 보며 한숨 쉬고 수라장같이 어질러진 속에서도 일꾼이 안 오는 날엔 살았다 싶을 만큼, 긴장을 풀면서도 말입니다. 끈질기고 억새풀같이 끈질기고 천대받는 삶은 눈물겨웁고도……. 네, Q씨, 결코 무의미한 것은 아니겠지요. 나는 그것을 믿습니다. 믿구말구요. 호호백발 할머니가 되도록 살면은, 그때도 그와 같은 믿음이 내게 있기를 진정 그것만은 바라고 싶네요.

얘기가 엇길로 갔습니다. 그러면 옛날에 무서웠던 어느 날 밤 얘기를 해드리겠어요. 『토지』를 쓰기 전이었으니까 그것도 십 년은 넘은 날의 얘기군요. 끊임없이 들려오는 집안의 감정적 잡음 때문에 노상 라디오를 켜놓고 글을 써야만 했는데, 그러나 주술 같은 그 소리는 밤낮을 가리지 않고 내 신경을 물어뜯고 심장을 짓이기고 Q씨, 내가 쓰지 못하면 죽어야 했습니다. 그 시절에는 말입니다. 그래서 소리가 들려오는 쪽을 벽으로 막고 벽 쪽에다 새로운 통로를 만드는 공사를 시작했던 거예요. 책은 모조리 헐리지 않았던 벽 쪽으로 쌓아 올려놓고 이불 홑청으로 덮었지요. 일을 하다 말고 일꾼이 다 돌아간 뒤 밤이 되었고 쾽하게 뚫린 쪽에서 시꺼먼 밤이 방 안을 들여다보고 있었습니다. 동그마니 켜진 전등 아래 부서진 양회 부스러기는 여기저기, 그리고 내 머리칼에서부터 사방은 양회 가루로 뿌옇게 뒤덮여 있었습니다. 겨우 앉을 자리에만 비질을 하고 책상을 옮기고서 그날 밤도 글을 썼던 것입니다. 바쁜 원고이기도 했지만 뚫린 채 있는 벽을 두고 잠을 잘 수가 있어야지요. 아무튼 내 깐에는 배짱 좋게 글을 쓰고 있었던 거지요. 한데 하얀 홑청을 씌워놓은 책더미 위로 까만 리본 같은 것이 주르르 흘러내리는 거였어요. 움직이는 것이었기 때문에 시선이 그곳으로 갔을 거예요. 그러나 그것은 까만 리본이 아니었습니다. 어마어마하게 큰 지네였습니다. 나는 엉겁결에 옆에 놔둔 빗자루, 손잡이가 나무였지요, 그걸로 쳤습니다. 치고 또 치고. 전신이 후들후들 떨렸습니다. 사실 떨렸다는 것도 지네가 죽은 뒤의 일이며, 그것을 짓이길 때는 정신이 없었습니다. 아마 벽을 헐었기 때문에 그 속에 끼어 있던 지네가 나타났던가 봐요. 지네는 죽었고 너무 놀라

Q씨에게

소리도 질러보지 못했는데 새삼스럽게 소리 질러 가족을 깨울 필요는 없고 해서 다시 책상 앞에 앉아 글을 쓰기 시작했습니다. 몇 장이나 더 썼는지 모르겠어요. 설마 또 지네가 나타나리란 생각이나 했겠습니까? 그런데 말입니다. 까만 리본 같은 것이 하얀 홑청 위를 타고 또 내려오는 거예요. 눈앞이 캄캄해지더군요. 죽인 지네와 꼭 같은 또 한 마리의 지네, 빗자루로 다시 짓이겨 죽였습니다. 꿈을 꾼 것 같았습니다. 무슨 귀신이 나타난 것 같기도 했습니다. 오냐, 어디 나오려거든 또 나와봐라! 설마 죽기 아니면 살기. 나는 글 쓰는 것도 다 그만두고 도사리고 앉아서 하얀 홑청을 씌운 책더미를 노려보았습니다. 참으로 괴기하기 짝이 없는 밤이었어요. 남보다 겁이 많은 내가, 울기도 잘 했던 내가, 오랜 세월 가장 노릇을 하다 보니 어느덧 드세고 독살스런 여자로 변했던가 보지요. 어릴 적에, 소풍 길에서 도마뱀을 보고는, 도마뱀이 연상되어 소풍 가기가 싫었었는데……. 새벽까지 쭈그리고 앉은 채 꼼짝을 못했어요. 희뿌옇게 밝아오는, 퀭하게 뚫어진 벽면, 나도 모르게 깜박 잠이 들었습니다. 조반 때 어머니 얘기론 지네는 반드시 짝을 지어 나타난다는 거였습니다. 아닌 게 아니라 그 후 조그마한 지네를 여러 번 보았는데 대개 꼭 같은 다른 한 마리가 뒤이어 나타나곤 하더군요. 그날 밤 체험을 『토지』어느 부분에 쓴 일이 있습니다마는.

Q씨, 옛날 사람이 말하기를 일이 보배라구요. 일이 의식주를 해결해 준다는 뜻에서 한 얘기만은 아닌 것 같습니다. 일

은 시름을 잊게 한다고도 했으니 말입니다. 일의 첫째 목적은 의식주를 해결하는 것이지만 의식주를 해결한 뒤에도 그러니까 등 따숩고 배부르다 해서 인간의 모든 것이 해결되는 것은 아니지 않습니까. 식음을 전폐하고 고통받는 사람이 있으며 삶 자체를 거부하는 사람이 있으니까, 하고 보면 일은 의식주를 얻는 목적 이외 삶의 목적, 고통을 추구하고 극복하는 수단으로도 생각할 수 있겠습니다. 물론 일이 모든 것을 다 해결해주는 만병통치약 같은 것은 아니겠습니다만, 또 한마디로 일이라 하더라도 일의 성격이 복잡하고 다양하며 같은 일이라도 하는 사람 처지에 따라서 일일 수 있고 일이 아닐 수도 있으니까요. 가령 스키를 가르치는 사람의 경우, 남에게는 놀이에 속하는 일이 그에게는 의식주를 해결하기 위한 수단이 될 것이며 한 예술가가 창작을 위해 자신을 불사른다면 목적은 의식주가 아닌 창조를 위한 행위로서의 일이 성립될 것입니다. 또 혁명가가 보다 이상적인 사회를 꿈꾸며 모든 정열을 바친다면, 그는 활동하기 위해 먹는 것이지, 먹기 위해 활동하는 것은 아닐 것입니다. 흔히 빵만으론 살 수 없다! 빵을 달라! 그런 슬로건을 보는데 간단한 용어로써 이것저것으로 갈라놓고 결론할 수 없는 것이 인생이며 동물인 동시 동물일 수 없는 인간의 불가해하고도 영원한 미결(未決), 하여 일이란 그렇게도 복잡하고 다양하며, 일이면서 일 아닐 수 있고 일 아니면서 일일 수 있는 착잡한 혼돈을 질서라는 지렛대로 겨우 떠받치고 있긴 있습니다마는.

시시포스의 신화를 들지 않더라도 일이란 언제나 반복되는 행위이며 반복이라는 그 자체에 어쩌면 인간을 존재케 하는 마술이 숨겨져 있을는지 모르겠군요. 확실히 반복되는 행위에는 시간을 현혹시키는 비밀이 있을 것 같습니다.

비근한 예를 들어보면 뜨개질입니다. 다만 반복일 뿐입니다. 철저하게 반복이지요. 그것이 직업인 사람에게는 매우 고통스런 일일 거예요. 그러나 한 코 한 코 시간을 잡아먹고 나가는 그 일을 사람들은 멍청히 앉아 있는 것보다 좋아합니다. 뚜렷한 목적 없이 다만 반복되는 동작을 막연하게 계속하는 거지요. 아이들의 놀이를 생각해보십시오. 그 탐욕스러운 창조의 의욕을 바라보고 있노라면 바라보는 어른이 먼저 지쳐버립니다. 그러니까 일에 대하여 대충 구분해보면 생존의 수단으로서의 의식주를 얻기 위한 것, 생존의 의미를 부여한 창조적 정열을 위한 것, 또 하나는 순전한 놀이를 위한 것, 사실 이런 식으로 구분해본다고 해서 별다른 의미를 발견해보자는 것은 아닙니다. 그러나 Q씨, 이 보배로운 일과는 전혀 인연이 없는 사람을 생각해보신 적이 있습니까? 일을 아니 하고 먹겠다는 사람을 게으름뱅이라 하고 창조적 정열이 없는 사람을 무능하다 하고 취미조차 없는 사람을 무미건조하다 합니다. 그러나 게으르다, 무능하다, 무미건조하다, 그 세 가지를 다 갖춘 사람은 드물지 않나 싶어요. 남을 위해서는 존재 가치가 없는 사람이요, 본인을 위해선 식물적 생존 이외 아무것도 아닌 거지요. 한데 식물적 생존이 될 수 없는 데 문제가 있을 것 같아요. 사고력이 있는 한에선 결코 식물적 생존일 수 없으니까요. 일과는 무관한 사람, 이런 사람이 사람과는 유관(有關)하거든요. 철저하게요. 일과는 무관하고 사람과 유관한다면 결론이 어찌 나겠습니까. 모든 사람은 자신을 위해 봉사해야 한다는 결론밖에 내릴 것이 없겠군요. 그 어떤 관계의 사람이든 인간에게 존재하는 모든 것에 있어서 어느 하나에 대해서도 애정이 없다는 결론밖에 내릴 것이 없겠지요. 무료한 시간을 뜨개질로, 꽃 가꾸는 일로, 새 기르는 일로 보내는 대신 그 무료한 시간을 무엇에다 쓰겠습니까. 사고하는 이상 결코 식물일 수 없을 텐데 말입니다. 역시 일 대신 사람입니다. 사랑도 없이, 말하고 숨 쉬며 생각하며 그런 정상적인 사람이 장난감으로 되는 것 아니겠어요? 부숴버리는 본능, 짓이겨버리는 본능, 고통을 주며 쾌감을 느끼는 그런 본능이 가장 발달되고 기민해지는 것도 그런 유의 사람이 아닐까요? 사고력과 체력이 다른 일로 손실되지 않는 만큼 철저한 거지요. 바로 그것이 애정 부재의 비인간적인 인간일 것입니다. 일종의 성격 불구자라 할 수도 있을 거예요. 철두철미한 악이지요. 그러한 독재자가 전쟁을 하고 그러한 인간이 사회 일각에서 거머리같이 밀착하여 파괴와 부패를 일삼고 그러한 인간이 한 가정 속에서 가족으로 하여금 잿빛 같은 암울한 세월을 보내게 하고 끝없는 파괴와 파괴의 연속 이외 아무것도 없다면…… 우리는 하나님이 욥을 사탄에게 넘기시어 시험하게 하셨다는 성경의 「욥기」로써 해답을 얻는 이외 달

Q씨에게

리 길은 없는 것일까요.

　화창한 날씨, 아무리 불우하여도 뜨거운 눈물이 있는 사람은 행복하고 누군가를 위해 무거운 짐을 지는 사람은 행복하고 수숫대 움막에서도 자연을 내 숨결같이 느끼는 사람은 행복하고 어린 자식을 위해 밤을 밝히며 선반을 돌리는 사람은 행복하고, 네 그렇습니다. 사랑이 없는 사람만이 불행합니다. 그런 사람만큼 불행한 사람은 없을 것입니다. 스스로 자신에게 벌주며 벌주고 있다는 것조차 알지 못하는 사람 말입니다.

아침의 대화

Q씨도 아시다시피, 지금은 출가하여 귀여운 손자까지 낳은 삼십 대 여자인 딸이지만 그 애가 고등학교 다닐 무렵 해서 오늘까지 우리 모녀 사이에는 늘 대화가 풍성했던 것 같아요. 어릴 적부터 말귀가 밝고 성품이 침착하며 제 나름대로 수준급 이상의 독서도 해서 말상대가 되었겠지만 오래 사귀어 허물없는 사이가 아니면 일종의 언어장애랄까, 생각을 적절히 표현할 수 없는 내 성격 탓으로 자연 터놓고 얘기할 수 있는 딸애가 내 말 상대였다 할 수도 있을 것 같습니다. 그리고 또 일상에서 무수한 생각의 파편들을 일상을 같이하는 그 애에게 쏟아부은 탓이기도 했겠지요.

며칠 전이었습니다. 아침에 자리에서 일어나 이불을 개키면서 작가란 남이 볼 때 퍽 몽상적이며 낭만적으로 생각할지

Q씨에게

모르지만 실상 인간적으론 가장 삭막한 존재다, 그런 말을 느닷없이 뇌었더니 딸애 하는 말이

"미시마 유끼온지 일본 작가도 그런 말을 했대요. 소설 쓰는 여자는 삭막하다고."

내가 한 말을 뒷받침한 것뿐인데 소설 쓰는 여자, 여자라는 말이 이상하게 충격을 주는 거예요. 얘기는 그것으로 끝났지만 쓰디쓴 기분, 외로움 같은 것이 밀려오더군요.

'아침부터 느닷없이 왜 그런 생각은 했을까?'

곰곰이 그 말을 하게 된 원인을 추적해보니까 텔레비전 생각이 났고 노래하던 가수 얼굴이 떠올랐어요.

"노래는 잘 하는데 굉장히 깍쟁이같이 생겼어. 일본 애 같다."

친구가 옆에서 그 가수는 혼혈아라 하더군요. 전주라든가, 고향에 가서 공연할 때 울면서 노래했다는 그런 말도 했어요. 비로소 나는 마음 놓고 활짝 웃질 않는 그의 인색한 표정을 이해할 수 있었습니다. 잘 부르는 노래의 연유도 알 것 같았고요.

어떤 형태든 예술이 남에게 감동을 주게 되면 감동을 주는 만큼 그 자신의 고뇌가 밑거름이 될 밖에 없다는 정석적(定石的) 생각을 해본 거지요. 텔레비전 얘기가 나왔으니 말인데, 화면이란 정직해서 노래의 잘잘못은 우선 가수의 몸짓 얼굴 근육에서 먼저 판단이 되더군요. 짙은 심정, 진지한 자기 것에 대한 사랑 없이는 유성(流星)이 될밖에 없을 것 같아요. 얄팍한 재주는 청중에게 교태로 나타나고 수줍지도 않은

데 어설픈 웃음같이 추한 게 어디 있겠어요? 만함식(萬艦飾)의 의상도 오히려 초라해 뵈더군요. 비단 가수뿐이겠습니까? 링 위에 나타나는 권투선수도 화면에 비치는 표정에서 이기겠 구나, 지겠구나, 점쳐보는데 그게 들어맞더군요. 이러한 직업 인 이외도 각계각층의 사람들이 텔레비전 화면에 나타나는 데 시골 촌부보다 나은 얼굴은 드물었습니다. 화면은 속일 수 없다는 것을 안다면 자신의 치부가 드러나는 짓은 아니 할 터 인데 말입니다. 이것은 여담이고 다음 날 볼 일이 좀 있어서 외출을 했습니다. 공해 탓이겠는데 가로수는 흡사 누더기를 둘러쓰고 있는 것만 같았습니다. 노오란 은행잎은 생명을 남 긴 채 땅에 떨어지는데 나뭇가지에서 말라버린 것이었어요. 한 달에 한 번 외출이 고작인 나에게는 양탄을 처바르고 푹신 한 융단에 별의별 장식을 곁들인 호텔 같은 곳에서 익숙한 것 에 자부를 느끼는 도시인이 멀고 먼 남의 나라 사람만 같고 빙글빙글 돌아서 들어가는 출입문이 겁나고 어리둥절하고 발전했다는 실감이 생소하기만 했습니다마는 누더기 같은 가로수만은, 지금 우리는 어디로 가고 있는가 생각하게 하더 군요. 빙글빙글 돌아서 들어가는 출입문이 무서운 족속들은 다 저같이 누더기 쓴 가로수일 것만 같고 십 층 이십 층 건물 을 내 집 드나들 듯 하는 사람들은 기계 부속품이 되어간다는 생각 말입니다. 그것은 그렇고 택시를 타고 가는데 운전기사 양반이 죽은 배호의 팬인지는 모르겠습니다만, 계속 차 안에 서 배호의 노래가 울리고 있었어요. 어느 외국에선 가수가 죽었다고 떠들썩했는데, 뿐이겠어요? 우리나라 신문에서도 떠들었지요. 사람 따라 기호가 다르고 이렇게 우연히 흘려듣는 정도의 기회밖에 없는 내가, 주제넘지만 배호의 노래도 못할 것 없다, 레코드를 좀 구해 놔야겠어, 세월이 많이 많이 흘러서 내 손자가 어른이 되면 저 노래를 어떤 마음으로 들을까? 그런 부질 없는 생각을 스쳐 보내면서 불치의 병을 안고 죽음을 기다리며 노래 불렀던 배호는 어젯밤 텔레비전을 보며 생각했던 것을 되풀이하게 하더군요.

그네들은 심정으로 노래한다. 작가도 심정으로 글을 쓰는가? 바로 그것 때문에 자고 일어난 자리에서 느닷없이 그런 말을 내뱉은 것 같아요. Q씨, 작가는 심정으로 글을 씁니까? 그렇지 않지요. 물론 가수의 경우도 심정만으로 노래 부른다 할 수 없고 작가도 심정 없이 글을 쓴다 할 수는 없지요. 보다 좁혀서 말하면은 직접과 간접이겠지요. 단순과 복잡으로도 생각할 수 있고 감정에 호소와 감정, 이성을 아울러 작용하여 판단을 요구한다 할 수도 있겠지요. 아무튼 작가의 경우는 무자비한 감정의 통제 없이는 글 쓴다는 일은 불가능한 것입니다. 글을 쓰는 데 있어서만 그렇다면 별문제겠습니다마는 그러나 진정한 뜻에서 글 쓰는 그 자체가 작가의 생활인 것도 사실이고, 그러니까 작가를 떠난 인간적 감정의 산물인 생활이라 해야 할 것 같아요. 그것조차 저당 잡히고 있다는 것을 절감하는 것은 어제 그제의 일도 아니련만 왜 새삼스럽게 이런 얘기를 하는 걸까요.

요즘 와서 나는 일종의 공포를 느끼기 시작했습니다. 글 쓰는 습성과 생활의 습성이 보다 외곬으로 가고 있다는 느낌 때문입니다. 외곬으로 간다니까 Q씨께서는 더욱 정진한다는 뜻으로 받으실까 두렵네요. 정진이 아니라 고질이 되어간다는 표현이 옳겠어요.

창문 두 짝이 있다면 한 짝이 그늘이요, 한 짝이 빛, 이게 한 달 동안의 제 생활입니다. 한 달의 반은 딸애와 손자와 지내는 빛 있는 한 짝의 창문, 환하게 밝은 것은 아니지만 얼룩이 질 때도 있고 성에가 낄 때도 있고, 이 기간 동안만은 작가라는 굴레를 벗어던지는 거지요. 나머지 십오 일, 여러 가지 잡무에 소비하고 정확하게 십 일간은 팔 할이 생각하는 일이 할이 쓰는 작업입니다. 갈매기조차 날아들지 않는 고도(孤島) 같은 완벽한 혼자만의 공간에서 십여 일을 허우적거리는 나 자신을 생각할 때 소름이 끼칠 때도 있고 어리벙벙해지기도 합니다. 초조하고 시간이 가고 있다는 느낌 때문에 이 기간 동안 반드시 체증을 한 번 겪어야 하는데 혼자 치유하는 방법이 좀 가관이지요. 점쟁이 같기도 하고 술사(術士) 같기도 하니 말예요. 혼자서 곱추춤 추는 광대같이 등뼈를 열심히 주무른다거나 엄지손가락 사이에 지압을 한다거나 선을 하는 것처럼 심호흡을 한다거나, 그것도 들어먹지 않으면 엄지손가락을 실로 꽁꽁 묶어서 바늘로 따지요. 새까만 피를 뽑아냅니다. Q씨, 생각해보세요? 얼마나 우스워요? 무언극이죠. 그런가 하면 라면을 끓여서 냄비째 무릎에 올려놓고 우두커니

Q씨에게

내려다보고 앉았는 꼴은 깡통에 밥을 빌어와서 양지쪽에 앉은 거지에 흡사한 것 같구요. 누군가 내 옆에 있어야겠다, 그 문제는 딸아이나 내 주변의 몇 사람이 하는 걱정거리지만 누구보다 나 자신의 걱정거리입니다. 누군가 내 옆에 있어야겠다, 그러나 사람을 데릴 결정을 내리지 못하는 거예요. 이따금씩 와주던 파출부조차 늦게까지 일을 하고 있으면 왜 안 가나, 왜 안 가나 하고 조바심을 내니까요. 사람이 옆에 있으면 일을 못 하는 습성은 이제 완벽하게 나를 사로잡은 것 같습니다. 생각하는 시간을 방해받는다는 것은 쌀이 없이 밥 지으려는 것이니 밥이 안 되는 거지요. 이 습성은 이제 생활에도 깊이 뿌리를 내린 것 같아요. 을씨년스럽고 궁상맞고 불편하게 발을 묶어놓은 혼자만의 공간은 물고기한테 있어서의 물과 같아서 싫든 좋든 필요불가결한 것으로 되어버렸습니다.

어머니가 돌아간 뒤 혼자서 무섭지 않으냐는 질문을 많이 받았어요.

무섭지 않다는 대답에 어떤 분이 혼자 살아온 여자라 독하다는 말을 하더군요. 바로 글을 쓴다는 그 자체가 인간을 독하게 삭막하게 만든 거지요. 이 점에 나는 요즘 공포를 느끼는 겁니다.

Q씨, 언제였던지 잊었어요. 신문에서 본 기억이 남아 있는데 칠십이든지 팔십이든지, 그것도 어느 나라였던지 잊었지만요. 하여간 노령의 작가가 생일축하에 모여든 가족과 친지들과 축하연이 끝나자 작별하고 혼자서 살며 일하는 집으로

335

손을 흔들며 들어갔다는 기사를 읽은 일이 있었어요. 그때 나는 그의 외로운 투쟁에 가슴이 뭉클했습니다.

　과연 나 자신은 외로운 투쟁을 하고 있는가, 얼마만큼이나 사명감을 느끼고 있는 것인가, 나는 작가가 아니었어도 좋았을 사람이 아니었던가. Q씨, 더러 나를 두고 부럽다 하는 사람이 있어요. 오해지요. 그건 큰 오해일 것입니다. 물론 동정을 받아야 할 처지는 아니지요. 그런대로 열심히 살아왔다는 자부심은 있으니까요. 그러나 작가인 나를 돌아볼 때 나는 그분들이 큰 오해를 하고 있다는 생각이 드는 거예요. 도대체 삭막하고 독하게 살아온 작가로서 나는 조금도 자부심을 가질 수가 없단 말입니다. 구도자의 그것도 아니면서, 일생을 걸어보겠다는 예술에 대한 강한 집념도 애초에 없었으면서, 내 개인의 불행에 몸부림치고 평범한 일상의 평온을 어둠 속에서 햇빛 쏟아지는 곳을 바라보듯 꿈꾼 적도 있었는데, 탁류에 휩쓸리어 절규하듯 떠내려온 이 지점, 분명히 나는 역사의 산물이었습니다. 정신과 물질을 오로지 문학이라는 작업에 의지해온 나는 분명히 역사의 산물이었습니다. 절규도 몸부림도 톱으로 썰어서 놓일 자리를 찾아 이리저리 놓아보는 냉혹한 장인(匠人)으로 역사는 나를 변신시킨 것입니다. 글 쓰는 습성이 아무리 달라져도 나는 여전히 반문학적(反文學的)인 인간인지도 모릅니다. 아무리 하여도 아픈 것은 아프다고 소리지를 밖에 없으니까요. 다만 내가 삭막해졌다는 그것만이 문학 하는 면모가 아닐는지요.

　　　　　　　　　　Q씨에게

언어

 1978년도 이럭저럭 넘겨 보내고 겨울답지 않은 겨울 속에서 엉거주춤, 새해를 맞이한 기분이 그렇군요. 게다가 오늘 밤엔 비까지 내리네요. 을씨년스럽고 음산한 겨울비, 영신(靈神)들이 중얼중얼거리는 것만 같은 겨울밤의 낮은 빗소리.

 갑자기 정전이 되어 촛불을 켜놓았습니다. 지하상가를 지나치다가 유기점에서 내 손자는 매미 모양의 재떨이를 샀고 나는 초 일곱 개를 꽂는 화려한 촛대를 샀는데, 그 촛대에 일곱 개 촛불이 타고 있는 것을 멍하니 바라보며 책상 앞에 앉아 있습니다. 조용하군요. 정말 조용하네요. 전기로 인하여 집안을 흔들어대던 온갖 소리들이 다 사라지고 마치 생명이 움트는 것만 같은 정적입니다. 자연이 있는 그대로 내게 다가오는 것만 같아요. 현대는 참으로 불행한 시대라는 생각이 되풀이하여 머리에 떠오릅니다. 편리한 기구들에 의하여 마멸되어 가는 현대인의 신경이 결국엔 철사 같은 물질로 개조되어 갈 것만 같은 정확만이 구성과 유지와 존재를 가능케 하고 기능과 질서의 노예로서 한갓 부분품으로 전락될지 모를 인간의 미래상을 눈앞에서 지워버릴 수가 없네요.

겨울답지 않은 겨울도 겨울이려니와 새해 들어서 썩은 이빨을 모조리 뽑아버리고 치통에서 해방되는가 싶었는데, 훤하게 비어버린 입속에 찬바람이 슬렁슬렁 스며들어 허황한데다 앞니만으로 씹는 모래알같이 삭막한 음식 맛은 위장이 비어 있는지 차 있는지조차 분간할 수 없고 신체적 상태로서도 엉거주춤, 뭐라 형용할 수 없는 공백이었습니다. 앉을 자리를 잃고 서 있을 자리마저 찾지 못하는 처지의 곤욕스러움을 Q씨 당신께서도 한 번 상상해보십시오. 얼굴에 난타질을 하는 상대조차 잃은 권투선수의 고목같이 엉성한 모습을 상상해보십시오. 고통도 불꽃, 마지막 불꽃, 가장 치열한 불꽃인지 모릅니다. 불꽃이 없는 시대, 견딘다는 자각조차 없이, 들꽃의 조촐한 아름다움도 없이, 수자의 정확이 진실이며 행복이며 또 그것을 능가하는 시대, 오르고 내리고 회전하며, 가로세로 질러서, 감정이나 거리를 재면서도 오염된 도시, 우중충한 거리에 무작정 기다려야 하며 높은 건물의 그 숱한 창문은 밀폐를 의미하고 아, 이런 컴퓨터의 시대를 시인은 무슨 언어로 구가해야 합니까! 현대의 불모를 그린 포크너의 소설, 곡예 비행사를 주인공으로 한 『파일론』 생각이 나는군요. 아이를 목말 태우고 경기장을 어슬렁거리는 키다리, 유령 같은 사내, 그 신문 기자의 모습이 떠오릅니다. 그에게는 아직 휴머니티가 남아 있었습니다. 하기는 그도 사십여 년 전의 작품이니까, 눈부신 속도의 반세기란 참으로 엄청난 거 아니겠어요? 유성처럼 달리는 오늘은 과연 무엇을 위한 것이며, 오늘은 어디로 향해 가고 있는 걸까요? 십여 년 전까지만 해도 장원시대의 잔재처럼 예술과 지식을 향락하는 속물들이 슬프다, 외롭다는 어휘를 향락할 적에 심한 구역질을 느끼곤 했었는데, 어느덧 그 속물들은 속도의 선두주자들이 되었으며 숨가쁘게 쫓기는 오늘은 사회 전체가 히스테리의 집단같이 느껴지는군요. 이천 원!……입니다를 생략하는 다과점의 아가씨며 기쁨과 꿈을 안고 집어 든 어린것의 손으로부터 앙칼지게 그림책을 빼앗아 포장해주는 아가씨며, 버스를 잘못 탔다가 어린 것을 안고 황급히 내리는 노인, 그 뒤통수를 향해 쌍말을 쏟아붓는 안내양이며, 불과 이, 삼십 미터의 거리를 걷지 않기 위해 합승한 승객까지 먼 길로 돌아가게 하며 그러고도 신경질적인 아가씨, 남녀노소 할 것 없이 메마르고 각박한 풍경은 도처에서 볼 수 있으나, 젊기 때문에, 꿈이 많을 나이의 처녀들이었기 때문에 한결 마음이 언짢았습니다. 어째서 사람들의 마음이 이다지도 황폐해져가고 있는 걸까요.

비는 멎었는지 소리가 없고 촛불 일곱 개는 눈물을 흘리며 타고 있습니다. 오늘 밤엔 뜻하지 않게 조용한 사위(四圍)가 나를 구제해준 셈입니다. 조금씩 글을 쓸 수 있을 것 같아요.

엉킨 실을 풀어나가듯 생각도 정리될 성싶기도 하구요. 그런데 Q씨, 사실은 말예요. 춥지 않은 겨울과 빈 입속으로 슬렁슬렁 찬바람이 기어드는 신체적 변화, 그런 것들이 내 자리를 몹시 허황하게 했지만 그러나 지금 이 순간에도 회피할 수 있다면 회피하고 싶은 한 가지 문제, 내 사고를 엉거주춤하게 한 직접적 원인은 거기 있었던 것 같습니다.

얼마 전에 텔레비전에서 당돌하기 짝이 없는 구관조(九官鳥)의 재롱을 본 일이 있었습니다. 그 청승맞은 사투리며 호방한 사내의 웃음소리는 정말 어처구니가 없더군요. 나도 모르게 실소(失笑)를 했습니다마는 아무튼 기이한 느낌이 들었습니다. 구관조로서는 단순한 흉내이기 때문에 한갓 소리에 지나지 않았겠지요. 무의미하다는 얘깁니다. 그들 본래의 지저귐과 무슨 상관이 있겠어요? 즐거움도 아픔도 슬픔도 아니고 그냥 소리, 뜻을 모르고서 음만 외워보는 외국어와 다를 것이 없겠습니다. 인간에게 있어서도 흉내란 물론 무의미한 것이며, 실로 엄청나게 많은 무의미한 것에 둘러싸인 생활을 생각할 때 구관조의 흉내를 보고 실소할 것이 아니라 우리, 나 자신을 비웃어야 할 것 같습니다. 무의미한 것, 허황한 것, 황당무계한 것, Q씨, 오늘의 언어, 나 자신의 언어가 바로 그랬었다는 얘기예요. 그리고 나는 한갓 어릿광대였었고요. 기억하십니까? 수차 언어에 대하여 Q씨, 당신께 드린 편지 내용 말입니다. 물론 기억하시겠지요. 여러 가지 각도에서 언어는 항상 내 생각을 사로잡아왔으니까요. 그러나 이번처럼 심한 자학에 빠진 일은 별로 없었던 것 같아요. 무의미한 것, 허황한 것, 황당무계한 것, 왜 나는 언어를 그렇게 생각했을까요. 불결하고 쓰디쓴 패배의식과 교활한 도피주의가 도사리고 있는 이 불쾌한 자학 말입니다.

기억이란 믿을 것이 못 됩니다. 그러나 기억을 거슬러 올라가면은 종전까지의 내 목소리를 들을 수는 있습니다. Q씨, 종전까지의 내 목소리를 들어보면서 어째서 오늘 이 지경까지 내가 후퇴를 했는가, 아니 포기상태에서 이러지도 저러지도 못하는 궁지에 몰렸는가, 해답이 나오지 못하더라도 말입니다, 한번 거슬러 올라가 보겠습니다.

작가든 자연인이든 언어라는 표현 수단을 거치지 않고서는 진실을 전달할 길이 없다. 그렇기 때문에 작가가 언어를 추적하는 것은 진실에의 추적일 것이며, 모든 것을 대상으로 하여 사유하는 인간은 신도 아니요, 동물도 아닌 만큼 언어로써 진실을, 사실을, 허위를 표현하는 것은 일종의 숙명일 것입니다. 언어는 모든 악을 내포하고 모든 선을 내포하고, 그리고 영원한 진리에의 도전자일 것입니다. 고뇌와 절대고독의 몸부림이며 화합과 분열의 춤추는 광대인지도 모르겠습니다. 작가는 그런 인간의 모든 속성과 인간이 대상으로 해야 하는 모든 속성을 표현키 위하여 언어를 추구할 것이며, 인간은 그의 욕망과 가치관에 따라 언어를 추구할 것이며, 진리를 탐구하는 자는 보다 미지의 언어를 추구할 것입니다. 그러나 작가나 자연인도 물론 미지의 언어, 희구는 끝없이 미지의 언어를 필요로 하는 것이며, 그래서 인간은 영원히 갈증을 면할 길이 없는 것입니다. 구비된 상황은 불변이며 진실이나 욕망이나 꿈꾸는 상황은 항상 피안에서 일정한 거리를 유지하며 손수건만 흔드는 것이며 인간은 언어의 자맥질 속에 함몰하고 마는 것입니다. 언어는 절망의 행진입니다. 그러나 우리는 가지 않으면 안 됩니다. 한치의 앞을 향해. 심장과 심장이 부딪치고 영혼과 영혼이 해후하고 죽음과 삶이 화해하고 신과 인간이 포용하고, 그것이 몇만 년 만에 어느 궤도에서 마주칠지 모른다는 막연한 희망에 매달리는 일일지라도. 역사에 의지(언어)가 없었다면 인간은 나무에 매달린 짐승에 불과했을 것이요, 생존에의 인식(언어)이 없었다면 바람에 나부끼는 풀잎 같은 생물에 지나지 않았을 것입니다.

자아, Q씨, 이렇게 종전까지의 내 생각을 다시 피력했습니다. 대단히 거창하지요? 그 절절하던 느낌과 절망적 정열과 암담하던 기원이 한갓 허수아비처럼, 언어는 박제된 새들의 나열 같지 않습니까? 그래, 뭐랬지요? 기억이란 믿을 것이 못 된다구요. Q씨, 이 불행한 사고의 혼란과 포기의 심연 앞에 엉거주춤, 인간성과 유리된 상태는 도대체 어디서 연유된 것일까요? 소위 국민소득이 높아져서 모두 잘살고 있다고들 하는 사회 풍조? 모두가 다 행복해진 탓일까요? 아니면 늙어서 무력해졌음을 자인하고 나 스스로 백기를 휘둘러대는 것일까요? 나는 무엇인가를 착각하고 오해했던 것일까요? 이 패배감, 무시무시한 고독감, 쓰디쓴 자조, 동기는 두셋 있었습

Q씨에게

니다. 그러나 어쩌면 쌓이고 쌓여왔던 것이 노출되었을지도 모릅니다. 작년 연말쯤 십여 년 동안 일체 그런 기회를 피해왔었는데, 강연과 좌담을 한 차례 한 적이 있었습니다. 십여 년 만에 연단에 서서 당황했다는 것, 강연 전에 신경을 쓴 일이 있었다는 것, 원고를 준비하면 오히려 말문이 막혀버리는 습성 때문에 무성의하다는 오해를 의식했다는 것, 그런 것은 지금 내 심경에는 별로 중요한 일이 아닙니다. 좋은 작품은 독자에게 고통을 준다, 고통과 슬픔이 비장미(悲壯美)로 승화되지 못한다면 인간은 구원될 수 없다. 이 말에서 나 자신이 휘청거렸고 충격을 받았던 것입니다. 그것은 과연 진실이며, 청중들이 그 말을 믿을 것이라 너 자신은 믿느냐? 돌아오는 기차 속에서 내 기분은 암담했습니다. 강연은 오랫동안 뭉개버리고 있던 의문의 꼭지를 잡아 뺀 것이었지요.

대담의 결과도 그러했습니다. 응모한 작품 얘기가 젊은 작가의 작품 얘기로 오기(誤記)된 것은 젊은 작가들에게 미안한 일이지만 그것도 지금 내 심경에는 별로 중요한 일이 아닙니다. 수없이 산재해 있는 고통이라는 어휘, 그 어휘가 나를 쓰디쓰게 했던 것입니다. 고통이라는 어휘는 과연 무엇을 어느 만큼 내포하고 있는 것이며, 표현한 나 자신과 읽어주는 독자 사이에 어떤 빛깔로 교류되는 것일까? 과연 이 시대는 고통이라는 말에 귀를 기울일 아량을 아직 가지고 있다고, 희망의 줄을 자르지 않아도 좋은 것일까. 얼마나 그것을 의식했으면 구식이라는 말을 마치 시녀처럼 덧붙이곤 했을까. 나 자신도 참담했지만, 왠지 대담(對談)한 윤흥길 씨도 참담했으리라는 생각이 들었습니다. 고통? 족쇄와 같이 거추장스런 그것은 과연 내게 무엇일까요? 더 이상 고통을 짊어진 달팽이같이, 더 이상 어릿광대가 될 용기가 없을 것 같은 생각이 듭니다. 언젠가 예술은 예술가 시체 위에 핀 꽃이라는 말을 해놓고 나 스스로 놀란 일이 있었습니다. 내 고통과 남의 고통을 동질적인 것으로 믿어온 것은 합당한 일이겠습니까?

Q씨, 지금은 촛불도 없고 겨울비도 잠시, 그새 이삼 일 동안 눈이 내리고 기온은 내려가 겨울다운 겨울을 보냈습니다. 그러나 여전히 나는 엉거주춤, 이 절벽을 뛰어내릴까 아니면 더 버티어볼까…… 집안에는 전기로 인한 온갖 잡음이 판을 치고 있습니다. Q씨, 참으로 나는 용기 없는 여자입니다. 뭐라 한들 뭐라 하고 살아왔건 엄격하게 따져보면은 과거나 오늘이나 엉거주춤으로 일관해오지 않았을까요? 뭉개고 앉은 것이 과연 인내일까요? 의지라 할 수 있을까요? 언어의 가시밭길을 뛰어들 용기도 인내도 없으면서 침묵할 용기도 없는 나는 이제 이 온갖 가전제품의 소리 속에 차츰차츰 빠져들어 가고 있는 걸까요? 나는 편리주의자며 흉내쟁이인지도 모르겠어요. 진실의 언어는 지금 어디 있습니까? 피안에서 흰 손수건만 흔들고 있다, 그렇게 변명만을 늘어놓고 언제까지 있을 작정인가요?

Q씨에게

예의

그놈의 원고 얘기 또 하는군, 귀에 못이 박이겠다 하시겠지
만요, 사람이란 뭣이든 자기 자신에게 절실한 일이면 되풀이
되풀이해도 항상 새롭게 느껴지는 것 아닐까요? 예를 들기가
좀 뭣합니다만 『가람 문선(文選)』의 일기초 마지막 부분을 읽
어보면 대변을 보았다는 얘기가 되풀이하여 나오더군요. 팔
십을 바라보는 고령인 데다 와병 중에 쓰신 일기여서 그 생리
현상은 참으로 절실한 일이었을 거예요. 고상하고 에티켓을
중히 여기는 신사 숙녀께서 얘기가 향기롭지 못하다 하여 모
멸의 쓴웃음을 띨지 모르겠습니다. 그러나 10시 30분, 11시
40분, 하고서 매일 대변 본 일기가 계속되는데, 그것은 신체
적인 통증을 호소하는 것보다 오히려 고통스러움을 느낄 수
있었습니다. 글쎄요―하여간 원고 얘긴데요, 가파른 언덕길

을 비명 같은 기적을 질러대고 증기를 뿜어내며 기어오르는 기차처럼 이달에도 힘겹게 일을 했습니다. 기차 얘기를 하다 보니까 Q씨, 해거름 멀리 보이는 시골길의 기차는 정답고 새벽 잠자리에서 듣는 아득한 곳에서의 기적 소리는 얼마나 슬펐는지. 애초에는 무시무시했던 그 괴물이 우리의 세월과 더불어 우리의 역사와 더불어 있어왔으며 손때 묻은 의자, 담뱃대 든 늙은이, 무슨 이별인지 울어서 눈이 퉁퉁 부은 아낙이며 어린것한테 젖을 물린 새댁, 암탉이 굴굴대는 망태를 든 키 큰 사내며, 땀 냄새, 흙냄새, 이미 우리 의식 속에서 친구가 됐나 봅니다. 어쨌든, 허덕거리는 언덕길의 기차처럼 겨우겨우 이달의 원고는 잡지사로 넘어갔습니다. 어제 일요일은 모처럼 홀가분한 마음으로 외출을 했습니다. 그것도 소녀가 한 사람 와주어서 가능했지요.

날씨는 화창했습니다. 사방 어디를 둘러보아도 봄이구요. 한강 물이 부글부글 썩는다든가, 악취 나는 고기, 기형의 고기며 플라스틱을 먹는 생물만 살아남는다는 미래의 예상, 그런 악몽 같은 일과는 아무 상관도 없는 듯 강산에는 봄이 가득 차 있었습니다. 그런데 말입니다. 밖에서 활동하는 분들은 두세 시간쯤의 승차 거리는 그리 고통스런 일이 아닌 눈치였습니다만 홀가분한 마음으로 집을 나선 것과는 반대로 돌아올 때 저는 기진맥진하여 태산을 짊어진 것만 같은 기분이었습니다. 어디로 갔는고 하니, 꼬불꼬불한 강변길만 해도 십 킬로미터나 된다던가요? 소위 주말농장(週末農場)이었습니다.

대로에서 꺾이어 진입로로 접어드니까 하얀 부표(浮標)가 물새같이 떠 있는 청록색 호수가 오른편에 있었고 왼편은 강 건넛마을의 집들이 성냥갑만큼이나 작게 보이는 큰 강인데 마치 부교(浮橋)를 달리는 기분이었으며 경관은 훌륭했습니다. 그러나 지금은 숲 사이사이에 묻혀 있는 그게 무슨 나무지도 모르겠습니다만 불붙는 것같이 느껴지는 선명한 초록과 흙더미의 붉은 빛깔만이 눈앞에 선합니다. 작년 말에 더 깊은 곳으로 자연이나 쳐다보고 살까 싶어서, 또 손자와 함께 낚시질하는 것을 꿈꾸면서 요즘 무슨 선전에 쓰이는 말과 같이 값도 적당하고 해서, 그러나 현장에는 가볼 엄두를 내지 못한 채 선전 문구만을 믿고 계약했던 곳이었습니다. 어제만 해도 우연히, 사실은 우연이기보다 그간 음양으로 우리 식구를 보살펴주시던 K선생님과 식사를 했는데 K선생님께서 시간을 할애하신 덕분에 갈 수 있었지요.

왜 그리 피곤했을까요? 쓰러질 것만 같고 집으로 빨리 돌아가서 커피 한 잔 마시고 다리를 쭉 뻗고 싶은 마음뿐이었습니다. 자연이나 계절은 항상 혼자 대해야 좋은 것이며, 따라서 혼자 여행이 최상이지만 세 사람이 함께 갔고 그것도 나 자신의 일 때문에 갔으니까 죄송한 생각이 없지도 않았겠지요. 하지만 이유는 다른 곳에 있었던 것 같았습니다. 소유물로 인한 절차의 하나로서 현장을 확인한다는 바로 그 목적이 그렇게 지치도록 나를 피곤하게 했던 것 같아요. 계약에서 입주하기까지 치러야 했고 앞으로 치러야 할 사무적인 절

차는 생각만 해도 머릿골치가 지끈지끈해요. 이십 년은 채 못
되지만 버스도 다니지 않던 정릉 골짜기에 집 한 칸을 마련
하여 들어왔을 때 일이에요. 잔금을 지불하고 입주했는데 인
감증명을 받지 못하여 일 년간이나 등기이전을 못 한 일이 있
었지요. 셋방살이를 하다가 원고료로 처음 마련한 만큼 내게
는 소중한 집이었습니다. 등기이전을 안한 채 내게 판 사람의
말로는 전매자(前賣者)의 행방을 모르니 인감증명서를 받을
수 없다는 것이며 그까짓 대단치도 않은 집 한 채 가지고 하
는 투의 냉정한 반응은, 물질적인 손실을 염려하기보다 견딜
수 없는 수모감을 내게 안겨주었습니다. 주변의 친구들은 나
를 바보라 했어요. 다른 사람한테 다시 팔아도 별수 없는 일
이요, 은행에 저당을 잡혀 먹어도 별수 없다 하며 겁을 주었
고 매일 한 번씩 어머니는 등기이전을 안 한다고 야단을 쳤습
니다. 아침에는 신문 보는 게 우울했습니다. 가옥 매매의 광
고가 반드시 눈에 띄었으니까요. 그리고 그때 집 판 사람의
가게가 명동거리에 있었지요. 해거름이면 세속적인 교만과
는 다른 자부심과 한 식구같이 다정함을 지닌 문인들이 모여
드는 곳, 그곳 갈채다방으로 내 발길은 옮겨지는데 네, 그때
의 명동거리는 지금같이 붐비지 않았으며 커피값 백 환만 호
주머니 속에 있으면 족했던, 풍요하다는 요즘같이 세상이 각
박하지 않았던 시절이었지요. 한데, 명동으로 들어서면 어쩔
수 없이 집 판 사람의 가게가 보이는 거예요. 인감증명이 어
찌 됐는가, 들어가 물어볼까 말까 망설이다가 그러나 나는 곧

Q씨에게

욕스러운 감정을 떨어버릴 수 없어서 그 가게 앞을 급히 지나쳐버리곤 했답니다. 나중엔 집을 내동댕이치고 어디든 달아나고 싶은 생각만 들더군요. 소유욕처럼 아둔하고 거북스럽고 괴로운 것도 없는 성싶었습니다.

　팔고 산다는 것, 그것은 요즘에도 내 의식 속에는 공포로 남아 있는 것 같아요. 이사를 해야겠다고 수없이 생각하면서도 이십 년 가까이 정릉에 눌러살고 있는 것은 아마 팔고 사는 데 따르는 형식이 끔찍스럽기 때문인지도 모르겠네요.『토지』를 쓰면서 간도에 관한 일을 조사했을 때 그곳 만주족들의 구두로 하는 토지나 가옥의 매매 약속은 절대적이라는 얘기를 읽었습니다. 참 부럽다고 생각했어요. 여담이지만 생활의 형식 면에서 소위 에티켓이 완벽하다고 자부하는, 그러니까 문화인인가요? 그런 문화인이라는 간판은 내세우고 정신적 혹은 물질적 사기성을 띤 사람, 허언(虛言)을 능사로 삼는 경우를 생각해보면 과연 예의의 진의는 어디에 있는 것일까요. 예의란 신의일까요, 형식일까요. 모를 일이군요. 예의란 시각적인 걸까요, 내면적인 걸까요, 허영의 노폐물, 혹은 장식품일까요, 생활의 절도 혹은 인간으로서의 존엄일까요. 예의란 지식인들의 세련을 위한 손톱깎이 같은 것일까요. 유목민들에게는 그림의 떡일까요.

　해방 직후 나는 미군과 함께 다니는 통역관을 흔히 보았고 적산가옥에 든 사람들을 쫓아내고 집을 차지하는 이웃의 통역관을 본 일도 있었습니다. 하기야 뭐, 그 시절 그따위 이권의 탈취쯤이야 대단한 것도 아니었습니다만 그 두 개의 얼굴이 문제였지요. 미군을 향할 때는 노예가 되고 내 동포를 향할 때 폭군이 되는 얼굴 말입니다. 물론 다 그랬었다는 얘기는 아니지만요. 그 당시 영어에 능통했다면 두말할 것도 없이 지식인이요, 소위 지적 귀족이겠는데, 어째서 귀족적 일면만을 지니지 못했을까요. 헐벗은 내 동포를 바라보는 그 모멸에 찬 눈빛이 자학이었다면 우리는 눈물짓고 그칠 일이겠으나 천만에요. 오늘 우리는 도처에서 어렵지 않게 더 노골적인 두 얼굴을 가진 사람들을 목격하니 말입니다. 정릉 시장에 가면서, 양품점 앞에 있는 전봇대 옆에 겨울이면 고구마를 구워 팔고 여름에는 논고동을 삶아서 파는 할머니가 한 분 계세요. 여름에는 햇볕을 안고 지내기 때문에 얼굴이 새까맣고 겨울에는 연탄을 안고 지내기 때문에 얼굴이 새까맣고, 머리칼 역시 그을린 것처럼, 그래서 바스러질 것같이 느껴지는 할머니가 계시는데 노인이 꿋꿋이 자신의 생계를 책임지고 사는 것도 대견스럽거니와, 어느 날이었습니다. 장을 보아서 양손에 보따리를 들고나오는데 그 할머니가 삶아 파는 고동이 눈에 띄었습니다. 딸애가 그걸 좋아했지요.

"할머니, 오십 원어치 주세요."

고깔모자같이 종이를 접어서 고동을 종재기로 떠 넣어 싸 주시더군요. 나는 백 원짜리 동전을 내밀며

"할머니, 거스름돈 그만두세요."

했더니 할머니는 웃기만 하대요. 그리고 십 원짜리 동전 다

Q씨에게

섯 개를 내밀지 않겠어요? 나는 그 돈을 받았습니다. 그리고 발길을 돌리는데 맘은 행복에 가득 찬 듯 유쾌했습니다. 첫째는 할머니가 비굴하지 않아서 기뻤고 둘째는 내가 거지냐? 하고 따졌다면 얼마나 부끄러웠겠어요? 가문 날의 논바닥 같은 손이 그렇게 너그러울 수가 없으니까요. 예의란 바로 그런 것 아닐까요. 나 자신의 존엄과 남의 마음을 동시에 존중하는 그것은 눈에 보이지 않는 인간에 대한 사랑이었습니다.

이 글을 쓰다 말고 뜰에 나가 엉성히 쌓여 있는 낡은 목재를 치우다가 발이 삐었고 설상가상으로 다른 한쪽 발마저 못에 찔려 한 달은 걷기 어려우리라 각오를 했는데 신기하게도 빨리 나아주어서 침을 맞는다든가 병원에 간다든가 그런 번거로운 일을 하지 않아도 되니 얼마나 고마운지 모르겠어요. 어느덧 한 주일이 지났습니다. 내 방 창문 밖에는 지금 철쭉이 만발하여 기막히게 아름답습니다. 그러나 구름같이 무리 지어 만발한 철쭉은 쓸쓸한 꽃이군요. 그 빛깔은 아름다운데 어딘지 모르게 조심스럽고 자신의 분수를 아는 것처럼 화려하지 않습니다. 책상에 팔을 괴고 유리창에 어리는 철쭉꽃을 바라보며 지난 일요일의 대화 두 가지를 생각하고 있는 것입니다. 하나는 담배를 피우다가 차 속에 부착된 재떨이 여는 것을 잘 몰라 어물쩍거린 것이 무안하여 나는 기계에 약하다는 말을 했습니다. 그 말은 물론 무안풀이만은 아니었습니다. 기차를 타고 갈 때 의자를 뒤로 눕히는 것을 몰라서 허리가 아파도 그냥 견디는 나 자신, 곤욕스러움을 느낀 적이 한

두 번이 아니었으니까요. 자주 내왕이 있는 K여사의 라이터가 눈에 익건만 켤 때마다 반대로 눌러서 주의를 받는다든가, 세탁기를 사다 놓고 딸애가 시골 갈 때는 자세히 되풀이하여 사용법을 설명해주었지만 막상 사용하려고 하면 도시 뭐가 뭔지 알 수 없어서 손빨래로 한다든가, 혼자 사는 세월이어서 목수, 미장이 노릇까지 하게 됐건만 전기는 퓨즈 하나 갈아 끼우질 못하니, 떠들썩하게 전공을 불러온다, 이웃 사람을 불러온다, 그런 법석을 떨 때만은 남자 있는 집이 부럽더군요. 주먹구구, 아무래도 주먹구구로밖에는 살아갈 능력이 없는 모양이에요.

또 하나는 먹는 것 얘기였어요. 아니, 먹는 얘기보다 인간의 신체가 신비하다는 얘기였지요. 밤늦게까지 원고를 쓸 때, 특히 일이 막바지에 이르렀을 때, 식사하기가 어려워지지요. 그러니까 책상머리나 윗목에 콩이라든가 마른 문어, 어포 같은 것을 두고 집어먹는데, 사실 그것도 입안이 퍽퍽하여 많이 먹히질 않아요. 한데 신기스러운 것은 체력이 못 당할 그런 시기엔 나 자신도 모르게 내 육신이 콩이며 마른 문어를 먹어 치운다는 일입니다. 원고지 잉크병을 윗목에 밀어놓고 밤늦게 자리에 쓰러지듯 잠에 빠지는데, 아침에 일어나면 자리 옆에 놔둔 콩이나 마른 문어를 담은 그릇이 비어 있는 거예요. 자면서 팔을 뻗어 먹어버린 거지요. 잠결에 먹은 기억이 아슴푸레하게 날 때도 있지만요. 나도 모르게 내 속에 있는 기관이 신체의 위기를 느끼고서 신체 속으로 거둬들여 간 거란 말

Q씨에게

입니다. 뭔가 조금만 거슬려도 위장이 경련을 일으키고 체하는 체질인데 나도 모르게 먹은 것은 아무 탈 없이 소화를 시켜주니 다 생명의 조화는 어떤 말로 설명이 되겠습니까? 새가 둥지를 틀고 기후의 변화 따라서 유충이 번식하는 시기를 잡아 알을 낳는다든지, 날개 하나로 망망한 수만 리 창공을 정확하게 나는 철새라든지 주둥이와 두 개의 발로 치밀한 기계가 만든 듯 육각으로 나열하는 집의 군집을 이룩하는 꿀벌, 생명의 신비, 우주의 질서를 기존 사실로 밀어붙여 놓고 방자하게 구는 인간을 생각할 때 그것은 과연 용기인가? 생사관(生死觀) 없는 용기는 진정한 용기인가? 깊이 뉘우쳐지는군요.

십 년 만에 장거리에서 옛 동창생을 만나듯이 맥락도 없이 문득, 오래전, 아주 오래전에 여성 잡지에서 읽은 글이 생각납니다. 내용은 기억할 수 없습니다. 아내가 남편에 관한 얘기를 쓴 뭐, 그런 글이었지요. 아마 예의라는 말에서 그 잡지의 글이 생각났나 보지요? 비단 글뿐만 아니라 요즘 텔레비전이나 신문 지상에서도 느끼는 일입니다마는 독자나 청중을 대상으로 하여 자기 남편을 말하는 데 경어(敬語)를 써야 하는가 그 문제예요. 애기 아빠가 이러하시고 저러하시고 잡수시고 좋아하시고 등등 반드시 뭐, 외국의 풍습을 따를 필요는 없겠습니다마는 가까운 일본에서도 자기 남편을 남에게 말할 적에 아무개가 하며 낮추어서 말하는 것 같았고 내가 알기에도 물론 손아랫사람 앞에서는 형편이 다르겠습니다만, 한 또래거나 남편의 친구이거나 손위는 말할 것도 없이 자기 남편을 낮추어 말하는 것 같았습니다. 한데 옛날에, 아주 오래전에 읽은 잡지의 글이 뇌리에서 감도는 것은 글을 쓴 분이 상당히 연로하셨고 교육을 많이 받은 데다 지위도 상당한 여성이기 때문에 내 나름대로 고개가 갸웃거려졌던 것입니다. 내가 알고 있는 것이 틀렸나 하고요. 그러나 다시 생각해보니, 국가에서 가장 높은 유일인(唯一人)이면 모르되 텔레비전의 청취자나 잡지의 독자 중에 남편보다 연로한 분도 계실 것이며 더 훌륭한 분도 계실 것인즉, 남편을 말하는 데 경어를 사용하는 것이 과연 옳겠습니까? 그런 기준을 예법 가르치는 분께 문의해볼까도 싶었습니다마는 별것을 다 생각한다 하시겠지요. 하기야 뭐, 요즘 물기 없는 모래바람 같은 세상에 꽃 한 송이를 사랑하는 마음이나 용어 같은 하찮은 것이 무슨 소용이 있겠습니까? 그저 일류학교에 입학이나 해주면 그것으로 땡잡은 것 아닙니까?

연재가 끝나면 여행을 하고 싶습니다. 내 나라 밖이라곤 소학교 때 일본 시모노세키(下關)에 수학여행을 한 일밖에 없지만. 오십이 넘은 지금도 외국 여행엔 자신이 없고 말을 못 하니까 병신노릇 하기도 싫고 국내만 해도 남들이 다 가본 곳을 못 가보았으니 발길 닿는 대로 한번 떠나보았으면 얼마나 좋겠습니까. 그 찬란한 햇빛과 가을바람과 밭둑에서 우는 송아지, 낯선 고장의 붐비는 장터, 시냇물에서 신발짝으로 송사리를 뜨려는 아이들, 겨울 바다도 좋구요.

아침에 딸아이로부터 전화가 왔더군요. 발도 삐고 이래저래 시무룩해 있었던 나는 십 일 만에 받는 전화 목소리며 손자 소식을 듣는 순간 활력이 돌아오는 것 같았습니다. 이 글도 여남은 장 써놓고 미적거리고 있었는데 오늘 끝을 맺게 되는군요. Q씨, 사랑이 없는 순간은 죽은 시간입니다.

다시 Q씨에게

오래간만입니다. 내 기억으로는 거의 30년 만에 띄우는 편지 아닌가 싶습니다. 돌이켜 생각하면 자기 자신 때문에 분노하고 자기 자신의 고통에만 몰두했던 이기적인 젊은 날이었습니다. 그 젊은 날 당신께 수없이 보낸 서신들은 묵은 상처를 들추는 것만 같아서 사실 읽어볼 용기가 나지 않았습니다. 그럼에도 다시 펜을 드는 것을 보면 아직 할 말을 다 못한 데 대하여 미련이 남아 있는 모양입니다. 30년 동안 세상은 엄청나게 변하여 아시다시피 온통 자동식(自動式)으로 돌아가고 있습니다. 그러나 나는 여전히 낡은 수동식(手動式) 사고방식으로 살아가려니까 잘 훈련된 사람들 눈빛을 보는 것이 괴롭습니다. 그러나 변하지 않는 것은 있습니다. 이 세상 모든 생명들은 더없이 신비롭고 아름다우며 우주와 자연은 오묘하고 정직합니다. 변하지 않았지요. 본질적인 것은 변하지 않습니다. 20세기는 신비와 오묘함이 천대받고 도태당하는 세기였습니다. 그리하여 생명들은 수없이 참살당하고 지구는 병들었으며 인성은 각박해졌습니다. 줄곧 신비주의를 매도하며 군림해왔던 합리주의자들, 이제는 그네들도 비판을 용납해야 할 것입니다.

무슨 인연인지, 새를 볼 때마다 나는 가슴이 미어지는 아픔을 느낍니다. 신령스런 그들 삶의 방식 때문인지도 모르지요. 철새의 경우는 더욱더 내 마음을 헤집고 들어옵니다. 달빛을 받으며 날아가는 기러기를 더러 보신 일이 있을 거예요. 선도새가 정점인 V자형의 일사불란한 비상을 보고 있노라면 인간관계는 저럴 수 없을까, 인간들의 질서는 저럴 수 없는 걸까, 부질없는 그런 생각이 들곤 했습니다. 옛날에 내 어머니는 탄식하듯 달밤에 울고 가는 짝 잃은 외기러기라는 말을 곧잘 하곤 했습니다. 어린 나는 깊은 뜻도 모르면서 외기러기가 불쌍했습니다. 극치(極致)의 표현이라 생각하지 않습니까. 그 말은 생명의 가장 본질적인 슬픔의 비유로서 오늘과 같이 다반사가 되어버린 이별이라든가 물질적 가치로 쌓아 올리는 행복의 척도가 충만해 있는 시대에는 이미 죽어버린 정서라하겠습니다. 눈비와 바람을 질러서 배고픔과 목마름을 견디며 아득한 산야 망망대해를 지나 남쪽 끝에서 북쪽 끝까지 나는 새, 바다제비며 도요새, 어떤 작은 새는, 한국 땅에서 30그

램의 모이를 먹고 호주까지 날아간다는 말도 들었습니다. 신비롭고 눈부신 생명이지요.

우주를 등지고 일각일각 생명을 연소하며 나는 불가사의한 존재 아닙니까? 고난과 시련을 묵묵히 받아들이는 가녀린 작은 영물은 대체 무엇에 의해 그처럼 아득한 힘을 받았을까요. 오장육부를 가진 인간됨이 부끄럽습니다. 욕망의 껍데기를 줄레줄레 뒤집어쓰고 수도 없이 독차지하며 낭비하는 것이 죄스럽습니다. 만물의 영장이라 스스로 일컬어 거들먹거리면서 만물의 폭군 노릇을 하며 그러고도 지식으로 치장하는 인간이 가소롭습니다. 오늘 문명의 대부 노릇을 해온 합리주의가 그 얼마나 성글고 저질이며 왜소한가를 Q씨는 느껴본 적이 있으십니까?

언제였던지 TV에서 본 광경입니다만 제주도 어느 불빛 밝고 번화한 거리에 각처에서 모여든 수천수만의 제비들이 여름 한 철 날개가 찢어지게 모이를 물어다가 기른 새끼들을 데리고, 그중에는 농약으로 새끼를 잃고 홀로 떠나려는 어미 새도 상당수 있었을 것입니다. 그 제비들의 엄청난 무리가 험난한 여정을 앞두고 의지할 곳이라곤 도시의 전선뿐인, 그 전선에 모여 앉아 하룻밤을 쉬고 있는 치열하고도 숙연한 삶의 모습들은 내 눈시울을 뜨겁게 했습니다.

4년인가 아마 그쯤의 세월이 흘렀지 싶은데, 연세대학교 원주 캠퍼스 안에 있는 매지리 호수에 얽힌 이야깁니다. 요즘도 그 호숫가를 지나칠 때면 생각이 나는 일이지요. 그러니까 겨울방학이 막 시작된 어느 날이었습니다. 원주 캠퍼스에서 강의를 하는 김명복 교수가 매우 충격적인 일을 나에게 전해 주었습니다. 내용인즉 학교 정문을 지키는 경비원이 한밤중에 천둥 치는 것 같은 소리에 놀라 나가 보았더니 바로 옆의 호수에서 철새들이 날개로 얼음을 치고 있더라는 것입니다. 말하는 김 교수도 그랬을 테지만 그때 나는 숨이 막히는 것만 같았습니다. 호수가 다 얼어버리면 철새들은 떠나야 합니다. 그러나 그들은 먹이가 풍부한 호수에 하루라도 더 머물고 싶었을 거예요. 떠나기 전에 조금이라도 더 체력을 비축하기 위하여 필사적으로 호수가 어는 것을 막고 싶었을 철새들!

"살아가기가 너무나 힘들구나."

중얼거렸지만 더 이상 아무 말도 할 수가 없었습니다. 그 얘기를 들은 다음 날인지 기억이 확실하지 않습니다만 이틀 후였던지 서울 가는 길에 나는 매지리 호수에 가보았습니다. 바라다보이는 호수 저켠에 수많은 철새들이 있더군요. 덩치가 큰 새들도 눈에 띄었습니다. 그들은 엷은 겨울 햇살을 받으며 웅크리고 앉아 있었습니다. 사실 나는 그 호수에 철새들이 오는 것을 알지 못했습니다. 이곳에서 철새를 보는 것도 처음이었구요. 수년 동안 학교를 드나들며 바라보던 호수는 늘 한가로웠습니다. 호수 한가운데 미륵불을 모셔놨다는 작은 섬에 이따금 날아드는 백로를 본 일은 있었습니다. 텃새가 되었다는 청둥오리가 20~30마리쯤 헤엄쳐 다니는 것도 보기는 했지요. 환경에 관심이 깊은 어느 교수는 늘 망원경으로

새들의 수를 확인하곤 한다는 얘기도 들었습니다.

내가 그들 철새를 보지 못했던 것은 학교에 나가지 않는 겨울방학을 전후하여 북쪽에서 찾아오는 손님이었기에 그랬던 것 같습니다. 철새의 무리는 장관이었습니다. 그리고 가장자리 얼음에 둘러싸여 원을 그리고 있는 중심부, 물살을 일으키며 넘실대는 호수도 장관이었습니다. 호수 속에 또 하나의 호수라 해야 할지, 그러나 나를 놀라게 하고 김 교수의 말을 실감케 한 것은 물을 둘러싼 두꺼운 얼음, 아니 그 얼음 두께의 상태였습니다. 마치 정으로 쪼아낸 듯, 무슨 연장을 다듬기라도 한 듯, 날개로 친 흔적이 역력했습니다.

한동안 나는 호숫가에 서 있었어요. 사방은 괴이한 적막에 묻혀 있었습니다. 야트막한 산과 빛을 잃은 숲, 산 중턱 군데군데 자리 잡은 붉은 벽돌의 학교 건물, 운동장이며 호수를 끼고 돌아가는 오솔길, 그리고 호수의 청둥오리를 잡는 게 아닐까 의심의 눈초리로 바라보던 오리탕 파는 작은 집 한 채, 구름은 없었지만 하늘은 투명하지 않았습니다. 참 이상한 생각이 들었어요. 눈앞의 풍경이 이 세상 아닌 것같이 낯설었습니다. 얼음판에 웅크리고 있는 새들도 환상이며 이 세상에 있지도 않은 존재같이 느껴졌습니다. 그런 생각이 들자 갑자기 머릿속이 몽롱해지고, 물론 망상이지만 말예요. 내 등 뒤켠의 길에서는 자동차, 화물차가 요란하게 달리고 있었는데 눈앞의 풍경은 시간이 멎어버린 듯 이승인지 저승인지 참 막연했습니다. 마음은 애틋하지만 사물은 죽어 있는 꿈속과도 같았습니다. 옛사람들이 인생을 일장춘몽이라 하지 않았습니까. 그렇다면, 그러니까 꿈과 현실은 별 차이가 없다는 얘기가 되는 건가요? 그냥 해본 말은 아닌 것 같고 단순한 비유도 아닌 것 같고 한 생애를 두고 방탕의 끝을 자탄하며 한 말도 아닌 것 같습니다. 왜냐하면 꿈이든 현실이든 우리는 실체를 소유하지 못한다는 점에서 같으며 추상적이건 구체적이건 사물은 우리들 기억창고에 얼마간 남아 있을 뿐 찰나마다 소멸하는 것이기 때문입니다. 제행무상(諸行無常), 불교의 근본 사상입니다만 진작부터 사람들은 그것을 알고 있었으며 해탈에의 길을 떠날 때 비우는 것에서 시작했는데, 글쎄요, 요즘엔 비운다는 것도 유행어가 되었고 성역이 어디 있습니까. 서글프고 허허롭습니다. 제행무상의 인생이 서글프고 허허롭다는 얘기는 아닙니다. 무상함을 무상하지 않게 꽁꽁 묶어두려고 발버둥 치며 원망하고 도전하며 파괴하며 욕망을 놓아버리지 못하는 우리네 삶이 가여운 것이지요.

우리는 어느 누구도 시간 밖으로 나갈 수 없으며 시간의 진행에서 이탈할 수 없습니다. 순간순간 소멸하고 순간순간 태어나는 명멸(明滅)의 길, 그러나 시간은 여전히 오리무중이며 사물은 머물지 않고 떠나고 또 떠나고 있습니다. 얼마 전까지만 해도 이곳은 움직이는 사물로 가득 차 있었는데, 청바지 입은 발랄한 남녀 학생들이 삼삼오오, 때론 물결같이 오가곤 했습니다. 차량은 쉴 새 없이 드나들었으며 정문에서 캠퍼스로 가는 오르막길 양켠에는 타는 듯 짙은 황색의 은행나무 잎

새들이 고흐의 어떤 그림처럼 쪽빛 하늘을 향해 미친 듯 몸부림치고 있었지요. 이제는 그 욕망을 다 떨구어버리고 앙상한 가지만 남아서 겨울바람에 살갗을 드러내놓고 있군요. 얼마 전까지만 해도 저기 저 웅크리고 있는 새들도 북국 어느 호숫가에서 혹은 늪지대에서 둥지를 틀고 알을 낳고 새끼를 기르며 행복한 꿈을 꾸었는지 모르지요.

도대체 시간은 축복입니까 시련입니까. 행복입니까 불행입니까. 아마도 그 두 가지 모두를 다 가졌겠지요. 죽음과 삶, 만남과 이별, 희열과 절망, 그 쌍칼을 든 진실로 정체 모를 그게 시간입니까. 공간을 지배하는 권능을 쥔 시간은 그러면 신일까요? 시간 때문에 우리는 살아 있음과 죽음을 인식하는 걸까요. 삶과 죽음이 있기 때문에 우리는 시간을 인식하는 걸까요. 행복한 시절과 시련의 시절이 마치 영화관 화면이 전환하듯 일순간이더군요. 그런가 하면 일각이 천추 같다는 기다림, 그렇다면 시간은 우리 의식 깊은 곳에 숨어 있습니까. 아무리 물어봐도, 아무리 생각해보아도 양파의 껍질 한 장 벗겨내지 못하고 결국 우리는 알지 못하는 대상과 알지 못하는 나 자신 사이를 떠돌고 있습니다. 차에 몸을 싣고 서울을 향해 떠났습니다. 나는 무력감에 빠져서, 조금 전의 망상들이 얼마나 사치스럽고 한가했던가를 깨달았습니다. 지금 이 시각, 사막을 건너가는 사람이 있을지 모르지만 생명들의 절박한 아우성 속을 질러서 내 육신은 지극히 편안하게 길을 가고 있었던 것입니다.

Q씨에게

방학을 보내고 새 학기를 맞아 학교에 나갔을 때 늦추위는 남아 있었고 꽃바람이 부는 어수선한 봄이었습니다. 얼음이 녹은 호수는 짙푸르게 일렁이고 무심해 보였어요. 나도 철새 생각을 조금씩은 하면서 무심하게 호수를 바라보며 오르막 길을 올라갔습니다. 인간이란 간사하기도 하지만 망각의 동물이기도 하지요. 작년 초겨울 그들 철새로 인하여 받은 감동이나 슬픔은 마치 칠판의 글씨를 지운 듯 내 마음에서 사라지고 없었습니다. 잊는다는 것은 비정한 일입니다. 기억의 창고에도 남아 있지 않았다면 그것은 인연이 없는 길손과 다를 것이 없겠지요. 하기는 그들 철새를 어디서 다시 볼 수 있겠습니까. 떠나고 사라진 것입니다. 사람들은 너무 아프고 괴로우면 잊으려 하고 외면하려 합니다. 해서 모두들 많이 잊고 살지요. 결국 자기 자신을 위하여. 괴로워도 아파도 잊지 못하고 잊지 않으려는 것이 무거운 멍에일지라도 그게 사랑일 것입니다.

45년 전, 반세기에 가까운 세월인데, 나는 아이 하나를 잃었습니다. 당시 살았던 돈암동, 후에는 정릉입니다만, 집으로 가려면 종로 4가와 5가에서 왼쪽으로 꺾어 가거나 동대문에서 신설동으로 빠지거나, 그 세 개의 길이 있었습니다. 그러나 나는 종로 4가를 돌아서 창경원 맞은편, 아이를 안치했던 병원의 영안실이 보이는 그 길을 애써 지나다녔습니다. 잊지 못하여, 아니 잊지 않기 위하여, 가슴의 대못이 보다 깊이 박히기를 원하면서. 그러나 허망하게도 더러는 잊게 되더군요. 서울을 떠난 후 그 길을 지나다닐 일도 없게 되었지만 아픔과 그리움은 차차 엷어지고 결국 잊게 되었습니다. 문득 생각이 날 때는 잊고 사는 나 자신이 짐승같이 느껴졌습니다. 얘기가 어찌하여 이렇게 되었습니까. 그만큼 심장이 질겨졌다는 것일까요. 돌려야겠는데, 돌아가야겠는데, 참 힘드네요. 여하튼 오르막길에서 학교 연구실로 갔습니다. 거기서 나는 희한하고 도저히 이해할 수 없는 얘기를 듣게 되었습니다. 몇몇 교수들이 들려주는 얘기였어요. 나는 그들에게 반문했습니다.

"수상 골프라뇨?"

"저도 잘 모르는데 그런 게 있답니다. 보트를 타고 골프공을 주워 온다나요?"

"학교의 호수에서 말입니까? 무슨 그런 일이 다 있어요? 어째서 그게 가능합니까."

"학교의 호수가 아니니까요. 실은 농지개량조합의 소윤데, 여태까지 연간 백만 원 정도, 그러니까 조망권이랄까, 말하자면 관리권을 빌려서 학교가 관리를 해온 셈이지요."

호수가 학교 소유가 아니라는 것은 금시초문이었습니다. 서울서도 이대 앞에 백화점을 짓겠다 하여, 또 홍대에서도 학교 앞 부지에 건물을 짓는 문제, 그러니까 개인의 재산권 행사와 교육 환경의 보호라는 명분으로 분쟁이 일어난 것을 신문에서 본 일이 있었습니다. 그 결과에 대해서는 확실하지 않지만 학교 측이 이긴 것 같지는 않았습니다. 비로소 나는 사태의 심각함을 느끼기 시작했어요.

"그러니까 그 관리권이 다른 사람한테 넘어갔다 그 말입니까?"

"네, 연간 팔백만 원으로 이미 계약이 됐답니다. 수상골프장
으로 허가도 났구요. 학교의 꼴이 말이 아니지요. 난장판이 될
겁니다."

"기가 막혀서 말도 못 하겠어요."

"엄연한 조수보호구역인데 허가가 났다는 자체가 어불성
설이고 하 참! '골프공에 맞아 새가 죽었다는 말은 못 들었다.'
그쪽 사람이 그러더라나요? 상식 이하지요. 싹쓸이로 쫓겨날
판국인데 공에 맞아 죽을 새가 남기나 하겠습니까."

"그렇게는 못 할 겁니다!"

그 순간 불을 당긴 듯 가슴에 열기가 치솟았습니다.

"교수들이 찾아가서 얘기를 해보지만 안 듣습니다. 곧 공사
가 시작된다지요? 아마."

자조적이며 허탈한 분위기였습니다. 그러나 한편 지극히
냉랭한 표정이기도 했습니다. 창밖에는 봄을 재촉하는 바람
이 여전히 불고 있었습니다. 새 학기의 활기찬 교내 풍경은 뭔
지 을씨년스런 연구실과는 매우 대조적이었습니다. 대관절
어쩌려고들 이러는 건가, 어디까지 가야만 사람들은 직성이
풀리는 걸까요. 뽑히고 버려지고 멸종하는 초목, 깎이고 막아
버리고 숨통이 죄여 드는 산천, 갈 곳을 잃고 죽어가는 조수,
넋이 있다면 통곡이 지상에 충만할 것을, 요즘에는 생산을 위
한 공장도 아니요, 다만 놀고 즐기기 위한 위락시설의 개발 열
풍이 일고 있습니다. 그것도 경관이 좋은 곳만 골라서 파괴하

고 시궁창을 만들고, 하기는 그게 무슨 대순가요? 이성(理性)을 자처하는 동물들은 지구를 파괴하고도 남아도는 핵무기를 신주같이 모셔놓고 있지 않습니까. 배를 채우기 위해서도 아니고 눈비 가리기 위해서도 아니고 여름에는 시원하게 겨울에는 따스하게, 그런 입성 때문도 아니고, 아닌 그런 것 때문에 다만 생존만을 원하며 세상이 막히지 않고 돌아가게 자리 매김한 생명들을 무더기무더기 대량학살하는 것이 과연 합당한 것인지, 신이 있다고 믿는 사람들은 신의 뜻으로 생각하는지요. 달리는 기차 앞에 나무막대기 하나의 역할도 못 하면서 나는 왜 지치지도 않고 지껄여야 하는지요. 어리석지요.

얼마 후 나는 최정훈 부총장을 만났습니다. 부총장은 일의 전말을 짤막하게 설명해주었습니다.

"매스컴이 꿈쩍하지 않습니다. 시에서는 그럴 리가 있겠느냐 발림만 하고 있어요."

고립무원 부총장은 거의 체념하다시피 의기소침해 있었습니다.

"학생들은요, 나가서 데모라도 해야 하는 거 아닙니까."

"일부 학생들이 그곳에서 아르바이트를 하는 모양입니다."

일부 학생들이 누구인지, 어떤 성질의 아르바이트를 하는지, 그것이 그쪽의 정략인지 차마 나는 물어볼 수가 없었습니다.

"그러면 학부모들은 가만히 있습니까."

부총장은 다소 의아해하는 표정으로 나를 바라보았을 뿐

Q씨에게

대답은 없었습니다. 짐작건대 부총장이 나를 보자 한 것은 지푸라기라도 잡는 심정으로 행여 매스컴과 줄이 닿지 않을까 하는 기대 때문인 것 같았습니다. 사실 그 일이라면 나에게는 매우 난감하고 가능성도 희박합니다. 첫째, 주변머리가 없는 데다 『토지』를 쓰면서 작품에 집중한답시고 극력 매스컴을 회피해온 처지라 부탁할 염치도 없었고 오히려 서툴게 저질러 역효과가 날지도 모르니까요.

집으로 돌아오는 길에 나는 현실에 대한 혐오감, 우울했습니다. 그러나 그보다 더 심한 자기혐오에 시달려야 했습니다. 진땀이 배어나듯 끈적끈적 달라붙는 불쾌한 혐오감은 어김없이 어디든 달아나고 싶다는 충동으로 변했습니다. Q씨께서는 당신 자신의 일도 아닌데 너무 호들갑스럽지 않으냐 할지 모르지요. 하지만 호들갑스럽다는 말은 부정하고 싶네요. 쾌활하다거나 붙임성이 있다거나, 내 성격은 전혀 그렇지는 않고 혼자 있기를 좋아하며 사람들과의 만남에서는 늘 껄끄러운, 실제 사귀기가 어렵다는 말도 들으니까요. 그러나 상황에 따라 감정의 절제가 되지 않아서 계속 지껄일 때가 있습니다. 그리고 나서 돌아서면 죽고 싶을 만큼 자기혐오를 느끼게 됩니다.

그러나 그런 성격에서 오는 것과는 별도로 나의 일, 남의 일 상관없이, 헤아릴 겨를도 없이 직사광선처럼 상황이 감정에 내리꽂히는 경우가 있지요. 그리고 그것은 공분(公憤) 같은 것이 아니고 거대한 사회 자체를 가해자로 간주하며 나 자신을 피해자로, 공동피해자로 느끼는 잠재의식, 그런 걸로 생각합니다. Q씨, 도망치고 싶은 충동 말입니다. 사실 고백을 한다면 나의 고질이에요. 평생 동안 앓아온 병입니다. 실제로 달아나 본 적이 한 번 있었습니다. 바로 6·25 직전, 스물다섯 살이던 그해 가족을 두고 황해도 연안으로 혼자 간 일이 있었지요. 별반 그래야만 했던 동기도 없이, 아마도 그때는 자유에 대한 갈망이었을 거예요. 그 후 가족을 데리고 혼자 서지 않으면 안 될 처지가 되면서부터 현실은 강하게 나를 묶었습니다. 현실과의 싸움에서 나는 사회와의 불화(不和)를 의식하게 되었습니다. 내가 인식하는 사회와 사회 실상과의 괴리 현상에서 절망하고, 내가 파악한 사회와 내 가치관 사이에서 생기는 혼란과 갈등 때문에 절망하고, 그러면 도피 심리가 요동하는 것입니다. 마음, 마음들의 황야에서 메마른 먼지바람이 부는 시대 한가운데서 나와 같은 병을 앓는 사람이 어디 한둘이겠습니까.

전쟁과 이념의 대립과 정치적 압박, 혼란과 빈곤, 그런데 내 고질의 주 원인에 대해서는 아직 말하지 않았군요. 오랫동안 습관이 되어 지금도 말하기가 쉽지 않습니다. 내 손자들의 외할아버지, 그러니까 남편 되는 사람인데, 일제 시대 그는 일본에서 소위 사상범으로 구검되어 징역 3년, 집행유예 5년을 선고받고 풀려나온 뒤 나와 결혼했습니다. 그 사실은 결혼 후에 알게 되었고, 6·25 때는 부역을 했다 하여 없어진 사람입니다. 일제 때는 그들 눈초리에서 비켜서고 싶었고 자유당, 군사정권 시절에는 보이지 않는 사슬에 묶인 듯 삶 자체가 칼날 위에 선 것 같았습니다. 이른바 빨갱이 가족이 아닌 사람들은 이해하기 어려울 것입니다. 여기서 그 사람은 빨갱이가 아니었다고 주장을 한다 한들 무의미한 일이지요…….

호수 얘기는 어떻게 되었는가, 하시겠습니까. 사회에 대한 혐오감은 알겠는데 지금 무슨 까닭으로 자기혐오에 빠졌는가 묻고 싶겠지요. 말하지요. 말하겠습니다. 이 긴 편지 사연의 길목이니까 짚고 넘어가야지요. 혐오감의 발단은 아무래도 부총장과의 짧은 대화 속에 있었던 것 같습니다. 그러니까 학교는 사람을 길러내는 곳으로서 우리는 사회와 구분되는 부분이 있어야 한다고 생각합니다. 그러나 현실은 그렇지 못하여 전혀 구분되어 있지 않고 이미 상아탑도 진리의 전당도 아니며 경쟁원리에 의한 기업으로 전락하여 사회의 척도가 그대로 학교의 척도라는 것이 학교에 대한 나의 인식입니다. 학교는 이상을 꿈꾸는 곳이 아니며 도식적이고, 배금사상에 찌들어 마음들은 황량한 벌판, 떠 마실 물 한 모금 없습니다. 합리주의의 본당(本堂)으로서의 교육은 간 곳이 없으며 생산의 과정을 거쳐 당장 쓰일 소모품을 사회에 내보내고 있습니다. 되풀이하건대 학교에 대한 나의 인식은 그러했습니다. 그럼에도 불구하고 나는 부총장에게 무슨 말을 했지요? 학생들은 왜 데모를 하지 않는가. 학부모는 왜 가만히 있는가. 그 물음은 내가 인식한 학교의 현실과 너무나 동떨어진 것이었습니다. 다시 말하자면 인식과 가치관의 상반(相反)이 빚은 난센스라고나 할까요.

'순직(純直)과 혈기에 넘치는 학생들은 사랑하는 학교를 위해 행동해야 하고, 오로지 자식 잘되기만을 염원하는 학부모들은 내 자식을 맡겼으니 근심하고 의논이라도 해야 하고, 미래를 짊어지고 나갈 일꾼을 위해 사회는 나서주어야 하고 국가는 교육이념에 입각하여 적극적으로 학교를 보호해야 하고……'

바로 이것이 부총장과 대화하는 동안 내 마음속의 연설이었습니다. 언제 적 얘깁니까. 자기 자신 속에 이 같은 괴리가 있었다는 것을 뭐라 설명을 해야 하는지요. 있을 수 없는 일입니다. 말하자면 두 개의 얼굴인 셈인데 하나는 제법 냉철하고 냉소적이며 방관하는 자의 얼굴이며 하나는 심산의 중 염불 외는 소리. 웃기는 일이지요. 부총장의 의아해하던 얼굴을 떠올리며 나 자신의 언동을 자근자근 씹어보며 어찌 자기혐오를 느끼지 않을 수 있었겠습니까. 귀로는 참담했습니다.

집으로 돌아온 나는 책상에 턱을 괴고 앉아서 고립무원, 부총장이 그래 보였던 것처럼 의기소침해 있었습니다. 집 안은 쥐 죽은 듯 소리가 없고 어둠이 창문에서 밀려들고 있었습니다. 막연하고, 한없이 막연하고…… 전화벨이 울렸습니다. 『동아일보』의 고미석 기자였어요. 내일 내려가겠다는 말을 했습니다. 무슨 일로, 하려다 말고 번개같이 스치는 것이 있었습니다. 나는 허둥지둥 그러라고 했지요. 수화기를 내렸을 때 내 양어깨가 축 처지는 느낌이 들었습니다.

"이것은 우연이 아니야."

뭔가 지고 있던 짐이 가벼워진 듯, 뭔가 일이 괜찮게 풀릴 것 같은 예감이 들었습니다. 늦은 저녁을 지어 먹고 고양이들한테 밥을 주고 설거지도 했습니다. 전등불이 한결 환해진 것 같았습니다. 집 안을 왔다 갔다, 비로소 내 공간은 정상으로 돌아왔고 생활의 리듬을 찾게 되었습니다.

다음날 고미석 기자하고, 아는 처지인데 곤혹스럽게도 지금 이름이 생각나지 않습니다만 문화부의 기자, 해서 두 사람이 찾아왔습니다. 나는 두서없이 호수에 관한 얘기를 했는데 그들이 찾아온 용건은 『동아일보』 창간기념일에 실릴 원고의 청탁이었습니다.

"호수에 관한 일, 신문에서 취급해주면 쓸게요."

서슴없이 나는 교환조건을 내걸었습니다.

"네, 좋습니다."

그들은 웃으며 제안을 받아들였습니다. 다소 자신이 붙은 나는 『토지』 5부를 연재했던 『문화일보』에 전화를 걸었습니다. 연재 관계로 내왕이 많았던 만큼 편하게 부탁할 수 있었지요. 『동아일보』에서는 곧 환경부 기자와 사진기자가 내려왔고 그들과 함께 호수로 갔습니다. 호숫가에는 이미 장비가 들어와 있었으며 나무들은 뽑혔고 흙더미에 조수보호구역이라는 팻말이 나뒹굴고 있었습니다. 분명 관에서 설치한 것일 터인데, 수상골프장으로 허가는 났다니까 보호구역도 그럼 취소가 되었는지 영 모를 일이었습니다. 나뒹구는 팻말이 내 눈에는 아무래도 관의 무기력 무질서로 보였고 관의 권위가 땅에 떨어졌다는 느낌이 들었습니다. 그런데 현장에는 장비만 있을 뿐 일하는 사람이 없었고 넓은 학교도 아주, 아주 고요했습니다. 상당한 거리가 있었기에 소리가 들려오지 않는다 할 수도 있겠으나 원체 그곳에서도 소리는 없는 것으로 내 마음에 전해져 왔습니다. 무성영화의 한 장면 같았습니다. 풍경도 사람도 다 같이 무감동 무관심으로 어떤 일이 진행되고 있는지 울먹이며 아뢰는 것은 다만 흙더미와 쓰러진 나무와 내동댕이쳐진 팻말뿐인 것 같았습니다. 이런 일에는 이력이 나 있을 환경부 기자도 내 설명을 귀담아듣고 있는 것 같지가 않았습니다. 마음 밑바닥에서 스며 나오는 비애, 과연 이 세상은 살아볼 만한 곳인가, 그 자문을 마음속으로 되풀이하였습니다. 그러나 그보다 더 쓸쓸하고 외로운 사람은 구경하는 사람 아닐까요. 괜히 그런 생각이 들었어요.

신문에 기사가 나왔습니다. 지나치게 기대했던 탓인지 다소 실망을 했습니다. 상당한 지면을 할애했고 사진도 실려 있었는데 왠지 눈에 띄지 않고 희미한 것 같았습니다. 그러나 역시 신문의 위력은 컸습니다. 부총장에게 청원서를 국회에 내보라는 이곳 유지의 조언이 있었다는 것이었고 사업주가 나를 만나러 오겠다는 말을 했다고도 했습니다. 철학과의 김영근 교수는 공연히 선생님을 내세워 봉변이나 당하면 어쩌느냐 걱정을 했다는 말도 전해 들었습니다. 늙은 사람을 뭐 어쩌려구. 시무룩하게 말하기는 했습니다만 그보다 원주 KBS에서 호수 문제에 관한 보도를 하겠다는 반가운 소식이 있었습니다. 정현기 교수가 전해주었는데 지나친 농담이지만 그의 말대로 쑤시고 다닌 모양입니다.

"김성호 국장한테 선생님 얘기를 했더니 사건을 보도하겠다 하더군요. 김 국장은 문화에 대한 감각이 좋은 사람입니다. 신념도 있고 환경 문제에도 관심이 많습니다."

다혈질이어서 다소 덤벙대는 편이지만 그때는 정 교수가 정말 믿음직스럽고 고마웠습니다. 하기는 평소에도 무슨 일이 꼬이면 풀어주는 것이 그였고, 귀찮은 일을 떠맡기곤 했지만 싫은 얼굴 한 번 한 적이 없었습니다. KBS에서 지체 없이 호수에 관한 보도를 하기 시작했습니다. 그뿐만 아니라 전국 네트워크에까지 보도를 내보내는 적극성을 보여주었습니다. 고맙다기보다 살아 있는 양심과 양식에 대한 기쁨이 컸습니다. 그러나 나는 방송국과의 인터뷰 등, 가장 하기 힘든 일에 참여하지 않을 수 없었고 한바탕 곤욕을 치렀습니다. 어쨌거나 단연 사태는 활기를 띠기 시작했습니다. 그러나 뭐니 해도 『문화일보』의 보도는 압권이었고 결정타였습니다. 춘천발 기사였는데 일면의 전부를 메운 데다 천연색 사진까지 실려 있는 그야말로 대형 기사였습니다.

환경 문제가 늘 이렇게 취급되었으면 얼마나 좋을까 감탄하면서 생각했습니다. 기사 중에는 어렵게 썼으리라 짐작되는 로비설의 구절이 눈에 띄었습니다. 『문화일보』의 보도가 나가면서 수상골프장의 허가는 전격적으로 취소가 되었고 의외로 일은 빠르게 끝났습니다. 우연히 『문화일보』 논설위원

김정자 씨를 만났을 때 나는 고맙다는 인사를 했습니다. 원주 캠퍼스에 몇 번인가 온 일이 있었던 김정자 씨는, "호수 가운데 있는 섬에 모셔놨다는 미륵불이 도와주었을 겁니다."

농치듯 말했습니다.

"맞아, 그 말이 맞아요."

나는 맞장구를 치면서 마구 웃어댔습니다.

홀가분한 마음으로 학교에 나갔습니다. 전에 보지 못한 플래카드가 내걸려 있더군요. 수상골프장 반대 그런 문구가 쓰여 있었습니다. 강의실에 들어간 나는 사또 지나간 뒤 나팔 부는 거냐고 빈정거렸습니다. 학생들이 계면쩍게 웃었습니다.

"나도 학생들보다 철새 생각을 더 많이 했어."

토라져서 한 말이었습니다. 어쨌거나 모두가 다 고마웠습니다. 뒷말이 없는 사업주까지 고마웠습니다. 그리고 춘천발 기사를 쓴 기자에게 전화를 걸었습니다. 만나본 적은 없지만 오랜 지기 같은 생각이 들었습니다.

"원주 한번 오세요. 점심이라도 함께하게요."

그러나 그는 오지 않았습니다. 지금까지 그가 어떻게 생긴 사람인지 모르지만 따뜻한 인간의 유대감을 느끼고 있습니다. 모두들 힘을 보태면 문제의 해결도 해결이지만 서로 신뢰함으로써 행복해지는 것이고 살아볼 만한 세상이라는 희망도 가질 수 있는 것 아니겠어요. 여하튼 김정자 논설위원의 말대로 섬에 모셔진 미륵불의 도움이 컸던 모양입니다. 시간과 계기를 마련한다는 것은 우리의 능력이 아니기 때문입니다.

Q씨에게

그리하여 호수는 있었던 그대로의 모습으로 편안하게 계절을 보내고 있었습니다. 봄 여름 가을, 초겨울에 접어들면서 어김없이 철새들은 찾아왔어요. 내 핏줄이 돌아온 듯 반갑고 감격스러웠으며, 나는 뭣이든 그들에게 베풀고 싶었습니다. 대학원생 김형태 군을 불러 그에게 보리와 콩을 사 오라고 일렀습니다. 곡물을 자동차에 싣고 온 김 군은,

"뭐에 쓸려고 이리 많이 사 가느냐, 하고 가게 주인이 묻길래 새 주려고 그런다 했더니 좋은 일 한다 하더군요."

나는 정문 경비원이,

"불쌍합니다."

새를 보고 하던 말이 생각났습니다. 좋은 일 한다는 말과 불쌍하다는 말이 내게는 샘물과 같이 청량하게 와 닿았습니다. 세상에는 착한 사람들도 많구나 하는 생각이었습니다. 마음이 살아 있다는 생각도 들었습니다. 모이를 가득 채운 무거운 가방을 김 군에게 들려서 호수에 갔습니다. 호숫가로 우리가 내려갔을 때 새들은 일제히 하늘로 날아올랐습니다. 해악을 끼치려고 온 것은 아닌데 내심 섭섭했으나 새들이 놀라서 떠나지 않을까 겁이 났습니다. 서둘러 모이를 뿌려주고 황망히 그곳을 떠났지요. 다음날도 갔습니다. 이번에는 몇 마리의 새만 날아올랐고 하늘에서 내려다보며 정찰하듯 빙빙 돌았습니다. 그들에게는 지도자가 있고 각기 분담하여 임무를 맡고 있는 것 같았습니다. 우리는 모이를 놔둔 곳을 살펴보았습니다. 콩은 그대로 남아 있었으나 보리는 없더군요. 마치 실험에

성공한 기분이었습니다. 다음날도 갔습니다. 이번에는 한 마리의 새도 날아오르지 않았습니다. Q씨는 그때 내 마음을 도저히 상상할 수 없었을 거예요. 철새들은 우리를 신뢰하고 환영했던 것입니다. 조용한 몸짓으로. 짐승은 은혜를 알아도 사람은 은혜를 모른다는, 흔히 하는 말이지만 나는 은혜보다 신의라는 말이 좋은 것 같습니다. 그리고 누가 머리 나쁜 사람을 새대가리라 했는지 이해할 수가 없습니다.

Q씨에게

가설(假說)을 위한 망상

    생을 받아 세상에 나타난 억조창생은 그 종(種)이 무엇이든 간에, 능력 또한 천차만별이겠으나 근원적으로 나약하지 않은 존재는 없을 것 같습니다. 그중에서도 생각하는 인간은 흔한 말로 만물의 영장이라고들 하고 다른 생물들에게 군림하며 생사여탈권을 쥐고 있습니다만 실은 생각하는 까닭으로 하여 보다 나약한 존재로 볼 수 있을 것입니다. 말을 시작하고 보니 인간을 생각하는 갈대라 한 파스칼이 떠오릅니다. 자연에서 인간은 가장 약한 존재로 갈대와도 같으나 생각하는 점이 존귀하고 위대하다는 파스칼의 말과, 생각하는 까닭으로 보다 나약한 존재라 하는 견해의 차이 때문에 다소 켕기는 점이 없지 않으나 사물을 보는 눈은 각기 다를 수도 있고 절대적인 정의(定議)도 없는 만큼 한자리 뻗어보는 건데 확신 같은 것은 없습니다. 다만 인간이 약하고 강하고를 떠나서 생각을 한다는 것은 신비롭고 위대하며 그것을 누가 부인하겠습니까. 인간이 삶을 누리는 데 핵이 되는 것이 생각이니까요.

여하튼 그는 그렇고, 희로애락의 굽이굽이를 넘으며 살다가, 세월에 마모되고 퇴색되어 늙고 병들어 죽어가는 인간들의 유한한 여정을 인식하는 것은 생각에 의한 것인데 절망적 정황에의 인식은 일종의 덫과도 같은 것일 거예요. 인간들은 결코 그 덫에서 벗어날 수 없고 결국 인생은 삶을 확보하기 위한 몸부림, 피투성이의 투쟁이라 할 수 있겠습니다. 그러나 삶의 확보란 없습니다. 종말은 불가항력으로 나면서부터 인간은 사형선고를 받은 죄수와 다를 것이 없는데, 그러한 사실을 인식하는 것이 말하자면 생각의 최대 약점인 셈이지요. 생각이란 무엇일까요? 소리도 아니고 빛깔도 아닌 그것은 대체 무엇일까요? 인간의 가장 깊숙한 곳에 비밀스럽게 내장되어 있는 생각은 흔적도 형체도 없습니다. 따라서 한계도 없고요. 형체나 한계가 없는 것으로 치자면 소리나 빛깔도 그렇긴 합니다만 일단 접어두고, 의식 속에 비치는 삼라만상의 경우, 이것 또한 한계가 없기론 매일반입니다. 그러니까 안과 밖이 모두 무량하다는 것이 됩니다. 무량한 안과 밖은 무량하기 때문에, 또 무량한 것이 끝없이 변화하기 때문에 항상 불안전하고 불확실합니다.

생각은 그것이 선험이든 경험이든 밖의 사물을 매개로 하여 시작되고 진행이 되는데, 네, 그렇지요, 분명 그렇습니다.

Q씨에게

한데 갑자기 가슴이 왜 이리 답답하고 눈앞이 캄캄해지는 걸까요. 망상이니 가설이니, 그런 도망갈 구멍부터 마련해놓고 시작한 일인데 초장부터 길이 막히는 것 같습니다. 일종의 자승자박이라 해야 할지, 내 꼴이 지금 그렇습니다. 변두리만 빙빙 돌다가 주저앉을 것이 뻔한데, 철옹성과도 같이 완벽하게 현대를 지배하고 있는 과학 문명에 맞대거리하자는 것도 아니겠고, 왠지 초라하고 무력하며 패배감부터 앞을 가리는군요. 그냥 외면하고 이런 것, 저런 것 개의할 것 없이 영을 넘고 강을 건너고 논둑길 따라 걸으면 되는 것을, 목월(木月)의 시 구절처럼 구름에 달 가듯 가는 나그네면 되는 것을, 그도 아니 되면 사사오입(四捨五入)으로 결론 내려버리고 부지런히 바쁘게 문명의 길을 쫓아가든가, 그러나 귀를 털어도 눈을 감아도 개운치가 않고 아니라고, 아니라고 뭔가가 자꾸 항변을 합니다. 마음 바닥에서는 오랜 지병처럼 꿈틀거리는 것이 있고 알 수 없는 조바심이 갈 곳을 몰라 합니다. 차라리 비현실 속으로 숨어버릴까 봐요.

밖에서는 비가 내리고 있습니다. 바람도 붑니다. 4월은 절반이 넘었고 목련도 흐드러지게 피었는데 구질구질한 날씨 탓으로 날궂이를 합니다. 온몸이 성한 곳 없이 쑤시는군요. 뭐 새삼스런 일도 아니지만, 바람 소리, 빗소리가 스산한 바깥세상 같은 것 잊고 성한 곳 없이 아픈 육신도 잊어버리고 어딘가를, 세속에서 멀리멀리 떠나버리고 싶습니다. 비현실 속으로 숨어버리고도 싶어요. 몽상으로의 도피인데 숨을 곳으론 안성맞춤이며 혼자서 장구 치고 북 치고 출연자 관객 노릇 다 할 수 있고, 그러고 보니 현실도피를 위해 사람들은 그곳에서 꽤 많은 시간을 보내는 것 같습니다. 그것도 여행이라 할 수 있겠지요. 낯선 풍경, 어디서 보았던 것 같은 골목, 무리 지어 가는 사람들 속에 낯익은 얼굴이 있고 앨범에 한두 장 사진으로 남아 있는 망자(亡者)의 모습도 있습니다. 그곳에서만은 만남도 이별도 없는 참 묘한 인연들이지요.

무지개 같은 것인가요? 아름답고 기괴하고 허망하군요. 현란한가 하면 암울하고 유리 조각품처럼 하늘을 나는 백로가 있는가 하면 배를 깔고 지상을 기어가는 뱀이 있고 새끼 사슴의 울음, 자식 잃은 어미 뺨을 타고 흐르는 눈물, 삶을 찢어발기는 맹수의 이빨이 있습니다. 시계 소리가 있고 폭풍을 몰고 오는 땅울림이 있습니다. 천사와 악마가 포옹하고 있군요. 성모마리아의 손길처럼 피를 씻어주고 눈물을 닦아주며 오열하는 큰 사랑이 있고 살인자의 가면이 나타납니다. 도둑의 무리가 횡행하고 간음의 쾌락이 음습한 곳의 독버섯 같고 박제된 새 같은 철학자가 앉아 있습니다. 양 떼를 몰고 가는 목동과 사형수를 몰고 가는 교도관도 있고요. 거미줄 같고 산발한 머리카락 같은 통신망, 어지럽습니다, 어지러워요. 산더미로 쌓여 있는 부품, 나사못, 철근들이 장대비처럼 지상에 내리꽂히고 서류들은 눈보라같이 하늘을 메우고 난무합니다. 그야말로 아득한 쉬르레알리슴, 들리지 않는 소리들, 무성영화같이 돌아가는 화면, 막 돌아가네요. 그러다가 뚝 끊어지고 느

Q씨에게

리게 이어지고 육신의 내부가 영사실 같기도 합니다. 내재된 무한세계 속에서 전개되는 파노라마는 그 환영들은 진짜 온갖 종류의 드라마가 아니고 무엇이겠습니까.

또 기억의 창고는 어떻고요. 소도구며 무대장치 의상이며 대본 온갖 잡동사니가 뒤죽박죽으로 넘쳐흐르고 있습니다. 판을 짠 공상 영화나 환상소설과는 비할 바 없이 풍성합니다. 비약에 비약이 거듭되고 초월적 망상에의 탐닉을 방해하는 자도 없습니다. 참 희한하네요. 그곳에서는 모두가 가능하다는 것이 새삼 놀랍기도 하고요. 꿈을 생각해봅니다. 꿈은 어떨까요? 망상이 의도적이라면 꿈은 잠재된 것으로, 의지와는 상관이 없겠는데 그러나 망상과 많이 비슷한 것 같아요. 황당하고 비약적이며 초월적인 면에서, 그리고 의도적이든 잠재된 것이든 생각 또는 기억이 경험의 낙수인 것은 마찬가진데, 다만 다르다면 꿈이 보다 감각적이며 바라보게 되는 생각과 다르게 직접 느낌으로, 마치 전류처럼 감각을 통과한다 할까요? 그만큼 잠재된 의식의 깊은 곳에는 강렬한 소망, 원초적인 공포 같은 것이 깔려 있어서 그런 게 아닌가 싶습니다. 애틋하고 간절하고 감미롭고 극도의 공포, 고절감이 맥락도 없이 진행되는 꿈은 현실보다 첨예한 경우가 있습니다. 가위눌리는 것을 생각해보면 의식이 압도해오는 육체적 고통은 일종의 고문이라 할 수 있겠고, 아니 그렇다기보다 탈출을 꾀하는 의식의 필사적인 몸부림이라 해야 할지, 도대체 어디로 향한 탈출일까요? 현실로? 삶으로? 나락에 빠지지 않으려고?

백일몽, 비몽사몽이라는 말은 아시다시피 꿈과 현실의 구분이 몽롱한 상태를 뜻하며 잠들지 않았는데 꿈을 꾸고, 사실 잠들었을 때도 꿈에 개입하는 것이 현실 아니겠습니까. 그렇다면 비몽사몽이 아닌 현실 속에도 분명 꿈은 개입하고 있을 것입니다. 그러고 보면 존재란 실로 모호하고 확신이라는 것도 허수아비가 아닌가 하는 생각이 듭니다.

자(尺)를 들고 길이를 재는 행위도 삶을 위한 수공이겠지만 왠지 을씨년스럽고 묘연하고 불가사의한 영혼은 불가사의한 것에 걸맞은 신령스러움이 있기나 한지 의문입니다. 그러나 이들은, 다시 말하면 공리주의와 신비주의는 쉴 새 없이 상충하고 더러는 상합하면서 갈등으로 연이어지는데 그것을 삶의 형태라고도 하고 사조(思潮)라 하기도 합니다. 노쇠하여 삶을 다하는 것은 모든 생명들의 자연으로 못 박을 수밖에 없는 노릇이나 허망한 것은 삶의 과정인 갈등입니다. 인간들은 무량한 지각을 간직하고 있음에도 불구하고 마치 블랙홀에 빨려 들어가듯 지각이 무능해진다는 점입니다. 파멸로, 죽음으로, 세상에는 그와 같은 파멸과 죽음이 쓰레기 더미처럼 널려 있습니다. 전쟁은 끊일 사이가 없고 멸망의 무기들은 호시탐탐 쓰일 그 날을 기다리고 있습니다.

그뿐이겠습니까. 세상은 온통 보이지 않는 지뢰밭으로 변해가고 있습니다. 우리는 우리 주변에서 그것을 보고 느끼기도 하지만 역사에서, 세계 도처에서 그 같은 정경이 의식 속으로 흘러들어왔고 시시각각 흘러들어오고 있습니다. 세상과 나의 거리, 나와 타인과의 거리는 얼마만큼일까요? 정보가 오가는 세상, 그리고 타인, 가깝기도 하고 멀기도 합니다. 낯설기도 하고 친숙하기도 합니다. 그것이 어디 관계뿐이겠습니까. 개인의 내부에서조차 낯설음과 친숙함이 함께 있는 것을.

막연해집니다. 아득해집니다. 세상은 허공이고 나는 몽유병자가 아닐는지요. 아아, 그만두지요. 이건 막다른 골목입니다. 이렇게 휘청거리다가 쓰러질 것이고 한쪽으로만 쏠리다간 배는 침몰하고 말 것입니다. 균형을 잡지 못한다면 세상에 머물 수가 없지 않겠어요? 균형을 잡지 못하면 그릇이 깨지듯, 작은 돌 하나도 균형을 잡지 못하면 한없이 굴러가게 되는 거 아니겠어요. 하물며 세상이야 말할 것도 없겠지요. 그러나 지금 사람도 세상도 많이 휘청거리고 있는 것 같습니다. 술에 취한 것처럼 자포자기한 것처럼 또는 방향감각을 잃은 것처럼. 내가 할 말을 사돈이 한다는 말이 있지만 실은 이 글 자체가 방향감각을 잃고 있습니다. 시작에서부터, 뒤돌아보면 생각이란 지극히 비논리적인 것으로 되어 있습니다.

그러나 절대로 그렇지는 않습니다. 다만 처음부터 생각은 논리적인 것이 아니란 얘깁니다. 혼란, 무질서, 자유분방, 황당무계, 초월적, 그런 것이 뒤죽박죽으로 쌓여 있는 것이 생각이지만 그러니까 알기 쉽게 잡념인데, 비유가 적절한지 모르겠습니다만, 잡념을 일종의 소재(素材)로 보면 안 될까요? 필요에 의해 혹은 창조적 욕구에 따라 체계를 세우고 형태를 만들고 정리를 하는 것은 역시 생각의 영역인 만큼 생각은 논리적일 수도 있고 비논리적일 수도 있는 거지요. 만일 생각에 논리적인 것이 결여되어 있었다면 어떻게 문화가 있고 문명이 있으며 창조가 있었겠습니까. 실상 자질구레한 논리는 역사 속에 쌓이고 쌓여 헤일 수 없이 많습니다.

고전주의(古典主義)와 낭만주의(浪漫主義)가 엎치락뒤치락, 그 어느 것도 완전치 못하겠지만 사람들은 그 어느 하나에 집착하여 네 편, 내 편으로 갈라서 싸우는데, 특히 20세기는 전체주의와 자유주의, 그러니까 고전과 낭만의 격심한 대립과 전쟁의 시대였습니다. 게다가 대립된 두 주의 주장에 억수로 많은 잔가지가 돋아나서 칡넝쿨같이 엉키고 삶의 질을 복잡하게 하고, 그게 다 인간이 빚어낸 인간의 역사 아니겠습니까. 그리고 논리란 반드시 이성에서 출발하는 것만은 아닙니다. 예를 들자면 원자폭탄은 이론 없이 만들어진 것이겠습니까? 그러나 그것은 결코 이성의 산물은 아닙니다. 여기서 우리는 지식의 허구, 지식의 범죄를 생각하게 되는 것입니다. 목적이 해악에 있는 경우는 허다하니까요. 물론 본시에는 논리적 사유가 진리에 대한 접근에의 욕구에서 비롯된 것은 사실이나 필경엔 하나의 가설로서 사사오입으로밖에는 결론을 내릴 수 없고 모든 것은 한시적이며 궁극적으로는 오리무중인 것이 사물이기에 불안전하고 불확실한 것입니다. 불안전하고 불확실한 것이야말로 논리에는 치명적인 것이 아니겠습니까.

관념적이지만 시계(視界)를 좁혀 지구 차원에서 본다 하더

Q씨에게

라도 안과 밖은 망망대해요, 중첩되는 정글과도 같아서 삶은 미로이며 인간은 본질적으로 미아로서, 근원을 찾아 헤매는 영원한 미아인 것입니다. 한 번도, 그 누구도 근원에 닿은 적이 없었고 완성된 바도 없었고 죽음을 극복한 사람도 없었으며 시공(時空)에서는 모든 사물과 함께 모래성이 되는 것입니다.

그런데 좀 이상합니다. 뭔가 잃어버리고 온 것 같기도 하고 빠뜨린 것이 있는 것 같기도 하고 개적잖습니다. 그게 뭔고 하니, 네, 생각이 납니다. 방금 안과 밖은 망망대해요, 중첩되는 정글이라 했지요? 엄밀하게 말해서 그것은 거리와 외형의 표현이며 일단은 가시적(可視的) 범위라 할 수 있겠습니다만 안과 밖이 무량하다 할 것 같으면 전혀 개념이 달라집니다. 양과 질의 문제가 되니까요. 외형이나 거리와는 상관없이 우주적인 실존을 생각하게 되는 거지요. 무량의 언어 풀이를 해 볼 것 같으면 양이 없다, 분량이 없다 할 수도 있겠고 사전에는 양이 헤일 수 없을 정도로 많음, 무한량, 막대함, 그렇게도 돼 있습니다. 언어의 뉘앙스는 지극히 미묘하여 상반되게 해석이 됩니다만, 그러나 언어 풀이로 시시비비하자는 것은 아닙니다. 여기서 무량이란 수치와는 별 상관이 없는 관념적인 것으로 사사오입이 안 되는 세계이며, 인간이 생존해 있는 한 안에서든 밖에서든 또 행동이든 심리적인 것이든 간에 무량한 그 속에서 허우적거리게 마련인 공간이며, 사물의 존재를 시시각각 인식함으로써 능동적 기능을 조정하여 안팎이 연결되고 순환하게 하는 거 아니겠습니까. 이런 과정에서 시시각각은 결코 동일하지 아니하고 사라지면 돌아오지 않는 것입니다.

그러나 추억의 다정함이라든가 현실의 급박함, 미래에 대한 의구심은 늘 의식의 바닥에 남아서 물결치고, 알지 못한다는 그것으로 인하여 고통과 불안과 공포는 시시로 고개를 드는 것입니다. 그것은 힘겹게 짊어진 의식의 무게, 삶의 무게 같은 것인지도 모르겠습니다. 하기는 사랑이라든가 세속적인 만족, 기쁨, 성취감 같은 것이 이따금 찾아오기는 하지만 그것은 과객(過客)과도 같은 것이어서 본질적으로 개체라는 인식을 지워주지 못하고 고독의 아득한 심연을 메워주지도 못합니다. 결국은 허상이기 때문이지요. 내면의 그 무량한 것들 모두는 허상입니다. 가슴 저리고 뼈에 사무치는 상념도 내면의 공허에서 생겨나는 아픔이며 세상일도 일각 일순을 머물게 하지 못하는, 다만 허상으로만 남는 것이기 때문이겠지요. 그러나 우리 의식 속에 투과된 세상의 삼라만상을 허상이라 생각하는 사람은 드물 거예요. 사물과 물량과 변화를 목격하니까 의심의 여지가 없는 것입니다.

그러나 옛사람들은 인생을 일장춘몽이라 했고 제행무상(諸行無常)은 불교의 근본 사상입니다. 일장춘몽이나 제행무상은 그 뜻이 같다 할 수는 없지만 세상을 허상으로 보는 데는 일치점이 있는 것 같습니다. 앞서 생각은 밖의 사물을 매개로 하여 시작되고 진행이 된다고 했는데 반대로 의식이 개입되지 않는 세상이 있을 수 있겠습니까? 불가분의 관계지요. 그러나 의식의 기능에 따라 세상의 모양새가 달라질 수도 있을 것 같습니다. 가령 의식이 오목렌즈이거나 볼록렌즈일 때 사물은 각기 다른 모습으로 인식되는 것이며 색맹이거나 색맹 아닌 사람의 의식 속으로 흘러들어오는 색채는 각기 다를 것인즉, 여기서 객관이 문제가 되는 것입니다. 바깥에서는 내가 무엇무엇이다는 말이 없고, 아니 언어 자체가 없고 오로지 생명 중에서도 인간의 생각이라는 주관만이 있으니까 그것이 절대적인 저울의 추는 아니라는 것이지요. 분명한 것은 단 하나 창조주뿐입니다. 그러나 그분은 얼음 바다와 같이 침묵하고 있습니다. 무지개, 신기루, 주마등, 그 말이 마치 하얀 손수건처럼 머릿속에서 펄럭입니다. 없는 것이 있는 현상 아닙니까.

그러면 여행이라는 것을 한번 생각해봅시다. 인생 자체가 여행이며 여정입니다만, 기차를 타고 윤선을 타고 비행기를 타고, 소위 하늘과 땅과 바다로 가는 여행 말입니다. 여행 뒤에 남는 것을 무지개, 신기루, 주마등, 그 같은 말로 표현하는 것이 제격일 거예요. 가령 바이칼 호수라든가 사하라사막, 샹그릴라호텔, 샹젤리제 거리, 그러한 고유명사와 함께 토막토막으로 나타나는 풍경은 여행의 기억들인데 까마득하지요. 과연 내가 그 호텔에 묵었던가, 그 거리, 가로수 밑을 거닐었던가, 기차 식당칸에서 커피를 마셨던가, 마치 전생에서나 있었던 일처럼 꿈속에서 있었던 일처럼, 그런가 하면 시간과 공간이 없는 기억은 어제의 일이 아득한 옛일 같기도 하고 수십 년 전의 일이 엊그제 같이 생각되기도 하고…… 사물은 기억으로 존재하고 기억은 내부의 무량한 허상들과 어우러져 노니는 또 다른 허상인지, 해서 안과 밖은 모두 하나가 되는 허상 같기도 해요.

하지만 여전히 개체는 엄연하여 언어상으로 규정이 된 검은색이 A와 B, C에게 인식되는 것이 다 같다고 단언할 수는 없지 않겠습니까. 증명할 길이 없으니까요, 합리주의의 사고방식으로는 설명이 안 되는 것은 의미가 없다, 그렇지만 기실 우리는 설명이 안 되는 한가운데에 서 있는 것입니다. 하여간 매 순간마다 기억으로 남겨놓고 떠나는 사물과 마찬가지로 인간관계에서도 그렇습니다. 어쩌면 인간도 매 순간마다 기억만 남겨놓고 이별하는지 모르겠습니다. 인생에서 이별은 다반사요, 태어난 자의 겪어야 하는 숙명일 것입니다. 방금까지 있었던 사람이 지우개로 지운 것처럼 없어지고 공간은 공허해지는 것입니다. 결과는 돌아올 수도 있고 돌아오지 않을 수도 있지만 사람들의 알지 못할 불안은 비어버린 공간 때문이 아닐까요? 박탈에 대한 예감 같은 것 말입니다. 흔히 쓰는 기약한다, 믿는다, 그런 말은 대단히 역설적이지만 기약할 수 없고 믿지 못하는 데서 생겨난 것일 거예요. 그 말은 불안의 산물입니다. 자기기만일 수도 있고 염원, 기도 같은 것일 수도 있겠지만 언어에는 배반도 구원도 없습니다.

우리가 수시로 겪게 되는 이별에는 물론 여러 가지 유형이

Q씨에게

있고 일상적인 것에서부터 절박하고 심각한 경우, 또 자기 자신과의 이별도 있습니다. 죽음 같은 것이지요. 절박한 이별의 예를 들 것 같으면 돌아오겠다고 떠난 남편이, 학교에 간다고 나간 아이가 뜻하지 않은 사고로 영영 볼 수 없게 되었다면 기약도 믿음도 공허한 것이 되고 가슴을 쥐어뜯고 발버둥 쳐도 떠나지 않고 남아 있는 것은 기억이라는 허상뿐입니다. 꿈과 망상과 생각과 기억은 되풀이하여 말하지만 다 같이 너무나 분명하게 시간과 공간이 없는 허상입니다.

하 참, 얘기가 또 맴돌고 있네요. 생각도 맴돌고 있습니다. 어디에 출구가 있는지 이제는 가닥조차 잡히지 않는군요. 걷다가 주저앉았다가 한달음에 가지 못하는 것이 안타깝습니다. 어릴 적에 한눈판다 하여 어머니로부터 꾸지람을 많이 들었습니다. 심부름을 가다가 들판에 주저앉아 들꽃을 꺾고 나물도 캐고 심부름 같은 것 까맣게 잊은 채, 고무신 벗어들고 개울가에 내려가서 송사리 잡노라 새로 입은 연두색 모슬린 치마가 물에 흠씬 젖은 일도 있었습니다. 바닷가에서는 수평선 넘어가는 돛단배를 하염없이 바라보며 해 지는 줄 모르고, 어머니는 한눈팔지 말고 팬하케(한달음) 갔다 오라는 당부도 했지만 딴짓을 하는 나에게 잔망스럽다 하며 꾸짖기도 했습니다. 내 말버릇이나 글쓰기도 그와 비슷하여 한눈팔기 일쑤여서 곧잘 옆길로 빠졌다간 허겁지겁 되돌아오는데 나이 들면서 그 같은 증상이 심해져서 당황하는 일이 한두 번이 아닙니다. 젊었을 때는 그래도 용케 되잡아오곤 했는데 요즘에는 아예 얘기 줄거리가 행방불명되고 마는 경우도 있습니다.

물론 내 타고난 성정이 그래 그렇긴 합니다만 변명을 좀 한다면 소위 정보의 홍수 속에서 허우적거리는 현대인들의 병폐와 무관하지 않을 것도 같습니다. 아니, 아니 더 솔직히 고백을 한다면 달밤에 도깨비와 씨름하는 것 같은 글의 내용이 실은 나를 곤혹스럽게 합니다. 원고를 휴지통에 집어 던지고 싶은 충동도 여러 번 느꼈습니다. 그러나 나는 허무주의자가 아니기 때문에 얘기를 지속하고 있는 것입니다. 무슨 뚱딴지 같은 소리냐 할 사람도 있겠고, 밥 먹기도 바쁜데 세월이 엿가락처럼 늘어지는 겐가, 어지간히 할 일도 없는가 보다 할 사람도 있겠고 옛날 옛적 호랑이 담배 피우던 시절부터 해온 낡은 얘기는 왜 자꾸 들먹이는가 할 사람도 있을 것입니다.

그런 핀잔 받아도 할 말은 없지만, 그러나 사람이 어디 밥만 먹고 사는가요? 호랑이 담배 피우던 시절의 얘기라지만 시원한 대답 한 번 못 들었으니 자꾸 생각할 밖에요. 차라리 밥만 먹고 살 수만 있다면 저 하늘을 훨훨 나는 새와 같이, 도토리를 주워 먹는 숲속의 다람쥐와도 같이 죄 없이 살 수도 있으련만, 지구에서 분란 같은 것 일으키지도 않을 텐데 말입니다. 도깨비방망이처럼 뚝딱하면 무엇이든 나오는 문명, 그 과잉 상태에 지구가 지치고 힘들어하지도 않을 텐데, 하기는 이러는 나 자신, 이율배반인 것 압니다. 어느 곳을 살펴보고 두드려보아도 두 개가 충돌하고 상합이 안 되니 말입니다. 이 바쁜 세상에, 주식이니 투자니 하는 그쪽 사정은 모르지만 가끔 화면에서 보게 되는데 석유 시장인가요? 그곳에 운집한 군중이 입에 거품을 물고 소리소리 지르는 광경이라던가, 눈에 핏발 선 사람들이 모여드는 주식매장이라던가 그야말로 눈이 돌아가게 바쁜 세상에 내가 한가하긴 한가 봐요. 물질을 확신하는 현실 속에서 가설을 위한 망상이니 뭐니 하는 것부터가 조롱감 아니겠습니까. 그 조롱에 쐐기를 박을 아무런 방도도 없으니, 하지만 나는 합리주의자가 아닌 동시에 허무주의도 아닙니다. 글 줄기를 되돌아보니까 구원이 없다는 대략 그런 내용이고, 만물은 허상이라고도 했는데 그래도 나는 허무주의는 아닙니다. 구원이 없는 연유를 결코 부정하지 않으니까요.

세상을 만든 당신께

당신께서는 언제나
바늘구멍만큼 열어주셨습니다
그렇지 않았다면
어떻게 살았겠습니까

이제는 안 되겠다
싶었을 때도
당신이 열어주실
틈새를 믿었습니다

달콤하게 어리광 부리는 마음으로

어쩌면 나는
늘 행복했는지
행복했을 것입니다
목마르지 않게
천수를 주시던 당신
삶은 참 아름다웠습니다

부끄러운 시 하나, 한없이 나약한 인간의 목소리입니다. 그러나 세상을 만드신 그분에게 감사의 마음으로, 간청하거나 보채지는 않았습니다. 우리를 생명으로 태어나게 한 데 대하여 무한한 감사의 마음이었습니다. 생명은 생각이며 능동성입니다. 그것이 생명의 본질이지요. 생존의 기능이기도 하구요. 우주에 존재하는 물질이 어떻게 해서 생겨났는지 알 길이 없지만 그 피동적 존재는 다른 힘에 의하지 않고는 움직일 수도, 변화할 수도 없습니다. 물질은 태어나지 않고 생장하지 않으며 종을 만들 수 없고 죽음도 없습니다. 말할 필요도 없는 평범한 사실입니다.

그와 같은 피동적 존재에 비하여 생명은 어떤 것과도 비할 수 없는 신묘한 존재입니다. 다른 힘(구원)에 의하지 아니하고 스스로를 다스리며 창조적 능력에 따라 세상이라는 들판에서 삶을 영위하니까요. 삶이란 다만 생명에게만 주어진 축

Q씨에게

복입니다. 창조주는 바람과 물과 불, 그리고 땅이라는 생존의
조건을 만들어놓고 능동적, 또는 자결권, 자유를 부여한 생명
을 세상에 풀어놓았습니다. 비록 한시적이며 유한한 여정일
지라도, 허상이라는 느낌이나 깨달음조차 살아 있다는 인식
아니겠습니까. 황막한 무한우주 속에 새싹과 태어난 울음소
리가 울려 퍼진다는 것은 경이로운 천지가 열리는 것과도 같
고 황막한 우주 속에서 캐낸 희귀하고 존귀한 보석이 생명 아
니겠습니까. 더러는 척박한 땅에, 더러는 비옥한 땅에, 또는
안전한 곳에, 위험한 곳에 뿌려지기도 하고 신은 불공평하다
고도 합니다. 무자비하다는 말도 하지요. 그러나 이미 생명에
는 수용하고 판단하는 생각이 주어져 있고, 생각을 행동으로
옮기는 능동성이 있으며, 그것은 자결권인 동시 자유입니다.

창조주는 불공평한 것도 무자비한 것도 아닙니다. 자결권
에 간섭을 아니 하고 자유를 침해하지 않는 것입니다. 자유
는 순탄한 길이 아닙니다. 험난하지요. 게다가 생물은 생물
을 먹지 않으면 살 수 없는 먹이사슬의 딜레마가 있습니다.
그 살생은 원죄(原罪)와도 같아서 죽음에 이르기까지 벗어버
릴 수 없는 족쇄 같은 것으로 창조주에게도 곤혹스런 일일 것
만 같습니다. 그는 그렇고 우리 인간들 대부분은 물질이든 정
신적인 것이든 소유 개념으로 행·불행을 갈라놓는 것 같습니
다. 소유한 것을 잃었을 때 그 상실감은 불행이요, 원하는 것
을 얻었을 때 그 성취감은 행복이라 생각합니다. 물론 그렇습
니다. 그러나 불행하고 절망적일 때, 죽고 싶을 만큼 절망적

일 때 생각은 깊어지고 치열하게 작동하는 것이 능동성이며 삶을 강하게 인식하게 되는 것입니다. 반대로 행복하거나 희망적일 때 생각은 느슨해지고 능동성은 둔해지며 삶을 만만하게 생각하게 됩니다. 일종의 휴식 같은 것이기도 하겠지만, 가령 쇠붙이를 두고 비유하자면 치열하게 작동할 때 쇠붙이는 예리하게 길이 들어 반짝거리지만 편안하게 놔둘 때 녹이 슬게 됩니다.

또 행·불행은 주기적으로 오고 가는 것으로, 그것이 비극이든 희극이든 삶 자체로서 경험과 지식, 지혜를 가져다주는 것입니다. 그리고 소유 개념으로 행·불행을 갈라놓는다고 했습니다만 결코 수치적인 것은 아닐 것입니다. 질적으로 보는 것이 진실에 가까울 거예요. 재벌이 행복하고 하루 벌어서 하루를 사는 사람은 불행하다는 공식은 없습니다. 사시사철 진수성찬을 먹는 사람은 오히려 성찬의 맛을 모르지만 땀 흘리고 나서 소찬을 대하는 농부들은 식사의 즐거움을 만끽하지요.

진실로 인류가 불행한 것은 자결권의 남용입니다. 자결권의 남용에는 멸망이라는 싹이 숨어 있습니다. 인간 스스로가 파는 무덤이지요. 창조주는 핵무기를 만들라 하지 않았고, 생화학무기를 만들라 하지 않았고, 전쟁을 하라 하지 않았고, 남을 억압하여 착취하고 목숨을 빼앗으라 하지 않았고, 숲을 남벌하여 홍수가 나게 하라, 바다를 오염시켜 바닷속의 생물을 몰살하고 땅을 죽게 하여 후일 굶주림의 세상이 되게 하

Q씨에게

라, 그러지도 않았습니다. 종교의 대립, 인종의 차별을 명하지 아니했고, 특히 독재자나 정복자를 인정한 바도 없었습니다. 순전히 인간들의 자작(自作)이지요. 따지고 보면 신이나 종교, 말씀도 인간의 자작 아닌가요? 창조주는 아득한 피안에, 우리가 모르는 바로 그 존재일 것입니다. 그리고 현실은 모두 인간의 자작이며 구도(求道)를 지향하는 문화와 안위를 위한 욕망의 산물인 문명, 그런 만큼 파괴라는 값비싼 대가를 지불해야 하는 운명이 공존해 왔으며 그것을 우리는 역사라 합니다.

여담이지만 "작가는 신을 닮으려는 사람이다." 프랑스의 작가 모리악이 한 말인데 생각이 나는군요. 두 가지 뜻으로 나는 해석하는데, 창조적 충동(神性 영혼)으로 본다면 창조주인 신을 닮고자 한다는 말에 일리가 있습니다. 그러나 작품의 짜임새를 위해 사물과 인간과 운명을 좌우하는 작가의 창조행위는 작가의 독자적인 것으로 신과는 아무런 관계가 없는 것이라 생각합니다. 왜냐하면 신은 인간의 운명에 관여하지 않는다는 생각 때문입니다. 신을 닮으려는 예술가 모리악이 살아 있다면 아마 120세는 넘었을 거예요. 20여 년 전에 세상을 버린 내 어머니의 나이가 102세니까 모리악은 어머니보다 20년 가량 앞선 셈인데, 그는 세계대전 1차, 2차를 유럽 한가운데서 겪었을 것이고 냉전 시대도 거쳐 갔을 터인데 어쩐지 속도감 없는 세상을 살았을 것만 같고 그의 말이 무척 고풍스럽게 느껴지는 것은 무슨 까닭인지 모르겠습니다.

눈이 부시게 세상이 달라진 탓이겠지요. 종교의 위상이 기막히게 추락한 탓도 있겠고……. 원래 신학에는 교양 정도의 지식조차 없으며 종교에 대해서는 거의 원시적이라 할 만하니 어쩌고저쩌고할 근거도 없거니와 흥미가 있는 것도 아니어서 나는 평소 종교적인 얘기는 안 하는 편입니다. 그러니까 통속적으로, 과연 이 말이 합당한지 망설여지기는 합니다. 물론 아는 것이 모자라는 나 자신을 감안하여 한 말입니다만 반드시 그것만은 아닐 것입니다. 겉보기에도 요즘 종교가 좀 우스꽝스럽게 돼 있지 않습니까? 거룩한 것을 비웃는 현대인 취향에 따라가노라 그리되었는지, 유물론이 만병통치요, 금과옥조였던 한 시절의 후유증으로 그리되었는지, 물질만능인 자본주의에 편승할 수밖에 없어서 그리되었는지, 사람도 권좌에서 밀려나면 그 비극이 오히려 희극으로 보이는 수도 있으니, 뇌리에 남아 있는 풍경 몇 가지를 예로 들어보겠습니다.

예닐곱 명의 스님 까까머리가 불고깃집 안방 문을 열고 밖을 내다보는 장면과 부딪친 일이 있었습니다. 호텔 뷔페식당에서는 접시 가득히 시뻘건 생선회를 담아 가는 여승을 본 적도 있었습니다. 요즘 중들 고기 먹는 거 보통인데 뭘 그래, 할 사람도 있겠지요. 그러나 다듬잇살이 올라 사각사각 소리를 내는 어머니의 명주 치마를 잡고 절을 향해 새벽 산길을 오르던 어린 시절의 추억이나 정서를 지닌 내게는 아무래도 이상한 풍경이었습니다. 그런가 하면 세일즈맨처럼 어거지로 밀

Q씨에게

고 들어와서 상품 광고하듯 종교를 팔려는 전도사 아닌 전도
사도 있고요. 러브호텔과 경쟁이라도 하듯 한 집 건너 들어서
는 교회, 하기는 십자군 전쟁도 아닌데 꽃다운 젊은 학생들
의 분신을 독려한 목사도 있었으니, 도시 신은 어디에 있는가
요? 인간의 자의(恣意)로 신을 상품화하고 생계의 수단으로 삼
고 권력의 장식품쯤으로 이용만 하는데 신은 지금 어디에 있
나요? 신은 능멸당하고 모함을 받고 있습니다.

솔직한 심정을 털어놓는다면 종교와 신을 갈라놓고 생각
하고 싶습니다. 일종의 분노인지도 모르지요. 여하튼 이 지구
상의 많고 많은 인종들을 두고 생각할 때 그들이 속해 있는
신도 많고 많지만 대다수의 힘없는 사람들의 신앙은 대체적
으로 기복 사상을 바탕으로 하고 삶의 고달픔을 하소연하면
서 의지하고 보다 나은 내세(來世)를 기원하는데, 그와는 다르
게 힘 있는 사람들의 신앙은 절실하지 못하며, 특히 지배본능
이 강한 사람은 신을 권력화하여 수단으로 삼고 독재자는 스
스로 신의 반열에 올라가서 전지전능하기를 갈망하는 것 같
습니다.

역사 속에는 그러한 인물이 적지 않았습니다. 20세기에 들
어와서도 히틀러를 필두로 스탈린, 모택동은 그러한 인물이
었고 일본의 황도주의(皇道主義)를 말할 것 같으면 천황은 곧
현인신으로 신국을 다스린다는 것인데, 그러니까 히틀러나
스탈린, 모택동은 미완의 신이라 할 수 있고 일본은 완성된
신이라 할 수 있겠네요. 그러나 아무래도 석연치 않은 것은

천황이라는 칭호입니다. 세상에는 통치자의 칭호가 허다하여 황제, 천자, 제왕, 임금, 대통령, 총통, 주석 대충 열거해 보았는데, 천상을 통치하는 칭호는 유일하게 일본의 천황, 그러니까 하늘을 통치하는 제왕이란 것입니다. 하늘을 비워놓고 그러면 하늘은 누가 다스립니까? 눈 가리고 아웅이며 거짓말하고도 황당무계합니다. 그 같은 적나라한 거짓말을 순진하다 해야 하나요? 이런 정도여서는 지적 성숙을 바라기는 어렵지요.

전후, 독일과 일본이 취한 제반 상황의 차이가 천양지간이라는 사실을 충분히 이해할 수 있겠네요. 예술가, 사상가들이 기라성 같은 독일의 문화적 뿌리를 생각할 때, 일본에는 아직도 현인신이 존재해 있습니다. 패전과 더불어 일왕 히로히토[裕仁]는 인간으로 환원했으나 그의 아들 아키히토[明仁]가 즉위하면서 현인신은 부활했습니다. 슬그머니 신이 되는 의식을 치렀다는 것입니다. 거슬러 올라가 보면 일본의 에도시대[江戶時代], 신도(神道)의 어느 분파, 구로즈미교[黑住敎]던가? 거기서는 일본의 시조인 아마테라스[天照大神]가 우주를 창조했으며 만물을 화육(化育)한다 했고, 후지산[富士山]은 세계를 진수(鎭守)하며 신국인 일본의 인민은 따라서 모두가 신이라는 주장을 했습니다. 선민사상을 지닌 유대인을 뺨칠 정도로 우월주의에 사로잡힌 그들, 일본에는 아직 그 끝자락이 남아 있습니다. 처형된 전범까지 군신(軍神)으로 모셔진 야스쿠니신사, 과거 일본군으로 하여 말할 수 없는 환란을 겪은 아시아 여러 민족이 반대하고 성토를 하는데도 불구하고 신사참배를 감행하는 고이즈미 총리의 집착을 볼 때 역시 상대적으로 독일이라는 나라의 양식을 생각하게 됩니다.

얘기가 또 빗나갔군요. 그러면 독재자는 왜 신이 되고자 하는 걸까요. 그것은 물론 지배본능이라 할 수 있겠지요. 그 지배본능을 백 프로 충족시킬 수 있는 것이 신의 위치라고 보기 때문일 거예요. 전지전능한 신을 저해할 자, 그 누가 있으리. 그것이야말로 천년 제국을 꿈꾸는 독재자의 이상일 것입니다. 그러나 문제는 창조주가 부여한 인간의 능동적 사고, 능동적 행동, 즉 개개인의 자유가 그들에게는 걸림돌인 것입니다. 신은 자유, 자결을 베풀고 삶의 들판에다 인간을 풀어놨는데, 신이 된 독재자는 자결권을 거둬들여야만 했고 피동적인 인간으로 개조하여 정해진 곳에 가두어둘 필요가 있었던 것입니다. 하여 히틀러가 바로 그것 아니겠습니까? 가미카제, 옥쇄 등도 그러하고 문화혁명, 집단농장, 그게 다 그런 거 아니겠습니까.

양계장을 생각해봅니다. 닭의 삶을 철저하게 말살하고 모이 쪼아 먹는 일, 달걀 낳는 일, 그 두 가지의 기능만 남겨놓습니다. 생명이 아닌 거지요. 참혹한 일이지요. 피동적인 인간, 피동적인 동물. 명색이 정치가라 할 것 같으면 거의가 독재의 꿈을 꾸어보았을 것이며 피동적 인간개조는 그들에게 강한 유혹이기도 했을 것입니다. 명령 하나에 따라 일사천리로 움직여주는 것이면 무엇이든 안 될 일이 있겠습니까? 그러나 그것에 성공한 사람은 없었습니다. 성공할 수도 없는 일이지요. 천년 제국을 꿈꾸는 그 자신도 유한한 여정의 인간이기 때문입니다. 피가 강이 되고 시체가 산을 이룬다 할지라도 역사 속에서 인간은 능동성을 잃지 않고 생명으로 살아남았습니다.

그러나 복병은 의외의 곳에서 나타났습니다. 20세기에 들어서면서 백 년 동안 과학 문명은 인간을 지배하기 시작했고 오늘날 인간들은 과학 문명에 중독되어 가고 있는 것입니다. 육체적 능동성은 둔화되고 사고력은 단순화되어가고 인간성은 희박해져가고 있습니다. 투쟁의 역사는 이제 끝난 것일까요? 모두 자발적으로 더러는 찬미하면서 과학 문명이라는 신세계에 입문하고 있습니다. 미래의 인류는 어떻게 될까요? 행복도 불행도 없는 영원한 공간의 기계 인간! 과학 영화에 중독된 발상이라 할 사람도 있겠으나 세상이 그렇게 짜여가고 있는 것을 부인할 수는 없을 것입니다.

서서히, 서서히 인간성은 사라지고, 그러나 어느 날 갑자기 나타날 종말도 예상할 수 있습니다. 인류를 담보로 하는 도박, 아직도 지구상에 남아 있는 독재자는 언제 어디서 핵무기를 작동하여 지구의 마지막을 고하게 할지, 멸망이냐 기계 인간이냐, 우리의 능동성으로도 선택할 자유가 없는 것은 유사 이래 최고의 비극이 될 것입니다. 인생은 참으로 아름다운데 말입니다. 삶의 현장이 널려 있는 지구는 참으로 귀한 우주의 보석인데 말입니다.

Q씨에게

약력

1926년 10월 28일(음력) 경상남도 통영시(1995년 충무시와 통영군이 통합돼 통영시가 됨) 명정리에서 박수영 씨의 장녀로 출생. 본명 박금이.

1945년 진주고등여학교 제17회 졸업.

1946년 1월 30일 김행도 씨와 결혼. 딸 김영주 출생.

1947년 아들 김철수 출생.

1950년 수도여자사범대학 가정과 졸업, 황해도 연안 여자중학교 교사. 6·25사변에 남편과 사별.

1953년 서울에서 신문사, 은행 등에 근무하며 습작.

1955년 8월 《현대문학》에 단편 「계산(計算)」이 김동리에 의해 추천됨.

1956년 8월 《현대문학》에 단편 「흑흑백백(黑黑白白)」이 2회 추천받아 등단, 본격적인 문학 활동 시작. 아들 사망.

1957년 단편 「불신시대(不信時代)」로 제3회 《현대문학》 신인문학상 수상

1958년 첫 장편 「애가」를 《민주신보》에 연재.

1959년 장편 『표류도』 제3회 내성문학상 수상.

1962년 전작 장편 『김약국의 딸들』 간행.

1965년 장편 『시장과 전장』으로 제2회 한국여류문학상 수상.

1966년 수필집 『Q씨에게』, 『기다리는 불안』 간행.

1968년 단편 「약으로도 못 고치는 병」 발표.

1969년 『토지(土地)』 1부 《현대문학》에 연재 시작.

1972년 『토지』 1부로 월탄문학상 수상.

1980년 원주시 단구동으로 이사.

1983년 『토지』 1부 일본어판 출간.

1988년 시집 『못 떠나는 배』 간행.

1990년 제4회 인촌상 수상. 시집 『도시의 고양이들』 간행.

1994년 8월 15일 집필 25년 만에 『토지』 탈고, 전5부 16권으로 완간. 이화여자대학교 명예문학박사 학위 수여. 『토지』 1부 불어판 출간.

1995년 연세대학교 원주캠퍼스 객원교수. 『문학을 지망하는 젊은이들에게』 간행. 『토지』 1부 영어판, 『김약국의 딸들』 불어판 출간.

1996년 제6회 호암예술상 수상. 칠레 정부로부터 가브리엘라 미스트랄 문학 기념 메달 수여. 토지문화재단 설립, 이사장 취임.

1997년 1월 연세대학교 용재 석좌교수. 『시장과 전장』 불어판 출간.

1999년 토지문화관 개관.

2000년 시집 『우리들의 시간』 간행.

2001년 토지문화관에서 문인 및 예술인을 위한 창작실 운영. 『토지』 독

어판 출간.

2003년 환경문화계간지《숨소리》창간. 장편소설「나비야 청산가자」3회

연재(미완.)

2004년 에세이집『생명의 아픔』간행.

2006년『김약국의 딸들』중국어판 출간.

2007년『신원주통신-가설을 위한 망상』간행.

2008년 4월 시「까치설」,「어머니」,「옛날의 그 집」《현대문학》에 발표.

2008년 5월 5일 별세. 금관문화훈장 추서, 경남 통영시 산양읍 신전리

미륵산 기슭에 안장됨.

Q씨에게

초판 1쇄 인쇄 2025년 1월 21일
초판 1쇄 발행 2025년 2월 6일

지은이 박경리
펴낸이 김선식

부사장 김은영
콘텐츠사업2본부장 박현미
콘텐츠사업6팀장 임경섭 **콘텐츠사업6팀** 정지혜, 곽수빈, 조용우, 이한민, 이현진
마케팅1팀 박태준, 권오권, 오서영, 문서희
미디어홍보본부장 정명찬 **브랜드관리팀** 오수미, 서가을, 김은지, 이소영, 박장미, 박주현
뉴미디어팀 김민정, 정세림, 고나연, 변승주, 홍수경
영상홍보팀 이수인, 염아라, 석찬미, 김혜원, 이지연
편집관리팀 조세현, 김호주, 백설희 **저작권팀** 성민경, 이슬, 윤제희
재무관리팀 하미선, 임혜정, 이슬기, 김주영, 오지수
인사총무팀 강미숙, 이정환, 김혜진, 황종원
제작관리팀 이소현, 김소영, 김진경, 최완규, 이지우, 박예찬
물류관리팀 김형기, 김선진, 주정훈, 양문현, 채원석, 박재연, 이준희, 이민운

펴낸곳 다산북스 **출판등록** 2005년 12월 23일 제313-2005-00277호
주소 경기도 파주시 회동길 490
전화 02-704-1724 **팩스** 02-703-2219
이메일 dasanbooks@dasanbooks.com
홈페이지 www.dasan.group **블로그** blog.naver.com/dasan_books
용지 스마일몬스터피앤엠 **인쇄 및 제본** (주)상지사피앤비 **코팅 및 후가공** 제이오엘앤피

ISBN 979-11-306-6304-3 (03810)